DIE TOTE AUS DER EMSCHER

Peter Kersken, geboren 1952 in Oberhausen im Ruhrgebiet, studierte Philosophie und Literaturwissenschaften in Freiburg und Köln und arbeitete als Redakteur bei einer Kölner Tageszeitung. Er lebt als freiberuflicher Autor in der Eifel.

PETER KERSKEN

DIE
TOTE
AUS
DER
EMSCHER

HISTORISCHER
KRIMINALROMAN

emons:

Bibliografische Information der Deutschen Nationalbibliothek
Die Deutsche Nationalbibliothek verzeichnet diese Publikation
in der Deutschen Nationalbibliografie; detaillierte bibliografische
Daten sind im Internet über http://dnb.d-nb.de abrufbar.

© Emons Verlag GmbH
Alle Rechte vorbehalten
Umschlaggestaltung: Nina Schäfer, unter Verwendung
eines Motivs von commons.wikimedia.org/Gemeinfrei
Gestaltung Innenteil: DÜDE Satz und Grafik, Odenthal
Lektorat: Dr. Marion Heister
Druck und Bindung: CPI – Clausen & Bosse, Leck
Printed in Germany 2023
ISBN 978-3-7408-1963-7
Historischer Kriminalroman
Originalausgabe

Unser Newsletter informiert Sie
regelmäßig über Neues von emons:
Kostenlos bestellen unter
www.emons-verlag.de

Die Welt ist kompliziert, und das Leben ist schwierig.
Also suche nicht nach einfachen Antworten.
Und wenn Du zufällig eine findest, dann misstraue ihr.

Hiltrudis Freifrau von Hiesfeld,
Brief an die Enkelin Hanna,
11. September 1816

Donnerstag, 12. September 1816

Der Fährmann Theodor Schimmel, der von allen Dores genannt wurde, stieß den flachen Kahn vom Werdener Ruhrufer ab. Er beäugte seinen Fahrgast, den einzigen, der heute hinüberwollte zur Essener Landstraße, mit unverhohlener Verständnislosigkeit. Dass der Justizrat Anton Demuth jetzt der Stadt Werden den Rücken kehrte, ausgerechnet zu dieser Stunde, da von überall her hunderte und aberhunderte Menschen hineinströmten in das Städtchen an der Ruhr, das machte Theodor Schimmel sprachlos. Er fragte seinen Passagier nicht einmal nach seinem Reiseziel. Und als der Herr Justizrat mitten auf dem Fluss sagte: »Es regnet gar nicht, Dores, ist das nicht erstaunlich?«, nickte er nur stumm.

Anton Demuth war es recht, dass der Fährmann nicht fragte, wohin er unterwegs sei. Was hätte er schon sagen können? Zu einer Wasserleiche in der Emscher, irgendwo in der Nähe des Herrensitzes Oberhausen? Ja, vermutlich hätte er das dem alten Dores geantwortet. Viel mehr wusste er selbst nicht über das Ziel seiner unerwarteten Dienstreise, die er gerade ziemlich überhastet, aber keineswegs ungern angetreten hatte. Immerhin war er so im letzten Augenblick der Hinrichtung entkommen.

Noch vor einer knappen Stunde hatte er im Salon seiner Wohnung am Fenster gestanden und hinuntergeschaut auf den Marktplatz, hatte auf den massiven Eichenklotz gestarrt, der mitten auf dem rot gestrichenen Holzgerüst stand, das tags zuvor errichtet worden war. Er hatte zugesehen, wie ein paar Kerle einen schwarzen Sarg herangeschleppt und ihn auf das Gerüst gewuchtet hatten, und er hatte mit Grausen beobachtet, wie ein Knecht des Scharfrichters, nachdem er die Standfestigkeit des Hackklotzes geprüft hatte, das Henkersbeil geschärft und auf den Sarg gelegt hatte.

Die Bühne für die Hinrichtung war bereitet, und der königlich preußische Justizrat Anton Demuth, Kriminalrichter am Inquisitorialgericht zu Werden, hatte schaudernd an das Schauspiel gedacht, das dort zur Aufführung kommen sollte, und an die Rolle, die ihm darin zugedacht war.

Der Platz hatte sich allmählich mit Menschen gefüllt, durch alle Gassen waren sie herbeigeströmt, honorige Bürger und ärmliches Bauernvolk, Kinder und Alte, Frauen und Männer. Demuth hatte auf seine Taschenuhr geschaut und seufzend festgestellt, dass es allmählich Zeit wurde, hinüberzugehen zum Zuchthaus. Von dort sollte eine Abteilung Husaren den zum Tode durch das Henkersbeil verurteilten Delinquenten zum Blutgerüst führen, und der Kriminalrichter Demuth, zwei Gerichtssekretäre, ein Priester sowie der Scharfrichter und seine Knechte sollten die grausige Prozession begleiten. Auf dem Marktplatz sollte es dann Anton Demuths Aufgabe sein, als Vertreter der preußischen Justiz dem Delinquenten noch einmal das Todesurteil und die Bestätigung desselben durch König Friedrich Wilhelm vorzulesen.

Gerade hatte Demuth sich vom Fenster abwenden wollen, um seinen Zylinderhut aufzusetzen und seinen Gehrock überzuziehen, da hatte er unten vor dem Haus den Justizdirektor Hugo von Broich entdeckt, der sich durch die herbeiströmende Menschenmenge drängte. Nur Augenblicke später hatte seine Dienstmagd Klärchen Stüber den Herrn Direktor gemeldet.

Noch bevor Demuth seinen Vorgesetzten hereinbitten konnte, war der grußlos an Klärchen vorbei in den Salon gestürmt und hatte atemlos hervorgestoßen: »Wir müssen umdisponieren, Herr Kriminalrat, wir müssen umdisponieren.«

Dann hatte er sich eine Weile, nach Luft schnappend, an der Lehne des großen Sessels festgehalten und an dem verblüfften Anton Demuth vorbei aus dem Fenster geschaut. Hugo von Broich war mit einunddreißig Jahren halb so alt wie Demuth, aber schon von einer enormen Leibesfülle. Erst nachdem er ein paar Minuten schnaufend das Treiben auf dem Marktplatz betrachtet hatte, hatte Demuth erfahren, warum der Justizdirektor die Strapaze auf sich genommen hatte, sein Bureau im Gericht zu verlassen und ihn aufzusuchen.

Ein berittener Bote des Grafen Maximilian von und zu Westerholt-Gysenberg hatte im Gericht vorgesprochen und einen Leichenfund gemeldet. In den Morgenstunden war eine tote Bauersfrau mit einer höchst verdächtigen Kopfverletzung in der Emscher, nahe dem gräflichen Herrenhaus, entdeckt worden.

»Das müssen wir ernst nehmen, lieber Demuth, das müssen wir sehr ernst nehmen, und deshalb hätte ich gern, dass Sie sich um die Sache kümmern«, hatte von Broich gesagt und seinen Justizrat fragend angesehen. »Wissen Sie, wo das ist, das neue Schloss Oberhausen? Wenn Sie von Essen die Chaussee in Richtung Wesel befahren, dann überqueren Sie nach etwa anderthalb Meilen die Emscher, und genau da, linker Hand hinter der Brücke, liegt der Herrensitz mit der Poststation.«

»Ich weiß, wo das ist«, hatte Demuth gesagt, »Schloss und Posthaus gehören zu Sterkrade in der Bürgermeisterei Holten, also zum Kreis Dinslaken.«

»Ach ja, natürlich kennen Sie sich da aus, Sie waren ja viele Jahre Richter am Landgericht in Dinslaken«, hatte Hugo von Broich eifrig gesagt.

»Und ich bin in Sterkrade aufgewachsen«, hatte Demuth hinzugefügt.

»Umso besser, lieber Kriminalrat. Also, was halten Sie von meinem Vorschlag?«

Demuth war sich durchaus im Klaren darüber, dass von Broich ihn auch kurz und bündig hätte anweisen können, sich umgehend auf den Weg zu machen. Aber in den anderthalb Jahren, in denen sie beide jetzt am Kriminalgericht zusammenarbeiteten, hatte der Justizdirektor es stets vermieden, ihm gegenüber den Vorgesetzten herauszukehren. Anton Demuth nahm an, dass der junge Hugo von Broich sich so verhielt, weil ihn Gewissensbisse plagten, seitdem man ihn, den gerade dreißigjährigen Spross aus einem adligen Hause, im März 1815 zum Direktor des neu eingerichteten Inquisitorialgerichtes in Werden ernannt und den altgedienten Justizrat Demuth einmal mehr übergangen hatte. Die anderen Gerichtsangehörigen, zwei jüngere Kriminalräte, ein Justizassessor, ein Aktuar und vier Gerichtssekretäre, wussten ein Lied davon zu singen, dass der Herr Direktor auch anders konnte, dass er sehr wohl in der Lage war, unmissverständliche Anweisungen zu geben und sich jeden Widerspruch zu verbitten.

»Und wie machen wir es hier?«, hatte Anton Demuth gefragt und durchs Fenster hinausgeschaut auf den Marktplatz, auf dem sich immer mehr Menschen um das Blutgerüst gedrängt hatten.

»Wenn es Ihnen recht ist, dann vertrete ich persönlich bei der Hinrichtung das Gericht«, hatte von Broich gesagt.

Das war Anton Demuth überaus recht gewesen.

»Wollen Sie einen der Gerichtssekretäre mitnehmen? Den jungen Rüter vielleicht?«

»Ich schau mir gern erst mal allein an, was da passiert ist. Außerdem ist Hubertus Rüter als Protokollant bei der Hinrichtung vorgesehen.«

»Ach ja, das war mir entfallen«, hatte von Broich gesagt, und dann hatte er seinem Kriminalrat empfohlen, bei dem derzeit äußerst schlechten Zustand der Straßen nicht im Dunkeln zurückzukehren. »Wenn es Ihnen zu spät wird, da an der Emscher, dann übernachten Sie lieber im Posthaus.«

Der Gedanke, den Abend nicht lesend in seinem bequemen Lehnsessel zu verbringen, in der Nacht nicht in seinem weichen Bett zu schlafen und am nächsten Morgen nicht von den Geräuschen, die Klärchen Stüber in der Küche machte, und vom Duft frisch aufgebrühten Bohnenkaffees geweckt zu werden, behagte Anton Demuth zwar grundsätzlich nicht, aber er hatte dem Justizdirektor versprochen, eine Übernachtung im Posthaus gegebenenfalls in Erwägung zu ziehen.

»Wenn das hier unten auf dem Markt vorbei ist«, hatte er

vorgeschlagen, »dann könnten Sie den Rüter nach Duisburg schicken, um den Professor Günther zu benachrichtigen. Eine Obduktion der Toten wird unumgänglich sein.«

Weil von Broich darauf nicht reagiert hatte, vermutlich hatte er an die erheblichen Kosten einer sachverständigen Leichensektion gedacht, hatte Demuth hinzugefügt: »Entsteht bei der äußeren Untersuchung eines Leichnams auch nur der geringste Verdacht, dass der Tod auf irgendeine Art gewaltsam erfolgt oder durch fremdes Verschulden verursacht sein könnte, so muss die Sektion durch einen Sachverständigen geschehen.«

»Ich weiß, Demuth. Paragraph 157 der Kriminalordnung. Na ja, der Verdacht auf ein Tötungsdelikt liegt zweifellos vor, also werden wir um eine Obduktion nicht herumkommen. Aber warum wollen Sie ausgerechnet Professor Günther?«

»Er ist ein vereidigter Arzt, zugelassen für gerichtlich veranlasste medizinische Untersuchungen, eine Autorität auf dem Gebiet der menschlichen Anatomie, und Duisburg ist nicht weit vom Schloss Oberhausen entfernt.«

»Na gut, dann machen Sie sich bitte auf den Weg. Nach der Exekution werde ich Hubertus Rüter nach Duisburg schicken«, hatte von Broich gesagt, und bereits eine gute Stunde später verließ Anton Demuth am jenseitigen Ruhrufer die Fähre, nickte dem alten Dores noch einmal zu und führte den Rappen, den einer der Gerichtssekretäre vor das zweirädrige Cabriolet gespannt hatte, die Uferböschung hinauf zur alten Landstraße nach Essen.

Dabei hatte er Mühe, das junge Pferd ruhig zu halten, denn eine aufgeregte Menschenmenge drängte ihm und dem kleinen Gespann entgegen. Jeder versuchte, einen Platz auf der Ruhrfähre zu ergattern, um rechtzeitig zur Hinrichtung auf dem Marktplatz in Werden zu sein.

Anton Demuth hielt nichts von öffentlichen Hinrichtungen. »Wenn die braven Leute sehen, wie Mörder und Räuber ihre Köpfe verlieren, dann werden sie es vorziehen, brave Leute zu bleiben«, hatten seine Professoren damals während des

Studiums in Duisburg gern gesagt, aber er war in den vierzig Jahren, die er seitdem im Dienst der Justiz verbracht hatte, zu der Überzeugung gelangt, dass dieser Lehrsatz nichts anderes war als ein frommer Wunsch. Das blutrünstige Schauspiel auf dem Schafott war der Volkserziehung nicht im Geringsten dienlich, es trug allein zur Verrohung des Volkes bei. Daran hatte Demuth schon lange keinen Zweifel mehr.

Kaum hatte er auf der Sitzbank des Cabriolets Platz genommen und sich vergewissert, dass seine lederne Reisetasche neben ihm stand, da begann es zu regnen.

Er schob das Verdeck des Cabriolets so weit wie möglich nach vorn, schlug den Kragen seines Mantels hoch und zog den breitkrempigen Reisehut, den er dem Zylinderhut vorgezogen hatte, tief ins Gesicht.

Der Rappe setzte sich vorsichtig in Bewegung. Die Landstraße war durch den Dauerregen der vergangenen Wochen zu einer matschigen Piste geworden. Anton Demuth war gerade mal vierzig oder fünfzig Ruten weit gekommen, als das rechte Wagenrad so tief in den Morast sackte, dass er befürchtete, die leichte Kutsche könne umkippen. Vorsichtshalber stieg er ab.

Eine Weile führte er das Pferd am Zügel, bis er den Eindruck hatte, dass der Untergrund am linken Straßenrand ein wenig fester wurde. Er kletterte wieder auf den Wagen, doch es ging kaum schneller voran als zuvor. Der junge Rappe schnaubte vor Anstrengung. Demuth befürchtete, das Tier könne im Schlamm wegrutschen, und überließ es ihm, das Tempo zu bestimmen, dirigierte es lediglich mit dem Zügel so weit wie möglich nach links.

»Verdammtes Wetter«, sagte er mürrisch. Der Regen fiel leise und beharrlich aus dem diesigen Himmel.

Der wölbte sich seit Monaten finster und unheilschwanger über das Land, grau am Tag und schwarz in der Nacht. Schon so lange war dort oben kein freundliches Himmelsblau mehr zu sehen gewesen, war kein lichter Strahl mehr durch die Düsternis gedrungen, dass die Menschen längst aufgehört hatten, nach der Sonne Ausschau zu halten. Im Mai hatte auf den Ruhrhöhen noch Schnee gelegen, im Juni hatten die, die es sich leisten konnten, noch ihre Stuben beheizt, und im Juli war auch die letzte Hoffnung geschwunden, es könne in diesem Jahr noch einen Sommer geben. Irgendwann im August hatte dann ein stetiger Nieselregen eingesetzt. Die seltenen Tage, an denen es seither trocken geblieben war, hatten nicht ausgereicht, um das Wasser auf den verschlammten Wegen und den morastigen Feldern versickern zu lassen. Das ganze weite Land zwischen Ruhr und Emscher war von unzähligen Pfützen und ausgedehnten Wasserlachen bedeckt.

Nach einer Stunde hätte Anton Demuth eigentlich die Essener Stadtmauer vor sich sehen sollen, aber er hatte gerade erst die Bauernschaft Rüttenscheid passiert. Es dauerte eine weitere halbe Stunde, bis er durch das Kettwiger Tor in die Stadt hineinfuhr, die er knapp zehn Minuten später durch das Limbecker Tor in Richtung Westen wieder verließ. Die Chaussee nach Wesel war besser befestigt als die alte Landstraße von Werden nach Essen, die Räder seines Wagens sackten jetzt nicht mehr so tief ein.

Auf der Straße waren nur wenige Fuhrwerke unterwegs, und auf den Feldern ringsum, wo an einem Werktag im September normalerweise ganze Bauernfamilien damit beschäftigt waren, die Getreideernte einzubringen, war kein Mensch zu sehen. Roggen und Weizen waren nur spärlich gewachsen in diesem Jahr, gerade mal einen Fuß hoch waren die Halme geworden, und die Ähren waren kümmerlich geblieben. Irgendwann hatten dann auch noch heftige Hagelschauer die kläglichen Feldfrüchte zu Boden gedrückt, wo sie jetzt im Regen vor sich hin faulten.

Die königlich preußische Bezirksregierung hatte vor ein paar Tagen per Erlass die Eröffnung der Jagdsaison vom September in den Oktober verschoben, um den Bauern noch ein paar Wochen länger die Möglichkeit zur Ernte zu geben. Anscheinend hoffte man in Cleve, das Getreide könne doch noch erntereif werden. Dabei sahen die Felder schon jetzt so aus, als wären etliche Jagdgesellschaften über sie hinweggeritten. Anton Demuth hielt den Erlass der clevischen Regierung für den hilflosen Versuch, noch zu retten, was nicht mehr zu retten war.

Hinter Altendorf fuhr er an einigen Heuböcken vorbei. Das Gras, das in den Sommermonaten gemäht worden war, war nie ganz trocken geworden. Hier am Straßenrand hing es in dünnen braunen Strähnen an den Holzstangen. Es roch modrig.

Auf einem Feld bei Frintrop beobachtete er ein paar Frauen, die mit den Händen angefaulte Kartoffeln aus der schlammigen Erde buddelten, die kaum größer als Kirschen waren.

Beinahe dreieinhalb Stunden waren seit Demuths Aufbruch in Werden vergangen, als das Cabriolet endlich über die Emscherbrücke am neuen Schloss Oberhausen rumpelte. Schon seit mehr als einem Jahrzehnt wurde jetzt an dem Anwesen des Grafen Westerholt-Gysenberg gebaut, dessen schnörkellose, moderne Architektur Anton Demuth gut gefiel. Hier war keine prunkvolle Residenz entstanden, sondern ein elegantes Herrenhaus ohne die prahlerische Pracht barocker Paläste. Während Demuth langsam am fürstlichen Neubau vorbeirollte, sah er vor sich, links neben der Landstraße, die Poststation. Dort würde man ihn erwarten, hatte Hugo von Broich gesagt.

Dass er recht ungeduldig erwartet wurde, wurde ihm klar, noch bevor er vom Kutschbock gestiegen war. Er hatte sein kleines Gespann gerade angehalten, als ein stattlicher Endfünfziger aus dem Posthaus herausgestürmt kam. Eine blaue Uniformjacke spannte sich über seinen Bauch. Sein üppiger grauer Bart wippte, während er die vier Stufen von der Tür des Hauses herabeilte zum Platz vor der Poststation.

»Sind Sie der Kriminalrichter aus Werden?«, rief er Demuth entgegen.

Der nickte.

»Gut, dass Sie endlich hier sind«, stieß der Uniformierte atemlos hervor, als er beim Wagen angekommen war.

Anton Demuth glaubte, einen vorwurfsvollen Unterton gehört zu haben, und entgegnete unwirsch: »Schneller ging es nicht.«

»Pardon. Ich hatte nicht die Absicht, Sie zu tadeln, Herr Kriminalrichter. Im Gegenteil. Ich weiß ja, in welchem Zustand die Straßen sind. Seit Tagen fallen alle Postkutschen aus. Ich kann mir vorstellen, wie mühselig Ihre Fahrt gewesen ist.«

Demuth stieg vom Cabriolet hinunter.

»Ich bin Friedrich Krumpe, der Postmeister«, sagte der Uniformierte.

Von den Stallungen hinter dem Posthaus kam ein junger Mann herbeigelaufen.

»Das ist Johann, unser Pferdeknecht. Wenn es Ihnen recht ist, kümmert er sich um den Rappen und den Wagen«, sagte Krumpe.

Demuth nickte zustimmend und nahm seine Tasche vom Kutschbock.

»Und Sie?«, fragte Krumpe. »Wollen Sie sofort mit Ihren Untersuchungen beginnen, oder möchten Sie zuerst mit ins Haus kommen? Meine Frau hat heute einen Topf Graupensuppe gekocht. Davon könnten wir Ihnen eine Schüssel anbieten.«

»Darauf komme ich später zurück«, erwiderte Demuth. »Ich möchte zuerst die Tote sehen.«

»Ja, gewiss, Herr Kriminalrichter. Wir haben die Anna Hasenleder in ihr Haus gebracht und sie aufs Bett gelegt.«

Anton Demuth war nicht begeistert. Was der Posthalter da sagte, klang so, als sei er einmal mehr auf dem Weg zum Ort eines Verbrechens, an dem wohlmeinende Helfer gedankenlos alle Spuren zertrampelt hatten, die ein Täter dort möglicherweise hinterlassen hatte. Hoffentlich war die Verstorbene nicht schon von ihren Angehörigen auf die übliche Weise zurechtgemacht, gewaschen, gekämmt und mit ihrem Totenhemd bekleidet worden.

»Anna Hasenleder? Das ist der Name der Toten?«
Krumpe nickte.
»Und wo ist sie gefunden worden?«
»Ein paar Minuten flussabwärts. In der Emscher. Ganz in der Nähe ihres Hauses.«
»Wer hat denn die Leiche entdeckt? Wissen Sie das?«, fragte Demuth.
»Ja natürlich. Das war Dina Becker, die Nichte von der Anna. Sie ist Stubenmagd im gräflichen Haushalt. Heute Morgen wollte sie zu ihrer Tante, und weil die nicht in ihrem Kotten war, hat sie sich draußen umgesehen, und da lag die Anna im Wasser. Die Dina ist laut schreiend zurück zum Herrenhaus gelaufen. Wir alle im Posthaus haben sie gehört, auch der Gendarm Schmitting, der gerade bei uns war. Der ist dann rüber zum Schloss, wo die Dina weinend im Hof kauerte. Ein paar Bedienstete und der Herr Graf selbst waren schon bei ihr. Und dann sind alle zusammen mit der Dina zum Fluss, und da haben sie die Anna gefunden und sie aus dem Wasser gezogen.«
»Ein Gendarm war dabei?«, fragte Demuth.
Friedrich Krumpe nickte.
»War der zufällig hier?«
»Nun ja, der Herr Gendarm Schmitting aus Dinslaken, der schaut immer wieder mal vorbei, vor allem wegen der Reisenden, die hier Station machen.«
Die Anwesenheit eines königlich preußischen Gendarmen ließ Demuth hoffen, den Körper der Toten doch noch in dem Zustand vorzufinden, in dem man ihn vor ein paar Stunden aus der Emscher gezogen hatte. Wenn der Herr Gendarm seine Dienstvorschriften kannte, dann wusste er, dass er den aufgefundenen Leichnam bis zum Eintreffen eines Kriminalrichters zu bewachen hatte, ohne selbst irgendwelche Untersuchungen oder Veränderungen an ihm vorzunehmen.
Während der Pferdeknecht Johann mit dem Gespann in den Ställen verschwand, kamen zwei Frauen aus dem Posthaus. Anton Demuth glaubte, die ältere der beiden zu kennen, war

sich aber nicht sicher. Wenn er ihr schon einmal begegnet war, dann war das sehr lange her.

»Das ist meine Gattin«, sagte Krumpe. Die Frau blieb neben dem Postmeister stehen, deutete eine leichte Verbeugung an und betrachtete Demuth zugleich mit einem langanhaltenden fragenden Blick. Sie hatte ihr weißes Kopftuch im Nacken gebunden, so dass es wie eine Haube ihr Haar bedeckte. Über ihrem langen blauen Wollkleid trug sie eine Schürze, die ebenso makellos weiß war wie das Kopftuch. Sie war etwa so alt wie ihr Ehemann, aber nicht ganz so üppig.

Demuth zog seinen Hut. »Justizrat Demuth, Untersuchungsrichter am Kriminalgericht in Werden«, stellte er sich vor.

Als sie seinen Namen hörte, lächelte die Frau. Anton Demuth war sich jetzt sicher, dass sie sich irgendwann einmal gekannt hatten.

»Sie sind bestimmt hungrig nach der langen Fahrt«, sagte sie. »Darf ich Ihnen etwas zu essen machen?«

»Der Herr Kriminalrichter will zuerst die Anna sehen«, erwiderte Krumpe.

Das Lächeln verschwand aus dem Gesicht seiner Gattin.

»Jaja, die Anna, welch ein Unglück«, sagte sie und bekreuzigte sich. »Es musste wohl so kommen mit ihr.«

Der Posthalter deutete auf die junge Frau, die ein paar Schritte abseits stehen geblieben war. »Das ist Trudi, unsere Magd. Die wird Sie zum Haus der Toten bringen.«

Trudi machte einen Knicks.

»Meine Tasche brauche ich vorläufig nicht. Würden Sie sie mitnehmen ins Posthaus und darauf achtgeben?«, fragte Demuth den Posthalter.

Während Friedrich Krumpe nach der Reisetasche griff, schaute Demuth zum Himmel.

»Vielleicht sollte ich meinen Regenschirm noch herausnehmen«, sagte er.

»Ich glaube, den brauchen Sie nicht«, sagte Krumpes Frau.

»Es hat ja aufgehört zu regnen, und der Weg ist nicht weit. Ein paar Minuten nur.« Er ließ den Schirm in der Tasche.

Der Karrenweg, ein unbefestigter Pfad, gerade so breit, dass ein Fuhrwerk darauf Platz fand, verlief an den Koppeln der Poststation vorbei in Richtung Schloss. Nicht ein Pferd war hier draußen zu sehen, aber mitten auf einer der abgegrasten, schlammigen Wiesen stand ein großes Zelt.

Trudi ging ein paar Schritte voraus. Hin und wieder sprang sie, trotz ihrer Holzschuhe, leichtfüßig von einer Wegseite zur anderen, um Pfützen und Matschlöchern auszuweichen.

»Lagern da auf der Wiese Soldaten?«, fragte Demuth in ihrem Rücken.

»Nein, Herr Untersuchungsrichter. Das Zelt gehört den Puppenspielern. Die sind seit ein paar Tagen hier.«

»Puppenspieler?«, wiederholte Demuth erstaunt.

»Ja, der Mechanikus Tendler, seine Frau und seine Tochter. Die kommen jedes Jahr mit ihren Marionetten hierher.«

»Geben sie auch eine Vorstellung?«

»Ja natürlich, Herr Justizrat, mehrere sogar. Dafür sind sie ja hier. Als erstes Stück bringen sie übermorgen Abend in der großen Gaststube im Posthaus die Geschichte vom Pfalzgraf Siegfried und der heiligen Genoveva zur Aufführung.«

»Ach was«, sagte Anton Demuth.

»Sie wohnen aber jetzt nicht mehr in dem Zelt. Das ging einfach nicht«, erklärte Trudi, »da war alles klatschnass, schon nach der ersten Nacht. Und die Tendlers, die waren so furchtbar durchgefroren, dass der Posthalter ihnen erlaubt hat, hinten in den Pferdeställen zu übernachten. Da ist es wenigstens trocken.«

Nach einer Rechtsbiegung führte der Weg am Nordflügel des Schlosses, an den Wirtschaftsgebäuden und am weitläufigen Schlosspark vorbei. Hinter dem Park schlängelte er sich durch Büsche und Sträucher zur Emscher, deren Windungen er von nun an folgte.

Wenige Minuten nachdem das Mädchen und er am Posthaus

aufgebrochen waren, sah Demuth in einiger Entfernung einen unscheinbaren Kotten.

Ohne sich zu ihm umzudrehen, sagte Trudi: »Ich gehe aber nicht mit in das Haus.«

»Ist es das schon?«

»Nein, das ist der Hof von den Kleinrogges.«

Das Fachwerkgebäude machte einen verwahrlosten Eindruck. Von Balken und Fensterläden war die Farbe abgeblättert, aus einigen Gefachen war Lehm herausgebrochen. Niemand war zu sehen außer ein paar Hühnern, die im Matsch umherstolzierten. Aus einem Anbau drang ein Geräusch, das Demuth für das Scharren eines Pferdehufes hielt.

»Der Kotten von der Anna, der ist da«, sagte Trudi.

Demuth schaute dahin, wohin sie mit dem Finger wies, und sah hinter einem Gebüsch ein zweites Haus.

»Warum willst du da nicht hinein?«, fragte er das Mädchen. »Fürchtest du dich vor den Toten?«

»Eigentlich nicht. Aber so eine Hexe, die kann bestimmt auch noch einem Menschen etwas antun, wenn sie tot ist.«

»Was redest du da für einen Unsinn?«, fragte Anton Demuth bestürzt.

Kurz vor dem Haus der Anna Hasenleder blieb die Magd des Posthalters stehen, senkte den Kopf und fragte ängstlich leise: »Kann ich jetzt gehen, Herr Untersuchungsrichter?«

»Ja, von mir aus.« Demuth zuckte mit den Achseln.

»Hexen gibt es nur in Märchen!«, rief er hinter Trudi her. Die hatte ihren Rocksaum hochgerafft, um ihn vor Matschspritzern zu schützen, und lief in ihren Holzschuhen so flink davon, dass Anton Demuth ihr noch eine Weile verwundert nachschaute.

Dann sah er sich um.

Das Fachwerkhäuschen, vor dem er stand, war kleiner als der schmuddelige Kotten, an dem sie vorbeigekommen waren. Außer einem winzigen Sprossenfenster unmittelbar neben der hölzernen Tür hatte die Vorderfront nur ein weiteres Fenster.

Dessen Läden waren, ebenso wie die Tür, dunkelgrün gestrichen. Das Gebäude war so niedrig, dass Demuth mit der ausgestreckten Hand beinahe die untere Reihe der Dachschindeln berühren konnte. Er ging an der linken Giebelseite vorbei zu einem Holzverschlag, der ein paar Schritte hinterm Haus auf einer Wiese stand. Darin meckerte eine Ziege.

Die Felder, die jetzt vor Anton Demuth lagen, sahen ähnlich trostlos aus wie die Ländereien, an denen er mit dem Cabriolet vorbeigefahren war. Sumpfige Wiesen, kümmerliches Getreide auf matschigen Äckern und weite Flächen mit bräunlich faulem Kartoffelkraut erstreckten sich vom Hof der Kleinrogges bis zum gegenüberliegenden Waldrand und nach links bis zu einer Feldhecke aus Haseln und Weißdorn. Zwischen den Sträuchern erkannte Demuth einen weiteren Kotten.

Er ging zurück zur Vorderseite von Anna Hasenleders Haus. Von hier aus waren es nicht mal zehn Ruten bis zur Emscher. Ein schmaler Pfad zum Wasser war ins Gras getrampelt worden. Er endete an einem Steg, der vom Ufer aus vier oder fünf Schritte über den Fluss ragte.

Demuth schaute flussaufwärts in die Richtung, aus der er mit Trudi gekommen war. Vom Anwesen des Grafen Westerholt sah er hinter den Baumwipfeln des Schlossparks nur das Glockentürmchen auf dem Gesindehaus.

Der Fluss schlängelte sich in zahllosen Windungen durch flaches Wiesenland, vorbei an dichtem Buschwerk, schlanken Erlen und stattlichen Weiden. In jedem Frühjahr überschwemmte die Emscher die Auen, das hatte Demuth als Kind oft erlebt. Im September jedoch war sie gewöhnlich ein schmales Flüsschen, das quirlig durch sein enges Bett plätscherte. In diesem Jahr war das anders, die Emscher hatte viel zu viel Wasser zum Rhein zu befördern. Auf der gegenüberliegenden Flussseite hatte sie die Wiesen überflutet und sich zu einem uferlosen See ausgedehnt.

Anton Demuth seufzte.

Die Emscherauen galten seit jeher als gutes, fruchtbares Land. Jetzt wurden nicht einmal hier Getreide und Kartoffeln erntereif. Die Wiesen waren versumpft, die Feldfrüchte lagen am Boden und faulten vor sich hin.

Demuth schaute kopfschüttelnd zum diesigen Himmel empor. Ohne Sonne verkümmerte alles Leben. Das wusste er. Aber wo die Sonne in diesem Jahr geblieben war, warum sie in diesem Sommer nicht geschienen hatte und ob sie jemals wieder die Erde erwärmen würde, das alles wusste er nicht. Die Menschen hatten Angst, vor allem die, die von ihrer Hände Arbeit und vom Ertrag ihrer Äcker lebten. Sie begriffen nicht, was mit ihnen geschah und warum es geschah. Sie fürchteten um ihr Leben.

In seinem Bureau im Inquisitorialgericht und innerhalb der Stadtmauern von Werden war diese Angst bisher nicht zu Anton Demuth vorgedrungen. Auf dem Markt, beim Bäcker und beim Schlachter war zwar alles teurer als je zuvor, aber für ihn, den Herrn Justizrat, war das bisher kein Grund zur Besorgnis gewesen. Er hatte die geforderten Preise bezahlt und das bekommen, was er zum Leben brauchte.

Hier am Ufer der Emscher wurde ihm an diesem Tag jedoch bewusst, dass er auf derselben Erde lebte wie das einfache Volk. Wenn die Sonne nicht mehr wiederkäme, wenn im großen Königreich Preußen nirgendwo mehr eine Feldfrucht heranreifte, wenn man auch in Holland, in Bayern oder in Frankreich nichts Essbares mehr bekäme, weil es einfach nichts mehr gab, dann nützte ihm auch die Besoldung eines königlich preußischen Justizrates nichts mehr, dann würde er eines Tages mit all seinem Geld vergeblich über den Marktplatz in Werden laufen und am Ende genauso verhungern wie die ärmsten Bauern vor den Stadttoren.

Anton Demuth seufzte noch einmal, dieses Mal so laut, dass zwischen den Schilfgräsern, die vor ihm dicht gedrängt im Wasser standen, ein Blässhuhn erschrocken aufflatterte. Der Vogel flog laut kieksend emscherabwärts bis zur nächsten Flussbiegung, wo er im Dickicht von Schilf und Binsen verschwand.

»Sind Sie der Kriminalrichter aus Werden?«

Eine dröhnende Stimme riss Demuth aus seinen Gedanken. Er drehte sich um. Auf der steinernen Stufe vor Anna Hasenleders Haustür stand ein Mann, so schmächtig, dass Demuth sich verblüfft fragte, ob tatsächlich er derjenige war, der ihn gerade mit seinem kraftvollen Sprechorgan aufgeschreckt hatte.

»Justizrat Anton Demuth!«, rief er zum Haus hinüber.

Der Mann auf der Türschwelle war mit einem lindgrünen Uniformrock und einer grauen Hose bekleidet. Er hatte ein Gewehr mit aufgepflanztem Bajonett geschultert und trug auf dem Kopf eine Lederhaube, die ein preußischer Adler zierte.

»Ich bin der Gendarm Schmitting«, stellte er sich vor. Die dröhnende Stimme gehörte tatsächlich ihm.

Als die beiden Männer sich vor dem kleinen Haus begegneten, sah es so aus, als seien sie gleich groß, doch Schmitting stand immer noch auf der Steinstufe und Demuth davor.

»Sie haben bereits den Fundort des Leichnams in Augenschein genommen?«, fragte der Gendarm.

»Nun ja, eher die Lage des Hauses und die Umgebung. Wo Sie die Tote gefunden und aus dem Wasser gezogen haben, das werden Sie mir noch zeigen müssen.«

»Ja, selbstverständlich, Herr Untersuchungsrichter.«

»Aber jetzt möchte ich zuerst die Anna Hasenleder sehen«, sagte Demuth.

»Dann gehe ich mal vor.«

Schmitting zog die Holztür auf und trat ins Haus. Demuth nahm seinen Hut vom Kopf und folgte ihm. Hinter ihm schloss sich leise quietschend die Tür.

Es drang so wenig trübes Tageslicht in den Raum, dass Anton Demuth kaum etwas sah. Er verharrte auf der Stelle, bis seine Augen sich an das Halbdunkel gewöhnt hatten.

Er stand in einer Küche. Vom gestampften Lehmboden stieg feuchte Kälte auf. Auf einer offenen Feuerstelle glommen ein paar Holzscheite. Die Glut, aus der nur hin und wieder ein unruhiges Flämmchen züngelte, konnte die Kälte nicht aus dem Raum vertreiben. Eine Qualmwolke hing unter dem Rauchabzug. Die gekalkten weißen Wände waren rings um die Feuerstelle rußgeschwärzt.

Auf einer Truhe, die mit der gleichen dunkelgrünen Farbe angestrichen war wie die Fensterläden und die Haustür, waren Kräuter zum Trocknen ausgelegt. Darüber hingen ein paar Bretter an der Wand, vollgestellt mit Holzdosen, Töpfen und Tiegeln. Es gab ein altes Küchenbuffet, hinter dessen Glastür sich Teller, Schüsseln und Tassen stapelten. Auf einem dreibeinigen Hocker lag eine schwarze Schürze. Eine schmale Stiege führte hinauf zu einer Luke in der hölzernen Zimmerdecke. In der Mitte der Küche stand ein großer Tisch. Daran saßen auf zwei Stühlen und auf einer Bank ein alter weißhaariger Mann und zwei Frauen, die leise vor sich hin redeten.

Erst nach einer Weile erkannte Demuth, dass die beiden Frauen Rosenkränze in den Händen hielten.

»Nachbarn«, sagte Schmitting, jetzt mit einer kaum hörbaren Flüsterstimme. »Sie haben gefragt, ob sie hier für die Verstorbene beten dürften. Ich hielt es für richtig, ihnen das zu gestatten.«

Demuth nickte und folgte dem Gendarmen zu einer Tür, die weit offen stand. Dahinter lag ein zweiter Raum, die Schlafkammer. Sie war kleiner als die Küche und hatte einen Holzfußboden.

»Hier ist eine Stufe, stolpern Sie nicht«, sagte der Gendarm, als er vor dem Kriminalrichter die Kammer betrat.

Die matte Tageshelligkeit, die durch ein kleines Fenster in das Zimmer fiel, vereinte sich mit dem flackernden Schein zweier Kerzen zu einem beklemmenden Zwielicht.

Der Duft der Kerzen überraschte Anton Demuth. Das, was da abbrannte, war kein billiger Talg, sondern feinstes Bienenwachs, und die Messingständer, die die beiden stattlichen Kerzen trugen, hätten eher nach Werden in die Sankt-Ludgerus-Kirche gepasst als in einen ärmlichen Kotten an der Emscher. Auch ein Buch hätte Demuth in diesem Häuschen nicht vermutet, und doch lag eines neben der Waschschüssel auf der Kommode am Fenster.

Vor der linken Wand stand ein großer dunkler Schrank, vor der rechten ein Bett, dazwischen ein Stuhl, über dessen Lehne ein gestricktes Wolltuch hing, dem Anschein nach ein Schultertuch. Demuth bemerkte darunter auf dem Holzboden eine kleine Wasserlache.

Zu beiden Seiten des Bettes brannten die Wachskerzen, und auf dem Bett lag die tote Anna Hasenleder.

Der Anblick der Toten verstörte Anton Demuth. Schaudernd wandte er sich ab, legte seinen Hut auf den Stuhl und holte tief Luft. Was war los mit ihm? Er war ein erfahrener Justizbeamter, und er konnte sich nicht daran erinnern, bei der Untersuchung eines Leichnams jemals die Fassung verloren zu haben.

Er fing sich, hoffte, dass der Gendarm Schmitting von seiner kurzen Schwäche nichts mitbekommen hatte, und wandte sich wieder der Toten zu. Er bemühte sich, sie sachlich und unbefangen anzuschauen.

Sie war bekleidet mit einem knöchellangen Rock, dessen Farbe Demuth für ein verwaschenes Blau hielt, und mit einer braunen, hochgeschlossenen Bluse.

Beide Kleidungsstücke waren noch feucht und schmiegten sich eng an den toten Körper. Anna Hasenleder war eine zierliche Person gewesen, ihr Gesicht war fein geschnitten, ihr langes schwarzes Haar war von grauen Strähnen durchzogen. Nicht ganz fünfzig Jahre mochte sie alt gewesen sein.

Anton Demuth sah sie, am Fußende des Bettes stehend, lange unverwandt an, dann wusste er plötzlich, was ihn so sehr erschüttert hatte. Es war die schauerliche Empfindung, dass noch nicht alles Leben aus dem Körper der Toten gewichen war. Sie lag da, als habe der Gevatter Tod sie noch nicht mit hinübergenommen, so als könne sie jederzeit ihre Augen wieder öffnen und aufstehen.

Trudi, die Magd des Posthalters, hatte Anna Hasenleder eine

Hexe genannt. Was steckte dahinter? War das wirklich nur das unsinnige Hirngespinst eines ängstlichen, dummen Mädchens? Ganz gewiss war es das, etwas anderes konnte es nicht sein. Anton Demuth schüttelte, ärgerlich über seine törichten Gedanken, den Kopf.

»Ist irgendwas nicht in Ordnung?«, fragte Schmitting.

»Welche Maßnahmen haben Sie getroffen, um sicherzustellen, dass die Frau tatsächlich tot ist?«, fragte Demuth zurück.

»Die üblichen«, antwortete Schmitting. »Ich habe ihren Puls gefühlt und ihre Körperwärme. Da war nichts mehr. Es war augenscheinlich, dass ihr Blut nicht mehr zirkulierte, sie war totenbleich und eiskalt. Und überdies atmete sie nicht mehr.«

»Wie haben Sie das festgestellt?«

»Als wir sie hier aufs Bett gelegt hatten, habe ich ihr einen brennenden Kerzenstummel vor Mund und Nase gehalten. Die Flamme hat sich nicht im Geringsten bewegt.«

»Nach einem Arzt haben Sie nicht geschickt?«

»Nein, Herr Kriminalrat. Dass der Frau nicht mehr zu helfen war, das war zu offensichtlich.«

»Na gut, Schmitting, aber Sie wissen vermutlich, dass Ihre Untersuchungen nicht ausreichend sind, um ganz sicherzugehen, dass wir es hier nicht mit einem Fall von Scheintod zu tun haben.«

»Ich weiß, dass es bei einem bis dato gesunden Menschen, der durch Erstickung oder Ertrinken zu Tode gekommen ist, ganz besonderer Sorgfalt bedarf, um eine todesähnliche Ohnmacht auszuschließen. Aber mit Verlaub, Herr Untersuchungsrichter, ich habe schon viele Tote in meinem Leben gesehen. Dass diese Frau nicht mehr lebt, das kann man nicht ernsthaft in Frage stellen.«

»Nein, das wäre töricht«, sagte Demuth leise, mehr zu sich selbst als zum Gendarmen, und dann versuchte er noch einmal, sich zu sammeln, die Frau auf dem Bett in aller Ruhe zu betrachten und sich jedes Detail des gespenstischen Bildes einzuprägen.

Er sah, dass die Nässe aus den Kleidern in das weiße Laken gezogen war, stellte fest, dass Anna Hasenleders Füße in dicken Wollsocken steckten, wie sie das Bauernvolk der Gegend gewöhnlich in Holzschuhen trug, und er bemerkte, dass die Hände der Toten nicht gefaltet, sondern bloß übereinandergelegt waren.

Der Gendarm schloss die Tür zur Küche, dann sagte er, bemüht, seine kräftige Stimme ein wenig zu dämpfen: »Genau so, Herr Kriminalrat, haben wir die Verblichene gefunden. Bekleidet mit blauem Rock und brauner Bluse, das Haar offen, so lag sie auf dem Rücken im Wasser. Der Körper hatte sich emscherabwärts, in der nächsten Flussbiegung, nahe am Ufer, zwischen Schilfgräsern und Binsen verfangen.«

»Trug sie nicht auch noch ein Schultertuch?«, fragte Demuth.

Schmitting sah ihn verblüfft an. »Woher wissen Sie das denn, Herr Kriminalrichter?«

Demuth wies auf das Tuch, das über der Stuhllehne hing.

»Ich weiß es nicht, aber ich vermute es wegen der Wasserlache unterm Stuhl.«

»Sie haben recht. Das Tuch hing auch zwischen den Gräsern, nur einen Schritt von der Toten entfernt. Es hat ihr gehört, das hat ihre Nichte Dina Becker bereits bestätigt. Es ist also davon auszugehen, dass Anna Hasenleder das Tuch umgelegt hatte, als sie einen Schlag auf den Kopf bekam und ins Wasser stürzte.«

»Der Herr Gendarm hat also schon selbstständig Befragungen durchgeführt und Mutmaßungen darüber angestellt, wie die Verblichene zu Tode gekommen ist?«, fragte Demuth so streng, wie er konnte. Dabei zog er seine buschigen Augenbrauen hoch und streckte sich ein wenig.

Schmitting schaute völlig unbeeindruckt zu ihm auf. Ohne das Bemühen, seine kräftige Stimme zu dämpfen, erklärte er: »Dina Becker tat von sich aus kund, dass das Schultertuch ihrer Tante gehört hatte. Dazu bedurfte es keiner Befragung. Über die Umstände, die zum Tode der Frau Hasenleder geführt haben könnten, habe ich mir in der Tat Gedanken gemacht. Dass ein königlich preußischer Gendarm, der beim Auffinden eines Leichnams zugegen ist, darüber nachdenkt, was geschehen sein könnte, widerspricht meines Wissens nicht den Bestimmungen der Kriminalordnung. Wenn Sie es allerdings wünschen, Herr Kriminalrat, dann werde ich meine Erkenntnisse selbstverständlich für mich behalten.«

Anton Demuth hatte einen Fehler gemacht. Der Versuch, diesem schmächtigen Gendarmen aus Dinslaken klarzumachen, wer jetzt hier das Sagen hatte, war eine dumme Idee gewesen. Schmitting wusste offenbar sehr genau, was er zu tun und zu lassen hatte.

»Ich wollte Sie nicht rügen, Herr Gendarm. Dazu sehe ich wirklich keine Veranlassung. Soweit ich das beurteilen kann, haben Sie hier geradezu vorbildlich Ihre Aufgaben wahrgenommen«, sagte Demuth, um einen versöhnlichen Ton bemüht.

Schmitting ließ sich vom Lob des Justizrates nicht besänftigen. Er schaute mürrisch vor sich hin und schwieg.

»Anscheinend haben Sie gleich nach dem Auffinden des Leichnams dafür gesorgt, dass ein Bediensteter des Grafen Westerholt nach Werden zum Kriminalgericht geritten ist. Allein das ist schon äußerst anerkennenswert«, sagte Demuth schmeichelnd. »Oder war das die Idee des Herrn Grafen?«

»Ich habe ihn unter Verweis auf den Paragraphen 149 der allgemeinen Kriminalordnung darum gebeten«, erwiderte Schmitting.

»Soso«, sagte Demuth und kramte in seinem Gedächtnis.

»So oft der Körper eines Menschen gefunden wird, dessen Tod nicht unter den Augen seiner Hausgenossen oder anderer unbescholtener Personen auf natürliche Weise erfolgte, ist das zuständige Kriminalgericht umgehend zu benachrichtigen. Bis zur Ankunft eines Kriminalrichters obliegt die Bewachung des aufgefundenen Leichnams sowie die Fürsorge für denselben der örtlichen Polizeibehörde oder der Gendarmerie.«

Ohne zu stocken, trug Schmitting den Passus aus dem preußischen Kriminalrecht vor. Das tat er mit einer so enormen

Lautstärke, dass Anna Hasenleder ohne Frage hochgeschreckt wäre, wenn auch nur noch der kleinste Rest von Leben in ihr gesteckt hätte. Anton Demuth stellte beruhigt fest, dass sie nach wie vor reglos auf ihrem Bett lag.

»Es war also eine Selbstverständlichkeit, Sie schleunigst in Kenntnis zu setzen«, fügte der Gendarm seinem Vortrag hinzu.

»Leider ist ein so korrektes Vorgehen keineswegs selbstverständlich«, erklärte Demuth. »Wenn ein toter Mensch gefunden wird, der unter ungeklärten Umständen ums Leben gekommen ist, dann laufen die Leute gemeinhin erst mal zum nächsten Polizeisergeanten. Der schaut sich den Leichnam an und informiert seinen Bürgermeister, vielleicht auch direkt den Landrat. Der Nächste, der am Ort des Geschehens auftaucht, ist gewöhnlich ein vom Landrat entsandter Gendarm. Wenn der zu der Auffassung kommt, dass ein Verbrechen geschehen sein könnte, lässt er höchstwahrscheinlich das Landgericht benachrichtigen, in dessen Bezirk sich der Vorfall ereignet hat. Und wenn auch noch der herbeigeeilte Landrichter einen unnatürlichen Tod vermutet, dann wird die Angelegenheit endlich dem zuständigen Inquisitorialgericht angezeigt. So sieht das aus, Schmitting. Dass wir nach einem Tötungsdelikt erst am nächsten oder übernächsten Tag hinzugerufen werden, ist leider nicht die Ausnahme, sondern die Regel.«

»Das ist allerdings erstaunlich, Herr Kriminalrat. Die diesbezüglichen Bestimmungen sind doch eindeutig.«

»Das mögen sie wohl sein, Herr Gendarm, nur kennt sie längst noch nicht jeder. Vergessen Sie nicht, dass wir erst seit anderthalb Jahren wieder Preußen sind. Vorher war das hier der Kanton Dinslaken, und die Verwaltung und die Justiz waren französisch.«

»Da haben Sie natürlich recht, Herr Kriminalrichter«, sagte der Gendarm nachdenklich.

»Ich selbst bin erst seit einem Jahr in dieser Gegend«, fuhr er nach einer Weile fort, »bin aus dem Brandenburgischen in den Kreis Dinslaken versetzt worden, als es den genau genommen noch gar nicht gab. Die Kreisverwaltung hat ja offiziell erst im April ihre Arbeit aufgenommen.«

»So ist es, Schmitting. Vieles ist hier noch im Aufbau und im Umbruch. Das Inquisitorialgericht beziehungsweise Kriminalgericht gibt es ja auch erst seit dem vorigen Jahr, und sogar viele Beamte haben immer noch nicht begriffen, dass es seitdem die einzig zuständige Instanz für die Untersuchung von Kriminalfällen ist. Deshalb bleibe ich dabei, Herr Gendarm, dass Ihr korrektes und umsichtiges Vorgehen überaus lobenswert ist und keinesfalls selbstverständlich.«

Schmitting schaute nicht mehr allzu mürrisch drein. Er nahm sein Gewehr von der Schulter und lehnte es gegen eine Zimmerwand.

»Sind Sie davon in Kenntnis gesetzt worden, dass der Leichnam eine Schädelverletzung aufweist?«, fragte er.

»Der Bote, den der Graf von Westerholt nach Werden geschickt hat, hat sie erwähnt.«

»Ich nehme an, dass Sie die in Augenschein nehmen wollen.«

Demuth nickte.

»Wenn Sie hierher an das Kopfende des Bettes kommen, können wir die Tote gemeinsam auf die Seite drehen, und Sie können sich die Wunde genau ansehen.«

»Ja, das ist gut«, sagte Demuth, griff in die Innentasche seines Mantels, zog ein Lederetui hervor und entnahm ihm einen Zwicker. »Ich sehe eigentlich recht gut«, erklärte er dem Gendarmen, während er die Augengläser auf seine Nase klemmte, »aber wenn ich lese oder mir irgendwas ganz aus der Nähe anschaue, dann ist das Ding doch sehr hilfreich. Es macht alles ein bisschen schärfer und größer.«

Er stellte sich neben Schmitting. Beide beugten sich über die Tote.

Der Gendarm schob eine Hand unter ihre Hüfte, der Kriminalrichter griff unter ihre Schulter. Anna Hasenleders leichter Körper ließ sich mühelos zur Seite drehen. Demuth stellte fest, dass er beinahe so steif wie ein Holzbrett war.

Die Verletzung auf dem Hinterkopf entdeckte er sofort, aber erst als er einige Haarsträhnen beiseitegeschoben hatte, sah er, wie groß und tief die Wunde war.

»Für mich sieht das so aus, als habe da jemand mit großer Wucht zugeschlagen«, sagte Schmitting.

Demuth nickte. »Die Folge eines Sturzes ist das jedenfalls nicht.«

»Als ich die Verletzung sah, kam mir sofort ein Holzknüppel in den Sinn, einer von den vielen abgebrochenen Ästen, die hier überall unter den Bäumen herumliegen«, sagte der Gendarm.

»Ja, das könnte gut sein.«

Die beiden Männer ließen die Tote wieder auf den Rücken gleiten. Demuth nahm seinen Zwicker von der Nase und ließ ihn im Inneren seines Mantels verschwinden.

»Haben Sie die Absicht, eine Leichenschau zu veranlassen?«, fragte Schmitting.

»Das muss ich in diesem Fall«, entgegnete Demuth.

»Jaja, ich weiß. Paragraph 157 der Kriminalordnung. Aber ich kann Ihnen jetzt schon sagen, was dabei herauskommt. Die Frau hat an der Emscher einen heftigen Schlag auf den Kopf bekommen, ist besinnungslos ins Wasser gestürzt und ertrunken.«

»Es könnte auch sein, dass sie hier im Haus oder irgendwo anders erschlagen wurde und dass sie in den Fluss geworfen worden ist, als sie schon tot war.«

»Glauben Sie wirklich, das ließe sich noch klären? Ich weiß nicht, Herr Kriminalrichter. Dass ein Arzt bei einer Leichenschau herausfinden kann, ob es so oder so war, das kann ich mir nicht vorstellen.«

»Dem Mann, der Anna Hasenleder sezieren soll, dem traue ich das zu. Professor Günther von der Universität Duisburg ist ein ganz außergewöhnlicher Anatom, und er ist bereits informiert.«

»Ach, der Vater Günther?«

Anton Demuth, der inzwischen wieder am Fußende des Bettes stand, sah den Gendarmen fragend an. »So nennen die Leute in Duisburg den Professor«, erklärte der. »Er kümmert sich um seine Kranken genauso fürsorglich wie um seine Studenten, sagt man. Und von denen, die seine Hilfe brauchen und ihn nicht bezahlen können, verlangt er nicht einmal Geld.«

»Ach was«, sagte Demuth. »Sie kennen den Professor Günther?«

»Ich weiß, was man in der Stadt redet«, entgegnete Schmitting. »Schließlich gehört Duisburg zum Kreis Dinslaken. Persönlich kenne ich den Herrn Professor leider nicht. Meinen Sie, dass er hierherkommt, um die Tote zu obduzieren?«

»Nein, das glaube ich nicht. Günther wird jemanden schicken, um sie abzuholen. Wo sollte er hier eine Obduktion durchführen? Er wird es mit Sicherheit vorziehen, den Leichnam in Duisburg vor seinen Studenten zu sezieren.«

»Schade.«

Schmitting griff nach seinem Gewehr, hängte es sich über die Schulter, schaute Anna Hasenleder an und sagte nach einer Weile viel zu laut: »Sie werden sehen, Herr Kriminalrichter. Auch wenn der berühmte Professor Günther die Sektion vornimmt, es wird nichts anderes dabei herauskommen als das, was ich Ihnen schon gesagt habe: Sie hat eins über den Schädel bekommen, ist ohnmächtig in die Emscher gestürzt und ertrunken.«

»Warten wir es ab.« Demuth ging zur Kommode hinüber und schlug das Buch auf, das neben der Waschschüssel lag. Es war Löwes ›Handbuch der theoretischen und praktischen Kräuterkunde‹. Während er durch das Nachschlagewerk blätterte, stellte er fest: »Die Frau hat sich ganz offensichtlich sehr eingehend mit der Heilwirkung von Pflanzen beschäftigt.«

»Ja, damit kannte sie sich bestens aus«, bestätigte der Gendarm. »Sie hat Heilmittel gegen allerlei Erkrankungen zubereitet. Die hat sie auf den umliegenden Märkten verkauft, und gelegentlich hat sie auch den Reisenden am Posthaus ihre Kräuter angeboten.«

»Wie gut kannten Sie Anna Hasenleder?« Demuth legte das Buch zurück und sah Schmitting fragend an.

»So gut wie die anderen Menschen auch, die am Emscherufer hinterm gräflichen Schloss leben. Ich schaue jede Woche in der Poststation nach dem Rechten, und hin und wieder gehe ich dann auch hier vorbei und spreche ein paar Worte mit den Leuten. Die Frau Hasenleder hab ich öfter bei ihrem kleinen Kotten gesehen, oder ich bin ihr begegnet, wenn sie unterwegs war, um Pflanzen zu suchen. Manchmal saß sie auch mit ihrem Kräuterkorb auf der Bank neben dem Posthaus. Sie hat immer freundlich gegrüßt, und ab und zu haben wir auch ein paar Worte über das Wetter und die schlechten Zeiten gewechselt.«

»Ich verstehe.«

»Was halten Sie denn davon, wenn wir uns jetzt mal draußen umsehen, Herr Justizrat? Ich könnte Ihnen zeigen, wo wir die Tote gefunden haben, und Ihnen dabei berichten, was ich bisher in Erfahrung gebracht habe.«

Demuth nickte zustimmend. Gern war er bereit, das zwielichtige Totenzimmer zu verlassen und anstatt des süßlichen Duftes der Bienenwachskerzen wieder frische Luft einzuatmen.

»Was machen wir mit den Nachbarn? Lassen wir die allein hier im Haus?«, fragte Schmitting.

»Das werden wir müssen«, sagte Demuth, während er seinen Hut vom Stuhl nahm. »Hier in der Gegend lassen die Menschen ihre Verstorbenen bis zum Begräbnis nicht allein. Sie halten Totenwache. Nachbarn, Familie, Freunde. Ein paar Leute werden vermutlich stets hier im Haus sein, bis der Leichnam zur Obduktion abgeholt wird.«

Sie verließen die Schlafkammer. Die Tür ließen sie weit offen stehen. Im Nebenraum saßen die Frauen und der alte Mann immer noch am Tisch, scheinbar unbeweglich, die Köpfe geneigt und leise murmelnd. Sie schauten nicht auf, als Demuth und Schmitting durch die Küche nach draußen gingen.

Vor dem Haus übernahm der Gendarm die Führung. Er ging über den Trampelpfad hinunter zum Steg.

»Hier hat die Hasenleder jeden Morgen in einem Blecheimer Wasser aus dem Fluss geholt. Dafür ist der Steg gebaut worden, vor Jahren schon. Zwischen sieben und halb acht hat sie das immer getan, sagt ihre Nichte, die Dina Becker. Die Eltern von der Dina sind gestorben, als sie noch ein Kind war. Da hat Anna Hasenleder, eine Schwester ihrer Mutter, das Mädchen zu sich genommen. Die Dina ist hier in dem Häuschen aufgewachsen. Jetzt ist sie Stubenmädchen im Schloss. Da hat sie ein eigenes Zimmer im Gesindehaus, aber manchmal übernachtet sie auch noch hier in der Kammer über der Küche. Sie hat anscheinend sehr an ihrer Tante gehangen. Die Leute sagen, dass kein Tag verging, an dem Dina nicht wenigstens mal kurz nach ihr geschaut hat. Oft ist sie morgens, wenn sie im Herrenhaus die Betten gemacht hatte, so gegen neun Uhr war das in der Regel, hierher zur Anna gelaufen, um mit ihr einen Kräutertee zu trinken und ein bisschen zu plaudern. Das wollte sie auch heute Morgen. Als sie die Tante nicht wie üblich in der Küche antraf, hat sie erst in der Schlafkammer nachgesehen, dann hat sie beim Ziegenstall hinterm Haus nach ihr gesucht und schließlich hier unten am Ufer. Sie ist auf den Steg gegangen und hat sich umgeschaut, und dabei hat sie dahinten in der nächsten Flussbiegung zwischen den Gräsern etwas gesehen, das sie für das Schultertuch ihrer Tante hielt. Also ist sie dorthin gelaufen und hat Anna Hasenleder zwischen den Binsen im Wasser liegen gesehen. Daraufhin ist sie kopflos und laut schreiend davongerannt. Im Schlosshof ist sie dann zusammengebrochen. Da haben der Herr Graf, ein paar Bedienstete und ich sie gefunden. Es hat eine ganze Weile gedauert, bis wir aus ihr herausbekommen hatten, was passiert war, und bis sie in der Lage war, uns hierherzuführen.«

Während Schmitting redete, hatte Demuth einen langen, verzweigten Ast in der Uferböschung entdeckt und ihn aufgehoben. Er ließ ihn vom Steg ins Wasser gleiten. Die Strömung der Emscher erfasste ihn sofort und trieb ihn flussabwärts. Nur Sekunden später blieb er zwischen den Binsengräsern in der nächsten Flussbiegung hängen.

»Da ungefähr haben Sie die Tote gefunden?«, fragte Demuth.

»Ja, genau da«, antwortete Schmitting.

»Ein Beweis dafür, dass Anna Hasenleder hier ins Wasser gestürzt ist, ist das natürlich nicht«, sagte Demuth. »Aber es ist eine Möglichkeit.«

»Ich denke, es ist mehr als das, Herr Kriminalrichter. Wir können davon ausgehen, dass die Frau heute früh gegen halb acht hier Wasser schöpfen wollte, denn das hat sie jeden Morgen um diese Zeit getan. Rund anderthalb Stunden später ist sie von ihrer Nichte zwischen den Ufergräsern gefunden worden, mit einer klaffenden Kopfwunde und tot. Liegt es da nicht auf der Hand, dass sie heute Morgen genau hier beim Wasserholen überfallen worden ist?«

»Doch, das liegt auf der Hand«, sagte Demuth. »Aber wer sich bei einer Kriminaluntersuchung zu früh darauf festlegt, wie die Tat sich abgespielt hat, der läuft Gefahr, Dinge zu übersehen. Der nimmt eventuell Details, die für den Fall wichtig sein könnten, nicht zur Kenntnis, weil sie für die eigene Theorie belanglos sind.«

»Das verstehe ich.«

»Haben Sie eigentlich den Wassereimer schon irgendwo entdeckt?«

»Nein, Herr Justizrat.«

»Wenn die Anna Hasenleder beim Wasserholen niedergeschlagen worden ist, dann liegt er vielleicht irgendwo hier auf dem Grund des Flusses.«

»Ja, das könnte sein. Wenn ihr der volle Eimer aus der Hand ins Wasser geglitten ist, dann ist er zweifellos sofort gesunken.«

»Was meinen Sie, wie tief die Emscher hier ist?«

»Schwer zu sagen, bei dem Hochwasser.«

»Vielleicht könnte man vom Steg aus mit einer langen Holzstange den Grund absuchen.«

»Es wäre einen Versuch wert. Ich könnte den Gärtner im Schloss fragen, ob er ein paar Bohnenstangen hat.«

»Das ist eine ausgezeichnete Idee, Schmitting.«

Die beiden Männer gingen am Ufer entlang bis zur Flussbiegung. Dort zeigte der Gendarm dem Kriminalrichter die Stelle, an der die Tote im Wasser gelegen hatte.

»Uns war allen schnell klar, dass der Frau nicht mehr zu helfen war. Der Herr Graf hat die Dina Becker in den Arm genommen und sie getröstet. Er und eine Küchenmagd haben das Mädchen dann mitgenommen zum Schloss. Ich habe zusammen mit einem Knecht die Tote aus dem Wasser gezogen und sie ins Haus getragen.«

»Maximilian von Westerholt hat Dina Becker umarmt? Seine Dienstmagd?«

»Ich glaube, es hat ihn sehr bewegt, dass die Dina so gelitten hat. Der Herr Graf hat ja selbst erst vor kurzem einen geliebten Menschen verloren.«

»Seine Frau, nicht wahr? Ich habe davon gehört.«

»Ja, Herr Kriminalrichter. Eine traurige Geschichte. Die Gräfin Friederike ist im März hier im Schloss verstorben. Bei der Geburt eines Kindes. Mit vierundvierzig Jahren. Das hat den Grafen sehr erschüttert. Man erzählt, dass er nach Friederikes Tod vollkommen verzweifelt war. Da hatten die beiden jahrelang alles darangesetzt, dass die Familie hier auf einem schönen Landsitz leben kann, und jetzt, da bis auf ein paar Nebenräume und den Schlosspark fast alles fertig und ganz wunderbar geworden ist, ist plötzlich die Gräfin nicht mehr da. Ein bitterer Schicksalsschlag. Aber Maximilian von Westerholt ist ein gestandener Mann, der schon viel erlebt hat. Er hat es wohl inzwischen, nach einem halben Jahr, geschafft, seinen Schmerz zu überwinden und sich wieder dem Leben zuzuwenden. Jedenfalls sagen das die Leute, die ihn kennen. Ich habe ihn heute zum ersten Mal seit Monaten wieder gesehen. Wie ein gramgebeugter Mann hat er nicht auf mich gewirkt.«

Während Schmitting erzählte, war Demuth so nah an den Rand des Flusses getreten, dass seine Stiefel nass wurden. Er beugte sich vor, schob mit den Händen Binsen und Schilf auseinander, ging ein paar Schritte, hockte sich hin, ging noch ein paar Schritte und ließ unterdessen die Wasseroberfläche zwischen den Gräsern nicht aus den Augen.

»Wonach suchen Sie?«, fragte Schmitting.

»Nach dem hier.« Demuth hielt einen Holzschuh hoch. »Und ich denke, den zweiten finden wir auch hier irgendwo.«

»Ja, ich sehe ihn, gleich hinter Ihnen, Herr Kriminalrichter«, sagte der Gendarm.

Während die beiden Männer auf das Posthaus zugingen, betrachtete Demuth erstaunt dessen Ausmaße. Bei seiner Ankunft hatte es in der Nachbarschaft der eindrucksvollen Schlossanlage eher unscheinbar auf ihn gewirkt. Jetzt, da er sich dem Haus zu Fuß von der Emscher her näherte, bemerkte er, dass es ein durchaus stattliches zweigeschossiges Gebäude mit einer schmucken Fachwerkfassade und einem mächtigen schiefergedeckten Walmdach war. Im Stall, in der Remise und in der Scheune war Platz für Pferde und Kutschen, für Stroh und Heu, für Kohle und Ofenholz, für Mehlsäcke und Bierfässer und für manches andere, was den Reisenden den Aufenthalt in der Poststation angenehm machte.

Die Gaststube war dagegen überraschend klein, nicht viel größer als der Salon in Demuths Wohnung am Werdener Marktplatz. Sieben Tische waren im Raum verteilt. Ein Kerzenleuchter, so groß wie ein Wagenrad, hing von einem Deckenbalken herab. Die Bänke entlang der holzgetäfelten Wände waren so breit, dass erschöpfte Reisende darauf liegen konnten. Ein mächtiger Kachelofen versprach Wärme, auch wenn heute kein Feuer darin brannte.

Durch eine offen stehende Tür hinterm Schanktisch sah Demuth die Frau des Postmeisters am Küchenherd stehen. Die Magd Trudi räumte Gläser in ein Regal. Auf dem Schanktisch standen ein halbes Dutzend Flaschen und ein Bierfass. Hinter einer breiten, zweiflügligen Tür, die an diesem Nachmittag geschlossen war, vermutete Demuth den von Trudi erwähnten großen Gastraum, in dem übermorgen das Marionettenspiel aufgeführt werden sollte.

An einem der sieben Tische saß ein junger Mann, der in einem Buch las. In der Ecke neben dem Kachelofen trank ein vornehm aussehender Herr eine Tasse Kaffee und rauchte Tabak aus einer langstieligen Tonpfeife. Er schaute neugierig zu Schmitting und Demuth herüber, als die beiden an einem Tisch neben der Küchentür Platz nahmen.

Auf dem Weg zum Posthaus hatte Demuth den Gendarmen dazu eingeladen, mit ihm zu speisen. Schmitting hatte sich zunächst geziert. Dass er wohl gern noch etwas essen und trinken würde, bevor er sich wieder auf den Weg nach Dinslaken mache, hatte er gesagt, dass es aber keinen Grund dafür gäbe, dass der Herr Kriminalrichter die Zeche bezahle.

Demuth hatte erwidert, er werde die Rechnung für das Essen dem Direktor des Inquisitorialgerichtes vorlegen und sie zweifelsohne erstattet bekommen. Da der Herr Gendarm seit dem frühen Morgen dem Gericht zugearbeitet habe, sei es nur recht und billig, mit den Ausgaben für seine Beköstigung die Gerichtskasse in Werden zu belasten.

Er habe als Gendarm für die Aufrechterhaltung der öffentlichen Ordnung im Kreise Dinslaken zu sorgen, hatte Schmitting entgegnet, und genau das habe er auch in den letzten Stunden getan. Für diesen Dienst werde er vom Königreich Preußen anständig besoldet, und eine extraordinäre Gratifikation sei ganz und gar nicht erforderlich. Wenn allerdings ein hochrangiger Staatsdiener wie der Herr Kriminalrichter das anders sehe, werde er selbstverständlich nicht auf seiner Meinung beharren, sondern die Einladung annehmen.

Demuth hatte ihn von der Seite angesehen und erwartet, ein fröhliches Grinsen oder ein verschmitztes Lächeln zu entdecken, hatte aber im sorgfältig rasierten Gesicht des Gendarmen keinerlei Anzeichen dafür gefunden, dass der irgendwas gesagt haben könnte, was er nicht todernst gemeint hatte.

Als sie sich in der Gaststube gegenübersaßen, bestellte Demuth bei der Frau des Postmeisters zwei Portionen Graupensuppe mit Roggenbrot und fragte den Gendarmen, ob er Familie habe.

»Nein«, sagte Schmitting.

Anton Demuth entnahm dieser sehr kurzen Antwort nicht nur, dass sein Gegenüber weder Gemahlin noch Kinder hatte, er schloss daraus auch, dass Schmitting nicht die geringste Neigung verspürte, mit einem Kriminalrat des Werdener Inquisitorialgerichtes über private Angelegenheiten zu sprechen. Also wechselte er das Thema und erkundigte sich danach, was den Herrn Gendarm dazu veranlasse, Woche für Woche einen Fußweg von beinahe zwei Meilen auf sich zu nehmen, um die Poststation am Schloss Oberhausen aufzusuchen.

Schmitting wurde umgehend wieder gesprächig. Ja, in der Tat, es sei ein weiter Weg, den er da jedes Mal zurückzulegen habe, etwa zweieinhalb Stunden laufe er bis zum Posthaus, und ebenso lange brauche er für den Rückweg nach Dinslaken. Aber das seien ja nicht etwa Spaziergänge, sondern überall dort, wo er vorbeikomme, schaue er natürlich nach dem Rechten, zum Beispiel im Kirchdorf Sterkrade, wo er ein ganz besonderes Augenmerk auf die wachsende Arbeiterschaft der Eisenhütte Gute Hoffnung habe. Noch in der vorigen Woche habe er einen ihm unbekannten jungen Mann bei den Erzgräbern angetroffen, der sich nicht ausweisen konnte. Ihm sei sofort aufgefallen, dass dieser Fremde einer steckbrieflich gesuchten Person sehr ähnlichsah, nämlich einem gewissen Johannes Bongars, gebürtig aus Rees, dreiundzwanzig Jahre alt, schwarzes Haar, flache Stirn, spitzes Kinn, fünf Fuß, sechs Zoll und drei Strich groß. Und tatsächlich, der Kerl sei genau dieser Bongars gewesen, ein Deserteur, der vom sechsundzwanzigsten königlichen Infanterieregiment in Magdeburg geflüchtet war.

Einige Wochen zuvor, als er einmal an der Emscher entlang durch die Bauernschaft Buschhausen, durch Byfang und Holten zurück nach Dinslaken gegangen sei, habe er in einer Feldscheune hinter Buschhausen einen verlotterten Menschen angetroffen, der sich bei genauer Überprüfung als ein Mann entpuppt habe, der bereits Monate zuvor des Vagabundierens und Bettelns überführt und aus dem Königreich Preußen ausgewiesen worden war.

Trudi brachte Suppe und Brot an den Tisch. Auch danach hörte Schmitting nicht auf zu erzählen. Immer wieder legte er seinen Löffel zur Seite und erörterte dem Kriminalrichter, wie vielfältig seine alltäglichen Bemühungen um die Aufrechterhaltung der öffentlichen Ordnung waren. Dabei sprach er so laut, dass auch der lesende junge Mann, der Kaffee trinkende Herr und die Magd Trudi, die hinterm Schanktisch stand, einiges über die Dienstauffassung eines königlich preußischen Gendarmen erfuhren.

Während Anton Demuth die Graupensuppe vorzüglich schmeckte, hörte er den Einlassungen Schmittings mit Interesse, aber auch mit einem leisen Unbehagen zu. Der Herr Gendarm sah die öffentliche Ordnung nämlich immer dann bedroht, wenn irgendwo im Kreis Dinslaken fremde Menschen auf der Bildfläche erschienen. »Bleibe im Lande und nähre dich redlich« war für ihn nicht nur ein schöner Satz aus der Bibel, sondern ein göttliches Gebot, und ein Mensch, der sich daran nicht hielt, war ihm grundsätzlich verdächtig. Wer sich fern von Heim und Herd irgendwo herumtrieb, der führte selten etwas Gutes im Schilde.

Eine Poststation war ein Ort, an dem tagtäglich unbekannte Reisende auftauchten, ein Ort also, an dem permanent Ungemach drohte. Der Gendarm hielt es deshalb für dringend notwendig, mindestens einmal pro Woche das Posthaus am Schloss Oberhausen zu visitieren, die Fremden, die er antraf, zu kontrollieren und zu überprüfen, ob der Postmeister Krumpe seiner Verpflichtung nachkam, für jeden seiner Gäste einen Fremden-Meldezettel im Bürgermeisteramt in Holten einzureichen.

»Der gute Friedrich Krumpe scheint hin und wieder zu vergessen, dass er nicht nur ein königlicher Posthalter ist, sondern dass er zugleich auch ein Gasthaus betreibt und dass er sich, wie jeder Gastwirt in Preußen, an die Verfügung des hohen Polizeiministeriums zu halten hat, fremde Übernachtungsgäste den Behörden zu melden«, sagte Schmitting.

Gerade heute Morgen habe er den Krumpe noch einmal energisch an seine diesbezüglichen Pflichten erinnert, fügte er hinzu, beugte sich ein Stück nach vorn und drosselte die Lautstärke seiner Stimme.

»Der junge Kerl da mit dem Buch, seit gestern Mittag ist der schon hier, und angemeldet hat der Krumpe ihn noch immer nicht. Na ja, immerhin lag der ausgefüllte Meldezettel nebenan im Bureau des Posthalters, und Krumpe konnte mir glaubhaft versichern, dass er längst jemanden damit zum Bürgermeister nach Holten geschickt hätte, wenn die Straßen nicht in einem so miserablen Zustand wären.«

»Ich nehme an, Sie haben den jungen Mann bereits überprüft.«

»Ja, selbstverständlich. Ein achtzehnjähriger Jude aus Düsseldorf. Aber seine Papiere sind in Ordnung. Harry Heine heißt er. Er ist auf dem Weg nach Hamburg zu einem Onkel.«

»Also halten Sie den jungen Herrn nicht für einen Gauner, obwohl er sich von seinem Zuhause entfernt hat und durch die Weltgeschichte reist?«, fragte Demuth spitzzüngig.

»Nein, das tue ich nicht, Herr Justizrat.« Schmitting wirkte für einen Augenblick irritiert. Er begriff anscheinend gerade, dass Demuth seine grundsätzliche Skepsis gegenüber fremden Menschen nicht teilte.

»Natürlich sind mit der fahrenden Post viele gut betuchte Bürger unterwegs, die sich eine Reise leisten können und nichts Böses im Schilde führen«, sagte er eifrig. »Aber es mischt sich eben immer wieder auch Gesindel unter die Reisenden. Spitzbuben und Halsabschneider haben in einer Poststation als Fremde unter Fremden die besten Aussichten, unerkannt zu bleiben.«

»Wissen Sie etwas über den Mann, der neben dem Kachelofen sitzt? Haben Sie mit dem auch gesprochen?«, fragte Demuth.

»Ja, das habe ich. Wenn ich hier bin, frage ich jeden Gast nach Zweck und Ziel seiner Reise und lasse mir seine Papiere zeigen.«

»Auch der Herr sieht nicht aus wie ein Gauner«, stellte Demuth fest. »Sein Halstuch ist aus Seide, sein Stehkragen blütenweiß, und das Revers seines Gehrocks ist aus Samt.«

»In der Tat, Herr Kriminalrat«, sagte Schmitting, inzwischen beinahe flüsternd, »der Mensch erweckt den Anschein, ein gut situierter Kaufmann zu sein. Aber ich halte es durchaus für möglich, dass dieser Eindruck täuscht. Irgendwas stimmt mit dem Manne nicht.«

Schmitting beugte sich noch ein Stück weiter über den Tisch und sprach jetzt so leise, dass Anton Demuth sehr aufmerksam zuhören musste, um zu erfahren, dass der fein gekleidete Herr fünfundvierzig Jahre alt war, aus dem Königreich Bayern kam und Augustin Sumser hieß. Er war in seiner Heimat ein wohlbekannter Hersteller sogenannter Musikdosen, jedenfalls hatte er das behauptet. Und in der Tat, so berichtete Schmitting, verfüge er über eine gültige Konzession für das Vertreiben mechanischer Musikinstrumente in der preußischen Provinz Jülich-Cleve-Berg. Er war bereits seit vier Tagen Gast in der Poststation, übrigens von Krumpe korrekt angemeldet, und er hatte bei der Überprüfung durch den Gendarmen angegeben, dass er noch einige Tage bleiben werde.

Ja, das werde er wohl müssen, hatte Schmitting ihm entgegnet, denn bei dem anhaltend schlechten Wetter werde vorläufig keine Postkutsche fahren.

Daraufhin hatte Sumser erklärt, es seien keineswegs allein die Straßenverhältnisse, die ihn hier festhielten. Er verweile gern an diesem angenehmen Ort und habe die Absicht, auf jeden Fall noch eine Weile im Posthaus zu logieren.

Schmitting war das recht eigenartig vorgekommen. Er hatte

noch nie erlebt, dass ein Handlungsreisender, ganz gleich, welche Ware er feilbot, tagelang hier in der einsam gelegenen Poststation am Emscherübergang ausharrte. Dieser Sumser konnte doch nicht ernsthaft glauben, hier jemanden zu finden, dem er seine Spieldosen andrehen konnte. Schmitting war davon überzeugt, dass der Mann aus einem anderen Grunde hier war, dass er irgendwas Übles im Schilde führte.

»Haben Sie mal eines seiner mechanischen Instrumente gesehen?«

»Nein, leider nicht. Ich hätte ihn gern noch nach diesen Musikdosen gefragt, aber während ich mit ihm sprach, hörten wir draußen Dina Becker schreien. Da bin ich sofort rausgelaufen.«

»Wenn der Herr Sumser noch eine Weile hierbleiben will, wird sich gewiss die Gelegenheit ergeben, etwas mehr über ihn und den Grund seiner Reise zu erfahren«, sagte Demuth.

»Ja, das denke ich auch, Herr Kriminalrichter.«

»Der junge Herr Heine und Augustin Sumser sind zurzeit die einzigen Gäste im Posthaus?«

»Vor ein paar Tagen sind Puppenspieler angekommen. Sie haben ihr Nachtlager hinten in den Pferdeställen aufgeschlagen. Höchst undurchsichtige Leute, wenn Sie mich fragen. Und wenn ich den Tod der Hasenleder aufzuklären hätte, dann würde ich mir zunächst einmal diese Herrschaften sehr genau ansehen.«

Demuth sagte dazu nichts.

Schmitting rümpfte die Nase und fügte hinzu: »Fahrendes Volk. Wo solche Menschen auftauchen, ist äußerste Achtsamkeit geboten.«

»Ach was«, sagte Demuth schnippisch.

»Ich verstehe Ihren spöttischen Unterton nicht, Herr Untersuchungsrichter. Noch vor ein paar Wochen hat die Regierung in Cleve alle lokalen Behörden angewiesen, herumziehende Komödianten, Marionettenspieler und Gaukler strengstens in Augenschein zu nehmen und diese Leute sofort aus dem hiesigen Regierungsbezirk zu verweisen, wenn sie nicht mit den vorschriftsmäßigen Konzessionen des Hohen Polizeiministeriums ausgestattet sind.«

»Ich bin durchaus dafür, dass fahrendes Volk überprüft wird, Schmitting, aber wenn diese Leute über die Erlaubnis verfügen, ihr Gewerbe auszuüben, dann sollte man sie nicht gleich jeder Schandtat verdächtigen, die in ihrer Umgebung begangen wird.«

»Nun, Herr Justizrat, die Papiere der Familie Tendler sind in Ordnung. Joseph Tendler verfügt über eine Konzession für Marionettenvorführungen in den westlichen Provinzen des Königreiches. Aber ich werde dennoch weiter streng darauf achten, was die Herrschaften hier treiben. Selbst wenn ich das nicht wollte, wäre ich dazu verpflichtet.«

»Inwiefern?«, fragte Demuth unwillig.

»Die Regierung in Cleve hat verfügt, dass alle Marionettenspieler unter strenger polizeilicher Kontrolle zu halten sind. Diejenigen, deren Darbietungen Unmoralisches, Zweideutiges oder Schmutziges enthalten, haben umgehend Gewerbeschein und Konzession abzugeben.«

Demuth kannte die Klagen über allzu derbe Verse in manchen Marionettenspielen. Dass es auf den Puppenbühnen tatsächlich so respektlos gegen die Obrigkeit, so zotig und gotteslästerlich zuging, wie es vor allem von Pfarrern und Polizeioffizianten immer wieder behauptet wurde, bezweifelte er allerdings.

»Sie werden also übermorgen wieder hier sein, um sich die Vorführung der Puppenspieler ansehen?«, fragte er den Gendarmen.

»Das ist mein Plan. Aber wenn Sie es wünschen, dann stehe ich Ihnen auch gern morgen zur Verfügung.«

»Sie haben mir heute sehr geholfen, Schmitting. Und Sie kennen hier die Verhältnisse. Ich würde es in der Tat begrüßen, wenn Sie schon morgen wiederkommen könnten.«

»Ich nehme an, dass der Herr Landrat keine anderen Dienstanweisungen für mich hat. Es ist ja nach dem gewaltsamen Tod der Hasenleder davon auszugehen, dass im Kreis Dinslaken ein Mörder frei herumläuft, und da wird der Herr von Buggenhagen es gewiss befürworten, dass ich den ermittelnden Kriminalrichter unterstütze. Also werde ich morgen wieder hier sein. Und wenn es Ihnen recht ist, werde ich dann zuerst den Schlossgärtner aufsuchen. Wegen der Bohnenstangen. Und jetzt, Herr Justizrat, würde ich mich gern auf den Heimweg machen, damit ich bei Einbruch der Dunkelheit wieder in Dinslaken bin.«

»Ja, natürlich, Herr Gendarm, tun Sie das.«

»Und Sie, Herr Justizrat? Fahren Sie heute noch zurück nach Werden?«

»Ich weiß nicht«, sagte Anton Demuth nach einem Blick auf seine Taschenuhr. Wenn er sich beeilte und gut vorwärtskäme, könnte er Werden erreichen, bevor es stockdunkel war. Dort warteten alle Annehmlichkeiten seiner behaglichen Wohnung auf ihn, und er könnte Klärchen Stüber in die Marktschänke schicken, um einen Krug Bier zu holen.

Der Preis dafür wäre allerdings eine lange anstrengende Fahrt über schlammige Straßen, und daran lag ihm ganz und gar nichts.

Wenn er hier im Posthaus bliebe, könnte er versuchen, mit dem jungen Harry Heine aus Düsseldorf oder mit dem zwielichtigen Augustin Sumser aus dem Königreich Bayern ins Gespräch zu kommen. Das könnte eventuell sogar anregender sein als die recht beschaulichen kleinen Romane von Friedrich de La Motte Fouqué, seine Lektüre an den vergangenen Abenden. Und ein gutes Bier, das gab es vermutlich auch hier in der Gaststube der Poststation. Die Frage war nur, ob und wie es sich in diesem Hause übernachten ließe.

Als Schmitting sich verabschiedet hatte und die Frau des Postmeisters dabei war, Schüsseln und Löffel vom Tisch zu räumen, fragte Anton Demuth sie, ob es noch ein freies Gastzimmer gäbe, in dem er die Nacht verbringen könne. Es gäbe noch zwei freie Schlafräume, erwiderte Frau Krumpe, und eines davon habe man schon für den Herrn Kriminalrichter Demuth hergerichtet. Auch seine Reisetasche habe man bereits dorthin gebracht.

»Ach was«, sagte Demuth erstaunt.

»Wir sind davon ausgegangen, dass Sie hier mit Ihrer Arbeit heute nicht fertig werden. Und dass Sie noch zurück nach Werden fahren würden, um dann morgen wieder hierherzukommen, das konnten wir uns nicht vorstellen. Bei dem Wetter.«

»Eigentlich wollte ich das.«

»Das wäre, also mit Verlaub, Herr Justizrat, das wäre töricht. Zumal es inzwischen wieder regnet.«

Demuth ging zum Fenster und schaute hinaus. Es regnete in Strömen.

Hatte Frau Krumpe gerade zu ihm gesagt, er wäre töricht, wenn er noch nach Hause führe? Nicht viele Menschen trauten sich, so etwas zu einem königlich preußischen Justizrat zu sagen.

Anton Demuth entschied sich zu bleiben.

Er ließ sich von Trudi das Zimmer im ersten Stock zeigen. Es war klein und sauber. Die Bettstatt verfügte über eine angenehm weiche Matratze, die offenbar mit Rosshaar gestopft war. Die Bettwäsche war frisch. Auf der Kommode stand eine Waschschüssel nebst Wasserkanne. Daneben lagen zwei baumwollene Trockentücher, darauf ein Stück weiße Seife. An einer Wand hing ein kleiner Spiegel, und sogar ein Nachtstuhl war vorhanden. Wenn ihn ein dringendes Bedürfnis plagen sollte, brauchte er nicht hinauszulaufen zum Abtritt bei den Pferdeställen.

Er schickte Trudi fort, warf Hut und Mantel und Gehrock über die Lehne des Nachtstuhls, zog seine Stiefel aus und legte sich aufs Bett.

Als er sich ganz sicher war, dass er eine gute Entscheidung getroffen hatte, drohten ihm die Augen zuzufallen. Er stand auf, holte die leichten Schnallenschuhe, die er gewöhnlich im

Haus trug, aus der Reisetasche, zog sie an, ging zum Spiegel, grämte sich ein paar Augenblicke über seinen immer spärlicher werdenden grauen Haarkranz und strich mit den Fingerspitzen die buschigen Augenbrauen glatt, die einzigen Haare, die noch so schwarz waren wie eh und je. Er wusch sich die Hände, zog seinen Gehrock an, ging hinunter in die Gaststube und setzte sich wieder an den Tisch, an dem er zuvor mit Schmitting gesessen hatte.

Das Bier, das der Posthalter persönlich aus dem Fass auf dem Schanktisch zapfte und ihm brachte, schmeckte ausgezeichnet. Es war, so erfuhr er, nebenan im Schloss gebraut worden. Maximilian von Westerholt beschäftigte einen tüchtigen Braumeister, dessen Bier der Graf nicht nur an den Postmeister Krumpe, sondern bis nach Duisburg, Mülheim und Essen verkaufte.

Der Herr Sumser aus Bayern und der junge Heine saßen sich am Tisch neben dem Kachelofen gegenüber und verschoben Figuren auf einem Holzbrett. Schachfiguren waren das nicht, eher flache Steine, wie man sie benutzte, um Dame oder Mühle zu spielen. Aber die Herren würfelten zwischen ihren Zügen und lasen offenbar von den Würfeln ab, wie weit die runden Steine zu ziehen waren.

Anton Demuth wollte gerade hinübergehen zu den beiden und sie fragen, ob er ihrem Spiel zuschauen dürfe, als die Frau des Postmeisters in der Küchentür erschien, am Schanktisch ein paar Worte mit ihrem Mann wechselte und dann zu ihm an den Tisch kam und fragte, ob sie ihn eventuell für ein paar Minuten stören dürfe.

Demuth willigte gern ein, bat sie, Platz zu nehmen, und sagte, während sie sich setzte: »Die Graupensuppe hat gut geschmeckt.«

»In schlechten Zeiten wie diesen schmeckt alles gut«, stellte Frau Krumpe fest. »War sie Ihnen nicht zu teuer?«

»Ich weiß nicht. Was hat sie denn gekostet?«

»Eine Schüssel Suppe mit einem Stück Roggenbrot kostet drei gute Groschen. Haben Sie denn gar nicht auf unseren Aushang geschaut?«, fragte die Frau des Posthalters und deutete auf einen Zettel, der an der Wand hing.

»Nein, die Preisliste habe ich nicht gesehen«, antwortete Demuth.

Frau Krumpe streckte ihren Rücken. Als sie kerzengerade auf dem Stuhl saß, erklärte sie mit einer Stimme, die beinahe so gewichtig und dröhnend klang wie die des Gendarmen: »Ein jeder Gastwirt ist gehalten, die Preise, für welche er den bei ihm einkehrenden Fremden Unterkunft und Bewirtung gewähren will, so auszuhängen, dass sie allen seinen Gästen gut sichtbar sind.« Sie lachte erheitert. »Den Wortlaut der Verfügung kenne ich inzwischen auswendig, so oft hat der Schmitting sie uns gepredigt. Noch heute Morgen hat er den Aushang kontrolliert. Gott sei Dank hatte er nichts zu beanstanden.«

»Der Zettel hängt ja auch wirklich für jedermann sichtbar da an der Wand«, stellte Demuth fest, »ich habe einfach nicht darauf geachtet. Außerdem hätte ich auch gar nicht gewusst, ob das viel ist, drei Groschen für eine Suppe mit Brot. Ich esse selten auswärts. Klärchen Stüber, meine Haushälterin, kocht ganz vorzüglich.«

»Vor einem Jahr haben unsere Suppen nur die Hälfte gekostet, einen Groschen und sechs Pfennige. Aber die Gerste für die Graupensuppe ist teuer geworden, genau wie alles andere Getreide auch.«

»Aber Sie kriegen noch alles, was Sie brauchen, um Ihre Gäste zu bewirten?«, fragte Demuth.

»Manchmal nur mit Ach und Krach«, antwortete Krumpes Frau. »Unser Sohn Hermann, der ist beinahe täglich unterwegs und schaut sich auf den Märkten um, meistens in Duisburg, aber auch in Essen und in Dinslaken. Irgendwo findet er immer noch alles Nötige. Hülsenfrüchte, Butter und Schmalz, Speck und Fleisch, Eier und Mehl. Aber frisches Gemüse gibt es fast gar nicht, und alles kostet beinahe jeden Tag mehr als am Tag zuvor, vor allem das Mehl. Weizenmehl ist kaum noch zu bezahlen, und die Preise für einen Laib Brot sind eine Zumutung. Gut, dass wir den Backofen haben und selbst backen können.«

»Ja, alles wird immer teurer«, sagte Demuth.

»Ich bete jeden Tag zu Gott, dass er uns gnädig sein möge«, sagte die Frau des Postmeisters.

»Gott?« Anton Demuth zuckte mit den Achseln.

»Er allein gebietet den Winden und den Wassern, er ist der Herr über die Erde und alle ihre Gestirne. Die Menschheit hat ihn schon einmal so sehr erzürnt, dass er sie beinahe vernichtet hätte. Damals hat er die Sintflut geschickt, jetzt hat er die Sonne verdunkelt. Und wenn wir ihn nicht besänftigen, dann wird die Sonne nie mehr scheinen, und alles Leben wird zugrunde gehen.«

»Womit haben die Menschen den Herrgott denn so maßlos erzürnt?«

Demuths Frage verblüffte Frau Krumpe so sehr, dass sie ihn mit offenem Mund sprachlos ansah.

»Um Himmels willen«, sagte sie dann und schüttelte den Kopf, »über so etwas wollte ich doch gar nicht mit Ihnen reden. Eigentlich wollte ich Sie fragen, ob Sie sich an mich erinnern.«

Demuth trank einen Schluck Bier aus seinem Krug, bevor er antwortete. »Als ich heute Nachmittag ankam, hatte ich das Gefühl, Sie von irgendwoher zu kennen. Aber ich war mir nicht sicher.«

»Im ersten Augenblick wusste ich auch nicht, warum Sie mir bekannt vorkamen. Aber als Sie dann sagten, dass Sie der Kriminalrichter Demuth sind, da war mir klar, dass Sie der Anton sind, der Sohn vom alten Lehrer Demuth aus Sterkrade.«

»Sie waren bei meinem Vater in der Schule?«

»Ja, ein paar Jahre sogar mit Ihnen zusammen. Ich bin die Margarete vom Grottkamphof.«

»Margarete Grottkamp.« Demuth versuchte sich zu erinnern.

»Meine große Schwester Elisabeth, die Liese, die war nur ein Jahr jünger als Sie. Vielleicht ist die Ihnen im Gedächtnis geblieben.«

»Die Liese, ja natürlich. Ein feines Mädchen mit großen dunklen Augen und braunen Locken. Ja, die kam vom Grottkamphof, jetzt fällt es mir wieder ein.«

»Und ich war ihre kleine Schwester, die Grete. Ich sah ganz anders aus als die Liese, hatte blonde Zöpfe und war schon damals ein bisschen pummelig.« Margarete Krumpe lachte.

»Was ist denn aus Ihrer Schwester geworden?«, fragte Demuth.

»Ach, die Liese, die ist schon lange tot. War noch keine vierzig, da ist sie an Auszehrung gestorben.«

Obwohl Anton Demuth seit vielen Jahren nicht mehr an das schöne Mädchen mit den großen braunen Augen gedacht hatte, betrübte ihn die Nachricht. Sie weckte in ihm die Erinnerung an seine Mutter, die auch schon als junge Frau gestorben war. Damals war er noch ein kleiner Junge gewesen.

»Das ist traurig«, sagte er leise.

Friedrich Krumpe entzündete ein paar Wachskerzen am Leuchter, der von der Decke hing, und stellte eine Öllampe auf den Tisch, an dem der Herr Heine und der Herr Sumser miteinander lachten und würfelten und Figuren übers Spielbrett schoben. Eine Weile saßen die Frau des Posthalters und der Kriminalrichter einander schweigend gegenüber.

Irgendwann, als ihre Blicke sich begegneten, sagte Margarete Krumpe lächelnd: »Kein Wunder, dass Sie sich nicht an mich erinnern. Als ich in die Schule kam, da waren Sie schon dreizehn oder vierzehn, einer von den Burschen, die uns kleine Mädchen gar nicht beachtet haben. Aber wir haben sie natürlich angehimmelt, die großen Jungs, besonders den Anton, der klüger war als alle anderen.«

»Ich glaube nicht, dass ich das war«, sagte Anton Demuth. »Ich hatte einfach Glück, einen solchen Vater zu haben. Bei uns gab es immer Bücher im Haus. Viele waren zwar nur geborgt, vom Pastor zum Beispiel oder von den adligen Fräuleins im Kloster, aber zu lesen gab es immer was. Und während die anderen Kinder bei der Ernte helfen oder das Vieh hüten mussten, hatte mein Vater seine Freude dran, wenn ich mit einem Buch am Küchentisch gesessen hab. Da war es nicht schwierig, irgendwann mehr zu wissen als die anderen.«

Grete Krumpe winkte ihrem Gatten zu.

»Zapfst du dem Herrn Justizrat bitte noch einen Krug Bier!«, rief sie zum Schanktisch hinüber. »Oder mögen Sie nicht mehr?«, fragte sie Anton Demuth.

»Doch, ich trinke gern noch einen Krug.«

»Bei uns im Haus gab es damals eine Bibel«, sagte Grete Krumpe. »Und ich habe als junges Mädchen viel darin gelesen. Weil ich es so gut konnte, durfte ich sogar abends den Eltern und Geschwistern daraus vorlesen. Am Ende unserer Schulzeit konnten wir fast alle lesen und schreiben. Einige Kinder kamen im Sommer fast nie zur Schule, weil sie auf den Feldern arbeiten mussten, und im Winter fehlten sie oft, weil der Schulweg zu lang und zu beschwerlich war, aber sogar die konnten nachher ihren Namen schreiben. Ihr Vater war immer freundlich und geduldig mit allen, er war ein guter Lehrer.«

»Ja, das glaube ich auch«, sagte Anton Demuth. »Er war anders als die invaliden Soldaten und Schankwirte oder Schneider, die damals in den Dörfern Schulmeister waren. Viele von denen taugten nichts und konnten selbst kaum lesen oder schreiben. Den Bauersleuten war es egal, und die Obrigkeiten haben sich auch nicht drum gekümmert, was die schmuddeligen Bauernkinder lernten. Sie sollten nur fromme und brave Leute werden. Meinen Vater hat das immer geärgert. Seine Kinder, die lagen ihm wirklich am Herzen.«

»Vielleicht haben wir das damals gespürt und sind deshalb so gern zu ihm in die Schule gegangen«, sagte Grete Krumpe.

»Lehrer zu sein, das war sein Lebenszweck. Dabei konnte er nie davon leben, er musste immer irgendwas nebenher machen, Küsterdienste im Kloster oder Schreibarbeiten für die Leute im Dorf. Und dann hat er ja auch noch die kleine Landwirtschaft betrieben, die zum Schulhaus gehörte.«

Friedrich Krumpe brachte einen vollen Krug Bier.

»Mögen Sie sich nicht zu uns setzen?«, fragte Demuth ihn.

»Vielen Dank, Herr Justizrat. Aber das Schwelgen in Erinnerungen, das ist eher die Sache meiner Gattin«, sagte er schmunzelnd. »Was sie alles noch weiß von früher, das erstaunt mich immer wieder.«

Er nahm den leeren Krug vom Tisch und schob den vollen zu Demuth hinüber.

»Kann der Herr Kriminalrichter sich denn noch an die kleine Grete erinnern?«, fragte er seine Frau.

»Nicht so gut wie an meine Schwester Liese«, antwortete sie. »Die war ja in seinem Alter.«

»Dann mal zum Wohle, Herr Justizrat«, sagte Krumpe und schlurfte gemächlich zu dem Tisch hinüber, an dem die Herren Sumser und Heine immer noch in ihr Spiel vertieft waren.

»Ich glaube, Sie sind mir auch deshalb so dauerhaft im Gedächtnis geblieben, weil Sie eigentlich immer in der Schule zugegen waren, auch später, als Sie schon längst nach Duisburg zum Gymnasium gingen. Ihr Vater hat ja jeden Tag von Ihnen gesprochen«, sagte Margarete Krumpe. »Wir wussten alle, wie lang und beschwerlich Ihr Schulweg war und dass Sie nie gemurrt haben, wenn Sie in aller Herrgottsfrühe in Sterkrade aufbrechen mussten. Es reicht eben nicht, einen klugen Kopf zu haben, wenn man es zu etwas bringen will im Leben, hat Ihr Vater immer gesagt. Und dass man wissen muss, was man will, und dass man bereit sein muss, sich dafür zu schinden, und dass wir uns am Anton ein Beispiel nehmen sollten.«

Anton Demuth lächelte ein wenig verlegen und trank von seinem Bier.

»Ja, fast drei Stunden bis nach Duisburg bin ich damals jeden Tag gelaufen«, sagte er dann. »Und am Abend wieder zurück. Aber ich habe es nie als Schinderei empfunden. Ich war ein junger Kerl, und es hat mir nichts ausgemacht. Für meinen Vater war die Zeit viel schwerer als für mich. Er hat sich alles vom Munde absparen müssen, was ich brauchte, das Schulgeld und jedes einzelne Schulbuch.«

»Ihr Vater war sehr stolz auf Sie.«

»Ich war längst nicht der einzige helle Kopf in Sterkrade in der Schule«, entgegnete Demuth, »aber niemand hatte Eltern, die das Geld fürs Gymnasium bezahlen konnten.«

»Erinnern Sie sich noch an den Jacob Troost?«, fragte Grete Krumpe.

»Ja, natürlich. Wir waren gute Freunde damals. Und ich weiß, dass er heute Lehrer in Sterkrade ist. Aber leider haben wir uns aus den Augen verloren.«

»Er kommt manchmal hierher, um einen Krug Bier zu trinken.«

»Ach was«, sagte Demuth überrascht.

Und dann hörte er noch manch anderen Namen, den er schon lange nicht mehr gehört hatte. Er erinnerte sich an Mädchen, mit denen er Nachlaufen gespielt hatte, und an Jungen, mit denen er gerauft hatte. Er erkundigte sich nach dieser und nach jenem, und Grete wusste von allen, was aus ihnen geworden war, und sie erzählte allerlei von früher, was Anton Demuth zum Schmunzeln brachte, und mancherlei, was ihn den Kopf schütteln ließ.

Erst als er spät am Abend sehr müde ins Bett stieg, fiel ihm wieder ein, dass die Frau des Postmeisters bei seiner Ankunft am Nachmittag über die tote Anna Hasenleder gesagt hatte, es hätte wohl so kommen müssen mit ihr.

Über all den alten Geschichten hatte er völlig vergessen, Margarete Krumpe zu fragen, was sie damit gemeint hatte.

Freitag, 13. September 1816

Als junger Mensch hatte Anton Demuth es bisweilen für nötig befunden, eine Reise zu unternehmen, um sich zu bilden. Mit zunehmendem Alter war er jedoch zu der Überzeugung gelangt, dass ein gutes Buch der Bildung genauso zuträglich war. Seit Jahren hatte er nicht mehr in einem Gasthaus übernachtet. Er schätzte es, abends in seinem Lehnstuhl zu sitzen und zu lesen, bis ihm die Augen zufielen, anschließend müde in sein großes, weiches Bett zu kriechen und nach dem Aufwachen allein zu frühstücken, in aller Ruhe zwei große Tassen Bohnenkaffee zu schlürfen und dabei dem Treiben auf dem Marktplatz von Werden zuzuschauen.

So war er an diesem Freitagmorgen im Posthaus an der Emscher ziemlich erstaunt darüber, dass er sich ganz und gar wohlfühlte, obwohl er nicht in seinem Bett geschlafen hatte und nicht am Frühstückstisch in seinem Salon saß.

Es hatte ihm gestern Abend unerwartet viel Vergnügen bereitet, sich zusammen mit Margarete Krumpe, der kleinen Schwester von Liese Grottkamp, an die Kinder- und Jugendtage in Sterkrade zu erinnern. Das Bier aus dem Braukeller des Grafen Westerholt hatte ihm so gut geschmeckt, dass er zwei Krüge geleert hatte. Sie hatten ihn in der Nacht einmal aus dem Bett getrieben, aber nachdem er den Nachttopf benutzt hatte, war er schnell wieder eingeschlafen. Als er das nächste Mal wach geworden war, hatte er zunächst geglaubt, in seinem eigenen Bett zu liegen, Klärchen Stüber in der Küche zu hören und ihren guten Bohnenkaffee zu riechen. Erst nach einer Weile war ihm klar geworden, dass er gerade in einem Gästezimmer der Poststation aufgewacht war, dass er Geräusche aus der Küche im Parterre hörte und dass ganz offenbar auch von dort dieser wunderbare Duft zu ihm heraufstieg. Die Aussicht auf einen frisch gebrauten, guten Kaffee hatte ihn rasch munter werden lassen.

Eine Viertelstunde später hatte ihn in der Gaststube der junge Herr Heine überaus freundlich gegrüßt. Demuth hatte kurz daran gedacht, sich zu ihm zu gesellen, es dann aber doch vorgezogen, ihm lächelnd zuzuwinken und sich allein hinzusetzen. Er wählte den Tisch, der am Fenster stand, so dass er den Platz vorm Haus überblicken konnte.

Trudi, die Magd des Posthalters, war aus der Küche gekommen, hatte höflich einen Knicks angedeutet, dem Herrn Justizrat ein wenig schüchtern einen guten Morgen gewünscht und ihn nach seinen Wünschen gefragt.

Anton Demuth hatte erwidert, dass er etwas zum Frühstück essen wolle und dass ihm sehr daran gelegen sei, eine große Tasse von diesem wunderbar duftenden Kaffee zu bekommen.

Trudi hatte ihm umgehend zwei dicke Scheiben vom selbstgebackenen Brot, ein Stück Butter, Quittenmarmelade, ein gerührtes Ei und eine große Tasse Kaffee gebracht.

Jetzt genoss Demuth sein Frühstück mit ebenso viel Ruhe und Wohlbehagen, wie er es zu Hause tat. Den Blick auf den Werdener Marktplatz vermisste er heute nicht.

Er beobachtete aus den Augenwinkeln den jungen Herrn Heine, der etwas in ein Heft schrieb. Vielleicht hielt er seine Reiseerlebnisse fest. Auch vor ihm stand eine große Tasse Kaffee.

Vom Posthalter und seiner Frau Margarete war nichts zu sehen. Trudi hantierte allein in der Küche.

Auf dem Platz vorm Posthaus saß bewegungslos eine magere Katze. Sie schaute unverwandt die Straße hinunter in Richtung Sterkrade.

Als Trudi nach einer Weile noch einmal an seinen Tisch kam und ihn fragte, ob er noch etwas brauche, deutete Demuth durchs Fenster auf das Tier.

»Da scheint jemand darauf zu warten, dass endlich wieder eine Postkutsche fährt«, sagte er.

Trudi lachte.

»Bringst du mir noch eine Tasse Kaffee?«, fragte Demuth sie.

Trudi nickte eifrig und ging zurück in die Küche. Die Katze lief quer über den Platz, ohne in eine der zahlreichen Pfützen zu treten. Sie verschwand in den Pferdeställen.

Anton Demuth schaute zum Himmel hinauf. Die Sonne sah er auch heute nicht, aber es schien ihm so, als sei das Himmelsgrau nicht ganz so düster und undurchdringlich wie an den vergangenen Tagen. Es regnete nicht.

Als Trudi ihm die zweite Tasse Kaffee brachte, sagte er zu ihr: »Ich würde dir gern ein paar Fragen stellen.«

Trudi blieb neben dem Tisch stehen.

»Setz dich!«, forderte Demuth sie auf.

»Da müsste ich erst den Herrn Postmeister fragen«, entgegnete Trudi.

»Nein, das musst du nicht.«

»Ich habe in der Küche zu tun.«

»Du setzt dich jetzt und beantwortest meine Fragen«, befahl Demuth streng. »Das ist eine behördliche Anordnung.«

Zögernd und mit unverhohlenem Widerwillen fügte Trudi sich. Als sie ihm mit gesenktem Blick gegenübersaß, steif und kerzengerade, ganz vorn auf der Stuhlkante, fragte er sie: »Hast du Angst vor mir?«

»Nein, Herr Justizrat.«

»Fürchtest du dich vorm Krumpe?«

Trudi schüttelte den Kopf.

»Vor seiner Frau?«

»Wenn die Küchenarbeit liegen bleibt, dann wird sie ungehalten.«

»Dass eine Zeugin der Aufforderung eines Richters Folge leisten muss, wenn der sie zu einem ungeklärten Todesfall befragen will, das weiß auch Margarete Krumpe. Ich werde ihr sagen, dass ich dich von der Arbeit abgehalten habe.«

Trudi sah schweigend vor sich hin.

»Wo ist sie eigentlich, die Frau Posthalter?«, fragte Demuth.

»Sie hält Totenwache bei der Anna Hasenleder, schon seit dem frühen Morgen.«

»Zusammen mit ihrem Mann?«

»Nein, mit der Helena Kleinrogge. Der Herr Postmeister und sein Sohn schauen nach den Vorräten und planen die Einkäufe. Ich weiß nicht, wo sie gerade sind, im Keller oder in den Ställen vielleicht.«

Demuth sah, dass Heine sein Heft und seinen Schreibstift in eine Ledermappe steckte, seine Kaffeetasse leerte und sich von seinem Stuhl erhob. Mit der Mappe unterm Arm kam der junge Mann auf Demuths Tisch zu, blieb einen Schritt davor stehen und sagte freundlich: »Heine ist mein Name, Harry Heine aus Düsseldorf.«

Er deutete höflich eine Verbeugung an und fügte hinzu: »Ich habe die Absicht, das Posthaus für einige Stunden zu verlassen, gegen Mittag werde ich wieder hier sein.«

Anton Demuth sah ihn überrascht an.

»Nun, Herr Kriminalrichter, ich weiß, warum Sie hier sind, und ich nehme an, dass Sie einige Fragen an mich haben. Deshalb möchte ich nicht den Eindruck erwecken, dass ich vor Ihnen davonlaufe. Ich würde nur gern das trockene Wetter nutzen und mir ein wenig die Umgebung ansehen.«

»Tun Sie das, tun Sie das nur«, sagte Demuth. »Wir können später miteinander reden.«

»Dann wünsche ich Ihnen einen guten Tag«, erwiderte Heine, lächelte liebenswürdig und verließ die Gaststube.

Anton Demuth sah ihm nach. Ein erstaunlicher junger Mann, höchstens neunzehn oder zwanzig Jahre alt, schätzte er. Über so galante Umgangsformen und über ein solch sicheres Auftreten hatte er in diesem Alter nicht verfügt.

Trudi saß immer noch mit gesenktem Blick kerzengerade auf der Kante ihres Stuhls. Als Demuth sich ihr wieder zuwandte, sagte sie, ohne ihn anzuschauen: »Ich verstehe nicht, warum Sie mich für eine Zeugin halten. Ich weiß doch gar nichts.«

»Jetzt beruhige dich mal, Mädchen! Ich möchte von dir nur wissen, wer die Nachbarn von der Anna Hasenleder sind. Wer in den Häusern an der Emscher wohnt, das weißt du doch, oder?«

Trudi nickte.

»Also, der kleine Hof, an dem wir gestern zuerst vorbeigekommen sind, als du mich zur Anna gebracht hast, dieser ziemlich heruntergekommene Kotten, der gehört den Kleinrogges?«

Trudi nickte.

»Da wohnt die Helena, die jetzt mit der Margarete Krumpe die Totenwache hält?«

Trudi nickte wieder.

»Und wer noch?«

»Ihr Mann, der Paul. Und ihre Tochter, die Marie.«

»Mehr Kinder haben die Kleinrogges nicht?«

»Die haben viel Unglück gehabt, die Helena und der Paul. Die anderen Kinder sind ihnen weggestorben. Der Älteste war der Georg, der war Soldat beim Napoleon und ist in Russland gefallen, und mit dem Jüngsten ging es vor ein paar Wochen ganz plötzlich zu Ende. Der war erst vier.«

»Woran ist er gestorben?«

»An Krämpfen.«

Demuth sah Trudi fragend an.

»Der Junge und seine Schwester, die hatten beide starke Bauchkrämpfe«, erklärte sie. »Und die Marie hat sich auch erbrochen, genau wie ihr kleiner Bruder. Aber sie ist wieder gesund geworden. Der Posthalter meint, dass die beiden Kinder was Schlechtes gegessen haben. In dieser Zeit sind die Menschen ja manchmal froh, wenn sie überhaupt irgendwas zu essen finden, und dann achten sie nicht darauf, ob es verdorben ist. Das meint der Herr Krumpe jedenfalls.«

»Und die Kleinrogges, was sagen die dazu?«

»Die sagen, die Kinder hätten nichts Schlechtes gegessen.« Trudi schwieg eine Weile, dann fügte sie leise hinzu: »Die Helena glaubt, dass Anna Hasenleder die Kinder verhext hat.«

Anton Demuth verzog das Gesicht. Es bestürzte ihn jedes

Mal, wenn er einen solchen Unfug zu hören bekam. Er schüttelte den Kopf. »Ich weiß nicht, ob ich das richtig verstehe, was du da erzählst. Heißt das, dass Helena Kleinrogge die Anna für den Tod ihres Kindes verantwortlich macht?«

»Sie glaubt, dass die Anna dem Jungen die Krämpfe angehext hat«, bestätigte Trudi mit dünner Stimme.

»Und jetzt gerade hält sie Totenwache bei der Frau, die ihr Kind auf dem Gewissen haben soll?« Anton Demuth schüttelte wieder seinen Kopf. »Das passt doch ganz und gar nicht.«

»Darüber habe ich auch schon nachgedacht. Vielleicht will die Helena sich ja nur vergewissern, dass die Anna wirklich tot ist und dass sie nichts Schlimmes mehr anrichten kann.«

Es könnte auch eine andere Erklärung geben, dachte Demuth. Vielleicht versuchte Helena Kleinrogge ja nur, den Anschein zu erwecken, dass sie der Toten nichts nachtrug. Vielleicht fürchtete sie, dass sie sonst allzu leicht in den Verdacht geraten könnte, Anna Hasenleder umgebracht zu haben.

»Glaubst du auch, dass die Kinder der Kleinrogges verhext worden sind?«, fragte Anton Demuth.

Trudi zuckte mit den Achseln.

»Als du mich gestern zum Haus von der Anna gebracht hast, da hast du sie eine Hexe genannt. Du hattest Angst vor ihr, obwohl sie schon tot war.«

Trudi saß mit gesenktem Kopf vor ihm und schwieg.

»Wie kommst du nur auf solche Gedanken, Mädchen? Warum glaubst du, dass Anna Hasenleder eine Hexe war?«

Trudi presste die Lippen zusammen.

Demuth spürte, dass es sinnlos war, sie weiter zu bedrängen. »Sagst du mir noch, wer in den anderen Häusern an der Emscher wohnt?«, fragte er sie.

Trudi nickte.

»Also«, sagte Demuth, »wenn man auf dem Emscherweg weitergeht, am Kotten der Kleinrogges vorbei, kommt man als Nächstes zum Häuschen von der Anna Hasenleder. Da wohnte sie mit ihrer Nichte, der Dina Becker. Aber die hat in letzter Zeit meistens in ihrer Gesindekammer im Herrenhaus geschlafen, wo sie als Stubenmädchen arbeitet. Ist das richtig so?«

Trudi nickte.

»Als ich gestern um das Haus von der Anna herumgegangen bin, habe ich ein Stück weiter emscherabwärts hinter einer Feldhecke einen weiteren Kotten gesehen«, sagte Demuth.

»Ja, das ist der Hof von den Terhuvens. Da gibt es den Fürchtegott. Der ist uralt. Die Leute sagen, dass er schon über achtzig ist. Er ist der Schwiegervater von der Gertrude Terhuven. Die wohnt auch da. Und Gertrudes Kinder, der Arnold und die Henriette. Die Henni ist Küchenmagd im Schloss. Sie ist so alt wie ich, einundzwanzig, und der Arnold ist zwei Jahre älter.«

»Und was ist mit dem Ehemann der Gertrude Terhuven?«

»Die hat keinen Mann.«

»Was soll das denn heißen? Ich denke, sie hat einen Schwiegervater und zwei Kinder.«

»Na ja, sie hat wohl irgendwann mal einen Ehemann gehabt. Ich weiß nicht, was aus dem geworden ist. Ich glaube, er ist tot. Als ich hierhergekommen bin vor ein paar Jahren, da wohnten die vier Terhuvens, der Alte, die Gertrude und die beiden Kinder, jedenfalls schon allein in dem Kotten.«

»Na gut«, sagte Anton Demuth. »Dann werde ich es mal dem jungen Herrn Heine gleichtun und das trockene Wetter für einen Spaziergang nutzen.«

»Es gibt noch ein Haus hier. Das vom Hülsken«, sagte Trudi.

»Hier? Was heißt das? Wo soll das sein?«

»Wenn Sie auf dem Emscherweg weitergehen, bei den Terhuvens vorbei, dann sehen Sie es vor sich am Waldrand, ein kleines Holzhaus, eigentlich nur eine Hütte.«

»Und wer wohnt da?«

»Der Ludwig Hülsken und seine beiden Söhne. Die Frau ist tot. Schon lange. Das weiß ich. Der Ludwig ist Holzfäller. Er arbeitet für den Grafen. Und der Stephan, der ältere der beiden Jungen, der geht schon seit ein paar Jahren mit ihm in den Wald.

Der jüngere Sohn, der Carl, der ist dreizehn, so alt wie die Marie von den Kleinrogges. Die beiden gehen zusammen in Sterkrade zur Schule. Der Carl ist oft bei den Kleinrogges, wenn sein Vater und sein großer Bruder im Wald unterwegs sind.«

Anton Demuth sah durchs Fenster nach draußen, während er Trudi zuhörte. Auf der Landstraße näherte sich ein Leiterwagen, der von einem schweren Kaltblüter gezogen wurde. Das Fuhrwerk bog von der Straße ab und rollte rumpelnd auf den Platz vorm Posthaus. Ein finster dreinschauender Mann, bekleidet mit einem blauen Arbeitskittel und einer verschlissenen Kappe, saß rittlings auf dem Zugpferd und brachte es neben einer großen Wasserlache zum Stehen. Auf dem Wagen stand eine Kiste, und darauf saß ein zweiter Mann. Auch er trug einen zerknitterten blauen Kittel, sein zerzauster Haarschopf war feuerrot.

Bei den Pferdeställen erschienen der Posthalter Friedrich Krumpe und ein junger Mann, offenbar sein Sohn. Während sie auf das Fuhrwerk zugingen, erkannte Anton Demuth, dass es sich bei der Holzkiste auf dem Leiterwagen um einen Sarg handelte.

»Kann ich jetzt wieder an meine Arbeit gehen?«, erkundigte Trudi sich schüchtern.

Ohne seinen Blick von der Szenerie vor dem Haus abzuwenden, sagte Demuth: »Ja, Mädchen. Ich brauch dich vorläufig nicht mehr.«

Trudi stand wortlos auf und ging in die Küche. Draußen stiegen die beiden Männer vom Pferd und vom Fuhrwerk herunter und begannen ein Gespräch mit Krumpe und seinem Sohn. Demuth wurde klar, dass es sich bei den Blaukitteln um Gehilfen der medizinischen Fakultät der Universität Duisburg handeln musste, die von Professor Günther geschickt worden waren, um den Leichnam von Anna Hasenleder zur Sektion abzuholen.

Er beobachtete, wie Friedrich Krumpe missmutig auf den

Mann mit dem feuerroten Haarschopf und seinen finster drein-
schauenden Kollegen einredete und dabei immer wieder so
heftig den Kopf schüttelte, dass sein buschiger grauer Bart vor
seiner Brust hin- und herschwang. Der Rothaarige deutete auf
den Sarg und sagte achselzuckend ein paar Worte zum Posthalter. Der wandte sich plötzlich von der kleinen Gruppe ab,
stürmte die vier Stufen zur Posthaustür empor und kam Augenblicke später schnaufend auf Demuths Tisch zugestapft. Seine
Uniformjacke stand weit offen, über seinen üppigen Bauch
spannte sich ein zu enges graues Unterhemd.

»Entschuldigen Sie bitte, dass ich Sie störe, Herr Justizrat«,
sagte er kurzatmig.

»Das macht nichts«, entgegnete Demuth. »Worum geht es
denn?«

»Die Kerle da draußen behaupten, dass sie den Auftrag haben, die Anna zur Universität nach Duisburg zu bringen. Sie
sagen, dass sie hier auf die Ankunft eines Kriminalrichters aus
Werden warten sollen, der ihnen angeblich den Leichnam über-
geben werde. Mir kommt das alles sehr unglaubwürdig vor.«

»Wieso das denn?«

»Es ist ganz und gar unmöglich, dass Sie jemanden in Duisburg benachrichtigt haben, Herr Justizrat. Seitdem Sie gestern
hier angekommen sind, hatten Sie dazu keine Gelegenheit. Und
warum sollten die beiden hier auf Ihre Ankunft warten? Da Sie
schon längst hier sind, ist das doch ganz offensichtlich Unfug.«

»Nun, Herr Postmeister, das ist einfach zu erklären. Der
Direktor des Kriminalgerichts hat gestern einen Sekretär von
Werden nach Duisburg geschickt, um den Professor Günther
mit der Leichensektion zu beauftragen. Und dass ich hier übernachten würde, konnte gestern niemand wissen. Man hat den
beiden Männern also wahrscheinlich gesagt, dass sie auf die
Ankunft des Richters aus Werden warten sollen.«

»Also ist es tatsächlich so, dass der Leichnam von der Anna
nach Duisburg gebracht werden soll?«

»Wenn ein Mensch gewaltsam zu Tode kommt, und das ist

die Anna Hasenleder zweifellos, dann muss sein Körper durch einen Sachverständigen seziert werden.«

»Ich verstehe«, sagte Krumpe mürrisch.

»Haben Sie die Männern informiert, dass ich schon hier bin?«, fragte Anton Demuth.

»Nein, Herr Kriminalrichter. Die beiden Kerle erschienen mir arg zwielichtig, darum habe ich denen gar nichts gesagt. Ich wollte erst mal mit Ihnen reden.«

»Das ist gut, Krumpe. Ich möchte nämlich nicht, dass die Tote abgeholt wird, bevor ich mit ihrer Nichte Dina geredet habe. Sie soll wissen, dass der Leichnam seziert werden muss, und sie soll auch noch die Gelegenheit haben, sich von ihrer Tante zu verabschieden.«

»Die Dina ist jetzt im Haus von der Anna, zusammen mit meiner Frau und der Helena Kleinrogge.«

»Das trifft sich gut«, sagte Demuth. Er bat den Posthalter, den Männern aus Duisburg vorläufig nichts von seiner Anwesenheit zu sagen und ihnen anzubieten, in der Gaststube auf ihn zu warten. »Setzen Sie jedem einen Krug Bier vor, wenn es sein muss, auch zwei. Hauptsache, sie werden nicht ungeduldig, während ich bei der Dina Becker bin. Schreiben Sie das Bier auf meine Rechnung.«

Er ließ sich von Krumpe zum Hinterausgang führen, lief zur Remise hinüber und von dort hinter den Pferdeställen entlang in Richtung Schloss. Als er den Emscherweg erreichte, war er vom Posthaus aus nicht mehr zu sehen. Er ging am Kotten der Kleinrogges vorbei und stand eine Minute später vor der dunkelgrünen Tür von Anna Hasenleders Haus.

Er zog sie leise auf, um die Frauen, die er betend bei der Totenwache vermutete, so wenig wie möglich zu stören. Er trat über die Schwelle und schloss die Holztür behutsam hinter sich. Während seine Augen sich an das Halbdunkel der Küche gewöhnten, hörte er die Stimme von Margarete Krumpe.

»Dir, oh Herr, empfehlen wir die Seele deiner Dienerin Anna. Verzeihe ihr in deiner Güte und Barmherzigkeit, was sie in ihrem Erdenleben aus menschlicher Schwäche gesündigt hat. Von den Pforten der Hölle errette, oh Herr, ihre Seele. Sie möge ruhen in Frieden, und das ewige Licht leuchte ihr.«

Sie saß am großen Tisch in der Mitte des Raumes, zusammen mit zwei Frauen, die mit gesenkten Köpfen und gefalteten Händen dem Gebet gelauscht hatten. Eine von ihnen war in Margaretes Alter, die andere war deutlich jünger. Sie blickte auf und sah Anton Demuth aus verweinten Augen an.

»Wer sind Sie? Was wollen Sie hier?«, fragte sie mit leiser Stimme.

»Das ist der Herr Kriminalrichter aus Werden, von dem ich dir erzählt habe«, sagte Margarete Krumpe, bevor Demuth antworten konnte.

»Sie sind Dina Becker?«, fragte er.

Die junge Frau nickte stumm.

»Ich störe Sie nur ungern beim Beten, aber ich muss dringend mit Ihnen reden«, sagte Demuth.

Margarete Krumpe schlug das kleine Gebetbuch zu, das vor ihr auf dem Tisch lag.

»Und wer sind Sie?«, fragte Demuth die dritte Frau, die neben Dina Becker auf der Holzbank hinterm Tisch saß.

»Helena Kleinrogge, eine Nachbarin«, sagte sie.

Anton Demuth tat so, als höre er ihren Namen zum ersten Mal. Dass er mit Trudi über sie geredet hatte und dass er wusste, dass sie Anna Hasenleder für den Tod ihres kleinen Sohnes verantwortlich gemacht hatte, behielt er vorläufig für sich.

Er sah Helena Kleinrogge wortlos an. Sie hielt seinem Blick stand, ernst und streng. Ihre Augen lagen unter einer hohen Stirn tief in ihren Höhlen. Die ergrauten Haare waren straff zum Hinterkopf gebürstet und dort zu einem Knoten zusammengebunden. Mit ihrer hageren Gestalt, dem schmallippigen Mund und den tiefen Gesichtsfalten wirkte die Frau auf Anton Demuth verhärmt und krank.

»Habe ich Sie nicht gestern schon gesehen, als ich mit dem Gendarmen Schmitting hier war?«, fragte er sie.

»Ja, da habe ich mit dem alten Terhuven und meiner Schwester Gertrude hier am Tisch gesessen und den Rosenkranz gebetet«, antwortete Helena Kleinrogge.

»Mit ihrer Schwester?«

»Die Schwiegertochter vom Fürchtegott, die Gertrude Terhuven, ist meine Schwester.«

Demuth schwieg erstaunt. Davon hatte Trudi ihm nichts gesagt.

»Worüber wollen Sie denn mit mir sprechen?«, fragte Dina Becker.

»Das würde ich Ihnen gerne draußen erzählen. Vielleicht können wir einen kleinen Spaziergang machen.«

»Ja«, sagte Dina Becker und stand sofort auf. Anton Demuth hatte den Eindruck, dass es auch ihr lieber war, allein mit ihm zu reden.

Als die beiden kurz darauf über den Emscherweg flussabwärts gingen, trocknete Dina mit einem weißen Taschentuch ihre Tränen und sah Demuth aus großen braunen Augen fragend an.

Ihr langes Haar war so schwarz wie ihr Kleid und ihr wollenes dreieckiges Schultertuch. Sie war eine außergewöhnlich schöne junge Frau mit einem fein geschnittenen Gesicht und einer zierlichen Gestalt. Ihre Ähnlichkeit mit der toten Anna Hasenleder war unübersehbar.

Während Anton Demuth nach Worten suchte, mit denen sich so taktvoll wie möglich erklären ließ, dass die Verstorbene weggebracht werden sollte, fragte Dina unvermittelt: »Wann wird meine Tante denn zur Sektion abgeholt?«

Sie bemerkte Demuths Verblüffung und fügte hinzu: »Dass bei ungeklärten Todesfällen eine Leichenschau notwendig ist, hat der Herr von Westerholt mir gesagt. Er hat mir heute freigegeben, damit ich bei der Anna sein kann, solange sie noch hier ist.«

»Die Tote wird nach Duisburg gebracht und dort vom Professor Günther untersucht«, sagte Demuth.

»Wann?«

»Die beiden Universitätsdiener, die den Leichnam abholen sollen, sind schon angekommen. Sie warten im Posthaus.«

»Ich verstehe«, sagte Dina Becker.

»Es tut mir leid. Dass die beiden so früh kommen würden, hatte ich nicht erwartet. Ich hatte gedacht, Sie hätten noch mehr Zeit, sich von Ihrer Tante zu verabschieden.«

»Ist schon gut.«

»Dann ist das für Sie in Ordnung, wenn ich jetzt zurück zum Posthaus gehe und den beiden Männern sage, dass sie die Tote mitnehmen können?«

Dina Becker antwortete nicht sofort. Sie dachte kurz nach.

»Es wäre schön, wenn ich noch eine halbe Stunde allein mit ihr sein könnte.«

»Ja natürlich, das lässt sich machen.«

Demuth bat Dina, auch noch einmal kurz nach der Verstorbenen sehen zu dürfen, und ging mit ihr zurück zum Haus. Margarete Krumpe und Helena Kleinrogge saßen noch am Küchentisch und beteten.

In ihrem Schlafzimmer lag Anna Hasenleder auf dem Bett, so starr und still wie tags zuvor. Was auch immer gestern die schauerliche Empfindung in ihm ausgelöst hatte, es sei nicht alles Leben aus ihr gewichen, heute spürte Anton Demuth davon nichts mehr.

Dina setzte sich auf den Stuhl, über dessen Lehne immer noch Annas Schultertuch hing. Es war inzwischen getrocknet.

»Sie sieht nicht aus, als hätte sie gelitten. Man könnte glauben, sie sei friedlich eingeschlafen«, sagte die junge Frau leise.

Demuth betrachtete die kostbaren Leuchter links und rechts des Bettes, auf denen die Wachskerzen inzwischen weit heruntergebrannt waren.

»Die sind aus dem Herrenhaus. Der Herr Graf hat sie gestern hierherbringen lassen. Er hat die Anna sehr geschätzt.«

Dina Becker begann zu schluchzen.

»Ist es Ihnen recht, wenn ich Sie jetzt mit Ihrer Tante allein lasse?«, fragte Demuth.

Dina nickte.

Als der Kriminalrichter Anton Demuth eine gute halbe Stunde später mit den beiden Universitätsdienern und ihrem Gespann vor Anna Hasenleders Haus stand, kam Dina Becker heraus. Sie schob mit dem Fuß einen schweren Stein gegen die geöffnete Tür, so dass sie nicht zuschlagen konnte, nickte Demuth zu und ging langsam in Richtung Schloss davon. Er verstand, dass sie nicht zusehen wollte, wie der Körper ihrer Tante abtransportiert wurde.

Demuth bat die Universitätsdiener, dem Herrn Professor mitzuteilen, dass die Tote gestern Morgen dort unten in der Emscher, einen Steinwurf unterhalb des Steges, gefunden worden sei. Dann ging er mit ihnen in das kleine Häuschen und sah zu, wie sie den Leichnam in den Sarg legten. Zufrieden stellte er fest, dass sie bedächtig und respektvoll ihre Arbeit verrichteten. Der Mann mit dem mürrischen Gesicht hatte seine verschlissene Kappe vom Kopf genommen und sie in eine Tasche seines blauen Kittels gestopft. Zusammen mit seinem rothaarigen Kollegen trug er den Sarg nach draußen und schob ihn behutsam auf den Leiterwagen.

Anton Demuth sah dem Fuhrwerk nach, bis es auf dem Emscherweg aus seinem Blickfeld verschwunden war. Dann ging er zurück in die Küche und setzte sich an den Tisch.

Er hatte die Hoffnung, in diesem Haus etwas über die Frau zu erfahren, die hier gelebt hatte, vielleicht sogar einen Hinweis darauf zu finden, warum ihr Leben so plötzlich und auf so schreckliche Weise geendet hatte.

Ohne zu wissen, wonach er suchen sollte, stand er auf, kletterte die Stiege zur Dachkammer hinauf und betrachtete das karge Mobiliar, das Bett und ein niedriges hölzernes Regal, auf dem eine geschnitzte Madonna ihre Arme ausbreitete. Hier war also Dina Becker zu Hause, wenn sie nicht im Schloss wohnte. Ihm fiel auf, dass es neben der Marienfigur hier oben in Dinas Zimmer im ganzen Haus kein Zeichen für die Frömmigkeit seiner Bewohnerinnen gab, kein Kruzifix, kein Heiligenbildnis, nichts. Das war ungewöhnlich für einen Bauernkotten in dieser Gegend.

Wieder in der Küche, schob er die Blüten und Blätter, die auf der dunkelgrünen Truhe zum Trocknen ausgelegt waren, zusammen und legte sie auf den großen Tisch. In der Truhe standen tönerne Gefäße und kleine Holzkisten nebeneinander und übereinander. Aus ihnen duftete es nach allerlei Kraut. Auch auf den Wandbrettern über der Truhe waren Tiegel und Töpfe und hölzerne Dosen gestapelt. In einige Gefäße steckte er seine Nase. Die meisten wohlriechenden Kräuter kannte er nicht, nur von wenigen wusste er die Namen.

Am Küchenbuffet öffnete er Türen und Schubladen, doch er fand nichts, was nicht in einen bäuerlichen Haushalt gehörte.

Im großen Schrank im Schlafzimmer hingen ein paar Kleider, Röcke und Blusen neben sorgfältig gefalteter und übereinandergestapelter Wäsche. In einem Schubfach der Kommode, auf der immer noch das Kräuterbuch lag, entdeckte Demuth einige Briefe, die mit einem blauen Wollfaden fest zusammengebunden waren. Es sah so aus, als hätte sie schon lange niemand mehr in der Hand gehabt. Er ließ sie an ihrem Platz. Solange es keinen Hinweis darauf gab, dass sie irgendwas mit Annas Tod zu tun haben könnten, hatte er kein Recht dazu, sie zu lesen.

Neben den Briefen stand ein nicht verschlossenes Holzkistchen. Es war gefüllt mit Geldstücken, mit kleinen zwar nur, mit Pfennigen und Groschen, aber immerhin, so überschlug Anton Demuth, waren es etwa drei Taler, die Anna Hasenleder sich hier zur Seite gelegt hatte.

In der nächsten Schublade, die er öffnete, fand er ein Schreibheft, in das mit zierlicher Schrift Rezepturen für Kräutermischungen für Salben und Tinkturen notiert waren. Daneben lag ein Buch mit dem Titel »Kinder- und Hausmärchen«. Die Anmerkungen an den Seitenrändern waren in derselben feinen Schrift verfasst wie die Kräuterrezepturen im Heft. Er steckte das Buch in seine Jackentasche.

Als er schließlich das Haus verließ, nahm er nicht nur das

Märchenbuch mit, sondern auch die Überzeugung, dass hier keine schlichte Landfrau gelebt hatte. Anna Hasenleder hatte lesen und schreiben können. Allein das war schon ungewöhnlich genug in einer Zeit, in der viele Bauersleute nur mit Mühe ihre Namen unter Geburts- und Heiratsurkunden kritzeln konnten.

Es hatte ihr offenbar an nichts gefehlt. Ihre Schränke waren gefüllt mit allem, was zu einem gediegenen Haushalt gehörte, und sie hatte sich sogar ein paar Taler zurücklegen können, die sie sich vermutlich mit ihren Heilpflanzen und Mixturen verdient hatte.

Graf Maximilian von Westerholt-Gymnich hatte die kräuterkundige Bauersfrau gekannt und sie geschätzt. Er hatte zwei kostbare Leuchter mit wohlduftenden Wachskerzen aus dem Herrenhaus an ihr Totenbett bringen lassen.

Aber es gab auch Menschen, die Anna Hasenleder für eine Hexe gehalten hatten und sie über ihren Tod hinaus fürchteten. Es gab eine Frau, die ein Kind verloren hatte und sie dafür verantwortlich machte. Wenn das, was Trudi erzählt hatte, der Wahrheit entsprach, dann hatte Helena Kleinrogge ein starkes Motiv gehabt, ihre Nachbarin Anna zu hassen und ihr den Tod zu wünschen.

Anton Demuth hatte Anna Hasenleders Haus unverschlossen zurückgelassen, nachdem er vergeblich nach Schloss und Schlüssel gesucht hatte. Jetzt spazierte er gemächlich emscherabwärts und dachte an das Fuhrwerk mit der Toten. Er rechnete sich aus, dass es nicht mehr weit von den Toren Duisburgs entfernt sein dürfte. Nach kurzer Zeit erblickte er das Haus der Terhuvens. Es war größer als das der Toten und gepflegter als das der Kleinrogges. Die schwarzen Balken, die weißen Gefache und die grünen Fensterläden hatten vor noch nicht allzu langer Zeit einen frischen Anstrich bekommen. Auf einer Holzbank neben der Haustür saß der alte Fürchtegott Terhuven. In einer Hand hielt er eine Tabakspfeife, die andere steckte tief in einer Tasche seiner groben Strickweste. Er rührte sich nicht, bis Demuth zwei Schritte vor der Bank stehen blieb und ihm einen guten Tag wünschte. Terhuven erwiderte den Gruß mit einem kurzen Kopfnicken und rutschte von der Mitte der Bank zur Seite.

»Darf ich?«, fragte Demuth.

Der Alte gab ihm keine Antwort. Stattdessen sagte er: »Der Allmächtige hat die Anna zu sich gerufen. Wer auch immer ihr den Weg ins Jenseits geebnet hat, er war von Gott geschickt, um sie heimzuholen.«

Anton Demuth setzte sich neben Fürchtegott Terhuven. Der roch nach Tabaksqualm und nach Alter. Er starrte in die Richtung, aus der Demuth gekommen war, dahin, wo Anna Hasenleders Haus stand.

»Die Menschen zerstören alles. Sie führen Kriege und metzeln sich gegenseitig nieder, anstatt ihre Felder zu bestellen und ihr Vieh zu hüten. Sie vernichten die Schöpfung. Das lässt der Allmächtige sich nicht mehr bieten. In seinem Zorn hat er die Sonne zurückgeholt in den Himmel. Sie wird nie wieder scheinen. Die Menschen werden elendig zugrunde gehen. Nur die, die er besonders liebt, bewahrt Gott vor diesem schrecklichen Ende und erlöst sie aus dem irdischen Jammertal.«

Der alte Terhuven redete leise vor sich hin, so als höre ihm niemand zu.

In einer Hinsicht hatte er zweifellos recht: Das Gleichgewicht der Natur war aus den Fugen geraten. Zu viele Felder hatten brachgelegen in den Jahren der Kriege, weil zu viele Männer auf die Schlachtfelder gezogen waren, um mit Napoleon oder gegen ihn zu kämpfen. Das Wenige, was noch geerntet werden konnte, hatten die Soldaten, die kreuz und quer durch Europa marschiert waren, den armen Bauersleuten gestohlen. Vor zwei Jahren, als Napoleon endlich besiegt war, waren die Scheunen und Vorratskeller leer gewesen, das abgemagerte Vieh war notgeschlachtet worden, und auch das letzte Getreide, das eigentlich die Saat fürs nächste Frühjahr sein sollte, war zu Mehl gemahlen worden. Viele hatten gehungert und auf bessere Zeiten gehofft. Aber die waren nicht gekommen. Stattdessen war dieses verdammte Jahr ohne Sommer über die Menschheit hereingebrochen, und die Not war größer als je zuvor.

Was den Himmel verdunkelte und die Sonne nicht scheinen ließ, das wusste niemand, auch Anton Demuth nicht. Den Glauben des alten Terhuven, es handele sich um eine Strafe Gottes, teilte er nicht. Es waren die kleinen Bauern und Tagelöhner und deren Familien, die am härtesten von der Missernte betroffen waren. Und die einfachen Leute hatten auch schon im Krieg am meisten gelitten, obwohl sie ihn nicht gewollt hatten. Warum sollte irgendein Gott ausgerechnet sie so tief ins Elend stürzen?

Anton Demuth glaubte nicht an einen himmlischen Vater, der die Menschenkinder bestrafte und hin und wieder auch belohnte. Für ihn war Gott das Prinzip, das alles Seiende durchdrang, war Gott in allen Dingen gegenwärtig, war Gott identisch mit der Natur, der Welt und dem Kosmos. Seitdem er sich vor Jahren mit der Philosophie von Baruch de Spinoza beschäftigt hatte, erschien ihm diese Vorstellung plausibler als das Bild vom allmächtigen Weltenschöpfer, der zürnend vom Himmel herabblickte auf die Menschen, diese missratenen Wesen, die doch eigentlich die Krone seiner Schöpfung sein sollten.

»Die Anna ist von einem Menschen getötet worden. Ich glaube nicht, dass Gott dabei seine Finger im Spiel hatte«, sagte er und sah den Alten von der Seite an.

Der starrte immer noch vor sich hin und entgegnete ungerührt: »Dass die Anna gestorben ist, war eine Fügung des Allmächtigen. In dieser Zeit des Elends holt er die zu sich, die er liebt.«

»Und warum gerade die Anna Hasenleder?«

Der Alte seufzte und schwieg lange, dabei nuckelte er an seiner kalten Tabakspfeife. Als er wieder zu sprechen begann, bedächtig, aber ohne zu stocken, hatte er sich seine Worte offenbar sorgfältig zurechtgelegt.

»Die Anna konnte sich an allem erfreuen, was das Leben ihr beschert hat. Ihre Kräuter waren für sie ein Geschenk der Natur. Sie hat es als ein großes Glück angesehen, dass sie damit den Menschen helfen konnte. Sie war dankbar für alles Schöne, aber auch für das Traurige und Schmerzliche. Sie war ein Mensch voller Zuversicht, immer überzeugt davon, dass sich alles zum Guten fügen würde. Sie hat das Leben leichtgenommen. Wenn die Sonne schien, hat sie mit ihr gelacht, und wenn es regnete, ist sie fröhlich durch den Regen spaziert. Sie war eine außergewöhnliche Frau. Ein strahlender Mensch war sie, die Anna.«

Demuth war überrascht. Eine so überschwängliche Schwärmerei hatte er von dem alten Mann nicht erwartet. »Das klingt so, als hätten Sie die Anna sehr gemocht.«

Jetzt sah der Alte ihn zum ersten Mal an, lange und nachdenklich.

»Natürlich hab ich das. Man musste sie gernhaben«, sagte er schließlich und schaute dann wieder in die Ferne.

»Mir scheint, dass nicht alle das so gesehen haben«, entgegnete Demuth.

Wieder dachte der Alte eine Weile nach.

»Nun ja«, sagte er endlich ein wenig zögerlich, »es gibt Menschen, denen es schwerfällt, das anzunehmen, was Gott ihnen zugedacht hat, die ständig jammern und mit ihrem Schicksal hadern. Sie können einen fröhlichen und leichtlebigen Menschen wahrscheinlich nicht ertragen und begegnen ihm deshalb mit Missgunst und mit Bosheit.«

Anton Demuth fragte sich verblüfft, was er von diesem sonderlichen Fürchtegott Terhuven halten sollte. Hatte er soeben noch geglaubt, von einem versponnenen Greis törichte Ammenmärchen über das nahe Ende der Welt und Gottes Strafgericht erzählt zu bekommen, so kam es ihm jetzt so vor, als höre er einem weisen alten Mann zu, der in den vielen Jahren seines Lebens sehr aufmerksam die Menschen beobachtet hatte.

»Kannten Sie Anna Hasenleder schon lange?«, fragte er ihn.

»Ja«, sagte Terhuven. »Schon an dem Tag, an dem sie zum allerersten Mal hier an der Emscher war, bin ich ihr begegnet.« Der Alte erzählte, Anna sei damals ungefähr zwanzig Jahre alt gewesen und habe ihren Vater begleitet, einen wohlhabenden Pferdehändler aus Duisburg.

»Heute sieht man nur noch selten ein paar scheue Wildpferde, aber damals waren zahleiche Rudel hier unterwegs, im Emscherbruch«, erzählte Terhuven. »So nennt man die Flussniederungen, die brachliegen, weil sie jedes Jahr überschwemmt werden. Gras- und Heideland ist das. Es gibt nur struppige Sträucher und hin und wieder einen Erlenwald. Das war viele Jahrhunderte lang das Zuhause der Emscherbrücher Dickköppe. Das sind kräftige Pferde, die früher als Arbeitstiere sehr beliebt waren.«

»An die erinnere ich mich«, sagte Demuth. »Kleine Pferde mit einem gedrungenen Körper, mit dichtem Fell und einem breiten Schädel waren das. In Sterkrade haben die Bauern früher immer gesagt: Die Dickköppe von der Emscher sind hässlich, aber kräftig.«

»Woher wissen Sie, was die Bauern in Sterkrade gesagt haben?«

»Ich komme aus Sterkrade.«

»Ich dachte, Sie sind ein Kriminalrichter aus Werden.«

»Ja, das stimmt, aber ich bin in Sterkrade aufgewachsen.«

Der alte Terhuven nickte verstehend. »Die Dickköppe sind zäh und stark, und sie halten viel aus«, sagte er. »Deshalb kam der Vater von der Anna oft hierher, denn hier lebte damals der Leopold Hasenleder, ein tüchtiger junger Mann, der schon früh seine Eltern verloren hatte und sich selbst durchbringen musste. Er schuftete auf den Feldern und im Wald, und er verstand sich darauf, die Wildpferde im Emscherbruch einzufangen und sie zu zähmen.«

»Und irgendwann kam dieser Pferdehändler aus Duisburg dann in Begleitung seiner Tochter?«, fragte Demuth nach.

»Ja, vor etwa dreißig Jahren war das. Und alle, die der Anna begegneten, waren sofort hingerissen von ihr.«

»Wer lebte denn damals hier hinterm Schloss?«, fragte Demuth den Alten.

»Es gab noch kein Schloss«, erwiderte der, »sondern nur eine alte Wasserburg. Und die war verfallen und wurde etwa zu der Zeit abgerissen, als die Anna hier erschien. Und es gab einen gräflichen Hof, den ein Rentmeister bewirtschaftete. Der trieb auch die Abgaben der Bauern ein.«

»Von der alten Burg habe ich noch ein Bild im Kopf«, sagte Demuth. »Als Junge bin ich jeden Tag über die Landstraße und die Emscherbrücke marschiert, nach Duisburg zum Gymnasium. Das ist mehr als vierzig Jahre her. Die alte Burganlage war zu der Zeit schon eine Ruine, und beim Emscherübergang, ungefähr da, wo jetzt das Herrenhaus steht, gab es damals ein Wirtshaus. Ich erinnere mich, dass dort das Brückengeld kassiert wurde und dass da fast immer Kutschen und Fuhrwerke standen.«

»Und die Wirtsleute waren damals schon die Krumpes, die Eltern vom Friedrich. Und davor waren es seine Großeltern«, fügte Terhuven hinzu. »Die Brücke war immer der einzige Emscherübergang weit und breit, und das Wirtshaus war schon immer eine Goldgrube. Das alte Haus wurde dann zu klein, weil immer mehr Wagen hier vorbeikamen. Deshalb ist irgendwann ein neues Gasthaus gebaut worden, das später auch zur Poststation wurde. Aber als die Anna hierherkam, da gab es weder Posthaus noch Schloss.«

»Und was war mit den drei Häusern hier am Fluss? Waren die damals schon da?«, fragte Demuth.

»Ja«, sagte der Alte. »Im ersten lebte der Ludwig mit seinen Töchtern, im zweiten der Leopold Hasenleder, und hier in diesem Kotten, da war ich damals schon zu Hause, zusammen mit meiner Frau Uta und unserem Sohn Rochus.«

Fürchtegott Terhuven erweckte den Eindruck, gern von den alten Zeiten zu erzählen. Es gefiel ihm ganz offensichtlich, einen Zuhörer gefunden zu haben, der seine Geschichten noch nicht kannte und immer wieder interessiert nachfragte.

»In dem Haus, in dem jetzt die Kleinrogges wohnen, lebte also damals ein Mann namens Ludwig mit seinen Töchtern. Habe ich das so richtig verstanden?«

»Ja. Der Ludwig war ein guter Freund. Er war ungefähr so alt wie ich. Wir kannten uns seit unseren Kindertagen. Und der Ludwig hatte zwei Töchter, die Gertrude und die Helena.«

»Die beiden Schwestern sind heute Ihre Schwiegertochter und die Frau vom Kleinrogge, nehme ich an.«

Der Alte nickte. Und dann erzählte er, dass sein Freund Ludwig und er sich vor langer Zeit einmal einig gewesen waren, dass sein Sohn Rochus die Helena heiraten sollte, die hübschere und jüngere der beiden Töchter. Zuerst sollte aber die Gertrude verheiratet werden, die fünf Jahre älter war als ihre Schwester. Irgendwann tauchte dann der Landarbeiter Paul Kleinrogge auf, und alles schien sich so zu entwickeln, wie die beiden alten Freunde sich das vorgestellt hatten. Kleinrogge arbeitete als Stallknecht für den Rentmeister und machte sich, sooft es ihm möglich war, auch auf dem kleinen Hof vom Ludwig nützlich. Er war fleißig, half beim Heumachen, kümmerte sich ums Vieh, setzte Ackergeräte instand, machte Ausbesserungen am Haus und verstand sich gut mit den beiden Schwestern. Der alte Ludwig war bereit, ihm seine älteste Tochter zu geben, obwohl Paul Kleinrogge ein Habenichts war.

»Aber dann kam die Anna ins Spiel, und die Dinge entwickelten sich völlig anders als erwartet«, erzählte Terhuven. »Die drei jungen Männer, die es damals hier gab, unser Sohn Rochus, Leopold Hasenleder und auch Paul Kleinrogge, waren hingerissen von dem schönen Mädchen aus Duisburg. Ich konnte das zwar verstehen, war mir aber sicher, dass keiner der drei bei ihr landen könnte, sondern dass die Anna irgendwann einen wohlhabenden Mann in der Stadt heiraten würde.«

»Aber es kam anders«, warf Demuth ein.

»Ja«, sagte der Alte. »Ganz plötzlich starb der Vater von

der Anna, und da hat der Leopold sich sehr um sie gekümmert. Er ist fast jeden Tag nach Duisburg geritten und hat ihr beigestanden, und irgendwann hat er sie dann als seine Frau mit hierher an die Emscher gebracht. Der Paul hat das schnell verwunden. Er hat eine der beiden Töchter vom Ludwig geschwängert, aber nicht die Gertrude, sondern die Helena, die eigentlich für meinen Sohn Rochus vorgesehen war. Dem war das damals egal, er hatte die Anna nicht gekriegt, und sie war die Einzige, die er jemals wirklich gewollt hatte.«

»Der Paul Kleinrogge und die Helena haben dann geheiratet?«

»Ja natürlich. Sie war ja schwanger von ihm. Die beiden haben den Hof vom Ludwig übernommen, und der ist aus Verdruss über die ganze Angelegenheit kurz nach der Hochzeit gestorben. Die Gertrude hat dann ein paar Jahre im Haushalt ihrer jüngeren Schwester gelebt. Das war bitter für sie. Sie war die Übriggebliebene, nur geduldet in dem Haus, das ihr eigentlich hätte gehören sollen. Als dann meine Frau Uta starb und mein Sohn und ich allein hier auf dem Hof waren, hat der Rochus die Gertrude gefragt, ob sie nicht zu uns kommen könnte. Sie war bereit dazu, aber nicht als Dienstmagd, sondern als Ehefrau. Also hat der Junge sie geheiratet. Ich war damals froh, dass wieder eine Frau im Haus war. Erst später ist mir klar geworden, dass die beiden nie hätten heiraten dürfen. Sie waren nicht füreinander bestimmt. Der Rochus hat das nicht lange ausgehalten, er ist darüber närrisch geworden.«

»Und die Anna und der Leopold, die waren ein glückliches Paar?«, fragte Demuth den Alten.

»Ja, das waren sie in der Tat. Schon bald nach der Hochzeit haben sie einen Sohn bekommen, den Jan, und ihnen schien alles zu gelingen, was sie anpackten. Sie hatten zwei Kühe und eine kleine Ziegenherde. Um die hat die Anna sich gekümmert. Und damals hat sie auch mit den Kräutern angefangen. Der Leopold hat weiter Wildpferde abgerichtet und viel im Wald gearbeitet. Sie hatten schon bald so viel Geld zusammen, dass sie das kleine Haus der Hasenleders vergrößern und einen Stall anbauen wollten. Aber dann ist Leopold Hasenleder im Wald verunglückt, beim Holzfällen ist er von einem Baum erschlagen worden.«

»Schrecklich.«

»Ja, für die Anna war das schrecklich.«

»Wann ist das passiert?«

»Nun, lassen Sie mich überlegen.« Der Alte zog eine Weile an seiner kalten Pfeife und dachte nach.

»Also, die Anna und der Leopold, die haben in dem Jahr geheiratet, als in Paris der Umsturz begann. Kurz danach kamen die ersten französischen Flüchtlinge hier vorbei. Daran erinnere ich mich noch gut.«

»Das war 1789«, sagte Demuth.

»Ja, da haben die beiden geheiratet. Und im Sommer darauf hat der Paul Kleinrogge die Helena zur Frau genommen. Und der Ludwig ist gestorben. Und wieder ein Jahr später hat meine Uta das Zeitliche gesegnet. Ein paar Monate nach ihrem Tod, zu Martini des Jahres 1791, war dann die Hochzeit vom Rochus und von der Gertrude. Und in dem folgenden Winter ist Leopold Hasenleder tödlich verunglückt.«

»Eine erstaunliche Aneinanderreihung von Hochzeiten und Todesfällen«, sagte Anton Demuth gedankenverloren.

»Ein paar Geburten gab es damals auch noch«, sagte Terhuven. »Jede der drei jungen Frauen hat einen Sohn zur Welt gebracht, erst die Helena den Georg, ein paar Monate später die Anna den Jan. Das war im Sommer 1790. Zwei Jahre später hat die Gertrude den Arnold bekommen. So ist das, wenn junge Menschen sich zusammentun, so ist das Leben, ein endloser Reigen von Hochzeiten, Geburten und Todesfällen.«

Anton Demuth hätte gern eingeworfen, dass das Leben mehr sei als der stetige Kreislauf von Werden und Vergehen. Aber dann dachte er, dass es in Zeiten der Kriege, der Missernten und des Hungers schon viel sei, wenn das Leben einfach nur weiterging, wenn das Werden mit dem Vergehen Schritt halten konnte.

Plötzlich lachte der Alte. »Was für einen Unsinn rede ich denn da?«, sagte er kopfschüttelnd. »Nichts ist endlos auf dieser Welt, auch der Reigen des Lebens nicht. Er wird enden, schon bald. Sehr bald.«

Demuth überlegte, wie er das Gespräch zurücklenken könnte auf die junge Anna Hasenleder und ihre Nachbarn, als er auf dem Emscherweg den Gendarmen Schmitting erkannte. Er kam näher, winkte, als er den Kriminalrichter neben dem alten Terhuven auf der Bank sitzen sah, und rief schon aus einiger Entfernung: »Wir haben den Wassereimer gefunden, der Gärtner und ich. Mit zwei Bohnenstangen. Er lag nahe beim Ufer auf dem Grund, gleich neben dem Steg. Genau so, wie wir es uns gedacht hatten.«

»Ach, der Herr Gendarm beehrt uns«, sagte der Alte, als Schmitting vor der Bank stand und die rechte Hand zum Gruß an die Lederhaube mit dem preußischen Adler legte. Mit der linken hielt er den Riemen des geschulterten Gewehres umklammert.

»Ich freue mich, Sie zu sehen«, sagte Anton Demuth.

Er erhob sich von der Bank und verabschiedete sich von Terhuven mit den Worten: »Es ist schön, dass Sie noch so viel von früher erzählen können. Ich komme gern an einem der nächsten Tage noch mal wieder.«

»Tun Sie das, solange die Welt noch nicht untergegangen ist«, erwiderte der Alte. »Ich erinnere mich gern an die vergangenen Zeiten. Und ich rede auch gern darüber.«

»Sind Sie eigentlich allein zu Hause?«, fragte Demuth, der von Terhuvens Familie bisher niemanden gesehen oder gehört hatte.

»Die Gertrude ist im Haus. Da ist sie eigentlich immer, wenn sie nicht gerade bei ihrer Schwester ist oder in Sterkrade in der Kirche. Wahrscheinlich steht sie gerade in der Küche hinterm Fenster und belauscht uns.« Der Alte lachte in sich hinein. »Die Henriette ist im Schloss, sie ist da Küchenmagd. Wo mein Enkel Arnold steckt, das weiß ich nicht. Als er zuletzt hier war, hat er behauptet, er hätte Arbeit auf der Gutehoffnungshütte gefunden. Ich weiß nicht, ob das stimmt oder ob er sich nur in Sterkrade herumtreibt, um sich mit den Hüttenarbeitern zu besaufen.«

Demuth bedankte sich bei Terhuven, wünschte ihm einen guten Tag und bat den Gendarmen, ihn noch ein Stück emscherabwärts zu begleiten, zum Haus des Waldarbeiters Hülsken.

»Wir werden niemanden antreffen«, sagte Schmitting auf dem Emscherweg. »An einem Tag, an dem es endlich mal nicht regnet, arbeiten der Hülsken und sein Sohn ganz bestimmt irgendwo im Wald.«

»Es gibt doch noch einen zweiten Sohn, den Carl. Der müsste ungefähr so alt sein wie die Tochter von den Kleinrogges«, sagte Demuth.

»Ja, das stimmt. Aber um diese Zeit sollten die Kinder in Sterkrade in der Schule sein.«

Es war nicht weit zum Holzhaus des Waldarbeiters Hülsken, aber Demuth und Schmitting schlenderten so überaus gemächlich an der Emscher entlang, dass ihnen reichlich Zeit blieb, sich zu unterhalten.

»Hat der Alte Ihnen auch erklärt, dass die Welt bald untergehen wird?«, fragte Schmitting. Als Demuth nickte, fügte er hinzu: »Ein bisschen verrückt ist er schon, der alte Terhuven. Aber so wird man wohl, wenn man so lange lebt wie er. Hin und wieder, wenn ich vorbeikomme, setze ich mich zu ihm auf die Bank, dann fragt er jedes Mal zuerst, ob sein Enkel etwas verbrochen hat, und danach schimpft er meistens über den Herrgott, der ihn immer noch nicht zu sich in den Himmel geholt habe, obwohl er längst dorthin gehöre.«

»Kennen Sie seinen Enkel Arnold?«, fragte Demuth.

Schmitting seufzte. »Natürlich kenne ich den. Ein übler Kerl, dieser Arnold Terhuven. Ein Taugenichts. Er hat schon als Halbwüchsiger gewildert, hat Fallen aufgestellt und in der Emscher Fische gefangen. Dafür hat er sogar ein paar Monate im Gefängnis gesessen. Später ist er Soldat im Großherzogtum Berg geworden. Kurz vor der Schlacht von Leipzig ist er allerdings desertiert. Als er wieder nach Hause kam, war die französische Herrschaft hier in der Gegend vorbei, und er ist unbehelligt geblieben. Eine Zeitlang hat er sich dann beim Krumpe um die Pferde gekümmert, aber der hat ihn schon bald wieder rausgeschmissen, weil er oft betrunken war und im Posthaus die Reisenden belästigt hat. Seitdem treibt er sich herum, verdingt sich hier und da als Tagelöhner, betrinkt sich, sobald er ein wenig Geld hat, und ist immer wieder in Händel verwickelt. In Sterkrade und auch in Duisburg ist er schon auffällig geworden. Und alle hier an der Emscher wissen, dass er der Dina nachstellt, der Nichte von der Anna.«

»Ach was«, sagte Demuth erstaunt.

»Nun, Herr Kriminalrat, das ist wohl kaum verwunderlich. Ein so schönes Mädchen wie sie hat gewiss mehr als einen Verehrer.«

»Aber sie wird sich doch nicht von einem Taugenichts betören lassen.«

»Wer weiß das schon? Sie wäre nicht die erste schöne Frau, die alle wohlgeratenen jungen Männer verschmäht, um ihr Herz einem Tunichtgut zu schenken.«

Anton Demuth hatte den Eindruck, dass Schmitting gerade über etwas sprach, was er schon einmal erlebt hatte. Er vermied es, das Thema zu vertiefen.

Eine Weile schwiegen die beiden Männer, dann fragte Demuth den Gendarmen: »Wäre Arnold Terhuven dazu in der Lage, eine wehrlose Frau zu erschlagen? Trauen Sie ihm das zu?«

Schmitting dachte nur einen Augenblick nach, dann antwortete er: »Ich glaube, dass er zu allem fähig ist, wenn es ihm etwas einbringt.«

Das Blockhaus am Waldrand war so klein und unscheinbar, wie Trudi es beschrieben hatte. Demuth und der Gendarm waren nur noch etwa zwanzig Schritte davon entfernt, als plötzlich die Eingangstür von innen aufgestoßen wurde. Ein Mädchen und ein Junge stürmten heraus und rannten in Richtung Wald davon.

»Warum lauft ihr denn weg? Wartet doch mal!«, rief Demuth hinter ihnen her.

Die Flüchtenden scherten sich nicht darum. Sie stürmten durchs Unterholz davon und waren schon beinahe zwischen den Bäumen verschwunden, als Schmitting mit seiner dröhnenden Stimme brüllte: »Halt! Wenn ihr weiterrennt, dann schieße ich.«

Die Kinder blieben wie angewurzelt stehen. Sie drehten ihren Verfolgern den Rücken zu und rührten sich nicht, bis Demuth und Schmitting unmittelbar hinter ihnen standen.

»Was soll das? Warum lauft ihr davon, als wärt ihr Verbrecher?«, raunzte der Gendarm die beiden an.

»Jetzt dreht euch erst mal um«, forderte Demuth sie auf.

Das taten die Kinder, aber sie wagten es nicht, die beiden Männer anzusehen. Sie hielten ihre Köpfe gesenkt und schauten zu Boden.

»Das sind der Carl Hülsken und die Marie von den Kleinrogges«, sagte Schmitting.

Carl hatte kurze Hosen an und ein zerschlissenes Hemd. Sein strubbeliges Haar war strohblond. Er war nicht größer als das Mädchen, wirkte aber sehr kräftig für einen Knaben seines Alters. Maries Haar war kaum länger als das des Jungen und ebenso blond und zerzaust. Sie trug ein wadenlanges blaues Wollkleid und darüber eine verwaschene braune Schürze. Beide hielten ihre Holzschuhe in den Händen. Die hatten sie ausgezogen, um schneller rennen zu können.

»Warum lauft ihr denn weg?«, fragte Demuth.

Die Kinder hielten ihre Blicke gesenkt und schwiegen.

»Habt ihr Angst vor uns? Den Herrn Gendarm kennt ihr doch, oder nicht?«

»Doch«, sagte das Mädchen, und der Junge nickte.

»Warum seid ihr nicht in der Schule?«, fragte Schmitting viel zu laut.

»Dem Carl ging es nicht gut heute Morgen«, sagte Marie Kleinrogge.

»Soso, dem Carl ging es nicht gut. Was hatte er denn, der Carl?«, fragte Schmitting bohrend.

»Bauchschmerzen«, murmelte der Junge, ohne aufzuschauen.

»Was hattest du?« Schmittings Stimme klang bedrohlich.

»Dem Carl war schlecht, als ich ihn abholen wollte. Er konnte nicht bis nach Sterkrade laufen. Und da bin ich auch geblieben. Ich wollte ihn nicht alleinlassen.«

Marie wagte es, dem Gendarmen in die Augen zu sehen, während sie ihm antwortete. Er war nicht mal einen Kopf größer als sie und der Junge.

»Und warum seid ihr vor uns weggelaufen?«, fragte Demuth.

»Unsere Eltern denken, dass wir in der Schule sind.«

»Und was habt ihr hier im Haus gemacht?«, fragte Schmitting streng.

»Der Lehrer Troost hat gesagt, dass wir das Einmaleins üben sollen«, gab das Mädchen zur Antwort.

»Und das hab ihr selbstverständlich getan«, sagte Schmitting spöttisch.

Die beiden Kinder nickten.

»Nun, Carl Hülsken, dann kannst du uns sicher sagen, wie viel sechs mal acht ist.«

Der Junge kaute auf seiner Unterlippe herum und nuschelte nach einer Weile vor sich hin: »Sechsundvierzig.«

»Da werdet ihr wohl noch eine Weile üben müssen«, stellte Demuth fest. Dabei versuchte er, freundlich zu klingen und die Kinder nicht weiter einzuschüchtern.

»Achtundvierzig«, sagte das Mädchen.

»Geht zurück ins Haus und macht keinen Unsinn«, kommandierte Schmitting.

Marie schlüpfte in ihre Holzschuhe, machte einen Knicks und ging ohne ein weiteres Wort davon. Der Junge stolperte barfuß hinter ihr her.

»Sag mal, Carl, wo sind denn dein Vater und dein großer Bruder?«, rief Demuth in seinem Rücken.

»Die sind im Wald«, antwortete der Junge, ohne sich umzudrehen.

Als die Kinder im Haus verschwunden waren, fragte Demuth den Gendarmen: »Glauben Sie den beiden?«

»Kein Wort«, antwortete Schmitting.

Auf dem Weg zum Posthaus zeigte der Gendarm dem Justizrat Anton Demuth den Wassereimer, den er zusammen mit dem Gärtner des Grafen aus der Emscher gezogen hatte.

»Es war so, wie wir uns das gedacht hatten, Herr Kriminalrichter«, sagte er. »Die Anna Hasenleder ist gestern Morgen hier auf dem Steg beim Wasserholen niedergeschlagen worden. Sie ist in den Fluss gestürzt, und der Eimer ist ihr aus der Hand geglitten und auf den Grund gesunken.«

»Ja, Herr Gendarm. Ganz offensichtlich ist es so gewesen«, sagte Demuth.

Ein paar Minuten später saßen die beiden Männer sich in der Gaststube der Poststation gegenüber. Zu Mittag gab es eine Wirsingsuppe. Als Trudi sie serviert hatte, stellten Demuth und Schmitting fest, dass die Suppe ziemlich dünn war. Immerhin schwammen an der Oberfläche einige Fettaugen. Außerdem gab es für jeden ein Stück Speck und eine Scheibe Brot dazu.

Diesmal hatte Schmitting keine Einwände, als Demuth vorschlug, beide Suppen auf seine Rechnung schreiben zu lassen.

Irgendwann, als ihre Schüsseln schon beinahe leer waren, sagte der Gendarm: »Etwas muss ich Ihnen noch erzählen, Herr Kriminalrat. Als ich vor ein paar Stunden hier ankam und am Herrenhaus nach dem Gärtner suchte, da habe ich eine eigenartige Beobachtung gemacht. Sie betrifft den Herrn Sumser.«

»Sumser? Den Herrn aus Bayern habe ich heute noch gar nicht gesehen«, sagte Demuth. »Als ich zum Frühstück kam, hatte er anscheinend schon das Posthaus verlassen. Ich nahm an, dass er den regenfreien Morgen genutzt hatte, um sich ein wenig in der Gegend umzusehen.«

Der Gendarm lachte auf. »Ja, genau das hat er getan, allerdings auf eine sehr befremdliche Weise.«

»Erzählen Sie, Schmitting«, sagte Demuth gespannt.

»Also, ich habe den Gärtner gesucht, bin eine Weile um die Gebäude herumgelaufen, um das Herrenhaus, um die Ställe und ums Gesindehaus, weil ich gedacht habe, dass der Kerl da irgendwo bei der Arbeit sein müsse. Als ich um den Südflügel herumkam, sah ich plötzlich den Herrn Sumser. Er stand da zwischen ein paar Büschen, ganz andächtig, seinen Hut in der Hand und auf seinen Gehstock gestützt, und er starrte zum Schloss hinüber. Ich hatte den Eindruck, dass er eine bestimmte Stelle im Auge hatte, wahrscheinlich eines der vielen Fenster. Jedenfalls war er so gebannt, dass er mich zunächst gar nicht bemerkte. Erst als ich nur noch ein paar Schritte von ihm entfernt war, nahm er mich wahr, nickte mir kurz zu, setzte seinen Hut auf und ging schnurstracks davon.«

»Das ist in der Tat eigenartig«, sagte Demuth verblüfft.

»Das ist aber noch nicht alles. Nachdem ich etwa eine Stunde später mit dem Gärtner die beiden Bohnenstangen zurück in die Scheune gebracht hatte, bin ich noch einmal ums Schloss herumgelaufen. Und da stand dieser Mensch wieder da, an genau derselben Stelle, und schaute zum Herrenhaus hinüber. Diesmal hat er mich sofort gesehen, als ich um die Ecke kam, hat sich umgedreht und ist verschwunden.«

»Und was haben Sie gemacht?«

»Was sollte ich tun? Ich bin ihm jedenfalls nicht nachgelaufen. Das Schloss anzustarren, ist ja an und für sich kein Verbrechen. Also hab ich mir gedacht, dass ich Ihnen erst mal die Geschichte erzähle.«

»Da haben Sie recht dran getan, Schmitting. Zur Rede stellen können wir den Herrn immer noch. Und das werden wir auch tun. Ich bin gespannt, welche Erklärung er für sein Verhalten hat.«

»Habe ich es nicht gestern schon gesagt, Herr Untersuchungsrichter? Dieser Augustin Sumser ist nicht hier, um Spieluhren zu verkaufen. Der führt Übles im Schilde. Und wenn er irgendwas mit dem Tod der Anna Hasenleder zu tun hätte, würde mich das auch nicht wundern.«

»Ich weiß nicht, Schmitting. Natürlich ist das seltsam, dass dieser Mensch seit Tagen ohne plausiblen Grund im Posthaus logiert und dass er ums Schloss herumschleicht. Aber deshalb ist er noch kein Mörder. Warum sollte er hier eine Bauersfrau erschlagen?«

»Vielleicht war die Anna Hasenleder ihm auf die Schliche gekommen«, meinte Schmitting unbeirrt. »Vielleicht hatte sie ihn zufällig beobachtet, bei was auch immer. Und dann wusste sie etwas über ihn, was niemand wissen sollte, und deshalb musste sie sterben.«

Demuth war sich nicht sicher, was er davon halten sollte. War das an den Haaren herbeigezogen, oder war es eine Überlegung, die nicht von der Hand zu weisen war? Er schwankte sehr zwischen diesen beiden Möglichkeiten und nahm sich vor, ein Auge auf diesen Augustin Sumser zu haben und möglichst bald ein eindringliches Gespräch mit ihm zu führen.

Nach dem Essen verabschiedete sich der Gendarm. Er sagte, er wolle sich noch ein wenig in Sterkrade umsehen, sich dort nach Arnold Terhuven erkundigen und bei der Gelegenheit selbstverständlich auch alle verdächtigen Individuen überprüfen, von denen ihm zweifellos einige über den Weg laufen würden.

Das solle er nur tun, sagte Demuth. Er hatte ohnehin schon Pläne für den Nachmittag. Vor allem wollte er den Mechanikus Josef Tendler und seine Familie kennenlernen, diese fahrenden Leute, die Schmitting für äußerst verdächtig hielt.

Demuth hatte in seinem Leben ab und zu die Gelegenheit gehabt, eine Marionettenbühne zu besuchen, und er hatte durchaus etwas übrig für die Kunst der Puppenspieler. Besonders schätzte er diejenigen von ihnen, die selbst ihren Figuren Leben einhauchten, die aus hölzernen Gliedmaßen, aus Dreh- und Beugegelenken, aus Fäden und Spielkreuz eine ausgeklügelte Mechanik schufen, die eine leblose Puppe zu einer beweglichen Marionette machte. Trudi hatte Tendler einen Mechanikus genannt. Also war auch er einer jener Prinzipale von Marionettentheatern, die sich nicht nur aufs Literarische und aufs Schauspielerische verstanden, sondern auch auf das Mechanische.

Für Demuth waren die Tendlers keine Verdächtigen. Dass sie dem fahrenden Volk angehörten, war seiner Überzeugung nach kein Grund für die Annahme, dass sie irgendetwas mit der Toten in der Emscher zu tun hatten.

Er war neugierig auf den Mechanikus und seine Familie und wollte ihnen unvoreingenommen begegnen. Dass der Gendarm ihn nicht zu den Tendlers begleiten würde, war ihm sehr recht.

Schmitting war gerade auf der Straße nach Sterkrade aus seinem Blickfeld verschwunden, als Demuth einen Reiter sah, der sich von der Emscherbrücke her der Poststation näherte.

Der Mann auf dem stattlichen Rappen trug einen langen Reisemantel. Seinen breitkrempigen Hut hatte er tief ins Gesicht gezogen. Erst als er auf dem Platz vor dem Posthaus sein Pferd zum Stehen gebracht hatte und sich umschaute, erkannte Demuth ihn. Es war der junge Gerichtssekretär Hubertus Rüter aus Werden.

Von den Ställen kam Johann herbeigelaufen. Rüter schwang sich aus dem Sattel. Er wechselte ein paar Worte mit dem Pferdeknecht, drückte ihm die Zügel in die Hand, kam zum Haus herüber, nahm mit zwei Schritten die vier Stufen zur Tür und stand Augenblicke später neben dem Tisch, an dem Demuth saß.

»Herr Sekretär Rüter, welch eine Überraschung. Ich freue mich, Sie zu sehen. Setzen Sie sich!«

Rüter nahm seinen Hut vom Kopf, warf ihn auf einen Stuhl, fuhr sich mit der Hand durchs lange braune Haar und setzte sich auf den Stuhl neben seinem Hut, dem Kriminalrichter Demuth gegenüber.

»Eine Überraschung? Ach was. Es muss Ihnen doch klar gewesen sein, dass der Herr Justizdirektor heute jemanden schicken würde, um nach Ihnen zu schauen.«

»Warum das denn? Macht der Herr von Broich sich Sorgen, dass die Untersuchung eines ungeklärten Todesfalles mich überfordern könnte?«

»Nein, natürlich nicht. Aber es versetzt nahezu die komplette Bürgerschaft von Werden in Erstaunen, wenn der Herr Justizrat Demuth am Ort einer Untersuchung nächtigt und nicht in seinem weichen Bett am Marktplatz. Schließlich ist das seit Jahren nicht mehr geschehen. Ganz gleich, wo Sie dienstlich im Einsatz waren, Sie sind abends immer nach Hause gekommen.«

Auf Hubertus Rüters Gesicht breitete sich dieses fröhlich herablassende Lächeln aus, mit dem junge Männer, denen noch jegliche Marotten fremd sind, gern die Angewohnheiten alter Männer kommentieren.

»Deshalb haben sich heute Morgen am Inquisitorialgericht alle nur eine einzige Frage gestellt«, fuhr Rüter fort. »Was ist da an der Emscher passiert? Was hat den Herrn Kriminalrat bewogen, eine Nacht in einer Poststation zu verbringen?«

»Das sind zwei Fragen«, sagte Demuth schnippisch.

»Mögen Sie sie denn beantworten?«, fragte der junge Justizsekretär, sehr bemüht darum, das Herablassende aus seinen Zügen zu vertreiben und es durch den Ausdruck wohlmeinender Freundlichkeit zu ersetzen. Der allerdings missfiel Anton Demuth auch. Seine Eigenheiten und Gewohnheiten bedurften keines Kommentares, weder eines herablassenden noch eines freundlichen. Sie gingen niemanden etwas an.

»Nichts ist passiert«, sagte er verschnupft. »Ich bin mitten in meinen Untersuchungen. Bei dem Wetter und dem Zustand der Straßen wäre es töricht, abends nach Werden zu fahren und morgens wieder hierher. Ich habe gestern dreieinhalb Stunden für den Weg gebraucht.«

Rüter zog aus irgendeiner Innentasche seines weiten Mantels eine Uhr, ließ sie aufschnappen und stellte fest: »Es ist noch keine zwei Stunden her, dass ich in Werden aufgebrochen bin.«

»Natürlich sind Sie mit dem Pferd viel schneller als ich mit dem Cabriolet«, sagte Demuth. »Aber es ist mir zu anstrengend, ein paar Stunden zu reiten, dafür bin ich zu alt. Ich brauche den Wagen, und der ist gestern ständig irgendwo im Matsch stecken geblieben.«

»Ich verstehe.« Rüter ließ seine Taschenuhr wieder in den Tiefen seines Mantels verschwinden und fragte, ob er dem Herrn Justizrat denn irgendwie bei seinen Untersuchungen behilflich sein könne.

»Ich bin gestern und heute von einem Gendarmen unterstützt worden. Er kennt die Leute hier, und er kennt die Verhältnisse. Zudem ist er ein gescheiter Mann. Da braucht nicht noch irgendjemand aus Werden zu kommen.«

Rüter sah ihn fragend an. »Sie wollen aber jetzt nicht behaupten, dass am Kriminalgericht keine gescheiten Männer sind?«

Demuth bezweifelte zwar, dass es da jemanden gab, der einen wacheren Verstand als der Gendarm Schmitting hatte, aber er schüttelte den Kopf. »Nein, das will ich natürlich nicht sagen.«

»Ich war gestern beim Professor Günther in Duisburg«, berichtete Rüter. »Er wird die Leichenschau übernehmen. Heute will er zwei Männer schicken, um die Tote abzuholen.«

»Die waren schon hier«, sagte Demuth. »Anna Hasenleders Leichnam müsste inzwischen in Duisburg sein.«

Es freue ihn, dass er wenigstens auf diese Art und Weise habe helfen können, sagte der junge Sekretär, kramte wieder seine Taschenuhr hervor und betrachtete eine Weile nachdenklich das Zifferblatt.

»Seien Sie unbesorgt«, sagte Demuth, »Sie werden noch im Hellen wieder in Werden sein.«

Rüter nickte. »Ja, Herr Kriminalrat, das denke ich auch, und ich bin mir sicher, dass ich das sogar schaffe, wenn ich hier noch etwas esse und trinke, bevor ich zurückreite.«

Hubertus Rüter bekam den Rest von der Wirsingsuppe, die noch auf dem Herd in der Küche gestanden hatte. Er aß sie zusammen mit einem Stück Roggenbrot. Wenn Demuth seine Gesichtszüge richtig deutete, schmeckte ihm das Essen nicht besonders. Erst als der duftende Bohnenkaffee auf dem Tisch stand, den Demuth bestellt hatte, lächelte der Justizsekretär wieder.

Während Rüter aß und trank, informierte Demuth ihn über den Stand seiner Untersuchungen und trug ihm auf, den Bericht möglichst detailgenau an den Justizdirektor von Broich zu übermitteln.

Er gehe davon aus, dass die getötete Anna Hasenleder kein Zufallsopfer gewesen sei, sagte Demuth. Es sei höchst unwahrscheinlich, dass ein Fremder sie beim Wasserholen beobachtet habe und spontan auf die Idee gekommen sei, sie zu überfallen. Der schmale, kurvige Weg entlang der Emscher werde weder von Fuhrleuten noch von fremden Wanderern genutzt. Zudem sehe es bisher so aus, als sei der Anna nichts gestohlen worden, und irgendwelche Spuren eines Kampfes habe es auch nicht gegeben, weder an der Leiche noch am Tatort.

»Ich nehme an, dass der Täter oder die Täterin wusste, dass die Anna jeden Morgen auf ihrem Steg einen Eimer Wasser aus der Emscher zog. Er oder sie hat der Anna aufgelauert mit der Absicht, ihr einen Schlag auf den Schädel zu versetzen.«

»Also kannten Opfer und Täter sich?«, fragte Rüter.

»Ich denke, das war so.«

»Dann gehen Sie davon aus, dass Sie den Mörder hier in der Nachbarschaft der Toten suchen müssen?«

»Davon bin ich überzeugt.«

»Haben Sie denn schon einen Verdacht?«

Demuth erzählte von Helena Kleinrogge, die nach dem Tod ihres Söhnchens Anna Hasenleder vorgeworfen hatte, das Kind verhext zu haben. Dass auch Trudi, die Magd des Posthalters, die Tote für eine Hexe gehalten hatte, erwähnte er nicht.

Er erzählte von Arnold Terhuven, dem Enkel des alten Fürchtegott, der allem Anschein nach ein äußerst übler Kerl sei, dem nach Einschätzung des Gendarmen ein Mord durchaus zuzutrauen sei.

Und er erzählte vom rätselhaften Augustin Sumser, der aus ganz und gar unerfindlichen Gründen im Posthaus logiere und sich bisweilen äußerst absonderlich benehme.

Dass in den Pferdeställen die Puppenspieler ihr Lager aufgeschlagen hatten und dass man sie nach Auffassung des Gendarmen unbedingt zu den Verdächtigen zählen müsse, behielt er für sich.

»Das ist alles noch sehr vage«, fasste Demuth seine Erkenntnisse zusammen. »Ich werde mich weiter umsehen und noch einige Befragungen durchführen. Ich hoffe, dass ich in ein paar Tagen klarer sehe.«

»Sie werden also auch heute Abend nicht nach Hause kommen?«, fragte Rüter erstaunt.

»Und morgen Abend auch nicht«, sagte Anton Demuth, der sich auf keinen Fall das Marionettenspiel entgehen lassen wollte. »Berichten Sie das dem Justizdirektor. Und geben Sie bitte auch dem Klärchen Stüber Bescheid. Ich will nicht, dass die gute Seele sich um mich sorgt. Wann ich das nächste Mal wieder in meinem Bett schlafen werde, weiß ich noch nicht.«

Nachdem Anton Demuth den jungen Justizsekretär vor dem Posthaus ermahnt hatte, auf den matschigen Straßen nicht zu schnell zu reiten, und ihm bis zur Emscherbrücke nachgeschaut hatte, war er hinauf in sein Zimmer gegangen und hatte sich aufs Bett gelegt.

Er war in einen unruhigen Schlummer gefallen, hatte wirr geträumt, war erschrocken wieder aufgewacht und war sich danach nicht sicher, ob er tatsächlich geschlafen hatte.

Mit geschlossenen Augen lauschte er einem unbekannten Geräusch, ähnlich dem Murmeln eines Baches, eines engen, schnell fließenden Gebirgsbächleins. Es dauerte eine Weile, bis er begriff, dass über ihm Wasser aufs Dach fiel und hinabrieselte. Der Regen hörte sich hier anders an als in seiner Wohnung am Werdener Marktplatz. Später lief er hinüber zu den Pferdeställen, schnell genug, um auf dem kurzen Weg nicht nass zu werden. Er ging hinein und schaute sich um, bis er in einer halbdunklen Ecke eine Ansammlung von Strohsäcken, Decken und Holzkisten gewahrte, das Lager der Puppenspieler. Über einem Holzbalken hing das große Zelt zum Trocknen, das tags zuvor noch draußen auf der schlammigen Wiese gestanden hatte.

»Ist hier jemand?«, rief er laut.

»Ja. Hier bin ich.« Die Antwort kam von der rückwärtigen Stalltür, die hinausführte zu den Koppeln. Eine Frau, die Demuth den Rücken zukehrte, saß auf einem Hocker in der geöffneten Tür.

Demuth ging zu ihr. Er sah, dass sie nähte. Das rote Wams, an das sie mit Nadel und Faden eine silberne Bordüre heftete, war so klein, dass es nur einer Puppe passen konnte.

»Ich bin Justizrat Demuth vom Kriminalgericht.«

Die Frau wandte sich ihm zu. Sie blickte ohne Scheu zu ihm auf. Demuth schaute in ein sanftes Gesicht mit wässrig blauen Augen.

»Wir hatten Sie schon früher erwartet«, sagte sie, während sie sich wieder ihrer Näharbeit zuwandte. »Wenn irgendwo ein Verbrechen geschieht und wir in der Nähe sind, dann sind wir immer die ersten Verdächtigen.«

»Sie sind die Frau Tendler?«

»Therese Tendler.« Sie nickte.

»Sie haben gehört, was passiert ist?«

»Ja. Die arme Anna. Sie war ein so herzensguter Mensch.« Therese Tendler legte ihr Nähzeug zur Seite, kramte ein Taschentuch aus ihrer Schürze hervor, wischte sich damit durch die Augen und schniefte hinein.

»Sie kannten die Verstorbene?«, fragte Demuth.

»Ja, seit vielen Jahren. Immer wenn wir hierher an die Emscher gekommen sind, hat die Anna sich so sehr gefreut. In jeder unserer Vorstellungen ist sie gewesen, und sie hat uns sogar hin und wieder in ihr Haus eingeladen und uns etwas aufgetischt. Wo immer sie konnte, hat sie uns unterstützt. Sie hat Stoffe gesammelt für unsere Puppenkleider, und manchmal hat sie mir auch beim Nähen geholfen.«

»Ach was«, sagte Anton Demuth. Dabei wunderte es ihn eigentlich nicht, dass Anna Hasenleder ein Herz für die Familie Tendler und ihr Marionettentheater gehabt hatte.

»Haben es die Leute der Anna nicht übel genommen, dass sie sich so sehr um Sie und Ihre Familie gekümmert hat?«, fragte er.

»Das weiß ich nicht, darüber hat sie nie gesprochen«, sagte Therese Tendler und sah plötzlich den Kriminalrichter entsetzt an. »Glauben Sie etwa, dass jemand die Anna umgebracht haben könnte, weil sie gut zu uns war und weil sie uns mochte?«

»Nein, das glaube ich nicht«, antwortete Demuth, fragte sich aber im Stillen, ob es vielleicht doch kein Zufall war, dass die Anna Hasenleder gerade während der Anwesenheit der Puppenspieler getötet worden war.

»Das wäre furchtbar«, sagte Therese Tendler. »Wir haben sie alle drei sehr gerngehabt, besonders unsere Liesel hatte die Anna ins Herz geschlossen. Sie war gestern den ganzen Tag untröstlich. Ich bin froh, dass sie jetzt mit meinem Mann unterwegs ist. So kommt sie auf andere Gedanken.«

Die Frau griff wieder nach ihrem Nähzeug. »Sind wir für Sie denn gar nicht verdächtig?«, fragte sie. Es klang so, als könne sie das nicht so recht glauben.

»Nein«, sagte Demuth.

»Aber Sie sind doch ein preußischer Justizrat? Oder nicht?«

»Ja, das bin ich.«

»Glauben Sie mir das denn alles, was ich Ihnen gerade über die Anna und uns erzählt habe? Dass wir uns so gut verstanden haben?«

»Ja.« Demuth dachte daran, dass Anna Hasenleder für

manche Menschen eine Kräuterkundige gewesen war, für andere eine Hexe. Sie war gefürchtet worden, von einigen sogar gehasst. Zweifellos war sie zwischen ihren Nachbarn an der Emscher eine Außenseiterin gewesen. Da war es nicht verwunderlich, dass sie sich zu den Tendlers hingezogen gefühlt hatte. Denen erging es nicht besser als ihr, sie gehörten als Puppenspieler dem wenig geachteten Stand des fahrenden Volkes an.

»Haben Sie denn schon jemanden in Verdacht?«, fragte Therese Tendler so zaghaft, als sei sie sich nicht sicher, ob ihr die Frage zustehe.

Anton Demuth antwortete nicht. Er sagte: »Sie haben vorhin erwähnt, dass Ihre Tochter zusammen mit Ihrem Mann unterwegs ist.«

»Ja, sie wollen noch ein wenig Werbung machen für unsere Vorstellung morgen. In den Orten ringsum. Sie sind mit unserem kleinen Wagen losgezogen, und die Genoveva haben sie mitgenommen und den Kasperl auch. Mein Mann hat mir versprochen, dass sie zurück sind, bevor es dunkel ist. Sie müssten also bald hier sein.«

Sie schaute nach draußen.

»Ich habe mich an die offene Tür gesetzt, weil es hier hell genug zum Nähen ist. Aber damit ist es gleich vorbei«, sagte sie, hielt das rote Wams mit der silbernen Bordüre mit beiden Händen hoch und fügte hinzu: »Aber ich glaube, es reicht auch. Jetzt sieht es wieder gut aus, das Wams vom Ritter Siegfried. Meinen Sie nicht auch?«

»Es sieht aus wie das Kleidungsstück eines vornehmen Menschen.«

»Genau so soll es aussehen«, sagte Therese Tendler erfreut. »Wenn er morgen auf die Bühne kommt, der Siegfried, dann sollen die Leute sofort wissen, dass sie es mit einem edlen Herrn und Ritter zu tun haben.«

Demuth wartete nicht mehr auf Josef Tendler und seine Tochter. Sie würden ihm nicht davonlaufen. Die Tendlers hatten die Absicht, noch einige Vorstellungen zu geben, bevor sie weiterzogen.

Er ging zurück ins Posthaus, holte das Märchenbuch, das er in Anna Hasenleders Kommode gefunden hatte, aus seinem Zimmer und setzte sich mit dem Buch an einen der Tische in der Gaststube. Außer ihm war zunächst niemand im Raum, doch als er gerade Platz genommen hatte, kam der Posthalter Krumpe aus seinem Bureau. Er sah ihn, wünschte einen angenehmen Abend und entzündete hinterm Schanktisch eine Öllampe. Während er sie zu Demuth trug und sie vor ihm abstellte, lamentierte er darüber, dass der Postverkehr über kurz oder lang völlig zum Erliegen käme, wenn sich das Wetter nicht endlich ändere.

Als Krumpe das Buch auf dem Tisch liegen sah, hörte er auf zu reden, schlurfte davon und brachte kurz darauf einen Krug Bier.

Anton Demuth schob die »Kinder- und Hausmärchen« zwischen Lampe und Krug, kramte seinen Zwicker hervor, klemmte ihn auf seine Nase und begann zu blättern.

»Der Froschkönig oder der eiserne Heinrich« hieß der Titel des ersten Märchens. »Viele hässliche Frösche sind im Herzen schöne Prinzen«, hatte Anna Hasenleder mit ihrer zierlichen Handschrift am Rand notiert.

Die zweite Geschichte, »Katz und Maus in Gesellschaft«, war recht kurz. Eine Katze und eine Maus lernen sich kennen, die Katze redet von Freundschaft und Liebe, und die Maus willigt ein, zusammen ein Haus zu beziehen. Die beiden legen gemeinsam Vorräte für den Winter an, doch die Katze macht sich heimlich daran zu schaffen. Als die Maus im Winter feststellt, dass die Vorräte aufgebraucht sind, verdächtigt sie die Katze. Die packt daraufhin ihre Gefährtin und verschlingt sie.

»Wie im richtigen Leben: Erst kommt das Fressen, dann kommt die Liebe«, hatte Anna Hasenleder unter das Märchen geschrieben.

Demuth ließ sich Fabel und Kommentar eine Weile durch

den Kopf gehen. Er hatte als Richter erlebt, dass Nachbarn und Verwandte, von Not getrieben, aufeinander losgegangen waren. Doch das war äußerst selten vorgekommen, und er hatte sich die Überzeugung bewahrt, dass wirkliche Freunde und wahrhaft Liebende auch in schlechtesten Zeiten zusammenhielten, dass die meisten von ihnen bereit wären, ihr letztes Stück Brot miteinander zu teilen.

Bedeutete Annas handschriftliche Bemerkung, dass sie in ihrem Leben andere Erfahrungen gemacht hatte?

Nachdenklich trank Anton Demuth einen Schluck Bier und beobachtete, wie der Posthalter am großen Leuchter, der in der Mitte des Zimmers vom Deckenbalken hing, ein paar Kerzen anzündete. Danach verschwand Krumpe in der Küche. Demuth hörte ihn mit seiner Frau sprechen. Er hatte Grete heute nur einmal flüchtig gesehen. Sie hatte ihm zugenickt, als er mit Hubertus Rüter hier in der Gaststube am Tisch gesessen hatte.

Demuth blätterte weiter durch das Märchenbuch und las die Geschichte vom Fischer und seiner Frau. Darin zieht ein notleidender Fischer, der mit seiner Gemahlin in einer armseligen kleinen Hütte am Meer lebt, einen Butt aus dem Wasser, der in Wahrheit ein verwunschener Prinz ist. Der Fischer lässt ihn wieder frei, zunächst ohne Gegenleistung. Seine Frau Ilsebill drängt ihn aber, den Butt noch einmal zum Strand zu rufen und sich eine schöne, geräumige Hütte von ihm zu wünschen. Der Zauberfisch erfüllt diesen Wunsch der Fischersfrau und auch die nachfolgenden, die immer größer und maßloser werden. Nach ein paar Tagen in der schönen neuen Hütte will sie ein Schloss, dann will sie leben wie ein König, und später will sie Kaiser sein und Papst. Der Butt gewährt ihr das alles, doch als Ilsebill schließlich in ihrer Gier fordert, so zu werden wie Gott, sitzt sie plötzlich wieder in ihrer armseligen kleinen Hütte.

»Wer zu viel will, bekommt nichts«, las Anton Demuth am Rand. Diese Erkenntnis war durchgestrichen und durch die Bemerkung ersetzt worden: »Sei zufrieden mit dem, was dir zusteht.« Auch quer durch diese Notiz hindurch war ein Strich gezogen worden. Darunter folgte die dritte Schlussfolgerung: »Sei zufrieden mit dem, was du hast.«

Alle drei Sätze waren mit Anna Hasenleders feinen Schriftzügen neben das Märchen geschrieben worden.

»Ach so, Herr Kriminalrichter, Sie lesen ein Buch. Entschuldigen Sie bitte, das hatte ich nicht bemerkt. Da will ich Sie selbstverständlich nicht stören.«

Der junge Mann, der neben Demuth stand, eine Verbeugung andeutete und sich anschickte, zum nächsten Tisch weiterzugehen, war Harry Heine. Er trug seine Ledermappe unterm Arm.

»Sie stören mich nicht. Die Geschichte, die ich gelesen habe, ist ohnehin zu Ende.« Demuth nahm seine Augengläser von der Nase und legte sie zur Seite. »Es wäre mir eine Freude, mit Ihnen zu plaudern. Nehmen Sie doch Platz!«

»Ich möchte Sie wirklich nicht belästigen«, entgegnete der junge Herr Heine höflich.

»Bitte!« Anton Demuth deutete auf den Stuhl, der ihm gegenüberstand.

Harry Heine legte seine Mappe an den Rand des Tisches und setzte sich. Demuth bemerkte seinen feinen samtblauen Gehrock und den weißen Seidenschal und fragte sich, ob es ihm vielleicht auch gut zu Gesicht stünde, sich etwas weniger nachlässig zu kleiden.

»Ach, jetzt sehe ich, mit welcher Lektüre Sie beschäftigt sind«, sagte der junge Mann, während er mit seinem Stuhl nahe an den Tisch rückte. »Die Kinder- und Hausmärchen. Eine sehr lobenswerte Sammlung der Brüder Grimm.«

Demuth schaute auf die Titelseite des Buches. »Ach ja«, sagte er, »hier steht es. Brüder sind das also, denen all diese interessanten Geschichten eingefallen sind.«

»Nein, nein«, entgegnete Heine freundlich. »Jacob und Wilhelm Grimm haben sich die Märchen nicht ausgedacht, sie haben sie zusammengetragen. Die Geschichten sind oft schon sehr alt. Manche sind über Generationen hinweg nur mündlich weitergegeben und noch nie zu Papier gebracht worden. Die Grimms haben sie sich erzählen lassen und niedergeschrieben. Der erste Band, das ist der, den Sie haben, der ist vor etwa vier Jahren erschienen. Inzwischen gibt es einen zweiten. Insgesamt sind in beiden Büchern mehr als hundertfünfzig Märchen versammelt.«

»Ach was«, sagte Demuth erstaunt und fügte nach einer kurzen Pause die Frage hinzu: »Und woher wissen Sie das alles?«

»Ich interessiere mich sehr für Literatur«, entgegnete Heine.

»Von Berufs wegen?«, fragte Demuth nach.

»Nein, nein«, sagte sein Gegenüber, und es klang betrübt. »Ich erlerne den Kaufmannsberuf.«

»Ach, das ist ja interessant. Ich hatte Sie für einen Studenten gehalten.«

Heine lächelte bekümmert. Er habe zwar in Düsseldorf ein Lyzeum besucht, erzählte er, das habe er aber vor dem Abschluss verlassen. Danach sei er zu einer Handelsschule gegangen, und im vorigen Jahr habe er bei einem Bankier in Frankfurt ein Volontariat absolviert.

»So ist das, wenn man der Sohn eines Tuchhändlers ist«, sagte er achselzuckend, als wolle er sich für seinen bisherigen Werdegang entschuldigen.

»Und jetzt sind Sie auf dem Weg zu einem Onkel, wenn ich den Herrn Gendarm gestern richtig verstanden habe.«

»Ja, so ist es. Ich will nach Hamburg zu meinem Onkel Salomon Heine. Er ist Bankier und Teilhaber an mehreren Firmen, so reich und so wichtig in der Hansestadt, dass alle Senatoren vor ihm den Hut ziehen.« Der junge Herr Heine lachte kurz auf. »Das sagt meine Mutter jedenfalls immer. Und sie und mein Vater, die hätten gern, dass ich so werde wie der Onkel. Deshalb soll ich meine kaufmännische Ausbildung bei ihm fortsetzen.«

»Denken Sie denn, dass der Kaufmannsberuf für Sie das Richtige ist?«

»Nein«, antwortete Heine ohne Umschweife.

»Was würden Sie denn gerne werden?«

»Ein Schriftsteller.«

Während Demuth über den Wunsch des jungen Mannes nachdachte, brachte Krumpe zwei Krüge Bier.

»Die habe ich bestellt, als ich hereinkam. Ich wollte Sie dazu einladen«, sagte Harry Heine. »Ich hoffe, das ist Ihnen recht.« Demuth hatte seinen ersten Krug bereits geleert, und so prostete er gern seinem jungen Tischgenossen zu.

Als er sich den Schaum vom Mund gewischt hatte, fragte er: »Lässt sich das denn nicht recht gut miteinander vereinbaren, Geschäfte machen und Geschichten schreiben?«

»Auf keinen Fall«, sagte Heine. Man könne nur dann ein erfolgreicher Kaufmann sein, wenn man es ganz und gar und mit großer Leidenschaft sei. Und zweifellos sei ein Schriftsteller nur dann in der Lage, etwas Lesenswertes zu Papier zu bringen, wenn er mit viel Herzblut und all seiner Verstandeskraft bei seiner Kunst sein könne.

»Ein Mann, der im Geschäft seine ungeschriebenen Geschichten im Kopf hat und beim Schreiben mit den Gedanken in seinem Kontor ist, der wird weder hier noch da etwas Großes schaffen«, sagte der junge Heine sehr entschieden. Mit dieser Frage hatte er sich zweifellos schon des Öfteren befasst.

»Da haben Sie vermutlich recht.« Den Gedanken, dass es doch gar nicht notwendig sei, etwas Großes zu schaffen, dass ein Leben ohne diesen Anspruch vielleicht lebenswerter, gewiss aber angenehmer sei, behielt Demuth für sich. Stattdessen sagte er zu Heine: »Als Sie heute Morgen dort drüben saßen und schrieben, habe ich angenommen, Sie hielten fest, was Sie an den vergangenen Tagen erlebt haben.«

»Nein, nein«, sagte Heine, »ich habe ein paar Verse zu Papier gebracht. Ein Reisetagebuch führe ich nicht. Möchten Sie sehen, was ich heute Morgen geschrieben habe?«

»Ja, gerne.«

Heine zog ein beschriebenes Blatt Papier aus seiner Mappe

und schob es über den Tisch. Demuth klemmte seinen Zwicker auf die Nase und las:

Die Lehre
Mutter zum Bienelein:
»Hüt dich vor Kerzenschein!«
Doch was die Mutter spricht,
Bienelein achtet nicht;
Schwirret ums Licht herum,
Schwirret mit Sum-sum-sum,
Hört nicht die Mutter schrein:
»Bienelein! Bienelein!«
Junges Blut, tolles Blut,
Treibt in die Flammenglut,
Treibt in die Flamm hinein, –
»Bienelein! Bienelein!«
's flackert nun lichterrot,
Flamme gab Flammentod; –
Hüt dich vor Mägdelein,
Söhnelein! Söhnelein!

Demuth lachte erheitert. »Das ist sehr amüsant, das gefällt mir, besonders die Schlussfolgerung. ›Hüt dich vor Mägdelein‹! Dass einem so jungen Mann so etwas einfällt, erstaunt mich.«

»Ich bin gestern Abend drauf gekommen. Als ich mit dem Herrn Sumser da drüben am Tisch beim Spielen saß, da ist eine Biene, vielleicht war es auch eine Wespe, so genau weiß ich das nicht, wieder und wieder in die Flamme unserer Öllampe hineingeflogen, bis sie schließlich reglos auf der Tischplatte lag.«

Demuth schob das Gedicht zurück zu Heine. Immer noch anerkennend lächelnd, prostete er ihm zu.

»Was war das für ein Spiel, das Sie mit dem Herrn Sumser gespielt haben?«

»Der Postmeister hatte uns freundlicherweise das Puffspiel

der Familie Krumpe ausgeborgt. Sumser kannte die Regeln und hat es mir beigebracht. Puff oder Wurfzabel. Es ist recht vergnüglich. Man muss dabei strategisch denken, aber Glück braucht man auch.«

»Und was halten Sie vom Herrn Sumser?«, fragte Demuth.

»Ein sympathischer Mensch«, sagte Harry Heine kategorisch. »Er kommt aus dem Königreich Bayern und stellt ganz wunderbare Spieluhren her. Eine hat er mir vorgeführt. Wirklich entzückend. Vielleicht kaufe ich sie ihm ab und schenke sie meiner Tante in Hamburg.«

»Mir erscheint dieser Mann recht undurchsichtig«, sagte Demuth.

Heine sah ihn verständnislos an. »Sie glauben aber doch nicht, dass er irgendwas mit dem Tod dieser Bauersfrau zu tun hat.«

Demuth zuckte mit den Achseln.

»Das halte ich für ausgeschlossen. Der Herr Sumser ist ganz und gar kein schlechter Mensch«, sagte Heine. »Ich habe gestern Abend über allerlei mit ihm geredet, auch über diese Angelegenheit. Er hat nichts damit zu tun, da bin ich mir sicher.«

»Und Sie?«, fragte Demuth. »Was haben Sie vom Tod der Frau Hasenleder mitbekommen?«

»Nun, ich habe das Schreien der Nichte gehört, hab gesehen, wie der Herr Gendarm daraufhin hinausgelaufen ist aus dem Posthaus, und später habe ich von der Frau Krumpe erfahren, was passiert war. Das ist alles.«

Demuth hatte nicht mehr erwartet.

»Verdächtigen Sie mich etwa auch?«, fragte Harry Heine.

»Nein.«

»Ich bin Jude«, sagte Heine.

»Ich weiß, das hat der Herr Gendarm mir bereits berichtet.«

»Die Juden haben den Herrn Jesus ans Kreuz geschlagen. Sie sind für nahezu alle Übel auf dieser Welt verantwortlich«, sagte Heine bissig.

»Das halte ich für Unfug«, entgegnete Demuth ruhig.

»Ja, natürlich. Eine solche Haltung würde auch nicht zu Ihnen passen. Entschuldigen Sie bitte«, sagte Heine und fuhr nach einer Weile fort. »Meine Eltern sind in erster Linie gebildete Düsseldorfer Bürgersleute, erst danach sind sie Juden. Das Lyzeum, das ich besucht habe, wurde von katholischen Geistlichen geleitet.«

»Harry ist auch nicht gerade ein sehr jüdischer Vorname«, stellte Demuth fest.

»Nein.« Heine lächelte. »Den verdanke ich einem englischen Geschäftsfreund meines Vaters.«

»Was halten gebildete Düsseldorfer Bürger, die auch Juden sind, denn davon, dass sie keine Untertanen Napoleons mehr sind?«, fragte Demuth.

»Meine Familie und die jüdischen Geschäftspartner meines Vaters sind froh darüber.«

»Ist das wahr? Ich dachte, die meisten Juden hätten immer noch Sympathien für Napoleon. Schließlich haben sie ihm den Code Civil zu verdanken, der ihnen die Gleichstellung mit der christlichen Bevölkerung garantiert hat.«

»Napoleon hatte viele Verehrer unter den Juden, aber das hat sich geändert. Bei seinem Besuch in Düsseldorf im Jahr 1811 habe ich ihm zusammen mit meiner Familie zugejubelt, damals war ich dreizehn«, erinnerte Heine sich. »Aber später gab es den Russlandfeldzug, und unzählige junge Deutsche mussten in seiner großen Armee kämpfen und wurden als Kanonenfutter missbraucht und in den Tod geschickt. Die wirtschaftlichen Verhältnisse wurden auch immer schwieriger. Sie wissen, Herr Justizrat, dass die Menschen in den letzten Jahren der französischen Herrschaft nicht mehr viel für Napoleon übrighatten. Das gilt auch für die jüdischen Bürgersfamilien. Sollte König Friedrich Wilhelm demnächst mal nach Düsseldorf kommen, werden die Menschen ihn hochleben lassen, auch die, die vor fünf Jahren ihre Taschentücher für Napoleon geschwenkt haben.«

»So wird es wohl sein«, sagte Demuth und fügte nachdenklich hinzu, dass die Menschen vermutlich jedem Kaiser und König zujubelten, solange sie unter seiner Herrschaft satt wurden und ihren Frieden hatten.

Harry Heine nickte zustimmend, so als sei er zu dieser Einsicht auch schon gekommen. Dabei war er nicht einmal neunzehn Jahre alt.

Als er sich anschickte, hinaufzugehen in seine Kammer, sagte Demuth, es habe ihm ausgesprochen viel Freude bereitet, mit einem so höflichen und gebildeten Menschen den Abend zu verbringen, und er empfahl dem jungen Herrn, unbedingt der Dichtkunst treu zu bleiben, für die er zweifellos eine große Begabung habe.

Heine bedankte sich artig und ließ sich von Demuths Kompliment dazu hinreißen, sich mit einem Vers zu verabschieden:

»Wenn die Stunde kommt, wo das Herz mir schwillt,
Und blühender Zauber dem Busen entquillt,
Dann greif ich zum Griffel rasch und wild,
Und male mit Worten das Zaubergebild.«

Samstag, 14. September 1816

Alles war wie am Morgen zuvor. Demuth wurde vom Duft des Bohnenkaffees und von den Geräuschen aus der Küche geweckt. Er zog seine Taschenuhr auf, wusch sich, zog sich an, kämmte sein dünnes Haar, stieg die hölzerne Treppe hinunter und setzte sich im Gastraum auf den Platz am Fenster, auf dem er auch am Freitagmorgen gesessen hatte. Er wurde von einer eifrigen Trudi ein wenig scheu, aber äußerst aufmerksam bedient und genoss Kaffee, Brot, ein kleines Stück Butter, Marmelade und sogar ein hart gekochtes Ei.

Dieses zweite Frühstück in der Poststation an der Emscher schmeckte schon ein kleines bisschen nach Gewohnheit, und das empfand Anton Demuth als überaus angenehm.

Vielleicht war er in letzter Zeit doch ein wenig zu ängstlich darauf bedacht gewesen, dass in seinem Leben alles immer genau so blieb, wie es war.

Er spürte, dass es durchaus seinen Reiz hatte, am Morgen mal ein anderes Gesicht zu sehen als das von Klärchen Stüber und etwas anderes zu beobachten als das Treiben auf dem Werdener Markt.

Es schien ihm so, als seien Platz und Straße vor dem Posthaus heute etwas weniger morastig als am Tag zuvor. Die Katze saß wieder am Straßenrand und schaute in Richtung Sterkrade, und auch heute Morgen war wieder keine Postkutsche in Sicht.

Es regnete nicht. Der Himmel war schmutzig grau.

Demuth sah zum jungen Herrn Heine hinüber. Der hatte schon am Tisch neben dem Kamin gesessen, als er hereingekommen war. Margarete Krumpe hatte neben ihm gestanden und auf ihn eingeredet.

Da hatte Demuth nicht stören wollen. Heine und er hatten einander zugelächelt.

Kurz nachdem Demuth am Tisch neben dem Fenster Platz

genommen hatte, hatte Margarete Krumpe sich dann zu Harry Heine gesetzt. Die Frau des Postmeisters hatte viel geredet, Heine hatte zugehört und nur gelegentlich etwas eingeworfen. Margarete stand erst wieder auf, als Demuth schon bei seiner zweiten Tasse Kaffee war. Sie ging in Richtung Küche, blieb aber kurz vor der Tür stehen und wandte sich um.

»Guten Morgen, Herr Justizrat! Ich hoffe, Sie haben gut geschlafen!«, rief sie.

Demuth nickte und winkte ihr freundlich zu. Sie winkte zurück und verschwand hinter der Küchentür.

Der junge Heine kam herüber. »Guten Morgen, Herr Kriminalrichter. Störe ich Sie?«, fragte er.

»Nein, ganz und gar nicht«, antwortete Demuth.

Heine setzte sich. Er hatte seine lederne Schreibmappe dabei, die legte er auf einen freien Stuhl. Auch seine Tasse Kaffee hatte er mitgebracht.

»Eine erstaunliche Person, die Frau des Postmeisters«, sagte er leise. »Ganz und gar nicht dumm, und sie ist fest davon überzeugt, dass die Tote eine Hexe war.«

»Ach was.« Anton Demuth zog seine dicht gewachsenen Augenbrauen zusammen und schüttelte den Kopf. »Die Grete glaubt also auch diesen Unfug.«

Harry Heine dachte eine Weile nach, bevor er entgegnete: »Aus der Sicht eines aufgeklärten Menschen mag das Unfug sein, was die Frau Krumpe über ihre verblichene Nachbarin denkt, aber der Glaube daran, dass es Geschöpfe mit übernatürlichen Gaben und Fähigkeiten gibt, ist seit Jahrhunderten in den Überzeugungen der Menschen verwurzelt. Wenn Sie, Herr Untersuchungsrichter, weiter in der Sammlung der Brüder Grimm lesen, werden Hexen und allerlei Zauberwesen Ihnen noch in so mancher Geschichte begegnen.«

»Dahin gehören sie ja auch, in ein Märchenbuch«, sagte Demuth. »Aber es grämt mich, dass Menschen immer noch mit Hexerei und dergleichen Unsinn ganz schnell bei der Hand sind, wenn sie einfache Erklärungen für irgendwas suchen.«

»So sind sie nun mal, die Menschen. Die meisten jedenfalls«, sagte Harry Heine achselzuckend, und dann erzählte er dem Justizrat in aller Ausführlichkeit, wie er selbst auf eine recht eigentümliche Weise mit Hexen und deren Hexerei in Berührung gekommen war.

Weil Anton Demuth so viel Abergläubisches im Umfeld einer gebildeten Düsseldorfer Kaufmannsfamilie nicht vermutet hatte, verblüffte ihn die Geschichte des jungen Heine zuerst sehr, dann entsetzte sie ihn sogar, und schließlich machte sie ihn für eine kurze Zeit ein bisschen schwermütig.

Ein altes Weib, so erzählte Heine, das geschäftlich des Öfteren mit seinem Vater zu tun gehabt hatte, hatte ihn, den Knaben Harry, ganz maßlos mit Lobhudeleien und Komplimenten betreffend seine Schönheit und Klugheit übergossen. Ganz offensichtlich wollte die Alte sich so den Vater gewogen machen.

Die Kinderfrau der Familie Heine hatte das mitbekommen, und sogleich war in ihr der alte Volkswahn erwacht, dass es Kindern schädlich sei, mit zu heftigen Lobsprüchen überschüttet zu werden, dass sie dadurch erkranken und von allerlei Übel befallen werden könnten.

Aber die Zippel, so nannte Heine die Kinderfrau, kannte ein althergebrachtes Rezept, mit dessen Anwendung man ein betroffenes Kind doch noch vor dem Schlimmsten bewahren konnte. Sie spuckte dem Knaben Harry hastig dreimal auf den Kopf und hatte so zunächst einmal das Schlimmste abgewendet.

Doch dann war der Zippel in den Sinn gekommen, die Alte, die den Knaben so hemmungslos belobigt hatte, könnte eine Hexe gewesen sein. In diesem Fall nämlich wäre dreimaliges Anspucken nicht ausreichend, sondern der böse Zauber könnte nur durch eine Person gebrochen werden, die ebenfalls eine Hexe war.

»So entschloss sich meine gute Zippel, noch denselben Tag mit mir zu einer Frau zu gehen, die ihr als Hexe bekannt war«, erzählte Heine. »Und die bestrich mir mit ihrem Daumen, den sie mit Speichel benetzt hatte, den Scheitel, schnitt mir einige Haupthaare ab, feuchtete diese auf dieselbe Weise an, betupfte mit der Haarsträhne auch andere Stellen meines Körpers und salbaderte dabei allerlei Abrakadabra. Der vermeintliche Fluch der Alten, die mich so penetrant mit Lobeshymnen übergossen hatte, blieb danach völlig ohne Wirkung. Für die Kinderfrau und mich war es keine Frage, dass wir das den Gegenmaßnahmen unserer Hexe zu verdanken hatten.«

Heine lachte und erzählte weiter, dass seine Zippel diese Frau immer wieder mal aufgesucht habe, wenn sie Unterstützung in Liebesdingen oder Hilfe bei irgendwelchem Ungemach gebraucht habe. Er habe sie oft begleitet und so die vermeintliche Hexe nach und nach ein wenig kennengelernt, und er habe im Laufe der Zeit so einiges über sie erfahren.

Die Leute nannten sie die Meisterin oder einfach nur die Gocherin, denn sie war aus dem niederrheinischen Städtchen Goch gekommen. Dort war sie geboren worden, und ihr verstorbener Gatte hatte dort das verrufene Handwerk eines Scharfrichters betrieben. Man munkelte, dass er seiner Witwe mancherlei Geheimnis hinterlassen habe, welches sie nun ihrerseits dazu nutze, ihre zauberischen Kräfte immer weiter zu entfalten. Die Gocherin widersprach solchen Gerüchten nicht, sie zog es vor, aus ihrem Ruf Kapital zu schlagen. Und das gelang ihr auf ganz hervorragende Weise.

Eine Zeitlang waren die Wirte der Düsseldorfer Bierschenken ihre besten Kunden. Sie verkaufte ihnen zu außerordentlichen Preisen ihre Totenfinger. Das waren die Finger gehängter Diebe, die sie angeblich noch aus der Hinterlassenschaft ihres Mannes besaß. Sie dienten dazu, das Bier im Fasse wohlschmeckend zu machen und zu vermehren.

Harry Heine erläuterte mit todernster Miene: »Wenn man nämlich den Finger eines Gehenkten, zumal eines unschuldig Gehenkten, an einem Bindfaden befestigt und ins Fass hinabhängen lässt, so wird das Bier dadurch nicht bloß wohlschmeckender, sondern man kann aus besagtem Fasse doppelt, ja vierfach so viel zapfen wie aus einem gewöhnlichen Fasse von gleicher Größe.«

Demuth machte aus seinen Gefühlsregungen keinen Hehl. Er war entsetzt und ekelte sich und zog ein Gesicht, von dem das deutlich abzulesen war.

»Ich versichere Ihnen, Herr Kriminalrichter, dass es Wirte gab, die das genau so praktiziert haben«, beteuerte Heine. »Allerdings bevorzugen aufgeklärte Wirtsleute heutzutage eine andere Methode, um das Bier zu vermehren. Bedauerlich ist nur, dass es dadurch sehr an Stärke verliert.«

Heine lachte schelmisch und berichtete noch von allerlei Wundertaten der Gocherin, von ihren Liebestränken, die hin und wieder ihren Zweck erfüllten, ihn aber auch hin und wieder verfehlten, von ihren außergewöhnlichen Ratschlägen, beispielsweise von dem, immer etwas Gold in den Taschen bei sich zu tragen, weil Gold sehr gesund sei und besonders den Liebenden Glück bringe.

»Ich blieb mit der Gocherin bekannt, besuchte sie ab und zu zusammen mit der Zippel, manchmal auch allein, bis es mich dann, ich war inzwischen sechzehn Jahre alt, plötzlich Tag für Tag zu ihrer Wohnung zog. Mich lockte eine Hexerei dorthin, die stärker war als alles, was ich bis dahin kennengelernt hatte. Die Gocherin hatte nämlich eine Nichte, die Josepha, die auch gerade sechzehn Jahre alt geworden und plötzlich aufgeschossen war zu einer schlanken weiblichen Gestalt. Ihr Haar war rot, ganz blutrot, und hing in langen Locken bis über ihre Schultern hinab. Und das rote Sefchen, so nannten die Leute das Mädchen, das hat mich auf eine Art und Weise verzaubert, wie es noch nie eine Hexe vermocht hatte.«

Die beiden Männer, der Justizrat Anton Demuth, der gern und häufig zurückblickte auf die Liebesgeschichten seines Lebens, und der Kaufmannssohn Harry Heine, der die meisten seiner Liebesgeschichten noch nicht erlebt hatte, schwiegen eine Weile gemeinsam, und Demuth geriet in eine melancholische Stimmung, als er darüber nachdachte, wie unendlich lange es her war, dass ihn zuletzt ein weibliches Wesen in seinen Bann gezogen hatte.

Um nicht ganz und gar in Schwermut zu versinken, versuchte er, das Gespräch mit dem jungen Heine wieder in Gang zu bringen. »Welcher Mann ist weiblicher Magie noch nicht erlegen?«, fragte er ihn und sich selbst, seufzte und fügte lächelnd hinzu: »Vielleicht sind sie ja alle Hexen, die Frauen.«

»Es gibt wohl sehr verschiedenartiges Hexenwerk«, sagte Heine ganz unsentimental. »In vielen Fällen ist es nichts anderes als ein törichter, aber überaus lebendiger Wahn des Volkes, aber manchmal ist es eben auch etwas ganz Zauberhaftes.«

»Was ist denn aus Ihrem Sefchen geworden?«, fragte Demuth.

»Die Josepha war die Tochter vom Bruder des verstorbenen Ehemannes der Gocherin. Bei ihrer Tante in Düsseldorf war sie nur eine Weile. Von da ist sie zu einem Großvater gekommen, der angeblich auch Scharfrichter ist und irgendwo im Westfälischen lebt.«

Anton Demuth hatte den Eindruck, dass in den Worten keine große Trauer über den Verlust mitschwang. Harry Heine war zu jung, um sich lange über das Ende einer Liebe zu grämen. In seinem Alter war noch nichts endgültig.

Gedankenschwer schaute Anton Demuth zum Fenster hinaus.

Ein dunkelhaariger Mann näherte sich von den Pferdekoppeln her eiligen Schrittes dem Posthaus. Als er die Mitte des Vorplatzes erreicht hatte, bemerkte Demuth, dass sein fast schwarzes Haar schütter zu werden begann, dass es von grauen Strähnen durchzogen und am Hinterkopf zu einem Zopf gebunden war. In seinem abgenutzten Gehrock, dessen Schöße um eine aus der Mode geratene Kniebundhose flatterten, sah er aus wie ein Mann, der keinerlei Wert auf seine Erscheinung legte. Wäre der Kriminalrichter Demuth nicht hier an der Emscher auf diesen schmucklosen Menschen gestoßen, sondern in Werden, in Essen oder in Duisburg, dann hätte er ihn für einen zerstreuten Professor gehalten oder für einen verschrobenen Künstler, der sich mit so großer Inbrunst seinen Schöpfungen widmete, dass er für seine Person nur wenig Aufmerksamkeit übrighatte.

Der Mann hastete die vier Stufen zur Tür des Posthauses herauf und betrat wenige Augenblicke später die Gaststube. Als er Demuth und Heine erblickte, blieb er unschlüssig stehen, zog anscheinend in Erwägung, sich den beiden Männern vorzustellen, entschied dann aber, das nicht zu tun, verbeugte sich und verschwand durch die zweiflüglige Tür im Nebenraum, wo am späten Nachmittag ein Marionettenspiel aufgeführt werden sollte.

»Kannten Sie den Menschen?«, fragte Harry Heine.

»Gesehen habe ich ihn noch nie«, sagte Demuth, »aber ich nehme an, dass es der Mechanikus Josef Tendler war.«

»Der Marionettenspieler, ach ja, das könnte sein«, sagte Heine. »Schade, dass ich keine Vorstellung der Leute mitbekommen werde. Einem Puppenspiel würde ich gern noch mal zuschauen.«

»Heute soll nebenan im großen Gastraum ein Stück über die heilige Genoveva aufgeführt werden.«

»Ich weiß, aber dann werde ich aller Voraussicht nach nicht mehr hier sein.«

»Ach was«, sagte Demuth erstaunt.

»Die Frau Krumpe hat mir erzählt, dass schon in aller Herrgottsfrühe ein Postreiter vorbeigekommen ist und gemeldet hat, dass heute endlich wieder eine Kutsche in Richtung Berlin fahren soll.«

»Und da wollen Sie mit?«

»Ja, natürlich. Seit Beginn meiner Reise war es mein Plan, hier auf die Clevische Post nach Berlin umzusteigen. Nur ist leider kein Wagen mehr gefahren, seitdem ich Mittwoch hier angekommen bin.«

»Aber die Linie führt nicht über Hamburg, soviel ich weiß.«

»Das ist so«, sagte Heine. »Sie führt über Essen, Hagen,

Paderborn, Braunschweig und Magdeburg nach Berlin. Ich werde bis Braunschweig mitfahren und hoffe, dass ich dort einen guten Anschluss nach Hamburg bekomme.«

»Ich verstehe.«

»Und Sie haben keine Einwände wegen des noch ungeklärten Todesfalles? Immerhin war ich schon Gast hier im Hause, als einen Steinwurf entfernt eine Bauersfrau ums Leben gekommen ist.«

»Nein, nein, Herr Heine, wenn Sie die Gelegenheit haben weiterzureisen, dann tun Sie das nur. Sie haben mit dem Tod der Anna Hasenleder nichts zu tun. Das steht außer Frage.«

»Und leider habe ich auch keinen Hinweis für Sie, der Ihnen irgendwie weiterhelfen könnte.«

»Das kann man wohl auch von einem Reisenden nicht erwarten, der ganz zufällig Gast in einer Poststation ist, in deren Nähe ein Verbrechen geschieht«, sagte Anton Demuth.

Heine nickte zustimmend und fragte: »Haben Sie denn inzwischen mit Herrn Sumser sprechen können?«

Demuth schüttelte den Kopf. »Ich weiß gar nicht mehr, wann ich diesen Menschen zuletzt gesehen habe. Es scheint so, als ginge er mir aus dem Wege.«

»Das glaube ich nicht«, sagte Heine. »Als ich heute Morgen herunterkam, war er schon mit dem Frühstück fertig. Wir haben noch ein paar Worte gewechselt, dann hat er die Gaststube verlassen und ist wieder hinaufgegangen in sein Zimmer. Vielleicht bastelt er dort ja an seinen Spieldosen herum, das weiß ich aber nicht. Später wollte er jedenfalls spazieren gehen und sich die Gegend angucken.«

»Er hat eine seltsame Art, sich hier in der Gegend umzusehen.« Demuth zog seine buschigen Augenbrauen hoch. »Der Gendarm hat gestern beobachtet, wie er ums Herrenhaus herumgeschlichen ist und versucht hat, in eines der Fenster hineinzuschauen.«

»Ist der Herr Gendarm sich da ganz sicher? Hat er nicht vielleicht nur eine Beobachtung falsch gedeutet?«

»Wenn ein Mann zwischen den Büschen am Schloss des Grafen Westerholt steht, auf ein Fenster starrt und das Weite sucht, sobald er bemerkt, dass er entdeckt worden ist, dann gibt es da meines Erachtens nichts, was man so oder so deuten könnte.«

»Vielleicht hat er ja eine Erklärung für sein Verhalten.«

»Danach möchte ich ihn gern fragen«, sagte Demuth, »und nach ein paar anderen Dingen auch.«

»Das könnten Sie tun.« Heine wies mit einer Hand zum Fenster hinaus. »Sehen Sie? Dahinten ist der Herr.«

Demuth entdeckte Augustin Sumser auf dem Pfad, der von den Pferdeställen zum Schloss führte. Einen hellgrauen Hut auf dem Kopf und einen Spazierstock in der Hand, stand er da, schaute zum Posthaus herüber, wandte bald seinen Blick in Richtung Schloss, ging ein paar Schritte, blieb noch einmal kurz stehen und verschwand schließlich hinter den Büschen, die den Weg zum Schloss säumten.

Anton Demuth fand den Spieldosenmacher Augustin Sumser aus dem Königreich Bayern eine knappe halbe Stunde später hinter dem Schlosspark, dort, wo der Emscherweg auf den Fluss stößt, um von nun an seinen Windungen zu folgen. Sumser hatte eine Decke aus Rosshaar über einen Baumstumpf gelegt und sich so daraufgesetzt, dass er auf die Emscher schaute, die sich zu seinen Füßen breit und träge dem Rhein entgegenwälzte.

Als Demuth nur noch wenige Schritte hinter ihm war, wandte er sich erschrocken um.

»Ach, Sie sind das, Herr Kriminalrichter«, sagte er, ganz offensichtlich erleichtert darüber, dass es niemand anders als Anton Demuth war, der sich da von hinten näherte.

»Ich habe eigentlich ganz exquisite Ohren, aber bei dem Lärm hier höre nicht mal ich, wenn sich jemand heranschleicht, sei es Räuber oder Gendarm«, sagte er, lachte und fügte vergnügt hinzu: »Da habe ich ja noch mal Glück gehabt, dass es kein Spitzbube ist, der mich überfällt, sondern nur ein preußischer Justizrat.«

»Ob das Ihr Glück ist, wird sich herausstellen«, sagte Anton Demuth humorlos.

Augustin Sumser, der in einem eierschalenfarbenen Leinenanzug und mit seinem breitkrempigen hellgrauen Hut am Flussufer saß, als befinde er sich allen Wettern zum Trotz mitten in der Sommerfrische, lächelte über die bedrohlichen Worte des Kriminalrichters hinweg.

»Was ist das für ein Lärm?«, fragte er dann.

»Das ist ein Schmiedehammer«, sagte Demuth.

»Hier gibt es eine Schmiede? So nah bei diesem wunderschönen neuen Herrenhaus des Grafen von Westerholt? Konnte ein so bedeutender Fürst das nicht verhindern?«

»Nein, das konnte er nicht«, antwortete Demuth. »Das Hammerwerk war früher eine Eisenhütte, und die gab es schon, als der Graf hier mit dem Bau seines neuen Herrenhauses begann.«

»Der Posthalter Krumpe hat mir vor ein paar Tagen von einer Eisenhütte erzählt. Die war aber nicht hier an der Emscher, sondern eine halbe Meile nördlich gelegen. Oder hab ich da irgendwas falsch verstanden?«

»Nein, das ist richtig. Das ist in Sterkrade, und ein Dorf weiter östlich, in Osterfeld, gibt es sogar noch eine dritte Hütte.«

»Drei Eisenschmelzen so nah beieinander? Das ist verblüffend«, sagte Sumser.

»Das ist eine Folge der früheren politischen Verhältnisse«, erklärte Demuth. »Osterfeld war bis zum Beginn dieses Jahrhunderts ein Dorf im Vest Recklinghausen, also im Erzbistum Köln, Sterkrade gehörte zu Cleve, also zum Königreich Preußen, und die Emscher war hier die Grenze zum Stift Essen. Als in der Gegend Raseneisenerz gefunden wurde, wollten alle daran verdienen, der Erzbischof von Köln, der König in Berlin und die Essener Fürstäbtissin. So entstanden nacheinander die Hütten Sankt Antony in Osterfeld, Gute Hoffnung in Sterkrade und Neu-Essen, da drüben auf der anderen Seite der Emscher.

»Und das ging gut?«, fragte Sumser skeptisch.

»Nein, ging es nicht«, sagte Demuth. »Es gab nicht viele gute Jahre für die drei Eisenhütten. Letztlich haben sie sich gegenseitig ruiniert. Sie stellten die gleichen Gusswaren her, beschickten dieselben Märkte und kämpften um dieselben Rohstoffe. Vor allem gab es Engpässe bei der Beschaffung von Eisenerz und Holzkohle. Die Köhler konnten die Nachfrage nicht bedienen, und immer öfter standen die Hochöfen still. Das ist aber inzwischen lange vorbei. Heute gehören alle drei Werke zur Hüttengewerkschaft Jacobi, Haniel und Huyssen und machen sich keine Konkurrenz mehr, sondern arbeiten einander zu. Auf Neu-Essen ist seit einiger Zeit kein Hochofen mehr in Betrieb, da wird jetzt nur noch Eisen zu Stäben oder Blöcken geschmiedet, die in den Werkstätten in Sterkrade und Osterfeld weiterverarbeitet werden.«

»Und alle drei Standorte liegen heute im Königreich Preußen?«, fragte Sumser.

Den Kriminalrichter Demuth, der immer noch neben Augustin Sumser stand, während der mit behaglich übereinandergeschlagenen Beinen auf seiner Rosshaardecke saß, beschlich plötzlich das Gefühl, dass dieser Mensch sich vielleicht nur deshalb so sehr fürs Historische interessierte, weil er es vermeiden wollte, über Themen zu sprechen, die ihm weniger angenehm waren.

Ohne auf seine Frage zu antworten, sagte Demuth deshalb: »Ich habe nicht nach Ihnen gesucht, um mit Ihnen über die Geschichte der Emscherregion zu reden.«

»Ach, Sie haben nach mir gesucht? Das hätten Sie doch gar nicht gebraucht. Mein Zimmer im Posthaus liegt dem Ihren schräg gegenüber. Sie hätten jederzeit bei mir anklopfen können«, sagte Sumser freundlich.

Anton Demuth spürte, dass er auf der Hut sein musste. Dieser Spieldosenmacher aus Bayern hatte offenbar die Gabe,

Menschen mit seiner ausgesuchten Liebenswürdigkeit von den Themen abzubringen, die ihm unangenehm waren. Das sollte diesem Herrn bei ihm nicht gelingen.

»Möchten Sie sich nicht zu mir setzen?«, fragte Sumser. »Ich könnte ein wenig zur Seite rücken. Auf dem Baumstumpf und meiner Decke ist Platz genug für zwei ausgewachsene Männer.«

»Nein, danke«, sagte Demuth. »Es wäre mir lieber, wenn wir gemeinsam ein wenig spazieren gingen. Um hier still am Wasser zu sitzen, ist es mir zu kühl. Außerdem scheint mir das Dröhnen des Eisenhammers nicht das angenehmste Hintergrundgeräusch für ein Gespräch zu sein.«

»Da stimme ich Ihnen zu, Herr Kriminalrat.« Sumser stand auf, rollte seine Decke zusammen, steckte sie in einen Beutel, den er sich über die Schulter hängte, nahm seinen Spazierstock in die Hand, sah Demuth lächelnd an und fragte ergeben: »In welche Richtung?«

»Emscherabwärts«, sagte Demuth.

Sie passierten den schäbigen Kotten der Kleinrogges und näherten sich Anna Hasenleders kleinem Haus, ohne ein Wort gesprochen zu haben. Als sie nebeneinander den schmalen Trampelpfad kreuzten, der von Annas Häuschen hinunter zum Steg führte, blieb Demuth stehen.

Sumser sah ihn fragend an.

»Waren Sie hier schon mal?«, fragte Demuth.

Augustin Sumser schaute sich um und nickte. »Ja, ich bin hier einmal während einer Wanderung vorbeigekommen.«

»Wann war das?«

Sumser antwortete, ohne nachzudenken: »Das war am Mittwoch, am Tag bevor hier die Bauersfrau zu Tode gekommen ist. Das war doch hier, nicht wahr? Ist das ihr Häuschen?«

Demuth ging nicht auf seine Fragen ein.

»Wohin sind Sie gewandert?«

»Ich wollte zu einem Kloster, zu einem ehemaligen. Es ist, wie aller Kirchenbesitz, enteignet worden, die Mönche sind nicht mehr da, aber die alte Abteikirche ist angeblich ein

Schmuckstück. Jedenfalls hat die Frau des Posthalters das gesagt. Etwa eine Meile flussabwärts liegt dieses ehemalige Kloster.«

»Die Abtei Hamborn«, vermutete Demuth.

Sumser nickte. »Das ist der Name, den Frau Krumpe genannt hat.«

»Und? Waren Sie dort?«

»Nein, so weit bin ich nicht gekommen. Als ich eine knappe Stunde unterwegs war, fing es heftig an zu regnen. Da bin ich umgekehrt.«

»Und noch einmal hier entlanggegangen?«

»Ja, natürlich. Es regnete stark. Ich wollte auf dem kürzesten Weg zurück zum Posthaus.«

»Und gesehen haben Sie nichts und niemanden, nehme ich an.«

»Auf dem Hinweg saß ein Stück weiter vor einem Haus ein alter Mann auf einer Bank. Wir haben einander zugewinkt. Auf dem Rückweg habe ich niemanden gesehen. Das Wetter war so scheußlich, da ist kein Mensch vor die Tür gegangen, der das nicht unbedingt musste.«

»Da unten ist die Anna Hasenleder überfallen worden und tödlich verletzt ins Wasser gestürzt.« Demuth deutete zum Steg hinunter.

»Eine ganz furchtbare Geschichte«, sagte Sumser. »Ich hoffe sehr, dass Sie den Mörder dieser armen Frau finden werden.«

»Sie gehören zu den Verdächtigen.« Demuth wunderte sich selbst ein wenig über seine Schroffheit.

Augustin Sumser allerdings reagierte gelassen. Achselzuckend sagte er: »Da sind Sie auf dem Holzweg, Herr Richter. Ich kannte die Frau ja nicht einmal.«

»Sie sind schon fast eine ganze Woche Gast im Posthaus. Was wollen Sie hier? Das ist kein Ort für eine Sommerfrische.«

»Da haben Sie recht, Herr Kriminalrat, weder der Ort noch das Wetter eignen sich sonderlich für eine Sommerfrische«, sagte Sumser fröhlich. »Aber diese Poststation ist ein ganz besonderer Ort. Sie liegt gleich neben dem wunderschönen neuen Herrenhaus des Grafen Westerholt-Gysenberg, am einzigen Emscherübergang weit und breit, und sie ist eine Station, an der sich zwei Postlinien kreuzen. An einem solchen Platz trifft man gut betuchte Menschen, die sich das Reisen leisten können. Solche Leute haben auch Geld, um sich eine mechanische Spieldose zu kaufen. Deshalb bin ich im Posthaus abgestiegen. Ich habe natürlich nicht geahnt, dass auf den aufgeweichten Straßen keine Kutschen fahren können und deshalb tagelang kein Mensch hier vorbeikommt. Aber so ist es nun mal. Jetzt bin ich hier und versuche, das Beste daraus zu machen und mir das eine oder andere in der Gegend anzuschauen.«

»Ich glaube Ihnen kein Wort«, erwiderte Demuth kühl. »Niemand reist vom Königreich Bayern ins ferne Preußen und mietet sich dort in eine einsam gelegene Poststation ein, weil er mechanische Spieldosen oder sonst irgendwas verkaufen will. Das ist Unfug. Es gibt näherliegende Möglichkeiten, gut betuchte Käufer zu finden.«

»Ich bin hier, um meine Waren feilzubieten«, entgegnete Sumser ungerührt. »Ich habe eine gültige Konzession für das Vertreiben mechanischer Spieluhren in der preußischen Provinz Jülich-Cleve-Berg. Sie liegt in meinem Zimmer im Posthaus. Ich zeige Sie Ihnen gern.«

»Das ist nicht nötig. Der Gendarm Schmitting hat mir schon berichtet, dass Sie über eine solche Konzession verfügen. Aber die beweist nichts. Sie erklärt vor allem nicht, warum Sie hier nach zahlungskräftiger Kundschaft suchen und nicht im Königreich Bayern. Dort gibt es schöne Städte mit wohlhabenden Bürgern. Denen ließe sich gewiss leichter eine Spieldose verkaufen als Reisenden, die ungern mehr Gepäck mit sich herumschleppen als nötig. Nein, Herr Sumser, Sie sagen mir nicht die Wahrheit. Sie sind nicht Ihrer Geschäfte wegen hierhergekommen.«

»Ich reise gern«, sagte Sumser unbeirrt. »Meine Spieluhren fern der Heimat zu verkaufen, gibt mir die Möglichkeit, das

Geschäftliche mit dem Vergnügen des Reisens zu verbinden. So komme ich herum und lerne reizende Orte kennen.«

»Reizende Orte?« Demuth schüttelte ärgerlich den Kopf. »Sie versuchen, mich für dumm zu verkaufen, werter Herr.«

»Ich habe nicht die Absicht, Sie zu verärgern, Herr Untersuchungsrichter«, sagte Augustin Sumser treuherzig. Seine offenbar unzerstörbare Freundlichkeit brachte Demuth vollends aus der Fassung.

»Sie sind gestern um das Herrenhaus herumgeschlichen, haben sich da zwischen den Büschen versteckt und zu den Fenstern hinübergestarrt«, wetterte er. »Der Gendarm Schmitting hat das beobachtet, zweimal sogar. Ein Mann, der sich so verhält, gerät leicht in Verdacht, Übles gegen eine gräfliche Familie im Schilde zu führen, möglicherweise sogar umstürzlerische Ideen zu unterstützen. Ich weiß nicht, wie das im Königreich Bayern ist, im Königreich Preußen allerdings sollte man einen solchen Verdacht möglichst umgehend ausräumen, wenn man nicht erhebliche Schererereien bekommen will.«

Gelassen entgegnete Sumser:»Kommen Sie, lassen Sie uns noch ein paar Schritte gehen.«

Ein Stück weiter flussabwärts deutete er auf das Haus der Terhuvens.»Dort hat der alte Mann auf der Bank gesessen. Ach, sehen Sie nur, da ist er ja wieder.«

»Das ist Fürchtegott Terhuven. Er sitzt immer da, wenn es nicht regnet«, sagte Demuth.

Sumser und er winkten dem Alten zu. Der grüßte mit einem Kopfnicken zurück und sah den beiden Männern, die unterhalb seines Hauses über den Emscherweg spazierten, so lange nach, bis sie kurz vorm Wald aus seinem Blickfeld verschwunden waren.

Sumser machte keine Anstalten, sich zu irgendwelchen Vorwürfen zu äußern, anscheinend hielt er es nicht für nötig, Demuths Verdacht auszuräumen. Der spürte, je länger das Schweigen andauerte, umso deutlicher Zorn in sich aufsteigen. Er war drauf und dran, dem Herrn aus Bayern mit einer vorübergehenden Unterbringung im Gefängnis von Werden zu drohen, als Sumser unvermittelt sagte: »Der Herr Gendarm hat sich getäuscht.«

Dieser Satz trug nur wenig dazu bei, Demuth zu besänftigen. »Ach was«, sagte er ärgerlich.

»Ich habe nicht gestarrt, ich habe gelauscht.«

Demuth blieb stehen und schaute ihn grollend an. Dieser Mensch hatte offenbar die Absicht, ihn zu veralbern.

»Machen wir uns auf den Rückweg zum Posthaus?«, fragte Sumser. »Ich glaube, es beginnt gleich zu regnen.«

Ohne auf eine Antwort zu warten, wandte er sich um und ging gemächlich flussaufwärts. Demuth blieb einen Moment sprachlos stehen, dann folgte er dem Spieldosenmacher. Als er ihn nach ein paar Schritten eingeholt hatte, begann Sumser zu erzählen.

»Ich bin gestern am Schloss spazieren gegangen, um mir dieses ganz bezaubernde neue Herrenhaus einmal aus der Nähe anzusehen. Irgendwann kam ich an einem geöffneten Fenster vorbei. Wie ich inzwischen weiß, gehört es zu den Gemächern der jungen Gräfin Wilhelmine Karoline. Die Minzi, so wird sie hier anscheinend von den Leuten genannt, ist die älteste Tochter des Grafen Maximilian. Sie ist fünfzehn. Und als ich gestern Morgen in die Nähe ihres Fensters kam, da spielte die Minzi auf dem Klavier.«

Sumser blieb stehen und lächelte eine Weile ganz still in sich hinein. Ohne Demuth anzusehen, sagte er schließlich leise: »Das war, Herr Untersuchungsrichter, als wäre ich plötzlich in einer anderen Welt, in einer, die dem Himmel ganz nah ist. Die Musik, die so plötzlich und unverhofft in mein Ohr drang, die hat mich auf eine Art und Weise ergriffen, wie ich es selten erlebt habe. Und ich verstehe etwas von Musik, Herr Richter. Ich fertige mechanische Musikinstrumente, und vor langer Zeit habe ich das Handwerk eines Geigenbauers erlernt. Ich versichere Ihnen, beides kann man nur, wenn man ein sehr feines Gehör hat.«

»Das kann ich mir vorstellen«, sagte Demuth.

»Als junger Mann wollte ich nie etwas anderes als wohlklingende Geigen bauen«, sagte Sumser. »Dann bin ich einer Frau begegnet, einer englischen Lady, die ein Musikinstrument besaß, wie ich es bis dahin noch nicht gesehen hatte. Es war eine mechanische Spieldose, die ganz wunderbare, silbrig zarte Töne hervorbrachte. Das waren Klänge, die mich betörten und mich tief im Herzen trafen. Ich wusste sofort, dass ich mich von dieser Musik nie mehr würde trennen können. Von dem Tag an wollte ich keine Geigen mehr bauen, sondern nur noch solch herrlich klingende mechanische Instrumente.«

Dem Kriminalrichter Demuth war jede Neigung zum Überschwang fremd, die Begeisterung des Herrn aus Bayern kam ihm ein wenig übertrieben vor.

Die beiden Männer näherten sich wieder dem Baumstumpf, auf dem Augustin Sumser gesessen hatte.

»Der Eisenhammer ist gerade nicht in Betrieb«, stellte er fest, und nach einem Blick zum Himmel fügte er hinzu: »Und der Regen wird wohl noch eine Weile auf sich warten lassen.«

Er sah den Richter fragend an. »Darf ich Ihnen etwas zeigen?«

Als Demuth durch ein kurzes Achselzucken kundgetan hatte, dass er keine ernsthaften Einwände hatte, zog Sumser die Rosshaardecke aus seiner Umhängetasche, breitete sie wieder über den Baumstumpf, setzte sich, lud Demuth mit einer Handbewegung ein, neben ihm Platz zu nehmen, griff noch einmal in den Beutel, zog eine kleines viereckiges Holzkistchen heraus und öffnete es.

Demuth setzte sich. Er sah im Inneren des Kästchens eine Messingwalze, auf deren blanker Oberfläche viele winzige Erhebungen unregelmäßig verteilt waren. Er begriff, dass diese Zähnchen, wenn sich die Walze drehte, die Zinken eines klingenden Metallkammes anrissen, der an einer Seitenwand der kleinen Kiste befestigt war. Demuth konnte sich beim Blick auf die Konstruktion vorstellen, dass sich auf diese Weise, je nach Anordnung der Zähnchen auf der Walze, verschiedene Melodien erzeugen ließen.

Sumser legte mit einem Finger einen Hebel um, der so klein war, dass Demuth ihn bisher übersehen hatte, und die Walze begann sich zu drehen. Ihre Erhebungen brachten die Zinken des Kammes zum Klingen. Sie erzeugten eine kleine Musik, eine, die ganz zart und heiter dahinplätscherte.

»Sehr schön klingt das«, sagte Demuth. Sumsers Begeisterung kam ihm jetzt nicht mehr übertrieben vor.

Der erzählte, er habe jahrelang getüftelt, um den Klang seiner Spieldosen immer weiter zu verbessern. Einige Jahre und unzählige Versuche habe er allein dafür gebraucht, das richtige Werkzeug zu finden, um ganz fein und präzise die kleinen Erhebungen in die Walze einzuarbeiten. Lange habe er sich auch nach einem Uhrmacher umgeschaut, der Federn und andere Metallteilchen für den Antrieb der Walze ganz exakt nach seinen Wünschen herstellen konnte, eine diffizile Angelegenheit, denn die schönste Melodie klang holprig, wenn die Walze sich zu schnell oder zu langsam drehte.

Das Holz, aus dem die kleinen Kisten gearbeitet wurden, musste eines sein, das mit den Tönen schwingen konnte. Bei der Suche danach waren ihm die Erfahrungen mit verschiedenen Hölzern zugutegekommen, die er schon als Geigenbauer gemacht hatte. Ahorn musste es sein, sehr dünn geschnitten, ein anderes Holz verarbeitete er inzwischen nicht mehr. Und sogar die Maße einer Spieldose, das habe sich im Laufe der Zeit gezeigt, seien überaus wichtig. Sie sollte, um einen vollkommenen Klang zu haben, nicht viel größer und auch nicht viel kleiner sein als die, die der Herr Untersuchungsrichter hier sehe.

Demuth konnte sich gut vorstellen, dass es nach diesen wunderbar klingenden Kästchen eine große Nachfrage gab und dass Augustin Sumser durch seine Kunst ein wohlhabender Mann geworden war.

Der klappte ganz plötzlich die Spieldose zu, steckte sie in

seinen Beutel und schaute zum Himmel. »Jetzt fängt es doch schon an zu regnen«, sagte er kopfschüttelnd. »Das ist ja nicht nötig, dass das feine kleine Kästchen jetzt nass wird und sich am Ende noch verzieht.«

Auch Demuth bekam die ersten Tropfen ab. Er stand auf. Sumser rollte die Rosshaardecke zusammen und legte sie auf die Spieldose in den Beutel.

Die beiden Männer gingen gemessenen Schrittes in Richtung Posthaus. Im Himmel konnte sich anscheinend niemand dazu entschließen, die Schleusen ganz zu öffnen. Die dicken Regentropfen fielen weiterhin nur vereinzelt.

»Gestern, als ich dem Spiel der jungen Gräfin lauschte, habe ich mich beinahe so gefühlt wie damals, als ich zum ersten Mal den Klang einer mechanischen Musikdose hörte«, sagte Sumser. »Ein Stück von Beethoven hat sie interpretiert, und das hat sie auf eine sehr berührende Weise getan. Als ich so unerwartet dieser Musik gewahr wurde, bin ich wie angewurzelt zwischen den Sträuchern stehen geblieben. Ich war eine Zeitlang kaum fähig, mich zu rühren. Dass der Herr Gendarm da weiß Gott was denken musste, das verstehe ich schon. Aber ich versichere Ihnen, Herr Untersuchungsrichter, ich habe nicht zum Herrenhaus hinübergestarrt, ich habe gelauscht, ganz andächtig. Auch heute bin ich wieder am Schloss vorbeispaziert, in der Hoffnung, die Minzi säße vielleicht noch einmal bei offenem Fenster an ihrem Klavier.«

Während die beiden Männer an den Pferdekoppeln vorbeigingen und der Regen allmählich dichter wurde, fragte Sumser: »Glauben Sie mir die Geschichte?«

»Ja«, antwortet Demuth, »die glaube ich Ihnen. Aber ich bin weiterhin davon überzeugt, dass Sie nicht hierhergekommen sind, um in einer Poststation an der Emscher musikalische Spieldosen zu verkaufen. Das ist Unfug, und solange Sie mir nicht sagen, warum Sie hier sind, bleiben Sie für mich ein Verdächtiger.«

Auf dem Platz vorm Posthaus hatte eine Kutsche gehalten. Anton Demuth saß am Tisch neben dem Fenster und schaute zu, wie Hermann Krumpe und der Stallknecht Johann die ermatteten Pferde ausschirrten und sie zu den Stallungen führten. Fünf Passagiere waren dem Postwagen entstiegen, ein junges Paar, zwei griesgrämig dreinschauende Herren mittleren Alters mit Zylindern auf den Köpfen und eine ältere Dame, die von den anderen Reisenden Abstand hielt und sich in der Gaststube allein an einen Tisch setzte.

Die griesgrämigen Herren bekamen von Trudi zwei Schüsseln vorgesetzt und begannen eifrig, sie auszulöffeln. Demuth wusste, dass es sich bei dem Gemüseeintopf, den es heute für alle gab, für die Gäste, die Bediensteten und für den Posthalter und seine Familie, um die Wirsingsuppe vom Vortag handelte, die um einige Zutaten erweitert worden war.

Sumser und er hatten davon gegessen, als sie vor gut einer Stunde zusammen im Posthaus angekommen waren. Krumpe hatte erzählt, dass Hermann auf dem Markt in Duisburg für unglaublich viel Geld Möhren und Kartoffeln aus Holland und einen kleinen Sack Zwiebeln erstanden hatte. Alles zusammen hatten Margarete Krumpe und Trudi in der Küche zerkleinert und so lange in die Wirsingsuppe eingekocht, bis das Ganze zu einer Art Gemüsebrei geworden war, der nicht besonders ansehnlich war, aber, kräftig gesalzen, durchaus angenehm schmeckte.

Die beiden Männer tranken Bier zum Gemüseeintopf und schauten, als Schüsseln und Krüge leer waren, nicht mehr ganz so griesgrämig drein wie zuvor.

Die ältere Dame sah eine Weile zum Tisch ihrer beiden Reisegefährten hinüber, rümpfte irgendwann die Nase, winkte Trudi zu sich und fragte sie, ob es möglich sei, ein Stück Brot und ein Glas Milch zu bekommen. Trudi brachte ihr beides.

Das junge Paar saß auf einer Holzbank vor der getäfelten Wand neben dem Kachelofen, in dem auch heute kein wärmendes Feuer brannte. Die junge Frau hatte ihren Kopf auf die Schulter des Mannes gelegt, der hielt sie mit einem Arm fest umschlungen. Beide hatten die Augen geschlossen und schienen eingeschlummert zu sein.

Sumser und Demuth hatten während ihres gemeinsamen Essens nachdenklich geschwiegen. Als seine Schüssel leer war, hatte Sumser sich verabschiedet, um sich oben in seiner Schlafkammer ein wenig auszuruhen. Demuth war am Tisch sitzen geblieben, um dem Treiben rings um die Postkutsche zuzusehen.

Jetzt ahnte er etwas von der Geschäftigkeit, die hier an guten Tagen herrschen musste, wenn fahrende und reitende Post, Wagen der Schnellpost und der Extrapost und die privaten Kutschen wohlhabender Herrschaften sich begegneten, wenn Reisende ein-, aus- und umstiegen und in der Gaststube des Posthauses etwas zu essen oder zu trinken verlangten, wenn Gepäck auf- und abgeladen wurde, wenn Pferde gewechselt und versorgt werden mussten.

Den Postillion hatte Demuth aus den Augen verloren. Zuerst hatte er ihn auf dem Abtritt hinterm Haus bei den Pferdeställen vermutet, als aber die anderen Reisenden, einer nach dem anderen, in Richtung Abort liefen und kurz darauf zurückkamen, war ihm klargeworden, dass der Postillion sich dort nicht aufhielt. Irgendwann hatte er ihn dann durch die offene Tür in der Küche sitzen sehen, Bier trinkend, lachend und mit Trudi schwatzend.

Harry Heine war schon vor einer ganzen Weile mit Friedrich Krumpe in dessen Bureau verschwunden. Bei einer Abreise gab es Formalitäten zu erledigen, Kost und Logis der vergangenen Tage mussten bezahlt werden, und die Entgelte für eine Fahrt mit der Postkutsche mussten vorab entrichtet werden. Da hatte Krumpe gewiss einiges zu tun, bis er die korrekte Summe des Passagiergeldes, das Trinkgeld für den Postillion, die Gepäckgebühren, Kosten für notwendige Pass- und Zollkontrollen sowie die anfallenden Wege- und Brückengelder ermittelt, zusammengerechnet und von Heine eingetrieben hatte.

Demuth nahm an, dass dem jungen Heine die schwere Reisekiste gehörte, die Hermann Krumpe und der Stallknecht Johann zusammen aus dem Haus zum Wagen geschleppt hatten. Nachdem sie sie mit Hilfe des Postillions auf das Dach der Postkutsche gehievt und dort mit Stricken befestigt hatten, waren Hermann und Johann in den Ställen verschwunden. Sie kamen mit vier frischen Pferden zurück, die sich ohne jeden Widerstand vor die Kusche spannen ließen. Das erledigten die beiden jungen Männer routiniert, mit eingeübten Handgriffen und ohne viele Worte. Es war leicht zu erkennen, dass der Pferdewechsel zu ihren alltäglichen Aufgaben gehörte und dass sie ein Vergnügen daran hatten, endlich noch mal ihrem gewohnten Tagewerk nachgehen zu können.

Der Postillion erschien wieder auf der Bildfläche. Er überprüfte das Geschirr, klopfte dem Stallknecht Johann auf die Schulter, schüttelte Hermann Krumpe die Hand, wechselte ein paar Worte mit ihm und lief dann ziemlich eilig in Richtung Pferdeställe. Da er schon den Gürtel seiner Hose geöffnet hatte, bevor er hinter den Stallungen verschwunden war, gab es dieses Mal an seinem Ziel keinen Zweifel, zumal Demuth sah, dass auf der Bank in der Küche, auf der der Postillion gesessen hatte, zwei leere Bierkrüge zurückgeblieben waren.

Hermann Krumpe kam in die Gaststube und rief laut: »In einer Viertelstunde fährt der Wagen in Richtung Berlin weiter. Die Passagiere, die mitreisen wollen, sind angehalten, in den nächsten Minuten ihre Plätze einzunehmen.«

Die beiden Herren, die inzwischen gar nicht mehr mürrisch waren, sondern laut und fröhlich miteinander plauderten, hatten schon gezahlt. Sie setzten ihre Zylinderhüte auf, verließen das Posthaus und spazierten gemeinsam in Richtung Abort.

Die ältere Dame legte ein paar Geldstücke auf den Tisch, das junge Paar blieb engumschlungen auf der Bank sitzen.

Der junge Herr Heine kam aus Krumpes Bureau, sah Demuth und winkte ihm noch einmal zu. Dann ging er, begleitet vom Posthalter, zum Wagen und stieg als Erster ein. Ein paar

Minuten später verließ das Paar die Gaststube und ging Hand in Hand zur Kutsche. Demuth erkannte, dass die jungen Leute gegenüber von Harry Heine Platz nahmen. Die beiden Männer kamen gemeinsam vom Abort zurück und setzten sich neben Heine, der Postillion kletterte auf den Kutschbock, und als Letzte stieg auch die ältere Dame zu.

Der Postillion blies in sein Horn, die Pferde setzten sich gemächlich in Bewegung, der Postwagen rollte langsam in Richtung Emscherbrücke davon.

Demuth dachte eine Weile darüber nach, was er jetzt tun sollte. Bis zum Beginn des Puppenspiels waren es noch fast drei Stunden. Er könnte es Sumser gleichtun und sich eine Weile hinlegen. Er könnte noch mal bis zum Haus der Terhuvens gehen. Es regnete nicht, und der alte Fürchtegott saß wahrscheinlich wieder auf der Bank vorm Haus.

Er würde gern in Erfahrung bringen, wie es damals weitergegangen war nach dem Unfalltod von Leopold Hasenleder, als Anna plötzlich allein mit ihrem kleinen Sohn war. Hatten die Nachbarn die junge Witwe und ihr Kind unterstützt oder hatten sie die schöne Frau aus der Stadt, die jetzt plötzlich ohne männlichen Schutz zwischen ihnen lebte, wie eine unliebsame Fremde behandelt?

Der alte Terhuven würde das noch wissen, da war Demuth sich ganz sicher. Er würde sich auch daran erinnern, wie sein Sohn Rochus damals reagiert hatte, als die Anna plötzlich allein im Nachbarhaus lebte. Der Alte hatte gesagt, dass Rochus Terhuven nie eine andere Frau begehrt hatte. Wie war er damit umgegangen, dass sie, kurz nachdem er eine andere geheiratet hatte, wieder frei war?

Warum war Anna Hasenleder überhaupt an der Emscher geblieben und nicht zurück nach Duisburg gegangen? Wer oder was hatte sie hier gehalten?

All das interessierte Anton Demuth sehr, auch wenn er sich nicht sicher war, dass Annas Tod irgendwas mit den alten Geschichten zu tun hatte.

Trotzdem entschied er sich, nachdem er eine Weile unschlüssig zum Fenster hinausgeschaut hatte, den Besuch bei den Terhuvens noch eine Weile zu verschieben. Der alte Fürchtegott konnte ihm auch morgen oder übermorgen erzählen, was damals, nach dem Tod von Leopold Hasenleder, geschehen war, und mit den anderen Mitgliedern der Familie Terhuven, mit Gertrude, der Schwiegertochter des Alten und mit deren Kindern, konnte er immer noch reden. Jetzt wollte er erst einmal Helena Kleinrogge und ihren Mann Paul kennenlernen.

Er wusste über sie, dass sie in ihrem Leben viel Unglück gehabt hatten, dass ihnen mehrere Kinder weggestorben waren und nur die dreizehnjährige Marie übriggeblieben war. Ihren Jüngsten, er war gerade vier Jahre alt gewesen, hatten sie vor ein paar Wochen verloren, und Helena war davon überzeugt, dass Anna Hasenleder dem kleinen Jungen eine tödliche Krankheit angehext hatte.

So jedenfalls hatte Trudi es berichtet, und die hatte nicht den Eindruck gemacht, diese Ungeheuerlichkeit erfunden zu haben. Was war da naheliegender als der Gedanke, dass Helena oder ihr Mann Paul sich an der Frau gerächt hatten, die sie für den Tod ihres Kindes verantwortlich machten?

Ein paar Minuten später stand Demuth vor dem unscheinbaren Kotten der Kleinrogges. Das alte Haus war noch verwahrloster, als es ihm erschienen war, wenn er auf dem Emscherweg vorbeigegangen war.

Die Fachwerkbalken, die viel zu lange keinen Anstrich mehr bekommen hatten, waren ungeschützt dem extremen Wetter dieses Jahres ausgeliefert. Nässe und Kälte hatten dem Holz zugesetzt, es war rissig und witterte vor sich hin. Hier und da war Lehm aus den Wänden gebrochen, die Fensterläden waren farblos und hatten sich verzogen.

Als Demuth gerade gegen die Haustür klopfen wollte, wurde sie von innen aufgezogen. In der offenen Tür stand Helena Kleinrogge, die Frau, die er bisher nur einmal gesehen hatte, als sie betend in Anna Hasenleders Küche gesessen hatte. Mit ihrer hageren Gestalt, den tiefliegenden Augen, dem strengen Haarknoten, dem schmallippigen Mund und den vielen Gesichtsfalten wirkte sie auch heute wieder verhärmt und krank auf Anton Demuth.

Als habe sie ihn erwartet, bat sie ihn wortlos mit einer Handbewegung in die große Küche, die hinter der Eingangstür lag. Sie wies auf einen der Stühle, die um den schweren Holztisch in der Mitte des Raumes standen. Erst als Demuth sich setzte, bemerkte er den Mann, der im Schatten auf der Ofenbank saß und ihn schweigend ansah.

Bevor Demuth sich ihm vorstellen konnte, sagte Helena Kleinrogge: »Das ist Herr Demuth, der Untersuchungsrichter aus Werden. Er ist hier wegen dem Tod von der Anna.«

Zu Demuth gewandt, fügte sie hinzu: »Das ist mein Ehemann Paul. Er spricht nicht mehr. Seit Wochen, seitdem unser Junge tot ist, hat er kein Wort mehr gesagt.«

»Ach was.« Demuth betrachtete den Mann auf der Ofenbank mit hochgezogenen Brauen. Als seine Augen das Halbdunkel ganz durchdrungen hatten, stellte er fest, dass Kleinrogge nicht ihn anschaute, sondern ins Nichts starrte.

»Hören Sie mich?«, rief Demuth ihm zu.

Die laute Ansprache hatte Erfolg. Paul Kleinrogge sah ihn an.

»Können Sie nicht reden oder wollen Sie nicht?«, fragte Demuth.

Er bekam keine Antwort. Es schien ihm aber so, als lächele Kleinrogge still in sich hinein.

»Verhext ist er«, sagte Helena.

Anton Demuth widerstand dem Impuls, ihr zu widersprechen.

»Er lässt alles verkommen«, fuhr Helena fort. »Das Haus, der Schuppen, die Felder, alles verrottet und verdirbt.«

Paul Kleinrogge hatte seinen Blick wieder ins Nichts fallen lassen. Er wirkte hilflos und traurig.

»Unser kümmerlicher Weizen liegt im Matsch, die Kartoffeln faulen in der Erde. Wir haben kaum noch was zu essen«, sagte Helena. »Aber anstatt das Pferd vor die Karre zu spannen, zur Hütte zu fahren und zu schauen, dass er eine Fracht bekommt, sitzt mein Gatte auf der Ofenbank und dämmert vor sich hin.«

»Nirgendwo gedeiht etwas, alles verkümmert oder verfault. Das liegt am Wetter. Dafür kann niemand etwas.« Demuth hob die Schultern.

»Er war früher ein fleißiger Kerl. Unser Haus hat nicht immer so ausgesehen.«

»Es sind schwierige Zeiten«, sagte Demuth.

»Wir haben den Wagen und das Pferd. Damit hat er uns so manchen Taler verdient. Er hat Erz und Sand zur Hütte transportiert und Gusswaren von Sterkrade zum Hafen nach Ruhrort. Es gab Tage, an denen ist er mit Material und Werkstücken, mit Barren oder geschmiedeten Stangen gleich mehrmals zwischen Neu-Essen und Gute Hoffnung hin- und hergefahren. In der Nähe der Hütte gibt es für einen tüchtigen Fuhrmann immer etwas zu verdienen«, sagte Helena. Dabei sah sie den Untersuchungsrichter an und nicht ihren Mann, über den sie redete, als wäre er nicht anwesend.

Umso aufmerksamer beobachtete Demuth den Hausherrn, aber dem war nicht anzumerken, ob er die Worte seiner Frau begriff und ob ihre Vorwürfe ihn berührten. Demuth hätte ihn gern aus seiner Teilnahmslosigkeit herausgeholt und versuchte es mit einer überraschenden Ansprache.

»Herr Kleinrogge, ich möchte von Ihnen wissen, ob Sie etwas mit dem Tod von Anna Hasenleder zu tun haben«, sagte er unvermittelt und laut.

Jetzt sah Paul Kleinrogge ihn an, unverwandt und ohne ein einziges Mal mit einer Wimper zu zucken. Sein Blick war leer. Demuth fand darin weder Erstaunen noch Widerspruch noch Wut.

Helena setzte sich zu Demuth an den großen Tisch. Unaufgeregt sprang sie ihrem Mann zur Seite. »Sie sehen doch, in welchem Zustand er ist. Glauben Sie wirklich, er wäre fähig, einem Menschen das Leben zu nehmen?«

»Ist es wahr, dass Sie beide die Anna Hasenleder für den Tod Ihres Jungen verantwortlich machen?«, fragte Demuth zurück.

»Sie hat dem Kind eine tödliche Krankheit angehext.«

Das sagte Helena so geradeheraus, als rede sie über eine vollkommen unstrittige Tatsache. Obwohl Demuth von ihrer Auffassung gewusst hatte, verschlug ihm die Bestimmtheit, mit der Helena diese absurde Unterstellung aussprach, für kurze Zeit die Sprache.

In den Moment der Stille hinein sagte sie: »Und dass die Sonne nicht mehr scheint und dass auf den Feldern ringsum alles verkommt und verrottet, das haben wir auch der Hexe zu verdanken.«

»Ach was«, murmelte Demuth konsterniert.

Eine ganze Weile war es jetzt still in der Küche. Irgendwann sagte Anton Demuth stockend, so als sei er sich nicht sicher, die richtigen Worte gefunden zu haben: »In Werden, wo ich wohne, in den Orten ringsum, in weiten Teilen Preußens und auch in anderen Ländern, soviel ich weiß, ist das Wetter ganz scheußlich in diesem Jahr. Keine Sonne, es regnet ständig, auf den Feldern verkommt das Getreide, in den Gärten das Gemüse. Sie glauben ernsthaft, dass die Anna das alles verschuldet hat?«

»Sie und ihresgleichen«, sagte Helena unbeirrt, »Hexen und böse Menschen, die mit dem Teufel im Bunde stehen. Sie haben unseren Herrgott so sehr erzürnt, dass er die Sonne zurück in den Himmel geholt hat.«

Demuth spürte, dass es keinen Zweck hatte, gegen diesen Unfug anzureden. So abwegig Helenas Bild von der Welt und von Anna Hasenleders Rolle darin auch war, es half ihr, all das Unglück in ihrem Leben zu verstehen, das Sterben ihrer Kinder, den Trübsinn ihres Gatten, das furchtbare Wetter, die vernichtete Ernte, die wachsende Not und den Hunger.

Den Menschen wurde ihr Elend erträglicher, wenn sie eine Erklärung dafür gefunden hatten. Demuth hatte als Richter immer wieder erlebt, wie Angeklagte und Verurteilte die Schuld an ihrem Unglück bei anderen gesucht hatten, beim böswilligen Bruder, beim sittenlosen Eheweib, beim teuflischen Nachbarn, bei der alten Hexe im verfallenen Haus am Rande des Dorfes. Wer überzeugt davon war, seinen Feind oder seine Feindin entlarvt zu haben, der konnte gegen jemanden zürnen und kämpfen, der fühlte sich seinem Schicksal nicht mehr ganz so hilflos ausgeliefert.

»Sie haben die Anna gehasst, nicht wahr?«

Helena Kleinrogge antwortete nicht.

»Warum ausgerechnet Anna Hasenleder? Warum war sie die Hexe, die an allem schuld war?«, fragte Demuth.

»Sie war immer auf der Sonnenseite des Lebens. Das Glück haftete an ihr wie die Schuppen an einem Fisch. Dabei hing nicht einmal ein Kruzifix in ihrem Haus. Sie war gottlos und mit dem Teufel im Bunde.«

»Soviel ich weiß, kannte sie auch die Schattenseiten des Lebens«, wandte Demuth ein. »Sie hatte schon als junge Frau ihren Ehemann verloren.«

»Der Leopold war ihr im Wege. Solange er da war, konnte sie sich nicht ganz mit dem Teufel einlassen.«

Demuth mochte diesem Unfug nicht mehr zuhören, ohne zu widersprechen. »Das sind Hirngespinste«, sagte er entschieden. »Anna hatte mit dem Teufel nichts zu tun, sie hat niemandem Böses gewünscht und niemanden verhext. Sie war kein schlechter Mensch.«

»Doch, das war sie«, erwiderte Helena starrköpfig. »Ein paar Stunden bevor die Kinder krank wurden, ist sie hier herumgeschlichen, hat angeblich Kräuter gesucht. Und kurz bevor der Junge gestorben ist, hat unsere Marie sie durchs Fenster gesehen. Da ging sie an unserem Haus vorbei. Das waren ganz gewiss keine Zufälle.«

Demuth schüttelte verständnislos den Kopf. »Anna Hasenleder hat immer und überall Kräuter gesucht, und sie musste jedes Mal an diesem Haus vorbei, wenn sie irgendwohin wollte. Das war ihr Weg zur Poststation, zur Landstraße, wohin auch immer.«

»Sie war böse. Sie war eine Hexe. Sie ist gesehen worden, als sie eines Abends zusammen mit dem Leibhaftigen ins Schloss geschlichen ist. Am nächsten Morgen war die Gräfin tot. Friederike von Westerholt hatte hier an der Emscher ein friedliches Glück gefunden. Ein gottesfürchtiges Leben als Gemahlin des Grafen und als Mutter hat sie geführt. Ein so gottgefälliges Leben war dem Satan und seiner Gespielin zuwider. Darum haben sie es zerstört.«

Jetzt war es Demuth endgültig zu viel. »Sie reden Unsinn«, sagte er empört. »Das glauben Sie doch selbst nicht, was Sie da erzählen.«

»Unsere Marie hat gesehen, wie sie im Herrenhaus verschwand an dem Abend. Und bei ihr war der Mann mit dem Pferdefuß. Wenn Sie das nicht glauben, dann fragen Sie die Dina. Die wird nicht leugnen, dass die Anna im Schloss war, als die Gräfin gestorben ist.«

Demuth mochte dieses Gespräch nicht weiterführen.

»Wo ist sie eigentlich, die Marie?«, fragte er stattdessen.

Helena Kleinrogge rief ihren Namen. Augenblicke später schaute Marie durch eine Luke in der Zimmerdecke und kletterte die hölzerne Stiege herunter. Sie hatte sich dort oben unterm Dach so still verhalten, dass Demuth ihre Anwesenheit nicht bemerkt hatte.

»Das ist unsere Tochter«, sagte Helena Kleinrogge, als das Mädchen neben dem Küchentisch stand.

»Ich weiß, wir sind uns schon mal begegnet, beim Haus des Holzfällers Hülsken. Da war die Marie zusammen mit dessen Sohn«, sagte Demuth.

»Der Carl und sie sind oft zusammen, sie gehen beide in Sterkrade zur Schule«, sagte Helena Kleinrogge. »Der Carl ist ein braver Kerl.«

Marie setzte sich auf die Ofenbank neben ihren Vater. Demuth wusste nicht recht, wie er das Gespräch im Beisein des Mädchens fortsetzen sollte.

Er sagte, man sehe sich ja sicher gleich beim Puppenspiel, und verließ das Haus der Kleinrogges.

Als Anton Demuth etwa eine halbe Stunde später den großen Raum neben der Gaststube betrat, redete dort schon allerlei Volk mit gedämpften Stimmen aufeinander ein. Die Menschen harrten ein wenig aufgeregt der Dinge, die sich gleich hier abspielen sollten, sie warteten auf »Pfalzgraf Siegfried und die heilige Genoveva, ein Puppenspiel in vier Aufzügen«, das der Mechanikus und Marionettenspieler Josef Tendler an den vergangenen Tagen von Hamborn bis Dellwig und von Hiesfeld bis Styrum in Dörfern und Bauerschaften angekündigt hatte.

Therese Tendler saß hinter der halb geöffneten Flügeltür und kassierte das Eintrittsgeld. Sie bat Demuth um sechs Pfennige. Er legte ihr das Doppelte in die Blechdose, einen ganzen Groschen, und verzichtete mit einem gönnerhaften Lächeln auf die Herausgabe des Wechselgeldes. Daraufhin führte die Frau des Puppenspielers ihn zu den wenigen bequemen Stühlen in der Mitte des Saales. Die harten Holzbänke, die davorstanden, waren nach rechts und links verschoben, so dass man von den gepolsterten Stühlen aus einen freien Blick auf die Bühne hatte.

Die vorderen Bänke waren schon besetzt. Auch hinter den Stühlen gab es noch einige Bankreihen. Für einen Sitzplatz dort und für die Stehplätze ganz hinten im Saal kassierte Frau Tendler nur drei Pfennige pro Person.

Der Raum füllte sich zusehends. Wohl an die vierzig Personen mochten schon anwesend sein. Das überraschte Demuth. Er hatte erwartet, dass nicht viele Zuschauer kämen, weil in dieser Hungerszeit jeder sein Geld zusammenhielt, um etwas Essbares dafür zu kaufen. Doch all das Volk, das jetzt um ihn herumsaß und erwartungsvoll mal hierhin und mal dorthin

schaute, hatte die paar Pfennige für den Eintritt erübrigen können und sie in Therese Tendlers Blechdose gelegt. Vielleicht
brauchten die Menschen ja gerade in Zeiten wie diesen ein
wenig Abwechslung und Vergnügen genauso dringend wie ihr
täglich Brot.

Wenn alle Plätze besetzt waren, so schätzte Demuth, würden
sechzig Zuschauer im Saal sein, vielleicht auch ein paar mehr.
Er überschlug, dass die Familie Tendler an einem Abend wie
diesem ungefähr einen Taler einnehmen würde. Das war nicht
viel, wenn man all den Aufwand berücksichtigte, den sie vor
jeder Aufführung betreiben musste, und wenn man zudem
bedachte, dass sie an einem Ort nur eine begrenzte Anzahl von
Vorstellungen geben konnte, bevor sie wieder alles zusammen-
packen und weiterziehen musste.

Dagegen war er mit seinen rund fünfzig Talern im Monat ein
Krösus. Er hatte davon zwar etliche Ausgaben zu bestreiten,
musste seine teure Wohnung am Werdener Marktplatz und
seine Dienstmagd Klärchen Stüber bezahlen, aber da war noch
genug übrig, um den Tendlers einen ganzen guten Groschen zu
geben und ihnen damit zu zeigen, dass er ihre Kunst überaus
schätzte.

Ein derartiges Bedürfnis hatte der Gendarm Schmitting ganz
offensichtlich nicht. Als er den Saal betrat, blieb er zwar kurz
neben Therese Tendler stehen, um sich umzuschauen, machte
aber nicht die geringsten Anstalten, überhaupt nur einen Pfennig Eintrittsgeld zu bezahlen. Nun ja, der Herr Schmitting war
dienstlich hier, und ihm war es wohl auch kein Vergnügen, am
späten Samstagnachmittag von Dinslaken aus zum Posthaus
am Schloss Oberhausen zu laufen, um sich ein Puppenspiel
anzuschauen.

Der Gendarm sah den Kriminalrat auf seinem gepolsterten
Stuhl in der Mitte des Raumes sitzen, grüßte ihn mit einem
freundlichen Kopfnicken, kam aber zunächst nicht zu ihm,
sondern ging an den Bänken vorbei ganz nach hinten, wo auf
den Stehplätzen einige junge Männer nicht mehr dezent mit-

einander plauderten, sondern aufdringlich laut miteinander lachten und palaverten.

Der Gendarm musste nicht einmal seine dröhnende Stimme einsetzen, seine Gegenwart allein sorgte für Ruhe auf den billigen Plätzen. Ohne sich nach hinten umzuwenden, bekam Demuth mit, dass Schmitting mit gedämpften Worten den Störenfrieden klarmachte, dass er sie unverzüglich und ohne Rückerstattung des Eintrittsgeldes an die frische Luft setzen werde, wenn sie die gleich beginnende Vorstellung durch Zwischenrufe, Gelächter, lautes Gerede oder irgendwelche unziemlichen Albernheiten stören würden. Die Frage, ob sie das verstanden hätten, beantworteten die jungen Kerle mit einem zustimmenden Gemurmel.

Was auch immer sie so zahm machte, der schmächtige Herr Schmitting selbst, sein lindgrüner Uniformrock, der preußische Adler auf seiner Lederhaube oder das geschulterte Gewehr mit dem aufgepflanzten Bajonett, der Gendarm aus Dinslaken war hier eine Autoritätsperson, die offenbar jeder kannte und fürchtete.

Er setzte sich neben Demuth.

Dort war sein Platz, das war unstrittig. Dem königlich preußischen Gendarmen stand selbstverständlich einer der wenigen gepolsterten Stühle zu, ob er nun Eintrittsgeld bezahlt hatte oder nicht.

»Es freut mich, Sie wiederzusehen«, sagte Schmitting.

Von so viel Artigkeit überrascht, stammelte Demuth: »Ach was. Ja, gewiss. Mich auch.«

Schmitting wollte wissen, ob es irgendwelche neuen Erkenntnisse im Todesfall Anna Hasenleder gebe.

Demuth erzählte ihm hinter vorgehaltener Hand von seiner Begegnung mit Therese Tendler am gestrigen Nachmittag, von seinem Spaziergang mit Augustin Sumser und von seinem Besuch bei den Kleinrogges.

»Haben Sie den Herrn aus Bayern auch gefragt, was er gestern zwischen den Büschen am Schloss wollte?«, fragte Schmitting nach.

»Ja. Er hat sich angeblich dort herumgedrückt, weil eine Tochter des Grafen ganz bezaubernd auf dem Klavier gespielt hat. Sumser hat die Musik zufällig gehört und war davon so berührt, dass er wie angewurzelt zwischen den Sträuchern stehen geblieben ist, um zu lauschen.«

»Möglich wäre das«, gab Schmitting zu. »Dass die junge Gräfin Wilhelmine eine außergewöhnliche Pianistin ist, haben mir schon öfter Menschen erzählt, die die Gelegenheit hatten, ihr Klavierspiel zu hören.«

»Ich glaube dem Sumser immer noch nicht, dass er an die Emscher gekommen ist, um Spieldosen zu verkaufen. Er verschweigt irgendwas und ist für mich nach wie vor ein zwielichtiger Zeitgenosse«, resümierte Demuth. »Auch Helena Kleinrogge bleibt verdächtig, sie hat zweifellos die Anna gehasst. Allerdings spricht sie darüber so offen, dass ich kaum glauben kann, dass sie ihre Mörderin ist.«

»Das könnte eine List sein«, wandte Schmitting ein. »Vielleicht spricht sie gerade deshalb so offen über ihren Hass, weil sie weiß, dass jeder denkt, die Täterin würde das niemals tun.«

»Ja, das ist möglich, das habe ich auch schon in Erwägung gezogen«, sagte Demuth.

»Und was ist mit den Puppenspielern?«, fragte Schmitting.

»Die Tendlers haben nach meiner Einschätzung nichts mit Anna Hasenleders Tod zu tun. Ebenso wenig wie Harry Heine, der übrigens heute nach Hamburg zu seinem Onkel weitergereist ist.«

»Das hab ich schon vom Krumpe gehört«, sagte Schmitting.

Der Gendarm berichtete von seinen Bemühungen, Arnold Terhuven zu finden. Die waren bisher ergebnislos geblieben, aber Schmitting vermutete nach wie vor, dass der Enkel des alten Fürchtegott sich irgendwo hier in der Gegend zwischen Duisburg und Sterkrade herumtrieb.

Der Saal war inzwischen, wenige Minuten bevor das Puppenspiel beginnen sollte, beinahe voll. Demuth erkannte auf den Bänken rechts vorne Helena und Marie Kleinrogge, Paul war nicht mit ihnen gekommen. Neben den beiden saß Helenas Schwester Gertrude.

»Sagen Sie mal, Schmitting, die Tochter von der Gertrude Terhuven, ist die auch im Saal?«, fragte Demuth.

»Die Henriette?« Schmitting sah sich um und deutete auf eine der Bänke, die weiter hinten standen. »Da sitzen ein paar Bedienstete des Grafen: der Geselle des Braumeisters, der Gärtner und sein Gehilfe, der Kutscher, ein Pferdeknecht und zwei Küchenmägde. Die linke der beiden junge Frauen ist Henriette Terhuven.«

Demuth wandte sich um. Der hintere Teil des Raumes war nur mäßig beleuchtet, aber er erkannte, dass die dreiundzwanzigjährige Henriette Terhuven eine fröhliche junge Frau war, die lachend zwischen den Mägden und Knechten saß, mit denen sie zusammen im Schloss arbeitete.

»Das höhergestellte gräfliche Dienstpersonal sitzt dort vorne«, sagte Schmitting, »der Braumeister, die Mamsell, der Stallmeister und die Köchin.«

»Ich sehe die Dina nirgendwo«, stellte Demuth fest.

»Die Dina Becker ist nicht hier«, bestätigte Schmitting, nachdem er sich noch einmal umgeschaut hatte.

Alle Fensterläden waren zugezogen worden, von draußen fiel kaum Licht in den Raum. Ringsum an den kargen weißen Wänden hingen etwa zwanzig Laternen, in denen Talglichter brannten. Eine Reihe ähnlicher Lampen stand an der Stirnseite des Saales auf dem Podium vor dem heruntergelassenen Vorhang. Noch verlor sich der Kerzenschein im roten Faltenwurf des Stoffes, aber zweifellos standen die Lichter da vorne, um während der Vorstellung die Szenerie auf der Bühne zu erhellen.

Als das Gemurmel im Raum erstarb, sah Demuth neugierig auf den Vorhang, aber der hing unbeweglich herab. Etwas anderes hatte die Aufmerksamkeit der Menschen geweckt, die alle in Richtung Flügeltür schauten. Ein stattlicher Herr hatte den Saal betreten, er reichte Therese Tendler freundlich die

Hand und legte lächelnd ein paar Geldstücke in die Blechdose, die als Kasse diente. Er wurde begleitet von einem zierlichen Mädchen, vielleicht fünfzehn oder sechzehn Jahre alt, und von einem blassen Knaben, der noch jünger war.

Der vornehm gekleidete Herr mit dem lockigen dunklen Haar war kaum älter als vierzig. Er hielt einen Hut in der Hand und hatte seinen Gehstock unter den Arm geklemmt. Das war Graf Maximilian von Westerholt, daran zweifelte Demuth nicht einen Augenblick.

»Max Friedrich Graf von und zu Westerholt Gysenberg«, raunte Schmitting, »mit seinen Kindern Wilhelmine Karoline und Friedrich Ludolf.«

Demuth nickte.

»Sind das die beiden ältesten?«, fragte er.

»Es gibt noch Karl Theodor. Der ist siebzehn und in einer Kadettenanstalt, er bereitet sich auf eine militärische Laufbahn vor. Dann ist da noch Maria Anna, die ist jünger als Wilhelmine und älter als Friedrich Ludolf. Zurzeit ist sie bei Verwandten im Münsterland. Und ein paar jüngere Geschwister gibt es auch noch.«

»Und die Wilhelmine Karoline ist die große Pianistin, von der unser Herr Sumser geschwärmt hat?«

»Ja, das ist die Minzi.«

Als Max Friedrich von Westerholt sich plötzlich den Stühlen zuwandte und ein paar schnelle Schritte später vor dem Kriminalrat und dem Gendarmen stand, schaffte der überraschte Demuth es gerade noch, sich zu erheben, während Schmitting schon mit geschultertem Gewehr strammstand.

»Der Herr Justizrat Demuth aus Werden nehme ich an«, sagte der Graf verbindlich, schüttelte Demuth die Hand, klopfte Schmitting jovial auf die Schulter, winkte seine Kinder heran und setzte sich.

Auf den letzten freien Stühlen nahmen der Postmeister Friedrich Krumpe und seine Frau Margarete Platz. Sie sprach recht vertraut mit der jungen Gräfin Minzi, während Friedrich Krumpe leise auf Maximilian von Westerholt einredete. Demuth bekam mit, dass es im Gespräch der beiden Männer um den gestiegenen Preis für ein Fass Bier ging.

Therese Tendler schloss die Flügeltür, nahm ihre Blechdose unter den Arm und verschwand hinter dem Vorhang. Kurz darauf ertönte ein Glöckchen, das Geplauder ringsum erstarb. Nach dem zweiten Klingeln wurde es ganz still im Saal, und unmittelbar nach dem dritten Ton des Glöckchens flog der rote Vorhang in die Höhe.

Der Blick auf die Bühne versetzte Demuth um tausend Jahre zurück. Er schaute in einen mittelalterlichen Burghof mit Turm und Zugbrücke. Zwei kleine Leute, nicht mehr als eine Elle groß, standen da und redeten lebhaft miteinander. Der eine mit dem schwarzen Barte, dem silbernen Federhelm und dem goldbestickten Umhang über dem roten Wams war der Pfalzgraf Siegfried. Das Wams mit der silbernen Bordüre erkannte Demuth wieder. Es war das Kleidungsstück, das Therese Tendler gestern instand gesetzt hatte.

Siegfried wollte gegen einen Haufen gottloser Heiden in den Krieg reiten und befahl seinem jungen Verwalter Golo, der im blauen Wams neben ihm stand, zum Schutz der Pfalzgräfin Genoveva in der Burg zurückzubleiben. Golo aber jammerte ganz scheinheilig, er könne doch seinen guten Herrn nicht allein in eine solche Schlacht reiten lassen. Beide drehten bei ihren Wechselreden die Köpfe hin und her und gestikulierten heftig und ruckweise mit den Armen.

Ein paar langgezogene Trompetentöne erklangen irgendwo am Rande des Burghofes, und zugleich kam die schöne Genoveva in himmelblauem Schleppkleide hinter dem Turm hervorgestürzt und schlug beide Arme um die Schultern des Gemahls.

»Oh, mein herzallerliebster Siegfried, wenn dich die grausamen Heiden nur nicht massakrieren!«, rief sie laut mit der Stimme von Therese Tendler. Genoveva schluchzte herzerweichend, aber es half ihr nichts. Noch einmal ertönten die

Trompeten, und der Graf schritt steif und würdevoll über die Zugbrücke aus dem Hofe. Man hörte aus dem Hintergrund deutlich ein wildes Pferdegetrappel. Siegfried zog mit seinem Reitertrupp ab. Golo war jetzt der Herr der Burg.

Anton Demuth ließ sich bereitwillig verzaubern von alledem, von der exotisch fremden Ritterwelt, von der Illusion, in einer lange versunkenen Zeit unterwegs zu sein, von der zappeligen Lebendigkeit der Puppen an ihren unsichtbaren Fäden, von den phantastischen Kostümen und von der dramatischen Geschichte um Liebe, Betrug und Edelmut.

Im zweiten Aufzug trat Kasperl auf. In beinahe jedem Puppenspiel war er die Figur, die selbst die traurigste Geschichte mit Humor würzte und das Publikum immer wieder zum Lachen brachte. Im Stück um die heilige Genoveva war Kasperl einer der Diener auf der Burg des Grafen Siegfried. Er riss einen Witz nach dem anderen, so dass bald das Gelächter im Saal groß war. Der Gendarm Schmitting, der sein Gewehr zwischen die Knie geklemmt hatte und sich mit beiden Händen am Lauf festhielt, hörte mit angespannter Aufmerksamkeit zu, aber da war nichts Zotiges und nichts Aufrührerisches im schlichten Humor vom Kasperl zu entdecken.

Der hatte in seiner Nase, die so groß wie eine Wurst war, ein Gelenk, das in besonderem Maße zu Anton Demuths Heiterkeit beitrug. Je ausgelassener Kasperl auf der Bühne herumfeixte, desto wilder schlenkerte der Nasenzipfel hin und her, als wenn die Nase selbst sich vor Lachen schütteln müsste.

Außer Kasperls Witzen bot das Stück keine Anlässe zum Lachen. Die Geschichte entwickelte sich auf der Bühne so, wie sie es auch in der Legende tat, die Demuth vor vielen Jahren als Schüler gelesen hatte.

Genoveva, die Tochter eines Herzogs von Brabant, war die Gemahlin des Pfalzgrafen Siegfried geworden. Der zog als Gefolgsmann des Königs in den Krieg, ließ seine schwangere Gattin in seiner Burg zurück und vertraute sie dem Schutz seines Verwalters an. Golo jedoch erwies sich als treulos und hinterhältig und stellte der schönen Genoveva nach. Er umwarb sie immer aufdringlicher, doch die treue Frau wies ihn ein ums andere Mal zurück. Daraufhin beschuldigte der wütende Golo sie fälschlicherweise des Ehebruchs und verurteilte sie zum Tode. Der Henker jedoch verschonte sie und ließ sie heimlich frei.

Das ereignete sich im dritten Aufzug des Puppenspiels. Im vierten konnten Demuth und die anderen Zuschauer im Saal des Posthauses miterleben, wie Genoveva mit ihrem inzwischen geborenen kleinen Sohn versteckt in einer Höhle lebte. Die Gottesmutter Maria selbst schickte ihr eine Hirschkuh dorthin, mit deren Milch Genoveva und ihr Kind überleben konnten, bis ihr Gemahl Siegfried, der stets an ihre Unschuld geglaubt hatte, sie endlich wiederfand.

Als Siegfried und Genoveva lange verschwunden waren und der Vorhang schon vor einer ganzen Weile gefallen war, saß Anton Demuth immer noch auf seinem Stuhl und freute sich für den Grafen und seine schöne Gemahlin, die gewiss gerade jetzt hinter den Burgmauern überaus glückselig ihr Wiedersehen feierten.

Der Saal leerte sich allmählich, auch der Graf und seine Kinder waren schon gegangen, begleitet vom Gendarm Schmitting. Es waren nur noch wenige Menschen im Raum, da bemerkte Demuth, dass der ältere Herr, der während der Vorstellung ganz vorn auf einer Bank gesessen hatte, sich zu ihm umgedreht hatte und ihn anschaute.

Als Demuth ihm ins Gesicht sah, erkannte er ihn sofort. Es war Jacob Troost, der in den Sterkrader Kindertagen sein bester Freund gewesen war.

Die schöne Geschichte von den alten Freunden, die sich nach Jahrzehnten wiedersehen und schon nach wenigen Minuten so vertraut miteinander sind, als hätten sie noch vor ein paar Tagen zusammengesessen, wurde immer wieder gern erzählt. Anton Demuth kannte sie, und er mochte die Geschichte, aber er war trotzdem nicht enttäuscht darüber, dass Jacob Troost und er die Vertrautheit der Jugendtage nicht auf Anhieb wiederfanden. Zu viel Zeit war vergangen, zu viel hatte sich verändert in der Welt und im Leben des einen und im Leben des anderen. Vom ersten Augenblick ihrer Begegnung an war aber bei beiden die Freude über das Wiedersehen groß.

Sie überlegten eine Weile, wie oft sie sich nach dem Tod des alten Lehrers Demuth noch gesehen hatten. Troost erinnerte sich an eine zufällige Begegnung in Duisburg.

»Ja, du hast recht. Da sind wir uns mal über den Weg gelaufen, aber ich habe keine Ahnung, wie lange das her ist.«

»Du hattest deine Zeit als Referendar in Hamm hinter dir und warst gerade als junger Justizassessor ans Duisburger Stadtgericht versetzt worden.«

»Ach was«, sagte Demuth, lachte und schüttelte ungläubig den Kopf.

»Dann müsste das etwa 1780 gewesen sein, also vor rund dreieinhalb Jahrzehnten.«

Ihm fiel ein, dass er später noch einmal bei Jacob Troost in Sterkrade gewesen war und sich mit dem Freund zusammen angesehen hatte, was aus der alten Schule geworden war, an der sie beide von Antons Vater unterrichtet worden waren.

»Du warst damals schon eine ganze Weile Lehrer in Sterkrade, aber zwanzig Jahre ist das bestimmt auch inzwischen her.«

»Zwanzig?«

Jetzt war es Troost, der lachte und den Kopf schüttelte.

»Nein, nein, lieber Anton, das ist dreißig Jahre her, mindestens. Du warst damals gerade frisch verheiratet, und deine Frau und du, ihr erwartetet euer erstes Kind.«

»Ist das wahr?«

Demuth mochte es kaum glauben.

»Dann muss das ja schon bald nach unserer Begegnung in Duisburg gewesen sein. Unsere Tochter Susanna ist vor ein paar Wochen zweiunddreißig Jahre alt geworden.«

Nachdenklich schwiegen die beiden Männer eine Weile. Demuth sah Jacob Troost verstohlen aus den Augenwinkeln an. Ihm war es so, als sähe der alte Freund deutlich jünger aus als er, dabei war er nur wenige Monate nach ihm zur Welt gekommen.

»Du hast dich gut gehalten«, sagte er.

Troost lachte. »Das täuscht. Ich habe Glück mit den Haaren. Die sind so dicht und struppig wie eh und je. Auch wenn sie grau sind, lässt das einen alten Herrn weniger alt aussehen. Und der Beruf, der hält natürlich auch jung. Eine Horde Rotzlöffel kann man nur jeden Tag ertragen, wenn man selbst ein bisschen Kind geblieben ist. Aber unter der Oberfläche, da knirscht und knackt es schon ganz gewaltig.«

Er hob den Gehstock hoch, den er neben seinen Stuhl auf den Boden gelegt hatte.

»Ohne den bin ich nicht mehr gern unterwegs. Mal ist es das Knie, mal die Hüfte, immer zwickt irgendwas. Da bin ich ganz froh, wenn ich einen Stock in der Hand habe, auf den ich mich stützen kann.«

Am Nachbartisch wurde laut gelacht. Da saßen die jungen Bediensteten des Grafen, unter ihnen Henriette Terhuven. Demuth sah zu ihnen hinüber. Das Gelächter galt nicht ihm und auch nicht Jacob Troost mit seinem in die Höhe gestreckten Gehstock. Die jungen Leute hatten nur Augen und Ohren füreinander. Einer der Burschen, vielleicht der Geselle des Braumeisters, vielleicht der Gehilfe des Gärtners, hatte seinen Arm um Henriette gelegt.

An allen sieben Tischen in der Gaststube und auf den Bänken an den holzgetäfelten Wänden ringsum saßen Frauen und Männer und redeten und lachten. Die meisten tranken Bier, Trudi ging gerade mit einem Tablett, auf dem Gläser mit Branntwein standen, zu dem Tisch, an dem die gräflichen Bediensteten ausgelassen lachten.

Fast die Hälfte der Leute, die im Saal nebenan Zuschauer beim Puppenspiel gewesen waren, hatte das Posthaus nicht sofort nach dem letzten Vorhang verlassen, sondern in der Gaststube Platz genommen.

Manche hatten sich nur mit einem Glas Bier oder mit einem Branntwein gestärkt, um danach den Heimweg anzutreten, andere saßen immer noch beieinander, zu zweit oder in Grüppchen, besprachen das Schicksal der heiligen Genoveva oder das eigene und tranken inzwischen das zweite oder dritte Bier.

Der Posthalter Krumpe stand hinterm Schanktisch und zapfte, seine Frau Margarete stand in der Küchentür und schaute dem Treiben in der Gaststube zu. Trudi lief von Tisch zu Tisch und verteilte die gefüllten Krüge und Gläser.

Als Hermann Krumpe ein neues Bierfass in den Raum rollte, kam Demuth der Gedanke, dass die Familie des Postmeisters möglicherweise von diesem Abend mehr profitierte als der Puppenspieler Tendler und seine Familie, die mit ihrer Kunst das Publikum hierhergelockt hatten. Und es erschien ihm beim Anblick der Branntwein trinkenden Mägde und Knechte und all der Bauersleute, die lachend und palavernd ihre Bierkrüge schwenkten, durchaus möglich, dass der Posthalter Krumpe nicht nur aus purer Nächstenliebe die Tendlers in den Pferdeställen übernachten ließ und ihnen nicht nur aus Begeisterung fürs Marionettenspiel den Saal im Posthaus für ihre Aufführungen zur Verfügung stellte.

Immerhin hatte Friedrich Krumpe sich an diesem Abend nicht lumpen lassen: Zum ersten Mal, seitdem Demuth hier war, versprach der mächtige Kachelofen an der Wand neben der Flügeltür nicht nur Wärme, sondern er verströmte sie tatsächlich im Gastraum, und das tat er so ungezügelt, dass auch diejenigen Durst bekamen und einen Krug Bier verlangten, die das eigentlich gar nicht vorgehabt hatten.

Trudi hatte schon einige Male im Vorbeigehen in die Krüge des Kriminalrats und des Lehrers geschaut, aber die beiden älteren Herren tranken deutlich langsamer als die jungen Leute am Nachbartisch und als die ewig durstigen Bauersleute.

»Warum ist es eigentlich damals bei dem einen Besuch in

Sterkrade geblieben?«, fragte Anton Demuth sich und den alten Freund. »Hatten wir nicht beide den Wunsch, uns öfter zu treffen?«

Jacob Troost hatte eine Antwort auf die Frage: »Ja, die Absicht, hin und wieder ein paar Stunden miteinander zu verbringen, die hatten wir beide. Aber ich denke, du hattest nicht die Zeit dazu, eine Freundschaft zu pflegen. Du warst jung verheiratet, hattest eine kleine Tochter und hast dich damals mit viel Leidenschaft der Juristerei gewidmet. Jedenfalls hatte ich den Eindruck. Und ich war überzeugt davon, dass du eine große Karriere in der preußischen Justiz machen würdest.«

»Eine große Karriere? Hast du das wirklich geglaubt? Ich bin der Sohn eines Dorfschullehrers. Als preußischer Jurist kann man nur nach ganz oben kommen, wenn man da schon geboren worden ist, wenn man aus einem adligen Haus stammt oder aus einer sehr wohlhabenden Familie.«

»Früher mag das so gewesen sein«, räumte Troost ein, »aber haben die Zeiten sich nicht geändert? Wir leben inzwischen im neunzehnten Jahrhundert.«

»Tatsächlich ist heute in der preußischen Staatsverfassung verankert, dass Beamte, die mit Treue, Wärme und Fleiß ihre Berufspflichten ausüben, dem Grade ihres Diensteifers und ihrer Fähigkeiten entsprechend befördert werden müssen, unabhängig von Stand und Rang«, bestätigte Demuth, fügte dann aber nach einer wegwerfenden Handbewegung hinzu: »Die höchsten Ämter in Verwaltung und Justiz besetzen aber immer noch hochwohlgeborene Herrschaften. Und die bleiben da oben gern unter sich und sorgen dafür, dass immer wieder nur ihresgleichen zu ihnen aufsteigen.«

»Du hast es doch weit gebracht«, sagte Troost. »Du bist Kriminalrichter und Justizrat. Aus der Sicht eines Sterkrader Schullehrers ist das eine ganz beachtliche Karriere.«

Demuth schüttelte den Kopf. »Ein studierter Jurist in preußischen Diensten, der mit Anfang sechzig noch kein Justizrat ist, hat entweder aufs Gröbste seine Dienstpflichten verletzt oder sich dem Suff und einem gänzlich unmoralischen Lebenswandel hingegeben. Nein, Jacob, meine Laufbahn ist alles andere als eine großartige Karriere.«

»Aber die Leidenschaft für die Juristerei, die hattest du damals doch. Oder habe ich das auch falsch gesehen?«

»Leidenschaft?«, wiederholte Demuth fragend und dachte eine Weile nach. »Ich hatte den Willen, etwas zu bewirken«, sagte er schließlich. »Als junger Richter hatte ich immer wieder arme Schlucker abzuurteilen, die mit Diebstahl, Raub oder Betrügereien versucht hatten, ihre Familien durchzubringen. Ich habe sie nicht gleich für Jahre weggesperrt. Mir war wichtig, dass ihnen eine Hoffnung blieb. Versteh mich nicht falsch, Jacob! Ich habe durchaus mit Überzeugung das Recht vertreten und die Gesetze angewendet. Wer einem anderen nach dem Leben trachtet, wer einen braven Mann um sein Hab und Gut bringt oder ihm Schaden zufügt, der muss bestraft werden. Sonst funktioniert ein Staatswesen nicht. Aber es gibt Ermessenspielräume, und die habe ich für die einfachen Menschen genutzt, die nicht aus Böswilligkeit, sondern aus Not auf die schiefe Bahn geraten waren. Das hat mich damals angetrieben.«

»Ja, das passt zu dir.« Jacob Troost lachte und berichtigte sich: »Es passt jedenfalls zu dem Anton Demuth, mit dem ich vor vielen Jahren befreundet war.«

»Bei meinen Vorgesetzten habe ich mich damit nicht beliebt gemacht«, sagte Demuth. »Ich wurde immer wieder zum Rapport einbestellt und musste meine milden Urteile rechtfertigen. Man konnte mir zwar keine Dienstverletzung nachweisen, aber ich nehme an, dass meine Nachgiebigkeit gegenüber vielen Angeklagten auch ein Grund dafür ist, dass ich kein Oberrat und kein Justizdirektor geworden bin.«

»Und wie war das, als plötzlich nicht mehr das preußische, sondern das französische Recht galt? Wirft man als Jurist dann einfach das eine Gesetzbuch in die Ecke und benutzt das andere?«

Demuth lachte. »So ähnlich war es in der Tat. Aber die Umstellung kam ja nicht plötzlich. Schon 1806 war Dinslaken unter französischen Einfluss geraten und ein Teil des Großherzogtums Berg geworden. Das wurde zunächst von Napoleons Schwager regiert, aber das weißt du ja alles. Ab 1808, nach der Übernahme der Regentschaft durch Napoleon selbst, wurden Verwaltung und Justiz dann entscheidend reformiert. 1810 wurde das Dinslakener Landgericht in ein Friedensgericht umgewandelt, und das französische Recht wurde eingeführt. Das geschah also nicht überraschend, trotzdem war es ein gewaltiger Umbruch. Die Gleichheit aller vor dem Gesetz, der Anspruch jedes einzelnen Menschen auf persönliche Freiheit, aber auch die Aufhebung des Zunftzwanges, die Zivilehe oder die Trennung von Staat und Kirche waren Errungenschaften der Revolution, und die hatten im Code Civil, im Zivilrecht der Franzosen, ihren Niederschlag gefunden. Auch im Strafrecht gab es erhebliche Veränderungen, aber eines blieb gleich: Die Gauner, die Diebe und Räuber, die vor Gericht standen und abgeurteilt wurden, waren immer dieselben Leute, und es waren meistens arme Schlucker. Denen war es egal, nach welchem Recht sie hinter Gitter geschickt wurden.«

»Warst du betrübt, als die Preußen dann wieder Herren im Lande wurden?«

»Nein, das war ich nicht. Auch in Preußen hatte es ja inzwischen Reformen gegeben. Außerdem bin ich mir sicher, dass Friedrich Wilhelm dem Volk die Privilegien nicht wieder nehmen kann, die es von Napoleon erhalten hat. Der König hat ja sogar zugelassen, dass in Teilen unserer Provinz weiter die französische Gerichtsverfassung gilt.«

Trudi hatte gesehen, dass die Bierkrüge des Untersuchungsrichters und des Lehrers endlich leer waren. Die beiden hatten ihr aufmunternd zugenickt, und die Magd des Posthalters hatte daraus geschlossen, dass die Herren sich über frisches Bier freuen würden. Jetzt stellte sie wortlos zwei überschäumend volle Krüge auf den Tisch, machte einen Knicks und ging weiter zu ein paar jungen Bauern, die auf der Bank in der Nähe des Kachelofens saßen und ihr durstig zuwinkten.

»Ich freu mich sehr, dass wir uns begegnet sind«, sagte Jacob Troost.

Anton Demuth fiel dazu nur ein, zu nicken und zu sagen: »Ich freu mich auch.«

»Lass uns darauf trinken, dass bis zum nächsten Treffen nicht wieder Jahre vergehen«, sagte Troost.

Beide Männer nahmen ein paar kräftige Schlucke.

Demuth wischte sich den Schaum vom Mund. »Das Bier ist gut hier.«

»Ja, das ist es. Der Braumeister vom Grafen Westerholt ist ein Künstler. Ich komme fast jede Woche einmal her und trinke einen Krug. Aber ich komme vor allem, weil man hier mal andere Menschen sieht als im Dorf, interessante, weit gereiste Menschen, mit denen ich ab und zu ins Gespräch komme. So erfahre ich manches über die Welt, bekomme neue Eindrücke und manchmal sogar neue Einsichten.«

Demuth lächelte. »Was du da sagst, das erinnert mich sehr an den Jacob, mit dem ich einmal befreundet war, an diesen jungen Kerl, der immer neugierig war und an allem interessiert.«

»Schön, dass du mich wiedererkennst.« Troost lachte.

Demuth lachte mit ihm und prostete dem alten Freund zu.

»Warum bist du eigentlich nicht in Dinslaken geblieben?«, fragte Troost ihn. »Du hast doch fast dein ganzes Berufsleben dort verbracht.«

»Als die Preußen wiederkamen, haben sie sofort damit begonnen, Justiz und Verwaltung neu zu organisieren«, entgegnete Demuth. »Ich erfuhr von den Plänen, in Werden ein Inquisitorialgericht zu installieren, das zuständig für die Untersuchung von kapitalen Verbrechen werden sollte. Ich hatte schon lange keine Lust mehr, arme Schlucker abzuurteilen. Außerdem fühlte ich mich einsam in Dinslaken nach dem Tod meiner Frau. Also habe ich mich beworben.«

»Ich habe das damals gehört, dass deine Frau gestorben war.

Es hat mir sehr leidgetan für dich. Wie lang ist das jetzt schon her?«

»Das war vor fünf Jahren«, sagte Demuth. »Nicht lange nach ihrem Tod hat unsere Susanna nach Werden geheiratet. Sie lebt dort mit ihrer Familie. Das war auch ein Grund dafür, dass ich ans Untersuchungsgericht wollte. Jetzt sehe ich mindestens einmal pro Woche meine Tochter und meine beiden kleinen Enkelinnen.«

»Das ist schön für dich.«

»Na ja, um ehrlich zu sein, hatte ich auch gehofft, sie würden mich am neuen Gericht zum leitenden Justizdirektor machen. Aber es war dann doch wieder so wie immer. Ein junger Adliger leitet jetzt das Haus. Aber es ist schon in Ordnung so. Er ist ein kompetenter Mann, und er schätzt mich und lässt mich meine Arbeit machen. Und die mache ich wirklich gerne. Jeder nicht aufgeklärte Kriminalfall ist eine Herausforderung für mich, ein Rätsel, das ich unbedingt lösen will.«

»Und jetzt bist du hier, um den Tod von der Anna Hasenleder aufzuklären«, sagte Troost.

»Ja. Woher weißt du das?«

»Von ihrem schrecklichen Tod weiß jeder hier in der Gegend.«

»Kanntest du sie?«

»Ich habe sie oft gesehen mit ihren Kräutern, in Sterkrade auf dem Markt und hier am Posthaus. Es schien mir so, als wäre sie ein ganz besonderer Mensch gewesen.«

»Wie meinst du das?«

»Nun ja, sie wirkte so zerbrechlich und war doch ganz offensichtlich eine starke Frau. Man konnte spüren, dass sie anders war als andere Menschen. Ich hab mir oft gewünscht, sie näher kennenzulernen.«

»Ich verstehe«, sagte Anton Demuth.

»Wirst du ihren Mörder finden?«, fragte Troost.

»Ja, das werde ich.«

»Also wirst du noch eine Zeitlang hier logieren?«

»Das weiß ich noch nicht. Warum fragst du?

»Weil ich mich auf den Heimweg machen muss.«

»Du kannst doch jetzt nicht gehen«, sagte Anton Demuth enttäuscht. »Du hast noch nichts von dir erzählt. Ich möchte wissen, wie das Leben eines Sterkrader Dorfschullehrers heute aussieht, ob noch irgendwas so ist wie damals bei meinem Vater.«

»Ich muss wirklich gehen«, entgegnete Troost. »Es ist stockdunkel. In diesen Zeiten leuchten weder Mond noch Sterne. Aber wenn du möchtest, komme ich wieder. Am Montagnachmittag? Bist du dann noch hier?«

»Übermorgen? Ja, ich werde hier sein«, sagte Demuth.

Sonntag, 15. September 1816

Als Anton Demuth, dem Kaffeeduft folgend, die Holztreppe hinunterstieg, ging er davon aus, Augustin Sumser und er seien nach der gestrigen Abreise des jungen Herrn Heine die einzigen Logiergäste im Posthaus an der Emscher.

Doch dann begegneten ihm unten im Flur drei schlaftrunkene Männer, die griesgrämig der Haustür zustrebten und wortlos hinaus in den trüben Sonntagmorgen stolperten. In der Gaststube saß ein ihm unbekanntes Paar an einem Tisch. Er gähnte, und sie kratzte durchs zerzauste Haar hindurch ihre Kopfhaut. In ihren verwaschenen gräulichen Wolljacken sahen sie ärmlich aus. Beide schlürften abwechselnd aus einer Tonschale. Ob sie sich einen Kaffee gönnten oder Wasser tranken oder ob sie versuchten, mit einem morgendlichen Bier ihre Lebensgeister zu wecken, konnte Anton Demuth nicht erkennen.

Der angenehme Kaffeeduft, der durchs Treppenhaus hinauf zu den Schlafkammern gezogen war, verlor sich hier unten im Gastraum zwischen dem scharfen Geruch nach Branntwein und dem Gestank von verschüttetem Bier.

Demuth setzte sich wie am Morgen zuvor neben das Fenster, durch das er hinausschauen konnte auf den Vorplatz und die Landstraße. Er bat Trudi, die ihn wieder bediente, es für eine Weile zu öffnen.

Während er seinen Kaffee trank und auf seinem Brot herumkaute, vermisste er zum ersten Mal, seitdem er im Posthaus abgestiegen war, die ungestörte Behaglichkeit seiner Wohnung am Werdener Marktplatz.

Irgendwann bekam Grete Krumpe mit, dass er beim offenen Fenster saß, und kam, aufgeregt mit beiden Händen ein Küchentuch durchwalkend, an seinen Tisch.

Sie erkundigte sich nach seinem Befinden, wartete aber keine

Antwort ab, sondern rief Trudi zu, sie möge dem Herrn Justizrat noch eine Tasse Kaffee bringen.

»Darf ich mich kurz setzen?«, fragte sie und wartete wieder nicht, bis Demuth geantwortet hatte.

»Es tut mir leid«, sagte sie hastig, während sie ihm gegenüber Platz nahm und weiter das Küchentuch bearbeitete. »Es ist mir sehr unangenehm, dass die Gaststube noch so schmuddelig ist. Ich war in der Kirche und bin noch nicht lange wieder zu Hause. Aber das ist keine Entschuldigung. Ich weiß. Wenn wir Hausgäste haben, die hier frühstücken, dann darf so etwas nicht passieren.«

Margarete unterbrach ihren Redeschwall und sah Demuth erwartungsvoll an. Vermutlich hätte er jetzt sagen sollen, so schlimm sei das doch gar nicht mit dem Schmutz und dem Gestank. Das tat er aber nicht.

Also fuhr Margarete fort: »Wenn abends so viele Leute hier sind wie gestern, dann putzen wir immer sofort, die Trudi und ich, sobald sich die letzten Zecher auf den Heimweg gemacht haben. Aber gestern Abend war das unmöglich. Es kommt zwar auch sonst schon mal vor, dass ein Suffkopp kein Ende kriegt, aber was gestern los war, das weiß ich nicht. So viele Gäste wollten nicht gehen und wollten einfach nicht aufhören zu trinken, zu lachen und zu schwätzen. Der Jacob Troost war schon lange weg, und Sie, Herr Demuth, Sie waren längst oben in Ihrer Kammer verschwunden, da ging es hier unten immer noch hoch her. Manche Leute haben sich benommen, als ginge bald die Welt unter, als wäre das ihr letzter schöner Abend. Ein paar Zecher haben es schließlich gar nicht mehr vor die Tür geschafft. Drei Kerle aus Styrum und die beiden, die da immer noch am Tisch sitzen, Bauersleute aus Hiesfeld, die sind einfach irgendwann auf der Bank umgekippt und eingeschlafen.«

Trudi stellte Demuth eine Tasse mit frischem Kaffee hin. Als ihm der Duft in die Nase stieg, sagte er versöhnlich: »Dann hattest du ja bisher gar keine Möglichkeit, den Raum zu reinigen.«

Der Satz war noch nicht ganz ausgesprochen, da ärgerte er sich schon gewaltig über ihn.

Erstens stimmte das nicht, was er gerade gesagt hatte. Hätten die Krumpes, wie es sich für anständige Wirtsleute gehört, ihre Gäste nach Hause geschickt, bevor sie vollkommen besoffen waren, dann wäre ihnen gewiss genug Zeit zum Saubermachen geblieben. Wahrscheinlich war es ihnen aber wichtiger gewesen, so viel Branntwein und Bier wie möglich zu verkaufen.

Zweitens und vor allem ärgerte er sich aber darüber, dass ihm gerade ein vertrauliches Du herausgerutscht war. Sein alter Freund Jacob und er hatten sich gestern Abend ganz selbstverständlich geduzt. Ein distanziertes Sie wäre beiden äußerst seltsam vorgekommen. Aber bei Margarete Krumpe lagen die Dinge anders, auch wenn sie die kleine Grete vom Grottkamphof war. Während sie beide an seinem ersten Abend im Posthaus Kindheitserinnerungen ausgetauscht hatten, hatte Anton Demuth kurz den Impuls verspürt, ihr das Du anzubieten, aber dann hatte er sich dagegen entschieden. Er wollte hier an der Emscher für alle der Herr Kriminalrat aus Werden sein, der Untersuchungsrichter, der unvoreingenommen in einem Mordfall ermittelte und sich dabei von nichts und niemandem beeinflussen ließ.

Hätte er sich jetzt für das gerade herausgerutschte Du entschuldigt, dann hätte Margarete Krumpe zweifellos gesagt, das sei schon in Ordnung so, sie könnten gern beim Du bleiben. Am besten war es wohl, ohne Umschweife zum Sie zurückzukehren und so zu tun, als hätte er das kleine Versehen gar nicht bemerkt.

»Haben Sie denn heute schon den Herrn Sumser gesehen?«, fragte er deshalb. »Es würde mich interessieren, was der zu Schnapsgestank und Bierpfützen gesagt hat.«

»Der hat nur seinen Kopf durch die Tür zur Gaststube gesteckt, sich kurz hier umgesehen und meinem Mann gesagt, dass er lieber oben in seiner Kammer frühstücken wolle.«

»Das passt zu dem feinen Herrn aus Bayern«, entgegnete

Demuth und wunderte sich darüber, dass er nicht selbst auf die Idee gekommen war.

»Wo war Sumser eigentlich gestern Abend während der Aufführung der heiligen Genoveva?«, fragte er Margarete Krumpe.

»Ich kann mich nicht erinnern, ihn im Publikum gesehen zu haben.«

»Da war er wohl auch nicht. Er hält das Puppenspiel nämlich für eine recht kindische Kunst, die ihn nicht sonderlich interessiert. Jedenfalls hat er das vor ein paar Tagen mal gesagt.«

»Er sitzt also lieber allein in seinem Zimmer, als sich hier unten die Vorführung anzuschauen? Ein wahrhaft seltsamer Kautz.« Demuth schüttelte den Kopf.

»Ich glaube, er bastelt gern an seinen musikalischen Spieldosen herum.«

»Haben Sie ihm heute Morgen das Frühstück hochgebracht?«

»Nein, das war die Trudi. Ich selbst habe ihn heute noch gar nicht gesehen. Ich war schon in der Kirche, als er mit meinem Mann gesprochen hat«, sagte Margarete Krumpe, die inzwischen von ihrem Küchentuch abgelassen hatte. Es schien Demuth so, als sei sie enttäuscht darüber, dass er sie nun doch nicht duzte. Sie starrte missmutig auf das Tuch, das jetzt vor ihr auf dem Tisch lag.

»Sie waren in Sterkrade in der Frühmesse?«, fragte er.

»Es ist Sonntag heute«, antwortete sie kurz angebunden.

»Ach was.« Demuth tat überrascht.

Gretes verblüfftes Gesicht erheiterte ihn.

»Ich weiß, dass heute Sonntag ist«, sagte er lachend. »Wenn nichts Unvorhergesehenes dazwischenkommt, werde ich am Nachmittag nach Werden fahren. Ich habe Sehnsucht nach meinem Lehnstuhl und meinem Bett.«

»Schlafen Sie oben in der Kammer denn nicht gut?«, fragte Margarete Krumpe besorgt.

»Doch, doch«, sagte Demuth eifrig, »das Bett ist gut. Und der Kaffee ist exzellent und das Bier auch. Und es lässt sich überhaupt viel besser hier aushalten, als ich es erwartet hatte. Aber so behaglich wie in der eigenen Wohnung ist es nun mal nirgendwo sonst, und außerdem muss ich dem Herrn Gerichtsdirektor gelegentlich Bericht erstatten. Das will ich morgen früh tun, und danach werde ich wieder herkommen.«

»Sie wollen nur für eine Nacht wegbleiben?«

»Ja«, bestätigte Demuth. »Erstens muss ich hier meine Untersuchungen weiterführen. Außerdem habe ich mich für morgen Abend mit dem Jacob verabredet.«

»Mit Jacob Troost? Hier, bei uns?«

Demuth nickte.

»Es war schön, Sie und den Jacob gestern Abend mal wieder zusammen zu sehen. Nach all den Jahren. Man konnte spüren, wie sehr Sie beide sich über die Begegnung gefreut haben und wie gut Sie sich immer noch verstehen.«

»Ja, das ist tatsächlich so«, pflichtete Demuth ihr bei. »Wir hatten uns wahrhaftig rund dreißig Jahre nicht gesehen. Aber als wir gestern eine Weile zusammensaßen, fühlte es sich beinahe wieder so an wie früher.«

»Das ist schön«, sagte Grete, und Anton Demuth hatte den Eindruck, als sei sie ein wenig gerührt.

Eine Weile schwiegen sie beide, die Frau des Postmeisters und der Kriminalrichter. Margarete Krumpe nahm das Küchentuch wieder vom Tisch und begann erneut, es mit beiden Händen durchzukneten.

»Es gibt da etwas, das sollte ich Ihnen sagen. Vielleicht. Ja, das muss ich Ihnen sagen«, stammelte sie schließlich. Dabei betrachtete sie mit gesenktem Kopf ihre Hände, die mit dem Tuch beschäftigt waren. »Also, es geht um die Liesel, die Liesel Tendler.«

»Die Tochter des Puppenspielers? Was ist mit ihr?«

»Haben Sie sie gestern Abend gesehen?«

»Nein. Sie war ja während der Aufführung hinter der Bühne. Das habe ich jedenfalls angenommen.«

»Das war auch so«, bestätigte Margarete Krumpe. »Das

Mädchen führt ja zusammen mit ihren Eltern die Marionetten.«

»Als ich später mit dem Jacob beim Bier saß, da kamen der Mechanikus Tendler und seine Frau und die Tochter aus dem Saal und verließen durch die Gaststube das Posthaus«, erinnerte Demuth sich.

»Also haben Sie die Liesel gestern Abend doch gesehen. Dann wissen Sie ja auch, was sie anhatte.«

»Ach herrjeh, nein, das weiß ich nicht. Ich habe die Tendlers nur beiläufig aus den Augenwinkeln wahrgenommen. Ich war ins Gespräch mit dem Jacob vertieft.«

»Sie trug ein Schultertuch, ein blau gefärbtes, aus Wolle gestrickt.«

»Das mag sein, ich habe nicht darauf geachtet.«

»Das war so, ich habe es gesehen.«

»Ich verstehe nicht, was Sie mir sagen wollen, Frau Krumpe.«

»Ich bin vorhin mit der Helena Kleinrogge und der Gertrude Terhuven aus Sterkrade zurückgekommen. Sie waren auch in der Frühmesse.«

»Die beiden Schwestern?«

»Ja, genau die. Sie haben mir unterwegs etwas ganz Unglaubliches erzählt. Gestern Abend vor Beginn der Vorstellung, da haben die beiden die Liesel kurz gesehen, bevor sie hinter dem Vorhang verschwand. Und das blaue Schultertuch, das haben sie auch gesehen, und das haben sie sofort wiedererkannt. Es gehörte Anna Hasenleder.«

Grete sah Anton Demuth herausfordernd an. Der war nicht überzeugt davon, gerade etwas ganz Unglaubliches erfahren zu haben.

»Es gibt vermutlich viele gestrickte blaue Schultertücher«, sagte er achselzuckend.

»Die Helena und die Gertrude waren sich ganz sicher, dass die Liesel das Tuch von der Anna um die Schultern hängen hatte.«

»Und wenn es so war.« Demuth zog noch mal die Achseln

hoch. »Es könnte ein Geschenk an das Mädchen gewesen sein, oder die Tendlers haben es der Anna abgekauft.«

»Das glaube ich nicht«, sagte Grete ärgerlich. Offensichtlich hatte sie von Demuth deutlich mehr Begeisterung erwartet, zumindest aber seine uneingeschränkte Dankbarkeit für ihren wichtigen Hinweis.

»Was glauben Sie denn?«, fragte Demuth.

»Gar nichts«, antwortete Margarete Krumpe eingeschnappt. Sie war offenbar überzeugt davon, gerade einen unumstößlichen Beweis dafür geliefert zu haben, dass die Tendlers irgendwas mit Anna Hasenleders Tod zu tun hatten. Wahrscheinlich hatten die drei Frauen auf dem Rückweg von der Kirche schon das Todesurteil über den Puppenspieler und seine Frau und seine Tochter gesprochen.

»Ich werde der Sache nachgehen«, versprach Demuth.

»Ja, gut«, sagte Grete. Das Versprechen schien sie ein wenig zu besänftigen.

»Wie hat Ihnen denn das Stück von der heiligen Genoveva gestern Abend gefallen?«, fragte Demuth sie.

Ihre Antwort kam so schnell und eifrig, als hätte sie sich mit der Frage schon eine ganze Weile beschäftigt: »Es war eine ganz wunderbare Geschichte. Ohne die Hilfe der Gottesmutter wäre sie allerdings nicht gut ausgegangen. Hätte die heilige Maria nicht die Hirschkuh zu Genoveva und ihrem Säugling geschickt, dann wären die beiden in ihrer Höhle verhungert.«

»Das ist wohl wahr«, sagte Demuth amüsiert, »aber der Henker hatte wohl einen ebenso großen Anteil am guten Ausgang der Geschichte wie die himmlische Mutter. Hätte er Genoveva nicht heimlich laufen lassen, dann wäre sie schon am Ende des dritten Aktes einen Kopf kürzer gewesen.«

Margarete Krumpe dachte kurz nach, dann lächelte sie. Demuths Blick auf das Drama ließ sich durchaus mit dem vereinbaren, was sie für die Moral von der Geschichte hielt.

»Wer ein anständiges und gottgefälliges Leben führt, der hat eben beides zu erwarten, nicht nur den Beistand des Himmels, sondern auch die Zuneigung wohlwollender Mitmenschen.«

Daran hatte Demuth so seine Zweifel. Er nahm an, dass diese sehr einfache Rechnung auf einer Marionettenbühne hin und wieder aufgehen mochte, auf der Bühne des Lebens allerdings eher nicht. Er dachte an Anna Hasenleder, die ganz sicher nicht die Zuneigung bekommen hatte, die sie verdient gehabt hätte.

»Wie war das denn mit der Anna?«, fragte er Margarete Krumpe.»Ich habe den Eindruck, dass sie auch ein anständiges und gottgefälliges Leben geführt hat. Und jetzt ist sie tot, erschlagen, und niemand hat ihr beigestanden, kein Mensch und auch die Himmelsmächte nicht.«

»Die Anna? Die hat kein gottgefälliges Leben geführt«, sagte Margarete Krumpe schroff.»Sie ist nie am Sonntag in die Kirche gegangen, nicht mal ein Kruzifix hatte sie in ihrem Haus. Sie hat sich um unseren himmlischen Vater nicht geschert.«

»Vielleicht hatte sie ja nur eine andere Vorstellung von Gott als die meisten Menschen«, sagte Demuth.»Vielleicht hat sie sich ihm verbunden gefühlt, wenn sie ihre Kräuter gesammelt hat. Vielleicht konnte sie besser in der Natur mit ihm sprechen als in der Kirche.«

»Vielleicht, vielleicht, vielleicht. Vielleicht hat sie sich auch mit dem Teufel verbunden gefühlt, wenn sie aus ihren Kräutern irgendwas zusammengebraut hat. So wie Hexen das nun mal tun.«

Demuth gelang es, ganz ruhig darauf zu erwidern:»Das hat der Herr Heine mir schon erzählt, dass Sie die Anna für eine Hexe gehalten haben. Ich verstehe das nicht, Margarete. Sie sind doch eine kluge Person. Wie können Sie an einen solchen Unfug glauben?«

»Aber schauen Sie sich doch um in der Welt«, sagte die Frau des Postmeisters erbost und ziemlich laut.»Da sehen Sie doch überall, wie die finsteren Mächte wirken. Schändliche Ketzer und Buhlinnen des Satans, lasterhafte Weiber und Hexen tragen das Böse durch die Welt. Aber Gott lässt sich nicht verhöhnen. Sein Zorn wird uns alle vernichten.«

Demuth unterdrückte den Impuls, ärgerlich den Kopf zu schütteln. Offenbar war Margarete Krumpe zutiefst davon überzeugt, dass Anna Hasenleder und andere sündige Menschen schuldig an allem Elend in der Welt waren, weil sie Gott aufs Äußerste erzürnt hatten.

»Nein, nein«, sagte sie heftig. »Ziehen Sie jetzt nur keine falschen Schlüsse. Ich wünsche niemandem den Tod, dem übelsten Menschen nicht und auch einer Hexe nicht. Allein Gott steht es zu, die Sünder zu bestrafen. Ein Christenmensch sollte für sie beten, damit sie zurückfinden auf den rechten Weg. Und das habe ich, ich habe für die Anna gebetet. Mir hat sie ja nie etwas getan. Ich habe mich zwar vor ihrer dunklen Gabe gefürchtet, aber ich bin ihr nie aus dem Weg gegangen.«

Demuth nickte nachdenklich. Er war bisher nicht auf die Idee gekommen, Margarete Krumpe zu verdächtigen.

»Wer auch immer die Anna getötet hat, der hat ein schreckliches Verbrechen begangen, und ich hoffe sehr, dass Sie ihren Mörder oder ihre Mörderin überführen werden«, sagte sie.

Demuth kam die Frage wieder in den Sinn, die er der Frau des Postmeisters schon seit ein paar Tagen stellen wollte.

»Als ich am Donnerstag hier ankam, da haben Sie gesagt, dass es wohl so kommen musste mit der Anna. Wie haben Sie das denn gemeint?«

»Es ist nun mal nicht jeder bereit, Gott allein das Strafen zu überlassen. Es gibt Menschen, die sich dazu berufen fühlen, das Böse zu vernichten. Deshalb war ich nicht überrascht, dass es so mit der Anna gekommen ist.«

Anton Demuth musste die Menschen noch besser kennenlernen, die an der Emscher lebten. Er musste mit ihnen sprechen, ihnen Fragen stellen und ihnen aufmerksam zuhören. Das war der Weg, der ihn am Ende zu Anna Hasenleders Mörder führen würde. Davon war er überzeugt.

An diesem trüben Sonntag zog es ihn allerdings nach Werden. Er fragte sich, ob es noch Gespräche gab, die unbedingt heute geführt werden mussten, ob nicht alle Befragungen auf die nächsten Tage verschoben werden konnten.

Er hatte auf jeden Fall schon genug in Erfahrung gebracht, um dem Herrn von Broich einiges erzählen zu können, wenn der ihn nach dem Stand der Untersuchungen fragte.

Zuallererst würde er dem Herrn Justizdirektor von Helena Kleinrogge berichten und von ihrer schrecklichen Überzeugung, die Anna Hasenleder habe das vierjährige Söhnchen der Kleinrogges mit ihrer bösartigen Zauberei in den Tod getrieben. Er würde aber auch nicht verschweigen, dass Helena ganz offen ihren Hass gegen die vermeintliche Hexe zugegeben hatte, was ihn daran zweifeln ließ, dass sie tatsächlich die Tat begangen hatte.

Er könnte von Broich auch dies und das über den dubiosen Augustin Sumser aus Bayern erzählen, seine Begegnung mit dem alten Fürchtegott Terhuven könnte er schildern, und er könnte darauf hinweisen, dass dessen verschwundener Enkel Arnold ein sehr übles Subjekt zu sein schien.

Natürlich könnte er auch die Familie Tendler und das blaue Schultertuch erwähnen, das angeblich dem Mordopfer gehört hatte. Aber er war so fest davon überzeugt, dass die Tendlers anständige Leute waren, dass er diese Geschichte lieber für sich behalten wollte.

Da würde er dem Justizdirektor von Broich lieber davon berichten, dass Maximilian Friedrich Graf von und zu Westerholt-Gysenberg ihm freundlich die Hand geschüttelt hatte und dass er, der Justizrat Anton Demuth, während der Aufführung eines Puppenspiels im Posthaus neben dem Herrn Grafen und seinen Kindern gesessen hatte.

Für das bevorstehende Gespräch mit Hugo von Broich musste er jedenfalls keine zusätzlichen Erkundigungen mehr einziehen. Was er an Erkenntnissen vorzuweisen hatte, das reichte vorläufig aus. Niemand konnte mehr von ihm erwarten.

In nur drei Tagen war ein so undurchsichtiger Todesfall wie dieser nicht aufzuklären.

Demuth entschied sich dennoch, nicht sofort in Richtung Werden aufzubrechen. Ihm war in den Sinn gekommen, dass wahrscheinlich gerade heute die Gelegenheit günstig war, den Holzfäller Ludwig Hülsken und seine beiden Söhne in ihrem Holzhaus am Waldrand anzutreffen. An einem Wochentag würde es ihm eher wieder so ergehen, wie bei seinem ersten Versuch, den Mann kennenzulernen, der offenbar die meiste Zeit seines Lebens irgendwo in den Wäldern des Grafen verbrachte, um Bäume zu schlagen, aus denen Brand- und Bauholz werden sollte. Demuth spekulierte darauf, dass Hülsken und seine Söhne brave Christenmenschen waren, die am Sonntag, dem Tag des Herrn, nicht arbeiteten, sondern zu Hause blieben und sich ausruhten.

Er hatte nach seinem Frühstück und dem Gespräch mit Margarete Krumpe die übelriechende Gaststube schnell verlassen und war hinaufgegangen in seine Kammer. Dort hatte er ein paar Kleidungsstücke, ein Hemd, Unterwäsche und Nachtwäsche, in seine lederne Reisetasche gestopft. Dann hatte er sich entschieden, wenigstens noch den Versuch zu unternehmen, den Holzfäller aufzusuchen, seinen Mantel übergezogen und seinen breitkrempigen Hut aufgesetzt.

Während er die Holztreppe hinunterstieg, dachte er daran, dass er auch den Mechanikus Tendler und seine Tochter Liesel noch immer nicht kennengelernt hatte. Bevor er das Posthaus verließ, wollte er wenigstens noch einen Blick in den Saal werfen. Er konnte sich gut vorstellen, dass die Tendlers inzwischen dort waren, dass sie am Tag nach einer Vorstellung das eine oder andere in den Kulissen zu tun hatten.

So war es tatsächlich. Als er den großen Raum betrat, schoben Joseph Tendler, seine Frau Therese und Liesel die mittelalterliche Ritterburg des Pfalzgrafen Siegfried, die aus wenigen bemalten und geschickt aneinandergefügten Brettern bestand, in eine Kammer neben der Bühne. Übrig blieb hinter dem offenen Vorhang ein nacktes, ganz und gar schmuckloses Holzgestell. An einem Rundstab nebeneinander aufgereiht, hingen stumm und starr die Marionetten, die am Abend zuvor noch über die Bühne stolziert waren, als wären sie höchst lebendig.

Der Mechanikus Tendler trug den abgenutzten Gehrock und die aus der Mode geratene Kniebundhose, die er auch am Samstagmorgen angehabt hatte, als Demuth ihn durchs Fenster auf dem Platz vorm Posthaus zum ersten Mal gesehen hatte. Sein schütter werdendes Haar war auch heute am Hinterkopf zu einem Zopf gewunden.

Als er den Justizrat sah, ließ er sofort von der Ritterburg ab.

»Machen Sie nur Ihre Arbeit! Ich kann warten, bis Sie das Bühnenbild in die Kammer geschoben haben«, rief Demuth ihm zu.

Tendler nickte dankbar. »Dann können meine Frau und die Liesel sich gleich um die Puppen und ihre Kostüme kümmern.«

Demuth setzte sich auf einen der Stühle, die immer noch in der Mitte des Raumes standen. Nur eine Minute später kam Joseph Tendler mit ausgestreckter Hand auf ihn zu und fragte, ob er sich auch setzen dürfe.

»Das hat mir sehr gefallen, gestern Abend, das Stück von der heiligen Genoveva«, sagte Demuth, während er einladend auf den Stuhl neben sich deutete.

Der Mechanikus bedankte sich artig und nahm neben Demuth Platz. Er sah den Justizrat offen und freundlich an. Zu fürchten schien er ihn nicht. Wahrscheinlich hatte Therese Tendler ihm längst berichtet, dass dieser Untersuchungsrichter aus Werden keiner von den preußischen Beamten war, die grundsätzlich zuerst das fahrende Volk verdächtigten, wenn irgendwo ein Verbrechen geschehen war.

»Meine Frau hat mir erzählt, dass Sie gestern mehr Eintrittsgeld bezahlt haben als erforderlich«, sagte Joseph Tendler.

»Das wäre wirklich nicht nötig gewesen, Herr Kriminalrat. Wir möchten nicht den Eindruck erwecken, dass wir auf Almosen angewiesen sind.«

»Das war kein Almosen«, stellte Demuth klar. »Ich habe das Eintrittsgeld bezahlt, das ich für angemessen halte. Ihre Kunst bekommt meiner Meinung nach längst nicht die Wertschätzung, die sie verdient hat.«
»Das ist sehr freundlich von Ihnen«, sagte Tendler. Ganz offensichtlich hocherfreut über das Kompliment des Untersuchungsrichters, fügte er hinzu: »Es wäre uns eine Ehre, wenn wir Sie einladen dürften, bei der nächsten Vorstellung unser Gast zu sein. Am Mittwochnachmittag bringen wird den ›Doktor Faustus‹ zur Aufführung.«
Demuth bedankte sich und versicherte, er werde gern die Einladung annehmen, wenn er am Mittwoch noch an der Emscher sei und wenn ihm nichts Unvorhergesehenes dazwischenkomme. Dann kam er ohne Umschweife auf das Schultertuch zu sprechen. Er erklärte dem Mechanikus, seine Liesel sei gestern Abend mit einem gestrickten blauen Tuch gesehen worden, das nach der festen Überzeugung einiger Menschen einmal der Anna Hasenleder gehört habe.
Tendler rief nach seiner Tochter, die daraufhin aus der Kammer neben der Bühne kam. Schüchtern blieb sie mit gesenktem Blick ein paar Schritte vor den beiden Männern stehen. Die schwarzen Haare des zierlichen Mädchens waren zu Zöpfen geflochten. Demuth schätzte, dass sie vierzehn oder fünfzehn Jahre alt war. Sie war mit einer dicken braunen Wolljacke und einem langen verwaschenen Rock bekleidet.
»Ach, du hast das blaue Schultertuch ja heute gar nicht umgelegt«, sagte ihr Vater überrascht.
»Das liegt bei meinen Sachen im Pferdestall. Soll ich es holen?«
»Nein, das ist nicht nötig«, sagte Demuth. »Ich möchte nur wissen, woher du es hast.«
»Das habe ich von der Anna geschenkt bekommen«, sagte das Mädchen traurig.
»Und zwar, als wir das letzte Mal hier waren, also im vorigen Jahr«, fügte Joseph Tendler hinzu. »Und damals hat die Liesel

es fast jeden Tag getragen, und alle Leute hier haben sie damit gesehen. Dass sich jetzt jemand darüber wundert, dass sie das alte blaue Tuch von der Anna hat, das erstaunt mich sehr.«

Demuth schwieg eine Weile nachdenklich.

»Könnte es sein, dass jemandem daran gelegen ist, einen Verdacht auf uns zu lenken?«, fragte Tendler zaghaft.

»Ja, das könnte sein«, antwortete Demuth.

Ein paar Minuten später war er schnellen Schrittes unterwegs zum Haus des Holzfällers Hülsken. Doch so weit kam er nicht. Als er sich dem kleinen Kotten von Anna Hasenleder näherte, sah er vom Emscherweg aus, dass eine Person um das Häuschen herumlief und dahinter verschwand.

Die Person hatte ihn offenbar nicht bemerkt. Demuth verließ den Weg und näherte sich vorsichtig dem kleinen Gehöft. Er schlich an der linken Giebelseite vorbei, bis er den Holzverschlag hinter dem Fachwerkhaus vor sich sah.

Anna Hasenleders magere Ziege meckerte aufgeregt. Sie wurde gerade an einem Seil, das um ihren Hals gebunden war, aus dem Verschlag gezogen. Die Frau, die das tat, streichelte gleichzeitig über ihr Fell.

Als Demuth versehentlich auf einen dürren Ast trat, der knackend zerbrach, wandte die Frau sich erschrocken zu ihm um.

»Ach, Sie sind es«, sagte sie erleichtert. Es war Annas Nichte Dina Becker.

»Ach, Sie sind es«, erwiderte Anton Demuth.

»Die arme Ziege«, sagte Dina. »Sie vermisst die Anna genauso wie ich. Ich schaue jeden Tag nach ihr, versuche ein bisschen Gras oder Klee für sie zu finden, das nicht unter Wasser steht. Melken muss ich sie nur selten, ihr Euter ist fast immer leer.«

»Kein Tier gibt mehr genug Milch, die Ziegen nicht und die Schafe und Kühe auch nicht«, sagte Demuth. »Sie kriegen nicht genug zu fressen. Ich habe von Bauern gehört, die ihr Vieh geschlachtet haben, weil es zu verhungern drohte.«

Dina nickte betrübt. »Und die hier«, sie streichelte der Ziege über den Kopf, »die ist auch schon ziemlich alt. Aber die Anna hätte sie nie geschlachtet, auch wenn sie gar keine Milch mehr gegeben hätte. Für mich gehörten sie immer irgendwie zusammen, meine Tante und ihre Ziege. Das Tier ließ sich sogar vor den Handwagen spannen. Ich hab sie oft gesehen, wenn sie zum Markt nach Duisburg oder Sterkrade aufgebrochen sind. Die Karre war beladen mit Kräutern und Teemischungen, mit Tinkturen in kleinen Fläschchen und mit Salbendöschen. Die Ziege war davor gebunden und trottete munter drauflos, und meine Tante marschierte nebenher. Sie musste das Tier nicht mal am Strick führen. Wenn Anna ging, ging die Ziege mit, und wenn Anna stehen blieb, blieb das Tier auch stehen.«

Anton Demuth hatte nur halbherzig zugehört. Zuerst war er zwar mit all seiner Aufmerksamkeit bei Anna und ihrer Ziege gewesen, doch am Ende der kleinen Geschichte hatte er Dina nur noch gedankenverloren angeschaut. Der Liebreiz der jungen Frau entzückte ihn und erinnerte ihn zugleich schmerzlich daran, dass er ein alter Mann geworden war, der eine Schönheit wie Dina Becker nicht mehr begehren, sondern nur noch heimlich bewundern durfte.

»Ich bin übrigens froh, dass ich Sie treffe, Herr Justizrat«, sagte Dina.

»Ach was«, entgegnete Demuth, entschuldigte sich aber umgehend bei der jungen Frau: »Verzeihen Sie bitte, wenn ich dumm daherrede. Ich war gerade ein wenig geistesabwesend. Ja, es ist schön, dass wir uns begegnet sind. Ich muss Sie nämlich etwas fragen.«

»Das muss ich auch«, entgegnete Dina lächelnd. »Aber fangen Sie bitte an. Was wollen Sie von mir wissen?«

Anton Demuth hielt es für richtig, die Fragen, die ihm unter den Nägeln brannten, noch einen Moment zurückzustellen. »Zunächst wüsste ich gerne, wie es Ihnen geht«, sagte er. »Mein Eindruck war, dass der Tod Ihrer Tante Sie sehr erschüttert hat. Und es ist gerade mal drei Tage her, dass Sie die Anna da drüben in der Emscher gefunden haben.«

»Ja, der Donnerstag war ein schrecklicher Tag. Ich habe geglaubt, ich würde verrückt. Und am Freitag war ich auch noch in einem ganz elenden Zustand«, entgegnete Dina. »Aber inzwischen geht es mir von Tag zu Tag etwas besser. Im Herrenhaus sind alle nett zu mir, die anderen Bediensteten und auch der Herr Graf selbst. Ich bekomme von allen viel Trost zugesprochen.«

»Nur im Schloss? Was ist mit den Nachbarn an der Emscher, mit den Terhuvens und den Kleinrogges und dem Posthalter Krumpe und seiner Frau? Versuchen die nicht, Sie zu unterstützen oder Ihnen zumindest ihr Mitgefühl zu zeigen?«

»Na ja«, sagte Dina ausweichend, »ich bin ihnen kaum begegnet, seitdem die Anna tot ist. Seit Donnerstag war ich meistens im Schloss.«

»Sie wissen, dass es Nachbarn gibt, die Ihre Tante für eine Hexe gehalten haben?«, fragte Demuth.

»Ja natürlich.« Dina zog betrübt die Schultern hoch. »Es gibt Menschen, die nicht damit umgehen konnten, dass die Anna eine lebensfrohe Frau war, die nach ihren eigenen Regeln gelebt hat. Sie hätte eine zerknirschte alte Witwe sein sollen, eine von denen, die nur noch traurig in der Ecke sitzen und beten. Aber diese Erwartung konnte und wollte die Anna nicht erfüllen.«

»Und sonntags in die Kirche gegangen ist sie auch nicht«, fügte Demuth hinzu. »Damit hat sie die Leute wahrscheinlich noch mehr gegen sich aufgebracht.«

»Ja, das ist so«, bestätigte Dina. »Dabei war die Anna kein gottloser Mensch. Sie war zutiefst dankbar für die Heilkräfte der Natur, sie hat die Vielfalt und die Schönheit von allem bewundert, was in den Auen, auf den Wiesen und in den Wäldern spross und gedieh, und sie war fasziniert vom ewigen Wechselspiel aus Vergänglichkeit und neuem Erblühen. Diese wunderbare Natur war für die Anna verehrungswürdig und auch irgendwie göttlich. Der bärtige alte Mann auf seinem Himmelsthron, der war ihr allerdings fremd.«

»So wie die Anna ihren Nachbarn fremd war«, sagte Demuth nachdenklich.

»Nicht allen«, entgegnete Dina. »Es gibt auch Menschen, die sie gemocht und geschätzt haben.«

»Ich weiß, aber ich suche ihren Mörder oder ihre Mörderin. Deshalb interessieren mich die, die Ihre Tante Anna und ihre Art zu leben nicht verstanden haben, die sie gefürchtet und gehasst haben.«

»Ich glaube, am meisten gehasst hat sie die Helena Kleinrogge«, sagte Dina.

»Das ist möglich«, entgegnete Demuth. »Jedenfalls war sie es, die mir erzählt hat, dass Anna im Schloss war, als die Gattin des Grafen Westerholt gestorben ist. Helena Kleinrogge ist überzeugt davon, dass Anna nicht nur ihren kleinen Sohn auf dem Gewissen hat, sondern auch die Gräfin.«

Dina streichelte ungehalten über das Fell der Ziege. Das Tier meckerte aufgeregt.

»Ich kenne diese bösartigen Verleumdungen«, sagte sie aufgebracht. »Ich hoffe, Sie glauben so einen Unsinn nicht.«

»Nein, das tue ich nicht. Aber ich wüsste trotzdem gern, was es mit Annas nächtlichem Besuch im Herrenhaus auf sich hatte. Angeblich ist sie zusammen mit einem Kerl ins Schloss geschlichen, der einen Pferdefuß hatte.«

»Nein, das ist Blödsinn«, sagte Dina energisch. »Sie ist zusammen mit dem Kammerdiener des Grafen ins Schloss gekommen. Der zieht seit der Schlacht von Auerstedt das rechte Bein nach. Aber er hat keinen Pferdefuß, und die Anna ist auch nicht ins Haus geschlichen. Der Herr Graf hatte seinen Kammerdiener nach ihr geschickt.«

»In der Nacht vor dem Tod der Gräfin?«, fragte Demuth nach.

»Ja«, sagte Dina, »als es mit Friederike schon zu Ende ging. Sie hatte eine Totgeburt gehabt und sehr viel Blut verloren. Sie fieberte, und es ging ihr so schlecht, dass die Ärzte sie schon aufgegeben hatten. Da hat Graf Maximilian sich in seiner Not daran erinnert, wie oft die Anna ihm und der Familie schon mit ihren Kräutern geholfen hatte. Aber Gräfin Friederike hatte nun mal keine Erkältung und keine Magenverstimmung. Sie war todkrank. Als meine Tante in der Nacht zum zweiten März in ihr Schlafgemach kam und Friederike sah, da hat sie nur traurig den Kopf geschüttelt und der Gräfin eine Weile die Hand gehalten. Zu helfen war ihr nicht mehr. Alle, die dabei waren, haben das verstanden, auch Graf Maximilian. Er hat der Anna nie einen Vorwurf gemacht. Er hat sie bis zuletzt überaus geschätzt.«

»Ja, ich weiß.« Anton Demuth dachte an die kostbaren Leuchter aus dem gräflichen Schloss, die links und rechts neben dem Bett der toten Anna Hasenleder gestanden hatten.

»Es ist kalt heute«, stellte Dina fest. »Wenn Sie möchten, können wir uns gern ins Haus setzen, in Annas Küche.«

»Das ist nicht nötig, ich will noch weiter zum Ludwig Hülsken«, sagte Demuth, schlug seinen Mantelkragen hoch, verschränkte die Arme vor der Brust und fügte hinzu: »Wenn man so lange still hier draußen steht, ist es tatsächlich arg ungemütlich. Aber eine Frage möchte Ihnen trotzdem noch stellen.«

Dina sah ihn erwartungsvoll an.

»Die Liesel, die Tochter des Puppenspielers, trug gestern Abend ein Schultertuch.«

»Ein blaues«, unterbrach Dina ihn. »Dann weiß ich schon, was Sie mich fragen wollen. Ja, das hat die Anna ihr geschenkt, im vorigen Jahr. Sie hat die Tendlers sehr gemocht, besonders die Liesel.«

Demuth nickte. Eine andere Auskunft hatte er nicht erwartet.

»Bestimmt hätte die Anna auch ihre Freude daran, wenn der Josef Tendler und die Therese und die Liesel in ihrem Haus wohnen dürften, solange sie mit ihren Marionetten hier an der Emscher sind«, sagte Dina ein wenig unsicher. »Der Kotten steht ja jetzt leer, und in einem Pferdestall zu hausen, das ist doch irgendwie, ich weiß nicht, ich finde, das sollten Menschen nicht.«

»Hier im Haus zu wohnen, ist gewiss angenehmer«, sagte Demuth.

»Sie hätten nichts dagegen?«

»Nein.«

»Ach, das ist ja schön«, sagte Dina erfreut.

»War es das, was Sie mich fragen wollten?«

»Ja, ich hatte die Sorge, dass in Annas Haus alles ganz unverändert bleiben müsse. Wegen Ihrer richterlichen Untersuchungen.«

»Ich habe mich ja bereits in aller Ruhe umgesehen. Von mir aus können die Tendlers hier wohnen.«

Als Dina ihm erleichtert eine Hand entgegenstreckte und Demuth sich gerade von ihr verabschieden wollte, fiel ihm noch etwas ein. Ihm kam das Märchenbuch in den Sinn, das er in der Kommode gefunden hatte, und er erzählte Dina davon.

»Das habe ich mitgenommen«, sagte er, »ich lese hin und wieder darin und studiere aufmerksam Annas handschriftliche Anmerkungen.«

»Ach, das Märchenbuch«, sagte Dina. »Daran hatte ich gar nicht mehr gedacht. Das hat sie irgendwann von der Minzi geschenkt bekommen, von der ältesten Tochter des Grafen. Die hatte lange an starken Leibschmerzen gelitten, bis Anna das richtige Kraut dagegen gefunden hatte. Aus Dankbarkeit hat die junge Gräfin ihr das Buch geschenkt.«

»Es wäre schön, wenn ich es noch ein paar Tage behalten könnte«, sagte Demuth.

»Ja, selbstverständlich. Bei Ihnen weiß ich es ja in guten Händen.«

Demuth machte sich wieder auf den Weg zum Haus des Holzfällers Ludwig Hülsken, doch allzu weit kam er auch dieses Mal nicht. Er hörte Annas Ziege noch hinter sich meckern, als er den Kotten der Terhuvens vor sich sah und erstaunt feststellte, dass der alte Fürchtegott auch an diesem Sonntag auf seiner Bank saß, obwohl es ganz empfindlich kühl war.

Der Alte hatte sich eine dicke Decke aus Schafswolle um die Schultern gelegt.

»Da sind Sie ja endlich«, sagte er, als Demuth noch ein paar Schritte von ihm entfernt war. »Ich hatte Sie schon gestern erwartet. Ich dachte, Sie wären neugierig darauf, was ich noch alles über die alten Zeiten zu erzählen weiß.«

Er deutete auf den Platz neben sich, auf dem eine zweite Decke lag. »Hängen Sie sich die nur um. In unsere Schafsdecken gehüllt, habe ich schon so manches Mal bei Eis und Schnee hier draußen gesessen. Die halten die Kälte vom Körper weg und lassen die frische Luft an den Kopf.«

Demuth überlegte nicht lange. Es war immer noch früh am Tag. Wenn er erst in einer Stunde beim Holzfäller Hülsken anklopfte und in etwa zwei Stunden wieder am Posthaus wäre, wenn er sich dort noch die Zeit nähme, sich bei einer Tasse Kaffee aufzuwärmen, während der Pferdeknecht Johann sein Cabriolet fahrbereit machte, dann könnte er immer noch so zeitig aufbrechen, dass er lange vor Einbruch der Dunkelheit in Werden ankäme. Er hängte die Wolldecke um seine Schultern und setzte sich neben Terhuven.

»Ich bin gestern leider nicht dazu gekommen, Sie aufzusuchen«, sagte er. »Aber natürlich bin ich neugierig darauf, was hier alles passiert ist, als die Anna noch eine junge Frau war.«

Fürchtegotts rechte Hand kam hinter der Schafsdecke zum Vorschein. Er hielt darin die Tabakspfeife, an der er schon während Demuths erstem Besuch hin und wieder gezogen hatte. Und wie vor zwei Tagen brannte auch heute kein Tabak darin. Als der Alte die Pfeife zum Mund führte, sah Demuth, dass sie nicht einmal gestopft war.

Ein paarmal saugte Terhuven an dem kalten hölzernen Mundstück, dann verschwanden Hand und Pfeife wieder unterm Schafsfell.

»Ich glaube, ich habe schon erzählt, wie Leopold Hasenleder und die Anna zusammengekommen sind und dass der Paul Kleinrogge die Helena geschwängert hat, die eigentlich für meinen Sohn Rochus vorgesehen war. Habe ich Ihnen auch schon erklärt, warum der Rochus schließlich die Gertrude zur Frau genommen hat, obwohl er eigentlich immer nur die Anna gewollt hatte?«, fragte Fürchtegott Terhuven.

»Kann es nicht sein, dass die Gertrude hinterm Fenster steht und hört, was wir besprechen?«, fragte Demuth leise zurück.

»Nein«, sagte der Alte. »Sie ist zusammen mit ihrer Schwester in den Wald gegangen, Pilze suchen oder sonst was Essbares.«

Demuth zog die Wolldecke vor seiner Brust zusammen.

»Der Rochus hat die Gertrude damals nur geheiratet, weil hier im Haus eine Frau fehlte«, sagte Fürchtegott Terhuven.

»Ja, das haben Sie erzählt. Ich erinnere mich.«

»Und dann ist der Leopold Hasenleder tödlich verunglückt. Und die Anna war ganz allein mit ihrem Kind, da drüben in dem Häuschen. Die Frau, die der Rochus so sehr gewollt hatte, war plötzlich wieder frei.«

»Und er lebte hier im Haus zusammen mit seiner Gattin, die er nicht liebte«, fügte Demuth hinzu.

»Genau so war das«, bestätigte der alte Fürchtegott, »und Sie können sich denken, dass das eine ganz schwierige Situation war, für die Anna, für den Rochus und auch für die Gertrude.«

»Für die Gertrude auch? Also wusste sie von den Gefühlen ihres Mannes für die junge Witwe im Nachbarhaus?«

»Vielleicht nicht von Anfang an, vielleicht hat sie es aber auch schon geahnt, als der Rochus sie geheiratet hat. Ich weiß es nicht. Mein Sohn hat sich jedenfalls gleich nach dem Tod vom Leopold sehr um die Anna gekümmert. Er ist ihr bei schweren Arbeiten zur Hand gegangen, hat ihr im Stall und auf dem Feld geholfen, aber das war zunächst ja nichts Ungewöhnliches. Selbstverständlich unterstützen Nachbarn eine junge Frau und ihr kleines Kind, wenn der Ehemann so tragisch ums Leben gekommen ist. Der Paul Kleinrogge hat auch oft mit angepackt, wenn der Anna alles zu viel wurde.«

»Ihr Sohn Rochus und der Paul Kleinrogge, die Ehemänner

der beiden Schwestern Gertrude und Helena, haben sich also beide um die schöne Witwe Anna Hasenleder gekümmert«, stellte Anton Demuth nachdenklich fest.

»Ja, so war das. Und wenn Sie vermuten, dass den beiden jungen Ehefrauen das gar nicht gefiel, dann haben Sie recht. Der Paul hat sich nach einiger Zeit auch kaum noch bei der Anna sehen gelassen. Ich bin mir sicher, dass die Helena dafür gesorgt hatte. Der Rochus allerdings, der hat sich von der Gertrude nicht abhalten lassen. Im Gegenteil. Er war bald mehr drüben im Haus der Hasenleders als hier bei seiner Familie.«

»Und die Gertrude hat sich das bieten lassen?«

»Was sollte sie tun? Sie hat oft gezetert und manchmal geweint. Sie war schwanger. Der Arnold ist im November 1792 geboren, sieben Monate nachdem der Leopold gestorben ist. Das hat den Rochus zwar gefreut, aber viel gekümmert hat er sich nicht um das Kind und um dessen Mutter. Wenn er nicht auf dem Feld gearbeitet hat, dann war er da drüben bei der Anna.«

Fürchtegott Terhuven zog einige Male an seiner kalten Pfeife. Nachdem er eine Weile angestrengt nachgedacht hatte, erzählte er, die Situation habe sich erst im Sommer 1793 geändert. Da sei Anna Hasenleder eines Tages zu ihm gekommen und habe ihn gebeten, dafür zu sorgen, dass sein Sohn in Zukunft von ihrem Haus fernbleibe. Wütend sei sie gewesen, die Anna, weil der Rochus angeblich nach und nach vom hilfreichen Nachbarn zum aufdringlichen Fiesling geworden war. Ganz und gar ungehörig habe er sich benommen, er habe sie angefasst und versucht, sie zu küssen.

»Haben Sie ihr das geglaubt?«

»Ja, natürlich. Ich wusste ja, welche Gefühle der Rochus für die Anna hegte. Und als ich ihn zur Rede stellte, hat er auch nicht bestritten, dass er versucht hatte, sich ihr zu nähern.«

»Und wie ging es dann weiter?«

»Nun, der Rochus hat sich von der Anna ferngehalten, jedenfalls hat er es versucht. Es kam zur Versöhnung zwischen ihm und der Gertrude. Spät im Jahr 1793 haben die beiden noch mal ein Kind gezeugt, die Henriette ist im August 1794 geboren worden.«

Aber lange, so erzählte der Alte weiter, hielt der Friede nicht. Rochus wünschte sich nichts sehnlicher, als wieder für Anna Hasenleder da sein zu dürfen. Fürchtegott spürte damals, wie sehr sein Sohn insgeheim darauf hoffte, die Anna würde ihn eines Tages wieder um Hilfe bitten, weil sie mit irgendeiner schwierigen Arbeit nicht allein zurechtkam. Aber das tat sie nicht.

»Stattdessen geschah etwas völlig Unerwartetes«, erzählte Fürchtegott Terhuven.»Im Frühjahr 1794 erschien Hippolyte Benoit hier an der Emscher, und Anna Hasenleder nahm ihn in ihr Haus auf. Er kam mit der dritten oder vierten Flüchtlingswelle aus Frankreich, wo in den Jahren nach der Revolution viele Menschen um ihr Leben fürchteten und das Land verließen.«

Demuth erinnerte sich noch gut an all die französischen Flüchtlinge, die damals plötzlich an Rhein und Ruhr aufgetaucht waren. In der ersten Zeit nach der Revolution von 1789 waren es vor allem Mitglieder des Adels und des höheren Klerus, die Zuflucht gesucht hatten, und auch mit der zweiten Flüchtlingswelle waren vornehmlich adlige Herrschaften gekommen. Im Dezember 1792 waren zwei Brüder des französischen Königs mit riesigem Gefolge durch die Gegend gezogen und hatten sich zehn Meilen ruhraufwärts in der kleinen Stadt Hagen eingenistet. Sie hatten so viel Gold und Geld in ihren königlichen Schatullen, dass sie damit alles an Lebensmitteln aufkaufen konnten, was auf den umliegenden Märkten angeboten wurde. Die Bürger Hagens litten ganz enorm und stöhnten und beschwerten sich beim preußischen König. Der aber hatte den französischen Hoheiten jede erdenkliche Unterstützung zugesagt, wies alle Beschwerden zurück und befahl seinen Untertanen an der Ruhr, den hochwohlgeborenen Herrschaften aus Frankreich mit dem gebührenden Respekt zu begegnen. Erst als die französische Königsfamilie sich in Hagen nicht mehr sicher fühlte, zog sie weiter nach Italien, und die Hagener atmeten erleichtert auf.

Unterdessen war im Januar 1793 König Ludwig XVI. in Paris hingerichtet worden. Die europäischen Monarchen hatten wutentbrannt dem revolutionären Frankreich den Krieg erklärt und hatten mit ihren Armeen einige nordfranzösische Städte erobert und dort die vorrevolutionären Magistrate wiedereingesetzt. Daraufhin hatte die französische Regierung erklärt, alle wiedereingesetzten Stadträte seien Kollaborateure, die hinzurichten seien, sobald man ihrer habhaft werde. Als dann die revolutionären Truppen im Norden Frankreichs allmählich wieder die Oberhand gewannen, führte das zu einer weiteren Flüchtlingswelle.

»Damals kam auch Hippolyte Benoit«, erzählte der alte Terhuven. »Er war Perückenmacher in der Stadt Condé im Norden Frankreichs gewesen. Als angesehener Bürger hatte er dem Magistrat angehört, bis der im Zuge der Revolution aufgelöst worden war. Später besetzten die Österreicher Condè und machten Benoit wieder zum Ratsherren. Als im Frühjahr 1794 die französischen Revolutionstruppen drauf und dran waren, die Stadt zurückzuerobern, musste er befürchten, als Landesverräter auf der Guillotine zu enden, und ergriff die Flucht.«

»Und woher kannte die Anna ihn?«

»Das weiß ich nicht. Eines Tages war er da, ein freundlicher Mensch mit guten Manieren, noch nicht alt, etwa Mitte dreißig. Es kam uns damals so vor, als wäre er genau der Mann, auf den die Anna seit dem Tod vom Leopold gewartet hatte. Die beteuerte allerdings immer wieder, Hippolyte Benoit sei ein Flüchtling, der unverschuldet in Not geraten sei und Hilfe brauche. Deshalb fühle sie sich dazu verpflichtet, ihn bei sich aufzunehmen. Nur darum gehe es und um sonst gar nichts.«

»Und wer hat ihr das geglaubt?«

»Niemand.«

»Auch Sie nicht?«

»Nein. Die waren so freundlich und herzlich miteinander, die beiden, immer wenn man sie sah. Nach dem Tod vom Leopold hatte die Anna zwei Jahre getrauert, bis der Hippolyte auftauchte. Dann sah man sie plötzlich wieder lachen. Alle waren sich damals sicher, dass die beiden etwas miteinander hatten, die schöne Witwe und ihr Franzose. Ich auch.«

»Und wie ist der Rochus damit klargekommen?«

»Gar nicht. In den Wochen nach der Ankunft von Hippolyte Benoit ist ihm klar geworden, dass die Anna jetzt endgültig für ihn verloren war. Ende Mai 1794 war er eines Morgens verschwunden. Auf und davon. Für immer. Niemand hat ihn mehr gesehen.«

»Seit zweiundzwanzig Jahren?«

»Seit zweiundzwanzig Jahren«, bestätigte der Alte, seufzte, zog ein paarmal an seiner kalten Pfeife, schüttelte den Kopf und sagte noch einmal leise: »Seit zweiundzwanzig Jahren.«

»Und er hat damals niemandem etwas gesagt? Auch Ihnen nicht?«

»Nein, er war närrisch. Er kam mit dem Leben hier nicht mehr klar. Ich glaube, er hat niemandem etwas erklärt, weil er selbst nicht verstanden hat, was mit ihm los war.« Der Alte klang sehr betrübt.

»Vor Jahren kamen mal französische Soldaten durch die Gegend«, erzählte er weiter. »Einer von denen hat sich im Posthaus nach der Familie Terhuven erkundigt, und Margarete Krumpe hat ihn zu mir geschickt. Er behauptete, ein Deutscher namens Rochus Terhuven sei 1794 irgendwo im Norden Frankreichs aufgetaucht und habe sich den Revolutionstruppen angeschlossen. Der Soldat hatte angeblich eine Zeitlang mit ihm Seite an Seite gekämpft, ihn aber später wieder aus den Augen verloren. Anscheinend hatte Rochus ihm sein Zuhause am Emscherübergang bei der Poststation und am alten Schloss Oberhausen so genau beschrieben, dass der Franzose sich daran erinnerte, als er Jahre später mit seiner Truppe hier durchmarschierte.«

»Sie haben geglaubt, was der Soldat erzählt hat?«

»Ja, das klang alles sehr ehrlich und einleuchtend. Und es passte ja auch zum Rochus. Er hatte große Sympathien für die Französische Revolution, das weiß ich. Ich kann mir gut vorstellen, dass er nach Frankreich gegangen ist.«

Eine Weile schwiegen die beiden Männer. Demuth zog die wärmende Decke aus Schafswolle enger um seine Schultern.

Zaghaft sagte der Alte: »Vielleicht lebt er ja irgendwo als zufriedener Mann. Er denkt bestimmt, sein alter Vater sei schon lange tot. Aber vielleicht kommt er ja doch irgendwann noch mal hierher zurück, um zu sehen, was aus seinen Kindern geworden ist.«

»Ja, das könnte gut sein«, sagte Demuth, obwohl er nicht glaubte, dass ein Mensch, der seine Familie wiedersehen wollte, eine so lange Zeit verstreichen ließe.

»Ich fürchte allerdings, dass er schon tot ist. Wenn er Soldat geworden ist, dann hat er wahrscheinlich auf einem der vielen Schlachtfelder der vergangenen zwei Jahrzehnte sein Leben verloren.«

Das sagte der alte Mann in einem erstaunlich sachlichen Tonfall. Er hatte zweifellos über die Frage, was aus seinem Sohn geworden sein könnte, schon viele Male nachgedacht.

»Was haben denn damals die Leute dazu gesagt, dass die Witwe vom Leopold Hasenleder unverheiratet mit diesem Franzosen unter einem Dach zusammenlebte?«, fragte Demuth.

Fürchtegott Terhuven lachte kurz auf. »Viel haben sie gesagt, das Maul zerrissen haben sie sich. Meine Schwiegertochter und ihre Schwester Helena konnten ja vor lauter Empörung kaum noch über was anderes sprechen. Vorher hatten sie sich aufgeregt, weil die Anna angeblich ihre Ehemänner betörte, jetzt zeterten sie noch lauter. Und es waren nicht nur die beiden Schwestern, die gegen die Anna aufgebracht waren. Alle Leute schüttelten den Kopf über dieses schamlose und sündhafte Weib, das sich einen französischen Liebhaber ins Haus nahm und sich um Gebote und gute Sitten nicht scherte. Sogar der Pfarrer aus Sterkrade war damals bei der Anna, um ihr ins Gewissen zu reden.«

»Aber sie hat ihren Monsieur Benoit deswegen nicht weggeschickt?«, fragte Demuth.

Der Alte lachte wieder. »Nein, natürlich nicht. Hätten Sie die Anna gekannt, dann würden Sie diese Frage nicht stellen. Die Anna war auf ihre eigene Weise eine gottesfürchtige Frau, und sie wusste Gut und Böse zu unterscheiden. Dafür brauchte sie keinen Herrn Pfarrer. Nein, nein, die Anna hat den Hippolyte nicht rausgeworfen. Der ist irgendwann von ganz allein gegangen. So unerwartet, wie er hier aufgetaucht war, so plötzlich war er eines Tages auch wieder verschwunden.«

»Ach was«, sagte Demuth.

»Alle haben sich gewundert damals, als er weg war, aber die Anna hat es so abgetan, als wäre nichts Erstaunliches daran. Sie blieb bei ihrer Version der Geschichte, dass er als Flüchtling gekommen sei, dass er Hilfe gebraucht habe und dass sie ihm die gegeben habe, solange es nötig war. Selbstverständlich sei er wieder zurückgegangen in seine Heimat, als es dort für Leute wie ihn eine Amnestie gegeben habe.«

»Wann ist Monsieur Benoit denn wieder verschwunden?«

»Das weiß ich nicht mehr so genau. Ich denke, dass er fast zwei Jahre bei der Anna gewesen ist.«

»Und danach war sie wieder allein mit ihrem kleinen Sohn?«

»Ja. Damals beschäftigte sie sich schon mit den Kräutern und ging damit auf die Märkte. Sie hatte ihr Leben ohne einen Mann gut im Griff und schien den Franzosen nicht zu vermissen. Ein paar Jahre später hat sie dann das Kind ihrer verstorbenen Schwester bei sich aufgenommen.«

»Die Dina Becker?«

»Ja, die Dina.«

»Und Annas Sohn? Was ist aus dem geworden?«

»Was mit dem Jan ist, das weiß niemand so genau. Irgendwann hat die Anna erzählt, er sei gestorben. So vor drei, dreieinhalb Jahren war das. Aber ob es stimmt?« Der Alte zog zweifelnd die Schultern hoch.

Anton Demuth sah ihn verständnislos an. »Warum sollte eine Mutter behaupten, ihr Sohn sei gestorben, obwohl er noch lebt?«

»Damit er nicht zu den Soldaten muss«, sagte Fürchtegott Terhuven und erzählte dem Untersuchungsrichter die Geschichte von den drei Jungen, vom Jan Hasenleder, vom Georg Kleinrogge, dem ältesten Sohn von Paul und Helena, und von seinem Enkel Arnold, der zwei Jahre jünger war als die beiden anderen. Die drei wuchsen zusammen auf, bis Annas Sohn Jan irgendwann nicht mehr nach Sterkrade zur Dorfschule ging, sondern nach Duisburg zum Gymnasium. Seitdem hatte er kaum noch Kontakt zu Georg und Arnold und zu den anderen Nachbarn an der Emscher. Jan wohnte die meiste Zeit in Duisburg bei einem Vetter von Anna und dessen Familie. Er besuchte seine Mutter und Dina zwar regelmäßig, ging ihnen zur Hand, hielt sich aber von allen anderen Leuten fern.«

So wurden die Knaben zu Männern, sie wurden wehrpflichtig, und es drohte ihnen der Militärdienst im Heer des Großherzogtums Berg, das zu den Streitkräften Napoleons gehörte. Die jungen Kerle mussten jeden Tag damit rechnen, dass französische oder bergische Soldaten aufkreuzten und sie in die nächste Kaserne schleppten. Aber das passierte lange nicht, und je mehr Zeit verstrich, desto größer wurde die Hoffnung, dass die Militärbehörden von den abseits gelegenen, armseligen Kotten und den jungen Männern, die hier lebten, nichts wussten.

Im Herbst 1812, Jan Hasenleder und Georg Kleinrogge waren inzwischen zweiundzwanzig und Arnold Terhuven wurde zwanzig, war immer noch kein Soldat an der Emscher erschienen. In dieser Zeit gab es erste Nachrichten vom Russlandfeldzug Napoleons. Seine Große Armee war bis Moskau gekommen, musste dann aber, stark dezimiert, frierend, zerlumpt und halb verhungert, den Rückzug antreten. Im Laufe des Winters wurde zur Gewissheit, dass die Armee des französischen Kaisers eine verheerende Niederlage erlitten hatte. Aus dem Großherzogtum Berg waren fünftausend junge Soldaten mit Napoleon nach Russland gezogen. Von ihnen kehrten etwa hundertfünfzig Infanteristen und hundertdreißig Kavalleristen in ihre Kasernen nach Düsseldorf und Hamm zurück. Die anderen waren tot.

»Das alles war unfassbar und furchtbar grausam, aber es ließ uns auch hoffen, dass der Kaiser nach dieser Katastrophe kriegsmüde geworden war und dass er keine neuen Soldaten mehr brauchte.« Der Alte seufzte und fuhr kopfschüttelnd fort: »Inzwischen wissen wir alle, dass das ein großer Irrtum war. Napoleon hatte längst angeordnet, im Großherzogtum Berg erneut zweitausendfünfhundert junge Männer zu rekrutieren. Im Februar 1813 tauchte ein Offizier mit einem Trupp Soldaten hier an der Emscher auf. Sie nahmen den Georg und den Arnold mit. Den Jan fanden sie natürlich nicht. Anna behauptete, sie wisse nicht, wo ihr Sohn sich herumtreibe. Und ein paar Wochen später war der Jan dann angeblich tot. Niemand weiß, ob das die Wahrheit ist oder ob die Anna das nur herumerzählt hat, damit die Militärbehörden nicht mehr nach ihrem Jungen suchten.«

»Und was ist aus den beiden anderen geworden?«

»Georg Kleinrogge hat im Oktober 1813 in der Völkerschlacht bei Leipzig sein Leben verloren. Mein Enkel Arnold, der hat sich rechtzeitig davongemacht, er ist desertiert. Und weil die Franzosenherrschaft nach der großen Schlacht zu Ende war, brauchte er sich nicht mal lange zu verstecken. Von den Preußen hatte er nichts zu befürchten. Er ist schon Ende 1813 wieder nach Hause gekommen.«

Die beiden Männer schwiegen eine Weile. Demuth begann trotz der wärmenden Decke aus Schafswolle zu frieren.

»Wissen Sie inzwischen, wo Ihr Enkel sich aufhalten könnte?«, fragte er den Alten.

»Nein, wir haben nichts von ihm gehört«, antwortete der.

»Können Sie mir denn sagen, welches Verhältnis er zur Anna Hasenleder hatte?«

»Wie meinen Sie das?«, fragte Fürchtegott Terhuven irritiert zurück.

»Ich wüsste gern, was er von ihr gehalten hat, ob er sie geschätzt oder sie verabscheut hat«, erklärte Demuth.

»Weder das eine noch das andere«, sagte der Alte. »Die Anna war für den Arnold die alte Frau von nebenan. Na ja, vor allem war sie wohl für ihn die Tante von der Dina. Der Junge ist seit Jahren verrückt nach dem Mädchen, müssen Sie wissen, und er macht auch keinen Hehl daraus. Das erinnert mich manchmal sehr an den Rochus und die Anna.«

»Und die Dina ist für den Arnold genauso unerreichbar, wie es damals die Anna für seinen Vater war?«

»Das dachte ich bis vor kurzem«, sagte der Alte zögerlich.

Demuth sah ihn fragend an.

»Nun ja, ich habe ein Gespräch belauscht«, erklärte Fürchtegott Terhuven. »Eigentlich wollte ich das gar nicht, aber einen alten Mann nehmen die jungen Leute nicht mehr ernst, sie denken, dass er nicht mehr gut sieht und nichts mehr hört. Ich hab vor ein paar Wochen hier auf der Bank gesessen, außer mir war nur die Henriette zu Hause, und die bekam dann Besuch von der Dina. Die beiden haben eine Weile miteinander getuschelt und gelacht, und dabei wurden sie immer aufgeregter, und schließlich haben sie so laut geredet, als wäre weit und breit kein Mensch. Ich habe gehört, wie die Henni ganz begeistert die Dina gefragt hat, im wievielten Monat sie sei. Sie habe gerade erst ihre Schwangerschaft bemerkt, hat die Dina geantwortet. Und dann wollte die Henni wissen, wer denn der Vater sei, aber die Dina hat gesagt, darüber könne sie nicht sprechen. Und dann haben die beiden wieder getuschelt, und irgendwann hat die Henriette ganz erschrocken hervorgestoßen, das Kind sei doch wohl nicht vom Arnold. Da hat die Dina gelacht, und dann hat sie noch einmal gesagt, darüber könne sie wirklich nicht sprechen.«

Der Holzfäller Ludwig Hülsken war ein breitschultriger Mann mit dunklen Bartstoppeln und einem struppigen Schopf. Sein aus Holzbohlen gezimmertes Haus umschloss einen großen Raum und zwei nebeneinanderliegende schmale Schlafkammern. Zwischen den beiden niedrigen Türen, die zu den Kammern führten, stand ein aus Ziegeln gemauerter Kamin, der zum Wohnraum hin offen war. Darin brannten ein paar Holzscheite, die ein wenig Wärme abstrahlten. Hülsken bot dem Untersuchungsrichter einen der vier Stühle an, die um den massiven Holztisch gruppiert waren, der vor der Feuerstelle stand.

Die beiden jungen Kerle, die in der Nähe des Kamins mit verschränkten Armen an der Wand lehnten, waren zweifellos die Söhne des Holzfällers. Stephan, der ältere, hatte Schultern, die so breit waren wie die seines Vaters, Carl, der jüngere, war dem Kriminalrichter Demuth schon vor zwei Tagen zusammen mit Marie Kleinrogge draußen vorm Haus über den Weg gelaufen. Die beiden Jungen sahen dem ungebetenen Gast, der gerade an ihrem Tisch Platz nahm, schweigend zu. Als Demuth in ihre Gesichter schaute, senkten sie ihre Blicke.

»Das sind meine Söhne Stephan und Carl«, sagte Ludwig Hülsken, während er sich Demuth gegenübersetzte. »Sie sind siebzehn und dreizehn.«

Demuth nickte. Das Knistern des Feuers im Kamin war eine Weile das einzige Geräusch, das in dem kleinen Holzhaus zu hören war. Auch Ludwig Hülsken sah dem Kriminalrat nicht in die Augen. Er starrte vor sich auf die Tischplatte und hielt, wie die beiden Jungen, seine Arme vor der Brust verschränkt.

»Ich hege keinen Verdacht gegen Sie oder Ihre Söhne. Sie haben nichts zu befürchten«, sagte Demuth. »Ich muss alle Nachbarn von Anna Hasenleder kennenlernen und sie fragen, in welchem Verhältnis sie zu der Toten standen. Und ob sie irgendwelche Beobachtungen gemacht haben oder ob sie irgendeinen Verdacht haben, das muss ich natürlich auch wissen. Fällt Ihnen dazu irgendwas ein?«

Ludwig Hülsken schüttelte wortlos den Kopf.

»Was heißt das? Kannten Sie die Anna gar nicht?«

»Doch«, sagte Hülsken. »Aber wir wissen nichts.«

Der Holzfäller erwies sich im weiteren Gesprächsverlauf als äußerst einsilbig. Es dauerte eine ganze Weile und bedurfte vieler Nachfragen, bis Demuth in Erfahrung gebracht hatte, dass Hülsken der Anna hin und wieder im Wald oder auf dem Emscherweg begegnet war, dass sie ihm dann immer einen guten Tag gewünscht hatte, dass er ihren Gruß nie unerwidert gelassen hatte, dass ihm wohl bekannt war, dass die Frau Kräuter sammelte, dass er ansonsten aber nicht das Geringste über Anna Hasenleder und ihr Leben gewusst hatte.

»Sie wohnte nur zwei Häuser weiter«, sagte Demuth zweifelnd.

»Ich arbeite im Wald, zu Hause bin ich selten«, erwiderte Hülsken.

»Und wie ist das mit euch?«, fragte Demuth in Richtung der beiden Jungen.

»Ich bin immer beim Vatter«, sagte Stephan.

Carl zuckte nur mit den Achseln.

Angeblich hatte keiner der drei jemals einen Anlass gehabt, der Anna etwas Böses zu wünschen, und sie kannten angeblich auch niemanden, der einen Grund gehabt haben könnte, ihr etwas anzutun. Ludwig Hülsken und seine Söhne behaupteten, sie könnten sich nicht einmal mehr daran erinnern, wann sie Anna Hasenleder zuletzt gesehen hatten.

»Irgendwo im Wald, irgendwann vor ein paar Wochen«, sagte Stephan unsicher. Sein Vater nickte.

»Und Sie wissen auch nicht, dass manche Leute hier an der Emscher die Anna für eine Hexe gehalten haben?«, fragte Demuth.

Ludwig Hülsken und seine Söhne schüttelten gemeinsam ihre Köpfe.

Demuth sah Carl eindringlich an.

»Dir glaube ich das nicht«, sagte er. »Du bist doch oft bei

emons: Tel. 0221-569 77-0 · info@emons-verlag.de

Bitte senden Sie mir das aktuelle Verlagsprogramm zu

Ich möchte den Newsletter von emons: per E-Mail erhalten

Ich habe Interesse an Krimis aus folgender Region:

f Besuchen Sie uns auch auf www.facebook.com/EmonsVerlag

Name

Straße

PLZ/Ort

E-Mail

emons: verlag
Cäcilienstraße 48

50667 Köln

DER·TOD·DES·ALBERT
UNGLÜCK·ODER·VERSCHWÖRUNG?
CAMUS
www.emons-verlag.de

den Kleinrogges, und die Helena, die Mutter von der Marie, die erzählt doch ständig von Annas angeblichen Hexereien.«

Carl antwortete mit gesenktem Kopf:»Das kann sein, aber so etwas interessiert mich nicht.«

Er sei ganz froh, dass der Carl bei den Kleinrogges gut aufgehoben sei, wenn er mit seinem Sohn Stephan im Wald arbeite, sagte Ludwig Hülsken. Dann schwieg er wieder.

Nach vielen weiteren Fragen und Nachfragen hatte Anton Demuth in Erfahrung gebracht, dass die Frau des Holzfällers, die Mutter der beiden Jungen, vor ungefähr sechs Jahren ganz unerwartet verstorben war. Kurz darauf hatte Ludwig angefangen, in den Wäldern des Grafen Westerholt Holz zu schlagen. Der Graf hatte ihm gestattet, das Haus zu errichten und darin zu wohnen, solange er für die gräfliche Familie arbeitete. In den vergangenen Jahren hatte es immer genug Arbeit gegeben. Die Westerholts hatten viel Bauholz gebraucht, und in diesem scheußlich kalten Jahr war im Schloss so viel Brennholz verheizt worden wie noch nie zuvor. Er und seine Söhne, sagte Ludwig Hülsken, hätten ihr Auskommen, und dafür seien sie dem Grafen Westerholt dankbar.

Das Gespräch blieb zäh. Ludwig, Stephan und Carl Hülsken gehörten zu den Menschen, für die jedes Gespräch eine große Anstrengung bedeutete.

Stephan legte ein paar von den Holzscheiten, die neben dem Kamin gestapelt waren, ins Feuer. Angenehm warm wurde es trotzdem nicht in dem kargen Holzhaus. Demuth wusste nicht so recht, was er Hülsken oder seine Söhne noch fragen sollte. Es sah nicht so aus, als seien von ihnen irgendwelche Hinweise zu erwarten, die ihn bei seinen Ermittlungen weiterbringen könnten.

Beim Blick auf seine Taschenuhr stellte er fest, dass es kurz vor Mittag war. Er wünschte Hülsken und den beiden Jungen einen gesegneten Sonntag und machte sich auf den Weg in Richtung Poststation.

Er ging zügig. Die Bank vor dem Haus der Familie Terhuven

war leer. Anscheinend war es auch dem alten Fürchtegott zu kalt geworden.

Als Demuth sich dem kleinen Kotten von Anna Hasenleder näherte, sah er, dass Dina Becker immer noch dort war. Sie trat gerade aus der Eingangstür, schlug ein Tuch aus, vielleicht ein Tischtuch, legte es zusammen und ging wieder ins Haus. Demuth war auf dem Emscherweg stehen geblieben. Dina hatte ihn nicht bemerkt.

Er dachte darüber nach, ob er sie jetzt und hier noch einmal befragen sollte. Die Gelegenheit war günstig, da sie offenbar allein im Haus ihrer Tante war. Andererseits wollte er sich nicht zu spät auf den Weg nach Werden machen, und er hatte vor nicht einmal zwei Stunden noch mit der jungen Frau geredet.

In der Zwischenzeit hatte er allerdings ein paar Dinge vom alten Fürchtegott erfahren, die neue Fragen nach sich zogen. Von wem war Dina Becker schwanger? Hatte sie sich mit Arnold Terhuven eingelassen? Lebte Annas Sohn Jan wirklich nicht mehr? Oder hatte Anna die Todesnachricht nur verbreitet, um die Behörden zu täuschen? Wie war das damals mit Hippolyte Benoit gewesen? Warum war der Mann, der anscheinend Annas Liebhaber gewesen war, so plötzlich wieder verschwunden?

Demuth war davon überzeugt, dass Dina Becker ihm auf all diese Fragen Antworten geben könnte. Als Hippolyte an der Emscher gewesen war, hatte Dina zwar noch nicht bei ihrer Tante gelebt, aber Demuth zweifelte nicht daran, dass Anna Hasenleder später ihrer Nichte von dem Franzosen erzählt hatte.

Dinas Schwangerschaft machte ihn besonders neugierig. Die Frage, ob diese gescheite und schöne junge Frau einen Liebsten hatte oder ob ihr Zustand das Ergebnis einer einmaligen Dummheit war, beschäftigte ihn. Zugleich war ihm aber auch klar, dass es ihn überhaupt nichts anging, ob und von wem Dina Becker schwanger war.

Für die Aufklärung des Mordes an Anna Hasenleder war

das Liebesleben ihrer Nichte wahrscheinlich ohne Bedeutung. Also gehörte es sich für den Kriminalrichter Demuth nicht, die junge Frau zu ihrer Schwangerschaft zu befragen und sie damit in Verlegenheit zu bringen.

Allerdings bestünde, wenn er es recht bedachte, eventuell auch die Möglichkeit, dass Anna Hasenleder, die gewiss einen großen Einfluss auf ihre Nichte gehabt hatte, Dinas Liebhaber abgelehnt und eine Hochzeit verhindert hatte. In diesem Fall hätte der Vater des ungeborenen Kindes ein Motiv gehabt, die Tante seiner Liebsten aus dem Weg zu räumen. Dann aber hätte er, der Kriminalrat Anton Demuth, auch einen Grund dafür, Dina Becker hinsichtlich ihrer Schwangerschaft ein paar Fragen zu stellen.

»Herr Untersuchungsrichter, was tun Sie da? Wollen Sie noch mal zu mir?«

Anton Demuth stand immer noch auf dem Emscherweg unterhalb des kleinen Kottens von Anna Hasenleder, war ganz in seine Gedanken versunken, und so hatte er diesmal Dina Becker nicht bemerkt, die mit einem Wassereimer in der Hand wieder vors Haus getreten war.

Er ging zu ihr, sagte, er sei eigentlich auf dem Rückweg zum Posthaus, er habe nur gerade da unten auf dem Weg noch einmal über die Anna nachgedacht und über ihr Leben hier an diesem Ort. Dina fragte, ob er nicht noch mit ins Haus kommen wolle. Da brenne zwar kein Herdfeuer, aber es sei trotzdem nicht ganz so ungemütlich kalt wie hier draußen.

Demuth folgte ihrer Einladung und setzte sich zu ihr an den großen Tisch, der in der Mitte der Küche stand. »Ich hatte gar nicht damit gerechnet, dass Sie noch hier sind.«

»Nun, das ist mein Zuhause«, sagte Dina traurig. »Ich habe zwar in letzter Zeit oft im Herrenhaus übernachtet, aber ich habe immer noch meine Kammer hier oben. Das hier ist das Haus, in dem ich aufgewachsen bin.«

»Wie alt waren Sie, als Ihre Tante Sie hier aufgenommen hat?«, fragte Demuth.

»Ich war gerade sechs geworden, als meine Mutter starb«, antwortete Dina. »Da hat die Anna mich zu sich geholt. Das war 1797.«

»Wer lebte damals noch hier im Haus?«

»Nur der Jan, Annas Sohn. Der hatte oben die Kammer, und ich habe mir hier unten den Schlafraum mit der Anna geteilt. Leopold Hasenleder war damals schon einige Jahre tot.«

»Ich weiß«, sagte Demuth. »Und Hippolyte, der Franzose, war auch schon wieder weg, als Sie hierherkamen.«

Dina lächelte. »Also vom Herrn Benoit wissen Sie auch schon. Dann hat man Sie gewiss auch davon in Kenntnis gesetzt, dass meine Tante ein unzüchtiges Verhältnis mit ihm hatte.«

»Ja«, bestätigte Demuth, »man hat mir erzählt, dass die beiden ein Paar waren, die junge Witwe und ihr französischer Flüchtling.«

Dina nickte und lächelte noch einmal, und Anton Demuth dachte bei sich, dass sie, wenn sie lächelte, besonders traurig aussah.

»Die Anna wollte, dass die Leute das glauben«, sagte sie. »Sie hat mir später ganz ausführlich erzählt, wie das damals für sie war, als es plötzlich keinen Mann mehr gab, zu dem sie gehörte. Die Nachbarn haben ihr zwar geholfen, aber sie wollten Gegenleistungen. Der Paul Kleinrogge, der Mann von der Helena, und der Rochus Terhuven, der Vater von der Henni und vom Arnold, die haben sie so sehr belästigt, dass sie die beiden nicht mehr in ihr Haus gelassen hat. Das Verhalten der Männer hat ihr Angst gemacht. Da kam es ihr sehr gelegen, als sie den Hippolyte Benoit kennenlernte, der gerade aus Frankreich geflüchtet war und eine Bleibe suchte. Die Anna nahm ihn zu sich ins Haus, und die Männer aus der Nachbarschaft ließen sie fortan in Ruhe.«

»Und Monsieur Benoit wurde ihr Liebhaber?«

»Nein, wurde er nicht«, entgegnete Dina. »Wissen Sie, Herr Kriminalrichter, es gibt Männer, die machen sich nichts aus

Frauen, die haben mehr Freude an ihresgleichen. So einer war Hippolyte Benoit.«

»Ach was«, sagte Demuth verblüfft.

»Er hat ihr die anderen Kerle vom Leib gehalten, allein durch seine Anwesenheit. Er ist ihr zur Hand gegangen, hat ihr viel über Frankreich erzählt, über sein Leben als Perückenmacher und als Mann, der Männer liebt. Die Anna hat ihn gemocht, und sie war traurig, als die gemeinsame Zeit zu Ende ging. Aber es hatte für die beiden nie einen Zweifel daran gegeben, dass Hippolyte wieder nach Frankreich gehen würde, sobald die Verhältnisse das zuließen.«

»Also, so war das«, sagte Demuth leise vor sich hin.

»Ja, so war das«, bestätigte Dina.

»Und ein paar Jahre später hat die Anna Sie zu sich genommen, ihre kleine Nichte. Und dann musste sie alleine zwei Kinder versorgen und sie satt kriegen. Das war gewiss auch nicht einfach für sie«, überlegte Demuth laut.

»Wir Kinder hatten nie das Gefühl, dass für die Anna irgendwas schwierig war«, sagte Dina und lächelte wieder. »Damals lief ihr Geschäft mit den Heilkräutern schon ganz gut. Sie stand fast jeden Tag auf irgendeinem Marktplatz in der Gegend, und wir haben sie oft begleitet. Die Anna hat mir immer das Gefühl gegeben, dass ich zu ihr und zum Jan gehöre und dass ich mich um nichts sorgen müsse. Das war schön für mich und sehr wichtig, nachdem ich meine Eltern verloren hatte. Ich verdanke es allein der Anna, dass ich trotz allem eine so schöne Kindheit hatte. Ich habe sie sehr geliebt, ja wirklich sehr.«

Während Dina aus ihrer Schürze ein Taschentuch hervorkramte und sich damit durch die Augen wischte, entschied Demuth, ihr heute keine weiteren Fragen mehr zu stellen.

»Ich muss mich auf den Weg machen«, sagte er, »sonst schaffe ich es nicht mehr, in Werden zu sein, bevor es dunkel ist.«

»Ach, Sie verlassen uns?«, fragte Dina überrascht.

»Ja, aber ich komme morgen zurück«, entgegnete Demuth, ging zur Haustür, drehte sich noch einmal zu Dina um und stellte ihr doch noch eine Frage: »Was ist eigentlich aus Jan geworden, aus Annas Sohn?«

»Der ist tot. Hat man Ihnen das nicht erzählt?«

»Doch, doch«, sagte Demuth, wünschte Dina noch einen guten Tag und ging zügig zurück zum Posthaus.

Nachdem er seine Reisetasche aus der Kammer geholt hatte, fand er den Posthalter in seinem Bureau. Er bat ihn, dafür zu sorgen, dass Johann den Rappen vors Cabriolet spannte.

Als Krumpe sich sofort dienstbeflissen auf den Weg zu den Ställen machen wollte, fragte Demuth ihn, ob er vor der Abfahrt noch eine Tasse Bohnenkaffee trinken könne. Das sei selbstverständlich möglich, sagte Krumpe, doch als Demuth sich erkundigte, ob eventuell auch noch ein wenig vom Mittagessen übrig sei, schüttelte der Postmeister bedauernd den Kopf. Das sei ihm zwar sehr unangenehm, sagte er zerknirscht, aber von der dünnen Graupensuppe, die seine Frau heute auf den Tisch gebracht habe, sei absolut gar nichts übriggeblieben. Was auch daran liege, dass man in der Küche nicht damit gerechnet habe, dass der Herr Justizrat vor seinem Aufbruch nach Werden noch zu Mittag essen werde.

Das habe er eigentlich auch nicht vorgehabt, entgegnete Demuth. Eigentlich wollte er längst auf dem Weg sein, aber es sei ihm dies und das dazwischengekommen.

Ein Stück Brot und ein wenig gesalzene Butter könne man dem Herrn Kriminalrichter zum Kaffee servieren, bot Friedrich Krumpe an, und Demuth stimmte zu. Während der Posthalter zu den Pferdeställen hinüberlief, nahm er in der Gaststube Platz. Nur wenige Augenblicke später kam Krumpe zurück und verschwand in der Küche. Demuth schaute weiter zum Fenster hinaus, stellte erleichtert fest, dass es immer noch nicht nach Regen aussah, dachte eine Weile an Dina Becker und befand, dass er recht daran getan hatte, sie nicht auf ihre Schwangerschaft anzusprechen. Kurz darauf roch es nach frischem Kaffee. Der Postmeister selbst trug Brot, Butter und eine Tasse Kaffee auf einem Holzbrett an Demuths Tisch.

»Der Johann spannt den Rappen ein. In einer Viertelstunde wird Ihr Wagen fahrbereit sein«, sagte Friedrich Krumpe, als er das Brett abgesetzt hatte.

Demuth bedankte sich, und der Posthalter fragte ihn, ob er auf ein paar Sätze an seinem Tisch Platz nehmen dürfe.

»Ja, bitte«, sagte Demuth.

»Die Margarete hat sich heute Morgen auch zu Ihnen gesetzt. Ich hoffe, Sie halten uns nicht für aufdringlich.«

»Nein. Wenn ich keine Gesellschaft wünsche, dann weiß ich das schon zu sagen.«

Als Krumpe Platz nahm, spannte sich seine Uniformjacke so bedenklich über seinem Bauch, dass Demuth erleichtert war, als der Postmeister ein paar Knöpfe öffnete.

»Sie kennen die Grete schon viele Jahre, genau genommen länger als ich«, sagte Krumpe.

Demuth nickte und fragte sich, worauf der Posthalter hinauswollte.

»Sie ist eine Seele von Mensch, meine Frau, aber manchmal sagt sie sehr dumme Dinge.«

Jetzt ahnte Demuth, was Krumpes Anliegen sein könnte.

»Für sie lauert hinter jeder Ecke das Böse. Sie glaubt, dass der Teufel und seine Spießgesellen und Buhlinnen, dass Ketzer und Hexen immer mehr Macht in der Welt gewinnen. Sie gebärden sich hemmungslos und sündhaft. Das lässt Gott sich nicht bieten. In seinem Zorn hält er die Sonne im Himmel zurück, lässt die Ernte verderben und die Menschheit hungern. So erklärt die Grete sich das, was gerade passiert.«

»Sie sehen das nicht so wie Ihre Gattin?«

»Nein. Es gibt nicht für alles eine Erklärung. Gottes Ratschlüsse sind oft unergründlich. Wir Menschen müssen damit leben, dass wir nicht alles verstehen, was in der Welt vor sich geht.«

»Vielen Menschen fällt das schwer«, sagte Demuth.

»Ja. Es macht ihnen Angst, wenn etwas Unerklärliches geschieht. So ist das auch bei der Margarete. Sie grübelt dann so lange, bis sie eine Erklärung gefunden hat, auch wenn die schlicht ist oder sogar töricht.«

»Sie glaubt, dass die Anna eine Hexe war.«

»Ich weiß, Herr Kriminalrichter.« Krumpe zuckte mit den Achseln. »Anna Hasenleder war ein besonderer Mensch, irgendwie anders als alle anderen. Sie hat gelebt, wie sie wollte, und sich nicht darum geschert, was sich gehört und was nicht, und in der Kirche sah man sie sonntags nie. All das ist der Grete fremd, und deshalb hat sie sich immer ein bisschen vor der Anna gefürchtet. Aber niemals, Herr Justizrat, wäre meine Frau auf die Idee gekommen, der Anna etwas anzutun.«

Demuth kaute auf seinem letzten Stück Brot herum und leerte seine Kaffeetasse. Er sah, wie Johann den Rappen heranführte, der schon vor das Cabriolet gespannt war. Nur ein paar Schritte von der Treppe des Posthauses entfernt, hielt der Pferdeknecht das Gespann an. Er sah den Untersuchungsrichter hinterm Fenster und nickte ihm zu.

»Seien Sie unbesorgt. Ich hege keinen Verdacht gegen Ihre Gattin. Die Margarete ist nicht dazu in der Lage, einen Menschen zu töten. Das weiß ich sehr wohl«, sagte Demuth zu Friedrich Krumpe.

»Dann bin ich beruhigt, Herr Kriminalrat. Und verzeihen Sie bitte, dass ich Sie mit meinen Sorgen belästigt habe«, sagte Krumpe, nahm Demuths Reisetasche und trug sie hinaus.

Demuth folgte ihm, bedankte sich beim Postmeister und bei Johann, bestieg den Wagen, schlug seinen Mantelkragen hoch und zog seinen breitkrempigen Hut tief ins Gesicht.

»Bis morgen«, sagte er, und das kleine Gespann setzte sich in Bewegung.

Als die Poststation und das Schloss Oberhausen hinter ihm lagen, das Cabriolet über die Emscherbrücke gerollt war und in die Landstraße nach Essen einbog, fühlte Anton Demuth sich so leicht ums Herz, dass ihm ein altes Lied in den Sinn kam und er zu pfeifen begann.

Das Blutgerüst war abgebaut. Auf dem Marktplatz von Werden erinnerte nichts mehr daran, dass hier vor gerade mal drei Tagen ein Mann durch das Beil des Scharfrichters vom Leben zum Tode befördert worden war.

Anton Demuth stand im Salon seiner Wohnung am Fenster und schaute hinunter auf den Platz, der in der sonntäglichen Abenddämmerung beinahe menschenleer dalag. Nur ein junges Paar war zu sehen. Die beiden betrachteten die Auslagen im Geschäft des Hutmachers, redeten aufeinander ein, lachten und spazierten Arm in Arm davon.

Als sie verschwunden waren, kam ein Herr aus der Marktschänke. Obwohl es keinen Wind gab, der ihm seinen Zylinderhut vom Kopf hätte wehen können, hielt er ihn mit einer Hand fest. Demuth glaubte kurz, den Steuereinnehmer Schimmel in dem Mann zu erkennen, und dachte im nächsten Augenblick, es könne auch der Herr Stadtrat und Kirchenmeister Zillessen aus Kettwig sein. Erst als der Mensch schwankend zwischen den Häusern auf der gegenüberliegenden Seite des Platzes verschwunden war, war er sich sicher, dass es sich weder um den einen noch um den anderen gehandelt hatte.

Zwei Männer mittleren Alters näherten sich dem Markt von der alten Abtei her, die vor Jahren im Zuge der Säkularisation aufgelöst worden war. Jetzt war in einem Trakt der barocken Gebäude das Inquisitorialgericht untergebracht, aus dem Großteil des altehrwürdigen Werdener Klosters aber war ein preußisches Zuchthaus geworden. Von dort schlenderten die beiden Männer heran, bis fast zur Mitte des Platzes. Sie blieben stehen, besprachen sich noch eine Weile und verabschiedeten sich dann voneinander. Der eine ging hinüber zur Marktschänke, den anderen erkannte Demuth, als er die Tür des Nebenhauses aufschloss. Es war sein Nachbar, der Zuchthausverwalter Wewer.

Demuth war nach seinem beschwingten Aufbruch an der Emscher ohne Komplikationen bis nach Werden gekommen. Es hatte sich günstig ausgewirkt, dass es an den vergangenen

Tagen kaum geregnet hatte. Die Räder des Cabriolets waren nicht so tief eingesunken, und der Rappe war leichtfüßiger und schneller unterwegs gewesen.

Der Fährmann Dores hatte ihn freundlich begrüßt und ihn zügig über die Ruhr ans Werdener Ufer gebracht, und so war Demuth lange vor Einbruch der Dunkelheit am Gericht gewesen. Dort hatte er selbst das Pferd ausgespannt, in den Stall gebracht und versorgt. Dann war er, immer noch frohgestimmt, die paar Schritte zum Marktplatz und zu seiner Wohnung gegangen.

Klärchen Stüber hatte sich vor lauter Wiedersehensfreude einen Augenblick lang vergessen und ihn umarmt. Dann hatte sie zu zetern begonnen. Er könne doch nicht einfach so nach Hause kommen, ohne ihr vorher Bescheid zu geben, hatte sie gesagt. Das hatte sie mehrmals kopfschüttelnd wiederholt, bevor sie ziemlich vorwurfsvoll hinzugefügt hatte: »Und dann haben Sie mir vorgestern auch noch den jungen Sekretär Rüter vorbeigeschickt und mir ausrichten lassen, Sie hätten noch eine ganze Weile an der Emscher zu tun. Es ginge Ihnen gut dort, und ich solle mir nur keine Sorgen machen. Da konnte ich doch nun wirklich nicht damit rechnen, dass Sie plötzlich in der Tür stehen würden. Jetzt ist nichts gekocht, es ist kaum noch was Essbares im Haus, und es brennt kein Feuer im Ofen.«

Dass er froh sei, zu Hause zu sein, hatte Demuth entgegnet. Er habe keinen Hunger, und es friere ihn auch nicht, hatte er beteuert, und er hatte Klärchen Stüber versichert, dass es nicht nötig sei, irgendwelche Umstände zu machen.

Darum hatte sie sich nicht geschert. Sie hatte Holz herangeschafft und das Feuer im großen gusseisernen Ofen entzündet. Während es im Salon langsam warm wurde, hatte Klärchen eilig das Haus verlassen, irgendwo etwas Essbares besorgt und in der Marktschänke den großen Bierkrug füllen lassen. Schon kurz nach ihrer Rückkehr hatte es aus der Küche überaus angenehm geduftet, und nur eine knappe Stunde nachdem er seine Wohnung betreten hatte, hatte Anton Demuth im bequemen

Hausmantel am Tisch in seinem gemütlich warmen Salon gesessen, Rührei mit Speck gegessen und Bier getrunken.

Klärchen hatte sich mehrmals erkundigt, ob es ihm schmecke und ob ihm alles recht sei, und er hatte mehrmals aus tiefster Überzeugung geantwortet, alles sei ganz wunderbar.

Nach dem Essen hatte Klärchen Stüber seinen Teller weggeräumt und gesehen, dass der Bierkrug leer war. Ob sie ihn noch einmal im Wirtshaus füllen lassen solle, hatte sie gefragt, und Anton Demuth hatte ihr geantwortet, das möge sie tun, und sie möge sich selbst doch auch etwas zu trinken mitbringen und sich dann ein wenig zu ihm setzen und ihm erzählen, was alles während seiner Abwesenheit in Werden geschehen sei.

In diesem Falle würde sie auch gern Bier trinken, hatte Klärchen gesagt, hatte einen zweiten Krug aus der Küche geholt und war zur Marktschänke gegangen.

Demuth stand jetzt schon einige Minuten am Fenster und schaute hinunter auf den Platz. Kurz nachdem der Zuchthausverwalter Wewer im Nebenhaus verschwunden war, kam Klärchen mit zwei vollen Bierkrügen aus der Schänke. Demuth öffnete ihr die Wohnungstür und bat sie, am Tisch im Salon Platz zu nehmen.

Als sie sich dort gegenübersaßen, griff Klärchen Stüber nach dem vollen Bierkrug, der vor ihr stand, und Anton Demuth hob seinen neu befüllten Krug hoch und sagte: »Auf dein Wohl, Klärchen.«

»Ich freue mich sehr, dass Sie wieder hier sind, Herr Justizrat«, entgegnete sie.

Sie nahmen beide einen Schluck, und Klärchen begann ohne Umschweife von dem Ereignis zu erzählen, das zweifellos bedeutender war als alles andere, was an den vergangenen Tagen in Werden passiert war, nämlich von der Hinrichtung am Donnerstag. Sie hatte nach Demuths plötzlicher Abreise aus dem Fenster des Salons heraus sehr genau beobachtet, was dort unten vor und auf dem Blutgerüst geschehen war. Jetzt erzählte sie alles, was sie gesehen hatte, so detailverliebt, dass es Anton Demuth schon bald ein wenig blümerant zumute wurde und er bei sich dachte, dass er vermutlich deutlich weniger von dem Ereignis mitbekommen hätte, wenn er selbst dabei gewesen wäre.

Er wollte seiner Dienstmagd, die ihn so liebevoll empfangen und ihn so fürsorglich umhegt hatte, aber nicht den Mund verbieten, und so hörte er eine ganze Weile geduldig zu. Erst als Klärchen besonders ausschweifend schilderte, wie der Scharfrichter so kraftvoll und geschickt das Henkersbeil geschwungen habe, dass ein einziger Schlag ausgereicht habe, das Haupt des Delinquenten von seinem Rumpf zu trennen, woraufhin der nun herrenlose Kopf genau in den bereitgestellten Korb gepurzelt sei, was zu langanhaltendem Beifall auf dem Marktplatz geführt habe, bat Demuth sie, mit Rücksicht auf sein empfindsames Gemüt, die schauerlichen Einzelheiten der Hinrichtung nicht gar so haarklein zu beschreiben.

So fürchterlich sei das Ganze doch gar nicht gewesen, beteuerte Klärchen. Eben gerade, weil der Henker so überaus geschickt gewesen sei, sei die Angelegenheit für den Hingerichteten vermutlich nicht einmal sonderlich unangenehm gewesen. Der Kopf jedenfalls habe, als er in den Korb gefallen war, nicht etwa entsetzt oder erschrocken dreingeschaut, sondern eher ein wenig verdutzt.

Demuth war froh, dass Klärchen Stüber an dieser Stelle ihren Bericht beendete und ihn fragte, was denn an der Emscher eigentlich geschehen sei.

Er erzählte es ihr in aller Ausführlichkeit. Dabei stellte er besonders heraus, dass er gerade einen höchst komplizierten Fall aufzuklären habe und dass es unvermeidlich sei, weitere Untersuchungen und Befragungen vor Ort durchzuführen und dass er deshalb am nächsten Tag schon wieder abreisen müsse.

Als Klärchen Stüber das leise murrend zur Kenntnis genommen hatte, sagte er ihr, dass er jetzt gern seine Ruhe hätte und noch ein wenig lesen wolle.

»Aber selbstverständlich, Herr Justizrat«, erwiderte Klärchen.»Und wenn Sie später noch irgendwelche Wünsche haben, dann scheuen Sie sich bitte nicht, mir das zu sagen. Sie wissen ja, Herr Demuth, dass ich sehr gerne alles für Sie tue.« Das sagte Klärchen Stüber mit diesem gewissen Augenaufschlag und mit dieser seltsamen Betonung des Wortes »alles«. Beides kannte Demuth schon seit ein paar Jahren. Manchmal waren ihm solche Avancen unangenehm, manchmal aber auch nicht.

An diesem Abend gefielen sie ihm ein bisschen, was er sich jedoch nicht anmerken ließ. Als Klärchen den Salon verlassen hatte, malte er sich einmal mehr aus, wie es wäre, mit ihr ein unschickliches Verhältnis zu haben.

Klärchen Stüber war eine durchaus aparte Frau, auch wenn sie schon fast fünfzig war und hier und da ein wenig angesetzt hatte. Ihre Rundungen gefielen ihm, und er stellte sich gern vor, sie läge nackt neben ihm und ließe sich von ihm anschauen und berühren.

Diese Vorstellung war lustvoll, aber sie zog andere Gedanken nach sich, zum Beispiel den, dass alles im Leben seine Zeit hatte. Er war zweiundsechzig Jahre alt, kannte die Liebe und die Leidenschaft und hatte beides lange genießen dürfen. Jetzt war er ein alter Mann, und er war seit fünf Jahren Witwer, und das hatte er endlich zu begreifen und zu akzeptieren.

Er verachtete hochgestellte Herren, die über ihre weiblichen Dienstboten verfügten wie über ihr Eigentum, die gern damit prahlten, dass sie sich wieder ein unschuldiges junges Ding gefügig gemacht hatten. Ja sicher, mit Klärchen wäre das etwas anderes, sie war kein unerfahrenes Mädchen mehr, und er würde sie niemals zu irgendwas zwingen, aber es bliebe doch immer das anrüchige Verhältnis eines Justizrates mit seiner Dienstmagd.

Gewiss wäre Klärchen Stüber diskret. Das war sie bisher immer gewesen, und wenn es zwischen ihnen eine heimliche Liebschaft gäbe, dann bliebe die heimlich. Anton Demuth glaubte auch, dass Klärchen ihm mit großer Hingabe seine Wünsche erfüllen würde. Vieles sprach für eine Liaison mit ihr. Und doch blieb am Schluss immer der eine, alles andere überschattende Gedanke übrig, der ihn zurückschrecken ließ. Wenn ein Mann und eine Frau gemeinsam die Wonnen der Liebe und der Lust erlebten, dann entstand eine Vertrautheit zwischen ihnen, die sie aneinanderband, dann hatte sie das Recht, ein Teil seines Lebens zu sein, dann verlor er das Recht, sie einfach wegzuschicken, wenn er seine Ruhe haben und lesen wollte.

Anton Demuth stellte den Kerzenleuchter auf das Lesetischchen und setzte sich in den großen Lehnsessel daneben. Er fühlte sich behaglich. Sein Leben war gut so, wie es war, jedenfalls an diesem Abend in seinem Salon in Werden. Nachdem er sich seinen Kneifer auf die Nase geschoben hatte, begann er, durch das Märchenbuch aus der Kommode von Anna Hasenleder zu blättern, das er von der Emscher mitgebracht hatte.

Er versuchte, sich daran zu erinnern, welche Geschichte er am Freitagabend in der Gaststube des Posthauses zuletzt gelesen hatte, bevor Harry Heine an seinen Tisch gekommen war und sich zu ihm gesetzt hatte. Es fiel ihm wieder ein, dass es das Märchen vom Fischer und seiner Frau gewesen war, und zugleich kam ihm auch wieder Annas handschriftliche Anmerkung dazu in den Sinn: »Sei zufrieden mit dem, was du hast.«

Schon am Freitag hatte er die von den Brüdern Grimm geschriebenen Geschichten nicht in der Reihenfolge gelesen, in der sie im Buch aufeinanderfolgten. Er hatte mal vor- und mal zurückgeblättert und sich vor allem für die Märchen interessiert, die mit Kommentaren versehen waren. So suchte er auch jetzt wieder nach Randbemerkungen in Anna Hasenleders zierlicher Handschrift.

Eine fand er unter dem Märchen von Brüderchen und Schwesterchen. Er las, wie die beiden Kinder von ihrer bösen Stiefmutter so sehr malträtiert wurden, dass sie aus dem Haus flüchteten. Die Alte, die in Wahrheit eine Hexe war, stellte ihnen nach und verzauberte ein Brünnlein, so dass Brüderchen, als er daraus trank, in ein Reh verwandelt wurde. Die Schwester kümmerte sich allzeit liebevoll um ihn, lernte später einen König kennen, heiratete ihn, behielt das Reh aber immer an ihrer Seite und war gut zu ihm. Als die Stiefmutter mitbekam, dass es Brüderchen und Schwesterchen am Königshofe recht gut ging, stellte sie ihnen wieder nach und versuchte, ihnen aufs übelste mitzuspielen. Doch die alte Hexe flog auf und wurde schließlich verbrannt. »Und wie das Feuer sie verzehrte, da verwandelte sich das Rehkälbchen, und Brüderchen und Schwesterchen waren wieder beisammen und lebten glücklich ihr Leben lang.«

Unter diese letzten Sätze des Märchens hatte Anna geschrieben: »Es gibt Menschen, die sind böse. Sind das Hexen? Nein, es sind böse Menschen.«

Als er eine handschriftliche Notiz neben dem Märchen von Jorinde und Joringel fand, fiel Demuth auf, dass auch darin eine Hexe ihr Unwesen trieb. Die Brüder Grimm beschrieben sie als alte krumme Frau, gelb und mager, mit großen roten Augen und einer gebogenen Nase, die bis ans Kinn reichte. Sie bezeichneten sie in dieser Geschichte nicht als Hexe, sondern als Zauberin. Sie lebte im Wald, lockte Wild und Vögel an, schlachtete, briet und aß die Tiere. Als das Liebespaar Jorinde und Joringel sich im Wald verirrte, verwandelte das krumme Weib Jorinde in eine Nachtigall und sperrte sie ein, so wie sie es vorher schon mit vielen Jungfrauen gemacht hatte. Alles Bitten und Wehklagen von Joringel halfen nichts. Erst als er eine wunderschöne blutrote Blume fand und mit ihr die alte Hexe berührte, verlor sie ihre Zauberkraft, und alle Vögel, die sie gefangen hatte, wurden nach der Berührung mit der Blume wieder zu Jungfrauen, auch Joringels geliebte Jorinde.

»Wenn Hexen so hässlich sind, dann bin ich vielleicht doch keine«, hatte Anna an den Buchrand geschrieben. Und unter der Geschichte fand Demuth ihren Kommentar: »Seht ihr, ihr müsst die Hexen gar nicht immer ins Feuer stoßen. Wenn ihr sie mit einer schönen Blume streichelt, hören sie auch auf, böse zu sein.«

Er blätterte noch einmal zurück und fand einen weiteren handschriftlichen Eintrag unter dem Märchen von Hänsel und Gretel: »Warum will die törichte Frau Kinder verspeisen? Sie hat doch ein Häuschen ganz aus Brot und Kuchen.«

Und neben das Ende der Geschichte hatte Anna geschrieben: »Ach herrjeh, ist die Frau dumm. Sie lässt sich von zwei ängstlichen Kindern in den Backofen und ins Jenseits befördern.«

Er wollte gerade damit beginnen, das Märchen zu lesen, da klopfte jemand an die Tür zum Salon. Es war Klärchen Stüber.

»Verzeihen Sie, Herr Demuth«, sagte sie. »Da ist der Justizsekretär Rüter. Er fragt, ob er Sie noch stören darf.«

»Ach was«, sagte Anton Demuth.

Er legte Grimms Märchen zur Seite, nahm seinen Kneifer von der Nase und bat Klärchen, den Sekretär einzulassen.

Der war ganz außer sich. Er hatte gerade in der Marktschänke gehört, dass der Herr Kriminalrat Demuth in Werden sei und hatte sich unbedingt noch selbst davon überzeugen wollen.

»Wie schön, Sie zu sehen. Sie waren lange weg. Ich war schon ein wenig besorgt um Sie, und ein paar andere Leute im Gericht waren das auch«, sagte er aufgeregt.

»Aber Rüter, seien Sie nicht töricht! Ich war doch nicht in der Wildnis verschollen, sondern habe drei Nächte in einem Posthaus logiert«, entgegnete Demuth. Dabei freute es ihn im Stillen sehr, dass es Menschen gab, die besorgt um ihn waren und die sich offenbar freuten, ihn wiederzusehen.

»Wer hat denn das Pferd ausgespannt und versorgt?«, fragte Rüter.

»Das hab ich selbst gemacht«, antwortete Demuth.

»Um Himmels willen. Warum haben Sie sich denn nicht bei mir oder bei einem anderen Sekretär gemeldet?«

Demuth winkte ab. »Es gibt Dinge, die kann ich noch ganz gut allein erledigen. Ich bin doch kein alter Mann.«

Hubertus Rüter lächelte. »Die Hauptsache ist, dass es Ihnen gut geht, Herr Kriminalrat.«

»Selbstverständlich geht es mir gut. Ich genieße gerade den ersten ruhigen Abend in meinen eigenen vier Wänden seit Tagen«, sagte Demuth ein wenig spöttisch.

»Ich verstehe, Herr Justizrat.«

»Nichts für ungut, Rüter. Es ist sehr freundlich, dass Sie noch nach mir geschaut haben. Nach einer Plauderei steht mir jetzt allerdings nicht mehr der Sinn. Ich hatte einen anstrengenden Tag und bin müde.«

»Ja natürlich, Herr Demuth. Ich hatte nicht die Absicht, Sie länger zu stören.«

»Ich werde morgen früh im Gericht sein und dem Direktor von Broich Bericht erstatten. Es wäre schön, wenn Sie dazukommen könnten«, sagte Demuth.«

»Das werde ich machen«, erwiderte Rüter. »Ich freu mich, dass Sie wieder in Werden sind, und ich wünsche Ihnen eine angenehme Nacht.«

Montag, 16. September 1816

Anton Demuth wollte gerade gegen die schwere Tür zum Bureau des Justizdirektors von Broich klopfen, als er bemerkte, dass sie einen Spalt weit offen stand. Aus dem Inneren des Raumes drangen Stimmen zu ihm.

»Die Situation ist besorgniserregend, wenn nicht sogar beängstigend«, sagte ein Mann, bei dem es sich zweifelsfrei um Hugo von Broich handelte.

»Das sehe ich genau wie Sie, Herr Direktor. Wenn die Lage sich weiter zuspitzt, kommen wir alle noch in Teufels Küche.«

Die Stimme gehörte dem Justizsekretär Hubertus Rüter. Demuth hielt inne. Sprachen die beiden über ihn?

»Ich habe Menschen beobachtet«, sagte von Broich, »die auf den sumpfigen Wiesen bei Holsterhausen nach Klee gesucht haben, um daraus Gemüse zu kochen.«

»Klee, Brombeerblätter, Löwenzahn, Sauerampfer. Die Ärmsten suchen inzwischen nach allem, was essbar ist. Vor ein paar Tagen ist mir am Ruhrufer kurz vor Kettwig eine Frau mit einer Handvoll verschrumpelter Hagebutten begegnet, die sie kochen wollte.«

»Am ärgsten ist der Stand der Tagelöhner betroffen«, sagte von Broich. »In ihren Gärten, in denen sie vornehmlich Kohl und Kartoffeln gezogen haben, ist alles verfault. Und das eine Stück Vieh, das manche halten, um ein wenig Milch für ihre Kinder zu haben, das kämpft gerade selbst gegen den Hungertod.«

»Da bin ich ganz Ihrer Meinung, Herr Justizdirektor, zumal die meisten Tagelöhner bei den Wetterverhältnissen dieses Jahres keinen Pfennig verdienen konnten. Nirgendwo gibt es Arbeit für sie.«

»Gerade gründen sich vielerorts Hilfsvereine«, sagte von Broich. »Adlige Herrschaften und gut situierte Bürgersleute tun sich zusammen, um wenigstens die ärgste Not zu lindern. Und das ist ganz enorm wichtig, denn wenn das Volk nicht genug zu essen hat, wird es unberechenbar. Wohin es führen kann, wenn der einfache Mann außer Rand und Band gerät, das haben wir in Frankreich gesehen.«

»Ich denke nicht, dass es in Preußen so weit kommt, Herr Direktor. Für eine Revolte fehlt den Menschen die Kraft nach all den Kriegen und nach dem Elend der letzten Jahre. Und es macht ja auch niemand den König für die Misere verantwortlich. Die Menschen wissen, dass er auch die Sonne vermisst.«

»Wissen tut niemand etwas, Rüter. Und genau das ist das Problem. Wo den Menschen das Wissen fehlt, da wird es durch Vermutungen und Verdächtigungen ersetzt. Dann ist mal der schuldig und mal die, und niemand garantiert uns, dass morgen nicht der König für das ganze Elend verantwortlich gemacht wird.«

Demuth klopfte an die Tür.

»Kommen Sie herein, Herr Kriminalrat!«, rief von Broich. »Kommen Sie herein, die Tür steht offen.«

Hugo von Broich und Hubertus Rüter hatten sich am großen Besprechungstisch gegenübergesessen. Beide erhoben sich, der Sekretär behände, der Justizdirektor schwerfällig, als Demuth den Raum betrat. Er begrüßte zuerst seinen Vorgesetzten, dann den jungen Rüter. Beide schüttelten seine Hand lange, so als seien sie tatsächlich hocherfreut, ihn endlich wieder in den Mauern des Inquisitorialgerichtes an ihrer Seite zu haben.

Während Demuth sich auf einen der gepolsterten Stühle setzte, schlurfte von Broich zu seinem übergroßen Schreibtisch, kramte ein paar Papiere zusammen und erkundigte sich indessen nach Demuths Befinden. Der beteuerte einmal mehr, dass es ihm gut gehe und dass er durch die drei Übernachtungen in der Poststation am Schloss Oberhausen keinen Schaden genommen habe.

Von Broich ließ sich ächzend wieder auf den Stuhl fallen, auf dem er zuvor gesessen hatte, legte ein paar Unterlagen auf den Tisch und sagte zu Demuth: »Wir sprachen gerade über das grausige Wetter und seine Folgen. Ich bin der Auffassung, es ist ein Problem, dass niemand etwas über die Ursachen weiß, weil das zu allerlei unsinnigen Vermutungen und Verdächtigungen führt.«

»Das ist zweifellos ein großes Problem.«

»Ich bin ganz optimistisch, dass die Wissenschaft uns bald erklären wird, was die Katastrophe hervorgerufen hat«, sagte der junge Rüter. »Es gibt da zum Beispiel eine interessante Theorie, die sich darauf stützt, dass schon zu Beginn der Wetterkrise das vermehrte Auftreten von Sonnenflecken beobachtet wurde. Die könnten die Kraft der Sonne hemmen und für das Erkalten der Erde zuständig sein. Einige Wissenschaftler vermuten, dass es dadurch zu einer Schwächung des Zentralgestirns und zu einer langfristigen Abkühlung der Erde kommen könnte.«

»Und es gibt andere Naturforscher, die das für einen großen Blödsinn halten«, sagte von Broich mit einer wegwerfenden Handbewegung. »Also, lieber Rüter, da spekuliert die Wissenschaft doch derzeit genauso wie der Bauer und der Kaufmann. Wir Juristen sollten uns an dergleichen nicht beteiligen, sondern uns darauf konzentrieren, die gesellschaftlichen Folgen des Elends in den Griff zu bekommen. Ich bin überzeugt davon, dass da noch einiges auf uns zukommen wird. Aus verschiedenen Gegenden gibt es Berichte von Banden, die herumziehen und kleine Dörfer oder einsame Höfe überfallen und die letzten Kornvorräte rauben. Aus einigen Provinzen des Königreiches vermelden die Justizbehörden schon jetzt eine erhöhte Belegung der Gefängnisse.«

»Und wir sind erst im September.« Demuth machte ein sehr ernstes Gesicht. »Wie soll das im Winter werden und im nächsten Frühjahr, wenn auch die allerletzten Vorräte aufgebraucht sind? Ich fürchte, dass wir gerade erst am Anfang einer großen Hungersnot stehen.«

»Vielleicht sollten wir nicht gar so pessimistisch sein«, sagte Hugo von Broich und griff nach der Zeitung, die ganz oben auf dem kleinen Stapel Papier lag, den er von seinem Schreibtisch geholt hatte.

»Mich lässt hoffen, dass man offensichtlich inzwischen auch in Berlin den Ernst der Lage erkannt hat. Hier, das ist die neueste Ausgabe des Amtsblattes der königlich preußischen Regierung zu Cleve. Darin meldet sich der König höchstpersönlich zu Wort. Er schreibt, dass die jetzige Teuerung des Getreides und der Lebensmittel in den Rheinprovinzen ein besonders wichtiger Gegenstand seiner Aufmerksamkeit und Fürsorge sei.«

Von Broich sah seine beiden Gesprächspartner erwartungsvoll an. Angesichts der versprochenen königlichen Zuwendung hoffte er anscheinend auf den einen oder anderen Ausdruck der Erleichterung. Nach kurzem Zögern tat Rüter ihm den Gefallen.

»Wenn Friedrich Wilhelm selbst sich kümmert, dann wird vielleicht alles nicht ganz so schlimm«, sagte er.

Der Justizdirektor tippte mit dem Zeigefinger auf das Amtsblatt und berichtete:»Hier erklärt der König ausdrücklich, es seien bereits etliche mit Roggen beladene Schiffe auf dem Weg in die Rheinprovinzen, und er habe darüber hinaus einen noch weit beträchtlicheren Ankauf von Getreide durch das Finanzministerium angeordnet, wozu er vorläufig die Summe von zwei Millionen Talern aus seiner Kasse angewiesen habe.«

Diesmal schaute von Broich den Justizrat und den Sekretär so beifallheischend an, als habe er gerade selbst die Millionen aus seiner Schatulle geholt. Demuth und Rüter nickten anerkennend, und von Broich tippte weiter mit seinem Finger auf das Amtsblatt.

»Als begleitende Maßnahmen erlässt der König ein weitgehendes Ausfuhrverbot für jegliche Feldfrüchte nach Frankreich, Österreich, Kur-Hessen und Bayern, und er verfügt, dass keine Kartoffeln mehr für die Branntweinfabrikation verwendet werden dürfen, es sei denn, der Fabrikant selbst hat sie zu diesem Zwecke angebaut.«

»Das sind gute Maßnahmen. Vielversprechend«, sagte Rüter.

»Hoffentlich kommen sie noch rechtzeitig«, sagte Demuth.

»Wie ist denn die Situation an der Emscher? Spürt man da noch mehr von der Not der Menschen als hier in der Stadt?«, fragte von Broich.

»Das ist sehr unterschiedlich. Das fruchtbare Land in den Emscherauen steht unter Wasser. Die Ernte ist hinüber. Die kleinen Bauersleute, die da leben, wissen kaum noch, wie sie satt werden sollen. Aus dem Schloss dagegen hört man keine Klagen, sondern heitere Klavierklänge. Die Scheunen und Vorratskeller sind augenscheinlich gut gefüllt, und natürlich hat die Familie von Westerholt auch die finanziellen Mittel, um alles zu kaufen, was benötigt wird. Im Posthaus ist die Lage nicht so eindeutig. Der Postmeister und seine Gattin jammern über die Verknappung der Lebensmittel auf den umliegenden Märkten und über die enormen Preise. Aber ich habe noch jeden Tag etwas Genießbares vorgesetzt bekommen. Der Posthalter kann die hohen Preise normalerweise an seine gutsituierten Gäste weitergeben, aber er hat gerade das Problem, dass wegen des Dauerregens und der verschlammten Straßen viele Postwagen ausfallen und nur wenige Gäste kommen.«

»Wollen Sie noch einmal dahin zurück? Oder führen Sie Ihre Untersuchungen jetzt von hier aus weiter?«, fragte der Justizdirektor.

Anton Demuth nahm an, dass das nicht nur eine Frage war, sondern auch von Broichs freundlicher Hinweis darauf, dass er, der Kriminalrat Demuth, allein über den Fortgang der Untersuchungen zu entscheiden habe und dass er somit auch allein die Verantwortung für die Aufklärung des Mordfalles trage.

»Sobald wir hier mit unserer Besprechung fertig sind, werde ich mich wieder auf den Weg machen. Es gibt einige Verdächtige, aber noch habe ich niemandem nachweisen können, dass er etwas mit Anna Hasenleders Tod zu tun hat«, sagte er.

Demuth war davon ausgegangen, dass von Broich über den Stand der Untersuchungen unterrichtet werden wollte, und hatte sich schon auf dem Weg zum Gericht zurechtgelegt, was er über Helena Kleinrogge, über Augustin Sumser und über Arnold Terhuven erzählen wollte, aber er kam nicht dazu.

»Verschonen Sie mich mit Einzelheiten, lieber Demuth«, sagte von Broich betont freundlich. »Justizsekretär Rüter hat mich am Freitag nach seiner Rückkehr von der Emscher schon über den Stand Ihrer Untersuchungen unterrichtet. Ich weiß, dass Sie auf dem richtigen Weg sind, und ich bin überzeugt davon, dass Sie den Mörder dieser Anna Hasenleder überführen werden. Was denken Sie, wie viel Zeit Sie noch brauchen werden?«

»Das weiß ich nicht«, sagte Demuth achselzuckend.

»Zwei, drei Tage oder eher zwei, drei Wochen?«, fragte von Broich nach.

»Der Kreis der Verdächtigen ist nicht groß. Ich gehe davon aus, dass der Täter in ein paar Tagen überführt sein wird.«

»Oder die Täterin?«, fragte von Broich.

»Oder die Täterin«, bestätigte Demuth.

»Soll ich Sie an die Emscher begleiten, Herr Kriminalrat?«, fragte Hubertus Rüter. »Der Herr Direktor hat mir gesagt, dass er es begrüßen würde, wenn Sie vor Ort meine Unterstützung hätten. Und ich würde mich freuen, Ihnen assistieren zu dürfen.«

Demuth sah von Broich erstaunt an.

»Natürlich nur, wenn Sie das wollen«, fügte der Justizdirektor hinzu.

»Ich bin bisher gut allein zurechtgekommen«, entgegnete Demuth.

»Wenn Sie den Täter überführen, dann werden Sie ihn auch festnehmen müssen.« Rüter deutete durch eines der großen Sprossenfenster auf den gegenüberliegenden Trakt der ehemaligen Werdener Abtei, der jetzt als Zuchthaus genutzt wurde, und fuhr fort: »Und Sie werden Ihren Mörder irgendwie dorthin befördern müssen. Das können Sie doch nicht alleine.«

»Ich bin an der Emscher nicht allein. Es gibt einen Gendarm.

Der Posthalter hat einen Sohn und einen Pferdeknecht, und der Herr Graf würde mich auch unterstützen, wenn ich ihn darum bäte. Er hat einige Dienstboten, die gewiss zupacken können, wenn es sein muss. Und es lässt sich immer jemand nach Werden schicken, um Hilfe herbeizuholen.«

»Ich werde an einem der nächsten Tage noch mal nach Ihnen sehen«, sagte Rüter.

»Sind Sie dem Herrn Grafen eigentlich schon mal begegnet?«, fragte von Broich.

»Ja, wir haben uns gemeinsam ein Marionettenspiel im Posthaus angeschaut. Maximilian Friedrich Graf von Westerholt hat mir bei dieser Gelegenheit überaus freundlich die Hand geschüttelt und sich neben mich gesetzt.«

»Ach was«, sagte Hugo von Broich.

Danach schwiegen der verblüffte Justizdirektor und der ebenso verblüffte Justizsekretär eine Weile. Die Stille endete erst, als von Broich nach den Papieren griff, die vor ihm auf dem Tisch lagen, und zu Demuth sagte: »Vor gut einer Stunde hat ein Bote aus Duisburg den Obduktionsbericht vom Professor Günther gebracht.«

Er schob einen Umschlag über den großen Tisch. Der Justizrat Demuth entnahm ihm den handgeschriebenen Bericht der Duisburger Universität, den Daniel Erhard Günther, ordentlicher Professor der Medizin, unterzeichnet hatte.

Es genügte Demuth fürs Erste, das Papier zu überfliegen, um zu sehen, ob der Herr Professor zu irgendwelchen überraschenden Ergebnissen gekommen war. Er schob seinen Kneifer auf die Nase, nahm den Bericht zur Hand und erkannte schnell, dass er nichts Unerwartetes enthielt. Was da geschrieben stand, bestätigte in allen wesentlichen Punkten die Schlussfolgerungen, zu denen er und Gendarm Schmitting bereits bei ihrer Begutachtung des Leichnams in Anna Hasenleders Schlafkammer gekommen waren.

Professor Günther erklärte, die Platzwunde am Hinterkopf der Toten sei die Folge eines kräftigen Schlages, der mit einem etwa unterarmdicken Ast beziehungsweise Knüppel ausgeführt worden sei. Belege dafür seien kleine Holzpartikel und der Abrieb von Rinde in der Wunde, insbesondere an den Wundrändern. Es sei davon auszugehen, so der Professor weiter, dass Anna H. infolge des gewaltsamen Schlages gegen ihren Kopf in die Emscher gestürzt sei.

In ihrem Leichnam, namentlich in den Atemwegen, seien bei der Sektion größere Rückstände von aspiriertem Wasser sichtbar geworden. Solche fänden sich erfahrungsgemäß nicht in den Körpern von Wasserleichen, die beim Eintauchen in ein Gewässer bereits tot gewesen seien.

Man finde sie hingegen bei Menschen, deren Atmung unter Wasser noch reflexartig aktiv gewesen sei. Das sei gewöhnlich bei denen der Fall, die beim Baden in einem See oder einem Fluss ertrunken seien, aber auch bei denen, die ohnmächtig in ein Gewässer gestürzt seien.

Bezugnehmend auf seine langjährige Erfahrung als Anatom und gerichtlicher Sachverständiger, sehe er es als erwiesen an, so das Fazit von Professor Günther, dass der Schlag auf den Hinterkopf der Anna H. nicht todesursächlich gewesen sei, dass er vielmehr eine Ohnmacht bewirkt habe, in deren Folge die Frau in die Emscher gestürzt, wo sie durch Ertrinken zu Tode gekommen sei.

Demuth nickte eine Weile still vor sich hin, nahm seine Brillengläser von der Nase und legte den Obduktionsbericht zurück auf den Tisch.

Von Broich sagte: »Ich nehme an, die Erkenntnisse vom Professor Günther stimmen mit den vorläufigen Ergebnissen Ihrer kriminalistischen Untersuchungen überein.«

»Das ist in der Tat so, Herr Direktor«, entgegnete Demuth.

»Dann will ich Sie nicht länger aufhalten.« Von Broich drückte sich, diesmal überraschend zügig, von seinem Stuhl hoch.

Obwohl Anton Demuth ein wenig überrascht vom plötzlichen Ende der Besprechung war, verabschiedete er sich ohne Umschweife, klemmte den Umschlag mit dem Obduktionsbericht unter den Arm, verließ das Bureau des Justizdirektors und schlenderte, in Gedanken versunken, über die langen Flure des ehemaligen Klosters.

Als völlig unerwartet und viel zu laut eine grelle Stimme hinter ihm ertönte, fuhr er erschrocken herum.

»Da bist du ja. Wo treibst du dich denn herum? Ich war schon in deiner Wohnung. Von da hat Klärchen Stüber mich ins Gericht geschickt. In deinem Bureau warst du aber auch nicht.«

Laut zeternd fiel seine Tochter Susanna ihm um den Hals und drückte ihm einen Kuss auf die Wange.

Bevor Demuth etwas erwidern konnte, fuhr sie fort: »Du hättest mir wirklich Bescheid geben können, dass du wieder in Werden bist. Ich habe es nur durch Zufall mitbekommen. Die Mädchen fragen dauernd nach dir. Ich habe ihnen erklärt, dass du beruflich verreisen musstest. Aber auch das habe ich erst erfahren, als ich am Freitagabend nach dir sehen wollte. Das geht doch nicht!«

»Da hast du natürlich recht, aber ich musste am Donnerstag sehr plötzlich aufbrechen, und außerdem habe ich gedacht, ich wäre am Abend wieder in Werden«, versuchte Demuth zu erklären.

»Deine Enkelinnen haben Sehnsucht nach dir«, sagte Susanna. Ihr Tonfall war ein wenig sanfter geworden. »Sie haben dich die ganze Woche nicht gesehen. Es wird Zeit, dass du mal wieder vorbeikommst. Was hältst du von heute Abend?«

Seine Tochter war immer noch eine attraktive Frau, auch wenn sie mit zweiunddreißig nicht mehr die Jüngste war. Ihr langes blaues Kleid war unter der Brust gerafft, etwas zu straff, befand Demuth. Ihr Busen war üppig genug, der musste nicht noch auf diese Weise betont werden. Ihr fein gewebtes senffarbenes Schultertuch passte farblich zum Hütchen, das beim stürmischen Kuss ein wenig verrutscht war. Während Susanna es richtete, ging Demuth durch den Kopf, dass sie so aussah, wie sie heutzutage alle aussahen, die Damen der städtischen Bürgerschaft, die Gattinnen der Advokaten und Kaufleute, der Beamten und Fabrikanten. Er war froh, dass seine Tochter dazugehörte, dass es ihr gutging und er sich um sie und ihre Familie nicht sorgen musste.

»Es tut mir leid«, sagte er, »ich muss noch mal für ein paar Tage an die Emscher. Ich habe da einen sehr vertrackten Mordfall aufzuklären. Ich muss schon gleich wieder los.«

»Du wärst also wieder gefahren, ohne mir irgendwas zu sagen«, stellte Susanna schmollend fest.

Demuth machte ein schuldbewusstes Gesicht und schwieg.

»Das geht nicht, dass wir nicht wissen, wo du bist. Wir machen uns doch Sorgen um dich.«

»Das braucht ihr nicht. Ich bin doch kein hilfloser alter Mann.«

»Doch, das bist du wohl.« Susanna gab ihm noch einen flüchtigen Kuss und fügte hinzu: »Melde dich bitte, wenn du wieder in Werden bist.«

»Das tue ich«, versprach Demuth.

Susanna ging mit kleinen, energischen Schritten davon. Bevor sie am Ende des langen Flures die Treppe erreichte, drehte sie sich noch einmal um und winkte. In diesem Moment kam es Demuth so vor, als hätte sie sehr viel von ihrer Mutter. Er winkte lächelnd zurück.

Anton Demuth war gerade am Wasserschloss von Borbeck vorbeigefahren, der ehemaligen Residenz der Essener Fürstäbtissinnen. Das hatte er allerdings kaum bemerkt, denn seine Gedanken waren schon eine halbe Stunde vorausgeeilt und mit der Frage beschäftigt, was nach seiner Ankunft an der Emscher am dringendsten zu tun sei.

Er kam zu dem Schluss, dass er zuallererst dem Herrn Sumser aus Bayern noch einmal auf den Zahn fühlen wollte, falls der nicht inzwischen auf und davon war. Wenn er wirklich etwas mit dem Tod von Anna Hasenleder zu tun hatte, säße er vermutlich nicht brav im Posthaus herum, um die Rückkehr des Herrn Kriminalrichters Demuth aus Werden abzuwarten. Dann hätte er gewiss längst den Kreis Dinslaken, die Provinz Jülich-Cleve-Berg und das ganze große Königreich Preußen hinter sich gelassen.

Demuth ärgerte sich darüber, dass er die Möglichkeit einer fluchtartigen Abreise des Herrn aus Bayern überhaupt nicht in Erwägung gezogen hatte, als ihm ganz unvermittelt die wunderschöne Spieldose in den Sinn kam, die Sumser ihm vor zwei Tagen am Emscherufer vorgeführt hatte.

Er hatte wieder das kleine viereckige Holzkistchen vor Augen, das Augustin Sumser aus seiner Umhängetasche gezogen hatte, sah wieder die sich drehende Messingwalze mit ihren winzigen Erhebungen und war noch einmal entzückt von der zart und heiter dahinplätschernden Musik, die die Walze erzeugt hatte.

Unvermittelt sah er sich, wie er vom Ufer hinüberging zu Anna Hasenleders Haus, wie er die Küche betrat und vor der Truhe und dem Wandregal stehen blieb. Er beobachtete sich dabei, wie er all die tönernen Gefäße und kleinen Holzkisten, die Tiegel und Fläschchen in die Hand nahm, wie er seine Nase in Töpfe steckte, und er fühlte sich wieder betört vom Wohlgeruch der Blüten und Blätter und vom aromatischen Duft der Heilkräuter.

Und dann war sie ganz urplötzlich da, die Idee, dass einer der kleinen hölzernen Kästen in Anna Hasenleders Truhe genauso ausgesehen hatte wie das mechanische Musikinstrument von Augustin Sumser.

Natürlich hatte er nicht in jeden Topf, nicht in jedes Kästchen hineingeschaut. Er hatte keinen Grund zu der Annahme gehabt, dass sich in irgendeinem der vielen Gefäße keine Kräuter befänden. Niemand hätte das vermutet, und deshalb hätte man auch nirgendwo besser eine Spieldose von Augustin Sumser verstecken können als zwischen all den tönernen, hölzernen und gläsernen Töpfchen, Dosen, Schachteln, Fläschchen und Kistchen in Anna Hasenleders Küche.

Am Posthaus angekommen, überließ Demuth dem Pferdeknecht sein Cabriolet und das Zugpferd. Er begrüßte Friedrich Krumpe, der sich anscheinend über seine Rückkehr freute und ihm einen Weizenbrei zum Mittagessen anbot. Demuth sagte, dass er gerade keinen Hunger habe und lieber am Abend essen wolle.

In der Gaststube sah er Augustin Sumser sitzen und in einer Zeitung lesen. Er begrüßte den Herrn ein wenig überrascht und forderte ihn eindringlich auf, vorläufig nicht abzureisen. Sumser entgegnete verblüfft, dass er das keineswegs vorhabe.

Demuth ging hinauf in die Schlafkammer, die so aussah, als hätte sie seit seiner gestrigen Abreise kein Mensch betreten. Er stellte seine Reisetasche neben das Bett und machte sich umgehend wieder auf den Weg.

Ein paar Minuten später klopfte er an die Haustür von Anna Hasenleders kleinem Kotten. Nichts rührte sich. Demuth zog die Tür langsam auf und horchte ins Haus hinein. Alles blieb still. Er betrat die Küche, ging hinüber zur Truhe und öffnete sie. Da war zwischen all den Dosen und Töpfen das kleine Kästchen aus Ahornholz, auf das sofort sein Blick fiel.

Er nahm es heraus, öffnete es, sah die Walze, den Kamm und den kleinen Hebel an der Seite. Er legte ihn um und hörte eine liebliche Melodie. Es war nicht die, die Sumser ihm am Samstag vorgespielt hatte, aber sie klang ebenso zart und heiter wie jene.

Die Spieldose, die Demuth in der Hand hielt, dieses fein gearbeitete und wohlklingende kleine mechanische Musikinstrument, war ohne Frage ein Werk von Augustin Sumser.

Anton Demuth setzte sich an Annas Küchentisch, stellte das Holzkästchen vor sich hin, sah es lange unverwandt an und versuchte zu begreifen, was dieser Fund für seine kriminalistischen Untersuchungen bedeutete.

Augustin Sumser, ein gutsituierter Hersteller von Spieldosen aus Bayern, ganz offensichtlich ein Meister seines Faches, logierte jetzt schon seit acht Tagen im Posthaus am Schloss Oberhausen. Ausgerechnet hier wollte er angeblich Käufer für seine mechanischen Musikinstrumente finden. Während seines Aufenthaltes an der Emscher wurde in der Nachbarschaft der Poststation die Kräuterfrau Anna Hasenleder das Opfer eines Verbrechens. Sumser hatte ihm, dem ermittelnden Untersuchungsrichter, erklärt, die Frau nicht gekannt zu haben. Doch sie hatte in ihrer Truhe eine Spieldose versteckt, die zweifellos von Augustin Sumser hergestellt worden war.

Hatte Anna kurz vor ihrem Tod den Mann aus Bayern kennengelernt und ihm das Instrument abgekauft? Das war auf den ersten Blick eine plausibel erscheinende Erklärung. Die beiden könnten sich im Umfeld der Poststation begegnet und miteinander ins Gespräch gekommen sein. Sumser könnte Anna im Posthaus seine Spieldosen vorgeführt haben, daraufhin könnte es zu dem Handel gekommen sein. Aber je eingehender Demuth diese Möglichkeit betrachtete, desto unwahrscheinlicher erschien sie ihm. Friedrich Krumpe oder seine Frau hätten von einem Zusammentreffen zwischen ihrem Gast und ihrer Nachbarin gewiss etwas mitbekommen, und es wäre ihnen nicht verborgen geblieben, wenn Anna eine von Sumsers mechanischen Musikinstrumenten gekauft hätte. Beide, Friedrich und Margarete, hatten bisher den Eindruck vermittelt, dass sie gewillt waren, Demuths kriminalistische Nachforschungen zu unterstützen. Sie hätten ihm von einer solchen Begegnung und von einem solchen Handel berichtet.

Gegen die Theorie, dass Anna Hasenleder die Spieldose von Augustin Sumser gekauft hatte, sprach aber vor allem ihr Preis. Demuth schätzte ihn auf mindestens zwanzig Taler. Ein solches mechanisches Musikinstrument mochte sich eine reiche Bürgersfrau oder ein wohlhabender Adliger in den Salon stellen. Eine Bauersfrau von der Emscher würde gar nicht auf die Idee kommen, so ein Ding zu kaufen. Gewiss, Anna Hasenleder war eine ungewöhnliche Frau gewesen, und sie hatte ein wenig

Geld zurückgelegt, aber ein so kostbares Instrument hätte ihre finanziellen Möglichkeiten überstiegen.

Nein, Anna hatte die Spieldose nicht gekauft.

Und doch hatte Demuth sie gerade in ihrer Truhe gefunden. Hatte Sumser sie ihr geschenkt? Hatte er ein engeres Verhältnis zu Anna Hasenleder gehabt, als er zugab? War er vielleicht sogar ihretwegen an die Emscher gekommen?

Wenn es eine Verbindung zwischen Anna Hasenleder und Augustin Sumser gegeben hatte, und dafür sprach nun mal die Spieldose, dann gab es einen Menschen, der darüber Bescheid wissen musste, nämlich Annas engste Vertraute, ihre Nichte Dina Becker.

Er verstaute das Holzkästchen vorsichtig in einer Innentasche seines weiten Mantels. Wenn er Glück hatte und Dina nicht gerade in den Gemächern der gräflichen Familie beschäftigt war, dann traf er sie jetzt wahrscheinlich im Gesindehaus des Schlosses an. Es war jedenfalls einen Versuch wert, sich dort nach ihr zu erkundigen.

Als er gerade die Haustür aufstoßen wollte, hörte er vom Emscherweg her Stimmen. Durch das kleine Fenster neben der Tür sah er, dass sich Dina mit den drei Tendlers dem Kotten näherte.

Demuth trat aus dem Haus, lächelte den vier Leuten, die offenbar alle von seinem Anblick überrascht waren, freundlich zu und rief ihnen entgegen: »Guten Tag, miteinander.«

Alle erwiderten seinen Gruß.

»Guten Tag, Herr Kriminalrat«, sagten Josef Tendler und seine Frau Therese gleichzeitig.

Ihre Tochter Liesel, sie trug wieder Annas blaues Schultertuch, nickte ihm schüchtern zu.

»Guten Tag, Herr Demuth. Was treibt Sie noch mal hierher? Hatten Sie sich nicht schon in Annas Haus umgesehen?«, fragte Dina.

»Eigentlich bin ich auf der Suche nach Ihnen«, antwortete Demuth.

»Nach mir? Warum das denn? Wir haben doch erst gestern lange miteinander geredet.«

»Während einer Morduntersuchung gibt es häufig überraschende Wendungen. Im Zusammenhang mit dem Tod Ihrer Tante bin ich auf etwas gestoßen, das ich gern mit Ihnen besprechen möchte.«

»Sie sind nicht unseretwegen hier?«, fragte Therese Tendler.

»Nein, ganz und gar nicht.«

»Na, Gott sei Dank«, sagte sie erfreut. »Wir wollen nämlich in den nächsten Wochen hier wohnen, in Annas kleinem Haus. Die Dina hat gesagt, Sie, Herr Untersuchungsrichter, hätten nichts dagegen, aber als ich Sie vor der Tür stehen sah, habe ich gedacht, dass Sie es jetzt doch verbieten wollten.«

»Nein, das will ich nicht«, sagte Demuth.

»Wissen Sie, Herr Kriminalrat, in den Pferdeställen zu übernachten, bei diesem Wetter, das ist nicht sehr angenehm. Alles fühlt sich irgendwie klamm an, und der Wind weht durch die Ritzen«, erklärte Josef Tendler.

»Natürlich sind wir dem Herrn Posthalter dankbar, dass er uns das erlaubt hat. Aber in einem festen Haus zu wohnen und richtige Betten zu haben, das wäre schon eine Freude für uns«, sagte seine Frau.

»Seien Sie unbesorgt. Ich werde Ihnen gewiss nicht in die Quere kommen«, stellte Demuth klar und fügte, als er die Erleichterung der Tendlers bemerkte, die Frage hinzu: »Wie lange wollen Sie denn noch an der Emscher bleiben?«

»Noch ungefähr zwei Wochen«, antwortete Josef Tendler. »Dann haben wir alle unsere Stücke einmal nachmittags und einmal abends gespielt, einmal sonntags und einmal werktags. Nach drei bis vier Wochen ziehen wir meistens weiter.«

»Und wo geht es als Nächstes hin?«

»Nach Bochum.«

»Ach, ins Westfälische.«

»Ja, unsere Konzession gilt auch für die Provinz Westfalen.«

»Bochum ist eine brave, kleine Stadt«, sagte Demuth.

»Wir sind immer gerne da. Die Bochumer schätzen das Marionettentheater und besuchen sehr zahlreich unsere Vorstellungen. Und es sind nicht nur Bauern, die zu uns kommen. Im Publikum sind viele Handwerker und Kaufleute und sogar studierte Leute«, erzählte Tendler. »Manche haben die Stücke sogar schon gelesen, die wir auf die Bühne bringen, die Geschichte vom Doktor Faustus oder die Legende von der heiligen Genoveva zum Beispiel.«

Noch immer stand die kleine Gruppe vor der Tür zu Annas Häuschen, Dina mit den drei Tendlers und ihnen gegenüber der Justizrat Demuth, der schmunzelnd bemerkte: »Ja, so sind sie, die Bochumer. Sie lesen gern.«

Josef Tendler wusste anscheinend nicht, was er von der Äußerung halten sollte. Er schaute fragend in die Runde, dann lachte er verhalten.

»Nein, nein«, sagte Demuth, »das sollte kein Scherz sein. Es gibt sogar eine Lesegesellschaft in Bochum. Da kommen Leute zusammen, um über Literatur zu sprechen, um neue Bücher zu empfehlen und daraus vorzulesen.«

»Davon habe ich noch nichts gehört.« Tendler sah seine Frau an. Die zuckte mit den Achseln.

»Ein Freund aus Studienzeiten lebt in Bochum«, erklärte Demuth. »Er ist Richter am königlichen Land- und Stadtgericht. Ich besuche ihn ab und zu. Er ist selbst Mitglied der Lesegesellschaft, und ich habe ihn ein paarmal zu den Zusammenkünften begleitet. Einmal war sogar der Herr Dr. Kortum anwesend.«

»Der Arzt? Den kennen wir auch«, sagte Therese Tendler. »Er kommt regelmäßig in unsere Vorstellungen, und meinem Mann hat er schon mal geholfen, als er etwas Falsches gegessen hatte.«

»Carl Arnold Kortum ist nicht nur Arzt«, sagte Demuth. »Er ist ein bedeutender Autor und Naturforscher. Er hat über die Bienenzucht, die Alchemie, über den Kaffeegenuss und germanische Grabstätten und über allerlei andere Themen gelehrte Werke verfasst. Er hat sich in Versen und Prosatexten humorvoll und tiefsinnig mit Erscheinungen unserer Zeit auseinandergesetzt. Und natürlich hat er auch über allerlei medizinische Fragen geschrieben. Er ist ein sehr bedeutender Mann. Die Universität Duisburg, an der er ein paar Jahre vor mir Student war, hat ihn im Mai zu seinem fünfzigjährigen Doktorjubiläum mit allerhöchsten Ehren und Auszeichnungen bedacht. Also, wenn der Herr Dr. Kortum Ihre Vorstellungen mit seinem Besuch beehrt, dann dürfen Sie das schon als ein besonderes Kompliment auffassen.«

Tendler, seine Frau und seine Tochter sahen sich schweigend an. Demuths Schilderung von Dr. Kortums Meriten hatte sie offenbar beeindruckt.

»Warum besuchen Sie mit Ihren Marionetten überhaupt so dörfliche Gegenden wie diese hier?«, fragte Dina. »In den großen Städten, wie Duisburg, Düsseldorf oder Köln, gibt es doch viel mehr Menschen, die sich Ihre Aufführungen ansehen könnten.«

»Und es gibt viel mehr Zerstreuungen«, entgegnete Josef Tendler. »Wenn wir in eine Bauerngegend kommen, freuen die Leute sich oft viel mehr über die Abwechslung, die wir in ihren Alltag bringen, als das Publikum in den großen Städten, wo es dauernd neue Attraktionen zu bestaunen gibt.«

Liesel Tendler zog das blaue Tuch enger um ihre Schultern und verschränkte die Arme vor der Brust. Sie schaute gelangweilt vor sich hin. Es war ihr anzusehen, dass sie des Gespräches überdrüssig war und gern ins Haus wollte.

Ihre Mutter legte eine Hand auf ihre Schulter und zog mit der anderen ihrem Mann am Ärmel.

»Wir drei, wir gehen jetzt noch einmal zum Pferdestall und holen unsere Sachen«, sagte sie.

»Aber wir wollten uns doch jetzt erst mit der Dina das Haus ansehen«, protestierte Liesel.

»Ja, das wollten wir. Aber das können wir auch später noch. Außerdem wissen wir, wie es dadrin aussieht. Wir waren oft genug bei der Anna zu Gast. Deshalb gehen wir jetzt erst noch mal los. Dann kann der Herr Demuth sich inzwischen mit der Dina unterhalten.«

Josef Tendler stimmte seiner Frau zu. Die beiden nahmen ihre Tochter in die Mitte und gingen wortlos hinunter zum Emscherweg.

»Das sind nette Menschen, die Tendlers, immer freundlich und bescheiden«, sagte Dina Becker, als sie sich ein paar Minuten später, Demuth gegenüber, an Annas Küchentisch setzte. »Ich mag sie wirklich sehr.«

»Sie sind sehr bemüht, es jedem recht zu machen und niemandem eine Last zu sein. Menschen wie sie haben es nicht leicht«, sagte Anton Demuth.

Dina seufzte. »Nein, leicht haben sie es wirklich nicht.«

Demuth wechselte unvermittelt das Thema. »Kennen Sie eigentlich den Herrn Sumser, der zurzeit in der Poststation logiert?«, fragte er Dina Becker.

»Ich habe gehört, dass dort ein Gast aus Bayern abgestiegen ist. Ob er Sumser heißt, weiß ich nicht.«

»Augustin Sumser heißt der Mann.«

»Nein, den kenne ich nicht«, sagte Dina. »Aber worüber wollten Sie denn mit mir reden? Sie sprachen gerade draußen von einer überraschenden Wendung bei Ihren Untersuchungen.«

»Zum Herrn Sumser wollte ich Sie befragen. Er handelt mit mechanischen Musikinstrumenten, die er selbst hergestellt hat.«

Dina sah ihn verständnislos an.

»Es hat sich herausgestellt, dass er und Ihre Tante sich kannten. Vermutlich sogar sehr gut.«

»Das ist Unsinn«, sagte Dina entschieden. »Hätte die Anna irgendetwas mit diesem Herrn zu tun gehabt, dann wüsste ich davon.«

Demuth zog die Spieldose aus seinem Mantel und stellte sie vor Dina auf den Tisch.

»Ach«, sagte sie erstaunt. »Wo haben Sie die denn gefunden?«

»Da drüben, in Annas Truhe.«

»Ich habe sie schon überall gesucht.« Dina schüttelte den Kopf.

»Sie ist von Augustin Sumser.«

Dina hörte nicht auf, ihren Kopf zu schütteln.

»Er hat dieses mechanische Musikinstrument gebaut, daran gibt es keinen Zweifel«, sagte Demuth.

»Das ist unmöglich«, entgegnete Dina. »Diese Spieldose gehörte der Gräfin Friederike. Schon als ich die Familie von Westerholt kennenlernte, war sie in ihrem Besitz. Nach Friederikes Tod hat Graf Maximilian sie dann der Anna geschenkt. Das war vor etwa drei Monaten, als die Anna gerade mal wieder eines der Kinder, ich glaube es war Friedrich Ludolf, von einem schweren Fieber kuriert hatte.«

Der Gendarm Schmitting stand unten an der Emscher, nur wenige Schritte vom Steg entfernt. Er redete mit einem jungem Mann, dessen Hände mit einem Strick hinter seinem Rücken zusammengebunden waren.

Anton Demuths Blick fiel auf die Szene am Flussufer, während er zusammen mit Dina Becker den kleinen Kotten verließ. Auch Dina sah die beiden Männer, als sie durch die Haustür ins Freie trat.

»Kennen Sie den Kerl, mit dem der Gendarm spricht?«, fragte Demuth sie.

»Das ist Arnold Terhuven.«

Dina sagte das so kühl, dass Demuth sich fragte, ob eine junge Frau so über den Vater ihres ungeborenen Kindes sprechen konnte, so ganz ohne jedes Anzeichen einer Gefühlsregung.

Das wollte er gern genau wissen.

»Es gibt Leute, die halten den Arnold und Sie für ein Paar«, sagte er.

»Es gibt auch welche, die behaupten, die Sonne scheine nicht mehr, weil sie in die Emscher gefallen sei«, entgegnete Dina schnippisch.

»Ach was«, sagte Anton Demuth.

»Was so geredet wird, das ist oft Unfug«, fuhr Dina fort. »Ich würde an Ihrer Stelle nicht viel darum geben.«

»Mir ist zugeflüstert worden, dass Sie ein Kind erwarten und dass Arnold Terhuven der Vater ist«, sagte Demuth.

Von einem Augenblick zum nächsten war es um Dinas Selbstbeherrschung geschehen. Das Blut stieg ihr in den Kopf, ihre Augen weiteten sich erschrocken. Sie starrte Demuth an und stammelte: »Jemand hat das gesagt? Zu Ihnen? Dass ich schwanger bin? Wer behauptet so etwas?«

Demuth hatte nicht die Absicht gehabt, Dina Becker so sehr aus der Fassung zu bringen. Die verstörte junge Frau tat ihm leid. Jetzt war er es, der stammelte.

»Ich weiß nicht. Das kann ich nicht sagen. Vielleicht habe ich ja auch irgendwas falsch verstanden.«

Dina sah ihn an, verständnislos und sprachlos, eine ganze Weile, bevor sie endlich aufgebracht hervorstieß: »Die Henni. Die Henriette. Das hätte ich ihr nicht zugetraut.«

»Nein, nein«, sagte Demuth energisch. »Sie ziehen falsche Schlüsse. Henriette Terhuven und ich, wir haben noch nie ein Wort miteinander gesprochen. Ich habe sie bisher nur ein Mal gesehen. Das war im Posthaus beim Marionettenspiel von der heiligen Genoveva. Da hat sie ein paar Reihen hinter mir gesessen.«

Dinas Erschrecken war längst umgeschlagen in einen grollenden Zorn.

»Was auch immer Sie gehört haben oder glauben oder vermuten, das ist alles dummes Zeug«, sagte sie wutentbrannt zu Demuth. »Jeder weiß hier, dass der Arnold was von mir will. Aber ich will nichts von ihm. Und das wissen die Leute auch. Aber das ist eine Geschichte, die ihnen nicht gefällt. Also erfinden sie irgendwas, irgendeinen Blödsinn.«

Demuth schwieg dazu.

»Ich nehme an, dass Sie mich hier nicht mehr brauchen«, sagte Dina brüsk und unüberhörbar aufgebracht. »Ich würde jetzt gern den Tendlers helfen, ihre Sachen hierherzuschaffen.«

»Ja, natürlich. Tun Sie das«, entgegnete Demuth.

Dina drehte sich auf der Stelle um und ging in Richtung Herrenhaus davon. Die beiden Männer unten am Steg waren inzwischen auf sie aufmerksam geworden und schauten ihr nach.

Irgendwann rief Schmitting mit seiner dröhnenden Stimme: »Herr Kriminalrichter, da sind Sie ja. Wir warten hier schon eine Weile auf Sie.«

Anton Demuth dachte über Dina nach, über ihre Verwirrung und ihre Wut, während er langsam hinunterging zu den Männern am Flussufer.

»Das ist Arnold Terhuven. Ich habe ihn in Ruhrort in einem zwielichtigen Haus in der Nähe des Hafens aufgegabelt«, sagte Schmitting.

»Aus dem Bett einer schönen Hure hat er mich gezogen, der Herr Gendarm«, sagte der junge Mann ärgerlich.

»Sie haben hier auf mich gewartet? Woher wussten Sie, dass ich in Anna Hasenleders Haus war?«, fragte Demuth den Gendarmen.

»Ich habe den Marionettenspieler und seine Familie getroffen. Die Tendlers haben gesagt, Sie seien zusammen mit der Dina hier.«

Unvermittelt fielen ein paar Regentropfen aus dem grauen Himmel.

Schmitting wischte sich einen von der Nase. »Es wird in Kürze hier sehr ungemütlich. Wenn wir nicht klatschnass werden wollen, sollten wir schnell zum Posthaus gehen.«

»Zum Haus der Terhuvens ist es näher«, sagte Demuth.

Schmitting nickte. »Das stimmt.«

Arnold Terhuven lachte bitter.

»Ja, schleppen Sie den Bösewicht nur gefesselt vor seine

Mutter und seinen Großvater«, sagte er bissig. »Warum behandeln Sie mich so, als wäre ich ein Verbrecher?«

»Verbrecher bringen wir ins Zuchthaus und nicht zu ihren Müttern«, sagte Schmitting ungerührt, griff nach Arnold Terhuvens Arm und schob ihn auf dem Emscherweg vorwärts.

»Ich habe nichts getan«, rief der empört und wand sich aus dem Griff des Gendarmen.

Schmitting packte noch einmal energisch zu, aber dieses Mal ließ der junge Terhuven sich nicht von der Stelle schieben. Breitbeinig stand er da, sah den Gendarmen und den Kriminalrichter feindselig an und sagte, seinen Zorn nur unvollkommen beherrschend: »Es ist nicht nötig, dass Sie mich so in mein Elternhaus führen. Sie bereiten meiner Mutter unnötige Sorgen. Warum tun Sie das? Ich werde nicht flüchten. Binden Sie mir endlich die Hände los.«

Demuth bemerkte Schmittings fragenden Blick und zuckte mit den Schultern.

»Ich weiß nicht, ob er uns davonläuft. Sie kennen ihn besser als ich«, sagte er.

Schmitting löste den Strick von Arnolds Handgelenken.

Der Regen wurde stärker. Die Männer sputeten sich. Nur zwei Minuten später standen sie vorm Haus der Terhuvens. Die Bank, auf der gewöhnlich der alte Fürchtegott saß, war leer. Der Regen wurde von einem Augenblick zum anderen zu einem Guss. Schmitting schlug heftig gegen die Haustür.

Henriette öffnete und ließ die drei Männer ein. Gertrude saß am Küchentisch. Als sie ihren Sohn sah, fiel sie ihm um den Hals und drückte ihn an sich. Fürchtegott Terhuven saß auf einer Holzbank neben dem Ofen und beobachtete die Szenerie schweigend.

»Wie geht es dir, Opa?«, fragte sein Enkel ihn.

»Ich lebe noch«, antwortete er.

Als Arnold sich neben ihn auf die Ofenbank setzte, bemerkte Demuth, wie ähnlich die beiden sich sahen. Das spitze Kinn hatte der Junge vom alten Fürchtegott, und sein blonder Haarschopf war genauso struppig und wirr wie der weiße seines Großvaters. Beide schauten aus grünen Augen skeptisch und herausfordernd in die Welt, eine Gleichartigkeit, die besonders auffiel, auch wenn die Lider des alten Mannes müde herabhingen und seine Augen kleiner wirkten als die seines Enkels.

Demuth stellte sich den Anwesenden vor, obwohl er annahm, dass alle bereits wussten, wer er war. »Ich bin Anton Demuth, Kriminalrichter aus Werden«, sagte er laut. »Ich untersuche die Umstände des Todes von Anna Hasenleder. Mit fast allen Nachbarn habe ich inzwischen gesprochen. In diesem Haus habe ich allerdings die meisten Bewohner bisher nicht angetroffen.«

»Deshalb lassen Sie mich in Ruhrort gefangen nehmen und hierherbringen? Weil Sie mit mir reden wollen? Dazu haben Sie kein Recht«, sagte Arnold kopfschüttelnd.

»Doch, das hat er.« Schmitting nahm sein Gewehr von der Schulter und setzte sich auf einen Stuhl am Küchentisch.

»Ich suche den Mörder von Anna Hasenleder, und Sie, junger Mann, gehören zu den Verdächtigen«, sagte Demuth.

»So ein Unfug«, keifte Gertrude Terhuven, die sich inzwischen auch wieder an den Tisch gesetzt hatte. Ihre Tochter Henriette stand neben ihr. Sie hatte die Arme unter der Brust verschränkt und betrachtete abwechselnd den Kriminalrichter aus Werden und ihren Bruder.

»Kann man hier irgendwo ungestört unter vier Augen reden?«, fragte Demuth.

»Da, in meiner Kammer.« Der alte Fürchtegott deutete mit dem Kopf auf eine Holztür. »Da gibt es einen Stuhl und einen kleinen Tisch und ein Bett.«

»Kommen Sie!«, sagte Demuth zu Arnold. Der folgte ihm ohne weiteren Widerspruch in den kleinen Raum hinter der Küche und setzte sich auf das Bett seines Großvaters.

Demuth schloss die Tür und stellte sich neben das kleine Sprossenfenster an der gegenüberliegenden Wand.

Arnold sah ihn herausfordernd an.

Demuth hielt seinem Blick stand und schwieg.

»Warum sollte ich die Anna umbringen?«, fragte der junge Terhuven.

»Sie wollten mit ihrer Nichte anbändeln. Die Anna war gegen die Verbindung. Deshalb haben Sie sie aus dem Weg geräumt.«

Arnold Terhuven lachte ungehalten.

»Kennen Sie die Dina?«, fragte er, als er sich wieder beruhigt hatte.

»Ja«, sagte Demuth.

»Dann sollten Sie wissen, dass sie sich von niemandem etwas sagen lässt, auch von ihrer Tante nicht. Und die hätte ihr in Liebesdingen auch nicht hineingeredet. Anna Hasenleder hat so gelebt, wie sie es für richtig hielt, und das hat sie auch der Dina zugestanden.«

»Das wissen Sie so genau?«

»Ja, das weiß ich.«

»Sind Sie der Dina irgendwann mal nähergekommen?«

»Was meinen Sie damit?«

»Ich wüsste gern, ob die Dina irgendwann mal schwach geworden ist und Sie das ausgenutzt haben?«

»Die Dina ist in meinem Beisein nie schwach geworden. Sie ist das Nachbarsmädchen, in das ich schon als Junge verliebt war, bei dem ich aber nicht landen konnte. So etwas kommt vor. Darüber kann man hinwegkommen. Es gibt genug schöne Frauen, die einem gerne dabei helfen. Ich bin nicht so ein Schwächling wie mein Vater, der davongelaufen ist, weil er es nicht verkraften konnte, dass die Anna ihn nicht wollte.«

»Hat die Dina einen anderen?«, fragte Demuth.

»Das weiß ich nicht«, sagte Arnold.

Demuth knöpfte seinen Mantel auf und setzte sich auf den Stuhl, der dem Bett gegenüberstand.

»Der Gendarm Schmitting hält Sie für einen üblen Kerl. Er glaubt, dass Sie zu allem fähig sind, wenn es Ihnen etwas einbringt.«

»Ja, ich weiß. Für ihn bin ich der Taugenichts, der schon als Halbwüchsiger gewildert hat und Fische aus der Emscher gefangen hat, obwohl er das nicht durfte. Anstatt zu hungern, habe ich es gewagt, Dinge zu tun, zu denen nur der Herr Graf ein Recht hatte. Sogar im Gefängnis gesessen habe ich dafür. Aber ich bin immer noch der Meinung, dass es nicht falsch war, was ich getan habe. Kein König und kein Fürst hat das Recht, alles das, was die Natur den Menschen gibt, für sich zu beanspruchen, während die einfachen Leute verhungern.«

Demuth sah den jungen Mann eine Weile nachdenklich an. Dann fragte er ihn: »Wissen Sie eigentlich, dass Ihr Vater Rochus Sympathien für die Französische Revolution hatte?«

»Mein Großvater hat mir erzählt, dass er sich in Frankreich den Revolutionstruppen angeschlossen hat«, antwortete Arnold.

»Und Sie selbst haben mit der Armee Napoleons gegen das Königreich Preußen und seine Verbündeten gekämpft?«

»Ja, aber mich hat niemand gefragt, ob ich das wollte. Ich musste Soldat des Großherzogtums Berg werden und mit den Franzosen in den Krieg ziehen. 1813 war das. Aber kurz vor der großen Schlacht bei Leipzig ist es mir gelungen zu fliehen.«

»Zu desertieren«, sagte Demuth.

»Nennen Sie es, wie Sie wollen. Ich bin froh, dass ich nicht gegen deutsche Brüder gekämpft habe. Und ich bin auch froh, dass ich nicht für den großen Franzosenkaiser gestorben bin, so wie zigtausend junge Männer.«

»So wie Ihr Vetter Georg Kleinrogge.«

»Ja, so wie der Georg.« Arnold nickte. »Ich habe versucht, ihn zu überreden, mit mir abzuhauen. Er wollte nicht. Er sei kein Deserteur, hat er gesagt. Jetzt ist er tot. Da gefällt es mir sehr viel besser, ein Deserteur zu sein.«

»Stimmt es, dass Sie nach der Soldatenzeit Pferdeknecht beim Posthalter Krumpe waren und dass der Sie rausgeschmissen hat, weil Sie unzuverlässig und ständig betrunken waren?«

»Ich trinke zu viel Bier und Branntwein und verbringe zu

viel Zeit mit Huren. Das ist wahr. Im Rausch lassen sich Ungerechtigkeiten und Elend besser ertragen.«

»Das bringt doch nichts«, sagte Demuth leise, mehr zu sich als zu dem jungen Mann.

»Es ist schon absonderlich«, sagte Arnold Terhuven, ohne auf Demuths Bemerkung einzugehen, »dass Sie ausgerechnet mich verdächtigen, die Anna getötet zu werden. Niemand hier war ihr so ähnlich wie ich.«

»Ach was«, sagte Demuth.

»Sie hat nach ihren eigenen Regeln gelebt, und das tu ich auch. Deshalb ergeht es mir jetzt so wie ihr. Menschen wie wir sind immer an allem schuld. Man verteufelt uns. Die Anna hat man zur Hexe gemacht, und jetzt wollen Sie mich zum Mörder machen.«

Demuth schwieg.

»Suchen Sie den Unhold, der die Anna auf dem Gewissen hat, lieber bei denen, für die sie eine böse, gemeine Hexe war.«

»Ich glaube, Ihre Mutter Gertrude ist so jemand«, sagte Demuth.

»Ich weiß«, entgegnete der junge Terhuven. »Ich glaube zwar nicht, dass sie fähig ist, einen Mord zu begehen, aber sie hat keine Gelegenheit ausgelassen, schlecht über die Anna zu reden und Menschen gegen sie aufzuwiegeln.«

Ein paar Minuten später hockte Gertrude Terhuven in der Kammer des alten Fürchtegott auf der Bettkante. Demuth betrachtete sie. Sie hielt den Kopf gesenkt und schaute auf ihre Hände, die gefaltet in ihrem Schoß lagen.

So hatte sie auch dagesessen, als Demuth sie am Donnerstag beim Beten in Anna Hasenleders Küche zum ersten Mal gesehen hatte. Da hatte sie einen Rosenkranz in den Händen gehalten.

Demuth saß mit übereinandergeschlagenen Beinen und verschränkten Armen auf dem Stuhl und schaute Gertrude unverwandt an.

Die fühlte sich unübersehbar unbehaglich. Hin und wieder

blickte sie scheu zum Kriminalrichter hinüber, nur um jedes Mal schnell ihre Augen wieder niederzuschlagen, wenn sie seinem Blick begegnete.

Demuth wartete ab.

Endlich fragte Gertrude Terhuven kleinlaut: »Glauben Sie, dass ich etwas mit Anna Hasenleders Tod zu tun habe?«

»Ja«, sagte Demuth.

Danach war es wieder still in der kleinen Kammer, bis Gertrude irgendwann vor sich hin murmelte: »Ich habe sie nicht gemocht.«

»Sie haben sie gehasst«, sagte Demuth schroff.

Gertrude schaute auf ihre Hände.

»Sie war die Frau, die Ihr Mann Rochus geliebt hat.«

»Die Anna hatte ihn verhext«, sagte Gertrude sehr leise.

»Warum hätte sie das tun sollen? Sie wollte nichts von ihm. Seine Nachstellungen waren ihr unangenehm.«

Jetzt sah Gertrude dem Kriminalrichter in die Augen und hielt seinem Blick stand. Sie dachte lange nach, bevor sie kopfschüttelnd sagte: »Sie haben mit dem Alten gesprochen.«

»Wie kommen Sie darauf?«, fragte Demuth.

»Er hat die Anna immer in Schutz genommen. Ich weiß nicht, warum. Sie allein war schuld daran, dass der Rochus damals davongelaufen ist.«

»Soweit ich weiß, sieht Ihr Schwiegervater das anders.«

»Wie kann man das anders sehen? Wäre die Anna nicht gewesen, dann müsste der Alte sich nicht um seinen Sohn grämen. Und ich müsste nicht seit mehr als zwanzig Jahren das Leben einer armen Witwe führen.«

»Ihr Mann hat sich damals dafür entschieden, seinen Vater und Sie und die Kinder zu verlassen. Dafür können Sie doch nicht die Anna Hasenleder verantwortlich machen.«

»Sie war eine Hexe. Sie hatte den Rochus mit einem Zauber belegt. Er konnte nur noch das tun, was sie wollte.«

Demuth winkte ab. Über dergleichen Unfug wollte er nicht diskutieren.

»Wo waren Sie am Donnerstagmorgen?«, fragte er.

»In der Kirche«, behauptete Gertrude Terhuven.

Demuth schickte sie zurück in die Küche und bat ihre Tochter Henriette in die Kammer des alten Terhuven.

Als die junge Frau sich auf die Bettkante gesetzt hatte, sagte Demuth zu ihr: »Ihre Mutter macht die tote Anna dafür verantwortlich, dass sie seit über zwanzig Jahren das Leben einer armen Witwe führen muss.«

»Ich weiß.«

»Ist sie tatsächlich eine arme Frau?«

»Nein«, sagte Henriette, ohne zu zögern. »Ich weiß nicht, ob ihr Leben mit einem Ehemann einfacher gewesen wäre. Einen Grund, sich zu beklagen, hat sie jedenfalls nicht. Bis vor ein paar Jahren war mein Großvater noch ein kräftiger Mann und ein tüchtiger Bauer. Ich kann mich nicht daran erinnern, dass wir irgendwann mal nicht satt geworden wären, als wir noch Kinder waren, der Arnold und ich. Inzwischen lassen die Kräfte des alten Mannes zwar nach, aber wenn meine Mutter ihn auf dem Feld und im Stall unterstützt, dann kommen die beiden immer noch gut klar.«

»In diesem Jahr auch?«, fragte Demuth überrascht.

»Nein«, sagte Henriette. »In diesem Jahr ist alles anders. Das wissen Sie doch. Niemand kann genug ernten, um satt zu werden. Und nur wenige Menschen können sich die Lebensmittel leisten, die auf den Märkten angeboten werden.«

»Sie arbeiten in der gräflichen Küche?«

Henriette nickte.

»Ich nehme an, da sieht das anders aus. Im Schloss weiß man nicht, was Hunger ist.«

»Natürlich nicht.«

»Auch das Personal des Grafen nicht?«

»Alle, die im Schloss leben und arbeiten, haben genug zu essen«, sagte Henriette. »Es kommt so viel auf den Tisch, dass von fast allen Mahlzeiten etwas übrigbleibt.«

»Und was geschieht damit?«, fragte Demuth.

»Das wird wieder in den Vorratskeller oder in die Speisekammer geräumt. Es sei denn, es ist verderblich. Dann bleibt es in der Küche. Und weil niemand will, dass etwas weggeworfen wird, habe ich in den letzten Wochen so manche Schüssel mit Gemüse oder mit einer Suppe hierherbringen können, zu meinem Großvater und zu meiner Mutter. Sie hat keinen Grund, sich zu beklagen, nicht einmal in diesen schlechten Zeiten.«

»Können Sie sich vorstellen, dass Ihre Mutter die Anna Hasenleder getötet hat?«

»Nein, das kann ich mir nicht vorstellen. Und mein Bruder Arnold, der war es auch nicht. Es ist wahr, dass er ein Tunichtgut ist und dass er aufrührerische Ideen hat. Er wäre gern ein Rebell oder ein Räuberhauptmann wie der Schinderhannes. Aber sein Mut reicht nur für ein paar kleine Gaunereien. Zu einem Mord ist er ganz sicher nicht fähig.«

»Und Sie, wie haben Sie zur Anna Hasenleder gestanden?«

»Ich habe die Anna immer gemocht, auch wenn meine Mutter das nicht verstehen konnte. Für mich war sie die freundliche Tante meiner besten Freundin Dina Becker.«

Auf Anton Demuths Frage, ob es im Hause einen Regenschirm gäbe, den der Herr Gendarm und er eventuell ausleihen könnten, antworteten die Mitglieder der Familie Terhuven mit Gelächter.

»Wir gehören zu den Lebewesen, die nass werden, wenn es regnet«, sagte Arnold belustigt.

Sein Großvater fügte hinzu: »Es lässt sich nicht gut auf dem Feld arbeiten mit einem Regenschirm in der Hand. So ein Ding hat kein Bauer hier in der Gegend, Herr Kriminalrichter.«

»Meine Schwester Helena, die besitzt einen Regenschirm«, sagte Gertrude. »Den nehmen wir bei schlechtem Wetter mit zur Kirche. Es ist nämlich sehr unangenehm, eine Stunde lang durchnässt in der Messe zu sitzen.«

»Es hört gerade auf zu regnen«, sagte Schmitting, der am Küchenfenster stand und nach draußen schaute.

»Ich habe mir schon gedacht, dass es nicht lange so gießen würde«, sagte Fürchtegott. »Solche Wolkenbrüche ziehen schnell weiter. In den nächsten Stunden wird es trocken bleiben.«

Demuth bedankte sich bei den Terhuvens. Es sei sehr hilfreich für ihn gewesen, dass sie so geduldig all seine Fragen beantwortet hätten, sagte er, bevor er zusammen mit Schmitting das Haus verließ. Die beiden Männer gingen zügig in Richtung Posthaus. Der Wetterprognose des Alten trauten sie nicht so recht.

»War das ein aufrichtiges Dankeschön?«, fragte Schmitting unterwegs.

»Was meinen Sie?«

»Sie haben sich bei den Terhuvens für ihre Hilfe bedankt. Ich habe nicht bemerkt, dass der Arnold oder seine Mutter besonders entgegenkommend waren. Deshalb hat mich das überrascht.«

»Mit Freundlichkeit macht man sich die Menschen gewogen«, sagte Demuth. »Wer weiß schon, ob ich während der weiteren Untersuchungen nicht noch mal die Unterstützung der Terhuvens brauche? Außerdem haben Gertrude und ihre beiden Kinder letztlich alle Fragen beantwortet, die ich ihnen gestellt habe. Und vom alten Fürchtegott habe ich schon viel erfahren über die Menschen hier an der Emscher. Ich finde nicht, dass mein Dank unangemessen war.«

»Haben die Antworten, die Sie bekommen haben, Ihnen denn weitergeholfen?«

»Ich denke schon. Es ist bei jeder kriminalen Untersuchung ein Fortschritt, wenn man Verdächtige ausschließen kann. Je weniger übrig bleiben, desto näher kommt man dem Täter.«

»Die Terhuvens gehören jetzt nicht mehr zu Ihren Verdächtigen?«

»Der alte Fürchtegott und die Henriette haben nie dazugehört, und der Arnold ist jetzt auch nicht mehr auf meiner Liste. Er ist zwar ein Tunichtgut, und er hat einen Hang zu revolutionären Ideen, aber letztendlich ist er nur ein kleiner Gauner. Annas Mörder ist er nicht.«

»Da sind Sie sich so sicher nach einem Gespräch, das nicht mal eine halbe Stunde gedauert hat?

»Er hatte keinen Grund, ihr etwas anzutun. Ihr Tod bringt ihm nicht den kleinsten Vorteil. Und einer von den Menschen, die etwas gegen die Anna hatten, ist er auch nicht.«

»Und was ist mit Gertrude Terhuven?«

»Die gehört weiterhin zu meinen Verdächtigen. Sie hat die Anna wirklich gehasst.«

»Haben Sie sie mit Ihrem Verdacht konfrontiert?«

»Ja, das hab ich. Sie bestreitet, dass sie etwas mit dem Mord zu tun hätte, und behauptet, am Donnerstagmorgen in der Frühmesse gewesen zu sein.«

»Man könnte den Priester fragen, der die Messe gelesen hat. Vielleicht erinnert er sich an Gertrude Terhuven.«

»Wenn er das nicht tut, ist das leider kein Beweis dafür, dass sie nicht in der Kirche war«, wandte Demuth ein.

»Aber wenn er sich an die Gertrude erinnert, dann können Sie die auch von Ihrer Liste streichen.«

»Da haben Sie recht«, gab Demuth zu.

»Wer gehört sonst noch zu den Verdächtigen?«, fragte der Gendarm.

»Gertrudes Schwester Helena. Vielleicht auch deren Mann, der Paul. Der sagt kein Wort und starrt Löcher in die Luft. Was von ihm zu halten ist, das kann ich nicht abschätzen.«

»Was ist mit den Puppenspielern?«, fragte Schmitting.

»Es gibt kein Motiv. Die drei Tendlers haben die Anna gemocht. Sie haben eine Freundin verloren und sind sehr traurig darüber.«

»Und wenn es doch ein Fremder war, irgendein Vagabund, der zufällig vorbeigekommen ist, die Frau beim Wasserholen beobachtet hat und dabei erst auf die Idee gekommen ist, sie zu überfallen?«

Demuth schüttelte den Kopf.

»Ich habe, seitdem ich hier bin, nicht einen Wanderer und nicht ein fremdes Fuhrwerk auf dem Emscherweg gesehen. Es gibt keine Kampfspuren, und der Anna wurde nichts gestohlen. Sie kannte ihren Mörder und hat ihn so nah an sich herangelassen, dass er zuschlagen konnte. Nein, es war kein Fremder.«

»Trotzdem muss es niemand von hier gewesen sein«, sagte Schmitting. »Die Anna war mit ihren Kräutern ringsum auf den Märkten unterwegs. Vielleicht hat sie jemanden in Essen oder in Duisburg kennengelernt, einen Menschen, mit dem sie sich angefreundet hat. Der hat sie hin und wieder hier besucht, und irgendwann ist es zum Streit gekommen.«

»Und dann hat der neue Freund oder die neue Freundin gleich zum Knüppel gegriffen?«

»Ich gebe zu, das ist nicht sehr wahrscheinlich«, sagte der Gendarm.

»Hätte die Anna in letzter Zeit Besuch von einem Fremden gehabt, dann hätten das hier ein paar Leute mitbekommen. Und irgendjemand hätte es uns gesagt. Auf jeden Fall hätte die Dina es gewusst und erzählt.«

Schmitting nickte.

»Die Poststation und das Herrenhaus«, sagte er nach einer Weile.

»Was ist damit?«, fragte Demuth.

»Ich überlege, ob wir bei den Menschen, die da leben und arbeiten, vielleicht etwas übersehen haben.«

»Ein Mordmotiv?«

Schmitting zuckte mit den Schultern.

»Sie kennen die Leute hier seit Jahren, Schmitting. Und ich habe an den vergangenen Tagen mit Freunden und Feinden von Anna Hasenleder geredet. Was sollte das für ein Mysterium sein, das uns dabei verborgen geblieben ist?«

»Wahrscheinlich gibt es keins«, sagte der Gendarm und fügte nach kurzem Nachdenken hinzu: »Dann bleiben tatsächlich nicht mehr viele Verdächtige übrig. Was ist mit dem seltsamen Herrn aus Bayern? Haben Sie den noch auf Ihrer Liste?«

»Ganz oben«, antwortete Demuth.

In diesem Augenblick fing es wieder an zu regnen. Die letzten Schritte zum Posthaus legten die beiden Männer im Laufschritt zurück.

Als kurz darauf der Mantel des Kriminalrichters und das Cape, das Schmitting sich gelegentlich umhängte, um seine lindgrüne Uniformjacke vor Nässe zu schützen, an zwei Kleiderhaken neben der Tür der Gaststube hingen, als die beiden Männer sich am Tisch neben dem Fenster gegenübersaßen und Krumpe ihnen zwei Krüge Bier gebracht hatte, informierte Demuth den Gendarmen zunächst über den Obduktionsbericht vom Professor Günther.

»Also ist die Anna Hasenleder genau so ums Leben gekommen, wie wir es uns schon nach der ersten Begutachtung des Leichnams und des Tatortes gedacht hatten«, fasste Schmitting zusammen.

»So ist es.« Demuth trank einen Schluck Bier.

Auf die Frage Schmittings, warum Sumser ganz oben auf seiner Liste stehe, antwortete Demuth: »Weil unser Opfer etwas besaß, was dieser Mensch fabriziert hat.«

Der Gendarm sah ihn ratlos an. Erst als Demuth ihm die Geschichte erzählt hatte, beginnend mit der Spieldose, die Augustin Sumser ihm am Emscherufer vorgeführt hatte, und endend mit dem mechanischen Musikgerät, das er in Annas Truhe gefunden hatte, begriff Schmitting allmählich, warum der Herr aus Bayern auf der Liste der Verdächtigen an die erste Stelle gerückt war.

»Also hat er Anna Hasenleder gekannt«, schlussfolgerte er.

»Dina Becker behauptet, das sei nicht so gewesen«, entgegnete Demuth. »Sie sagt, der Graf habe der Anna die Spieldose als Dank für die Heilung eines Kindes geschenkt. Zuvor sei sie jahrelang im Besitz der Gräfin Friederike gewesen.«

Während Schmitting Bier trank und ein sehr nachdenkliches Gesicht machte, stand Demuth auf, ging zu seinem Mantel, holte die Spieldose aus der Innentasche, ging zurück zu seinem Platz und stellte das Holzkistchen vor Schmitting auf den Tisch.

Er öffnete es, legte den Hebel um, und es erklang wieder die liebliche Melodie, die Demuth schon in Annas Küche gehört hatte. Schmitting sah mit großen Augen in das Kästchen hinein, betrachtete die sich drehende Walze und beobachtete, wie ihre Erhebungen die Zinken des Kammes anschlugen und so die zarte, feine Musik erzeugten.

»Wundervoll«, war das einzige Wort, das der Gendarm hervorbrachte.

Der Postmeister Krumpe kam vom Schanktisch herüber und lauschte und schaute mit offenem Mund. Kurz darauf standen auch Grete und ihre Magd Trudi neben dem Tisch und starrten schweigend das kleine mechanische Wunderwerk an.

»Da habe ich also richtig gehört«, sagte jemand hinter Demuths Rücken.

Es war Augustin Sumser.

»Was haben Sie richtig gehört?«, fragte Schmitting, und seine Stimme klang nach den zarten Tönen der Spieldose so laut und dröhnend, dass selbst Demuth erschrocken zusammenfuhr.

»Es war tatsächlich meine Musik, die ich plötzlich in den Ohren hatte.« Sumser betrachtete, ungläubig den Kopf schüttelnd, das Holzkästchen auf dem Tisch.

»Diese leise Melodie, die haben Sie oben in Ihrer Kammer gehört?«, fragte Demuth ihn erstaunt.

»Nein, nebenan im Flur. Ich kam gerade vom Abtritt zurück.«

»Sie geben zu, dass Sie dieses Instrument hergestellt haben?«, fragte Schmitting laut.

»Das lässt sich wohl nicht leugnen«, sagte Sumser freundlich.

Während Friedrich Krumpe zurück zum Schanktisch schlurfte und seine Frau Margarete und Trudi wieder in der Küche verschwanden, forderte Demuth den Herrn aus Bayern auf, sich zu ihm und Schmitting an den Tisch zu setzen.

»Woher haben Sie die?«, fragte Sumser, als er Platz genommen hatte. Er streichelte mit den Fingerspitzen sanft über das Ahornholz der Spieldose.

»Was denken Sie, woher sie ist?«, fragte Demuth zurück.

»Ich nehme an, aus dem Herrenhaus.«

»Nein, ich habe sie in der Küche der toten Anna Hasenleder gefunden.«

»Das glaube ich nicht«, sagte Sumser und lächelte.

Anton Demuth empfand dieses Lächeln als ganz und gar unangemessen und verspürte plötzlich das dringende Bedürfnis, es diesem stets fröhlichen Herrn aus Bayern auszutreiben.

»Es sieht nicht gut für Sie aus, Herr Sumser«, sagte er langsam und sehr nachdrücklich. »Sie haben immer behauptet, ganz zufällig hier an der Emscher zu sein, keine Beziehung zu diesem Ort und den Menschen zu haben, selbstverständlich auch die Tote nicht gekannt zu haben. Das klang bisher schon alles höchst unglaubwürdig, jetzt hat es sich als gänzlich unwahr erwiesen. Das Mordopfer war im Besitz eines von Ihnen fabrizierten mechanischen Musikinstrumentes. Es wäre gut für Sie, wenn Sie dafür eine Erklärung liefern könnten.«

»Das kann ich aber nicht«, sagte Sumser. »Fragen Sie im Herrenhaus nach! Die Spieldose muss irgendwie von dort in die Küche dieser Frau gelangt sein.«

Das Lächeln war aus seinem Gesicht verschwunden.

»Warum sind Sie so überzeugt davon, dass dieses Instrument aus dem Schloss stammt? Wie könnte es dahin gekommen sein? Sie sind angeblich noch nie in dieser Gegend gewesen. Und Oberhausen ist weit weg vom Königreich Bayern.«

»Das ist nicht so einfach zu erklären«, sagte Augustin Sumser so leise, als spräche er mit sich selbst.

»Ich glaube, wir haben ausreichend Gründe, Sie nach Werden ins Zuchthaus zu bringen«, sagte Schmitting ziemlich laut.

»Jetzt machen Sie mal langsam, meine Herren!«

Sumser lehnte sich zurück und verschränkte seine Arme vor der Brust. Er ließ sich vom Posthalter einen Krug Bier bringen und fragte die beiden Vertreter der preußischen Obrigkeit, die ihn erwartungsvoll ansahen, ob sie willens seien, sich eine etwas längere Geschichte anzuhören.

»Wenn es der Wahrheitsfindung dient«, sagte Schmitting. Demuth nickte zustimmend, und der Mann aus Bayern begann zu erzählen: »Als meine Mutter mich zwischen Karwendel und Wetterstein, beim Orte Mittenwald, zur Welt brachte, war mein Vater gerade beim Wildern erschossen worden.«

»Ach was«, sagte Demuth bestürzt.

Er kannte Lebensgeschichten, die sich mit der Zeit zu Tragödien entwickelten, aber Sumser hatte gerade mal einen Satz vorgetragen und doch schon ein verstörendes Drama heraufbeschworen. Auch der folgende Akt war erschütternd.

Als er vier Jahre alt war, so berichtete Augustin Sumser, wurde seine Mutter auf der Straße von Partenkirchen nach Mittenwald von einem Fuhrwerk überrollt, dessen Pferde durchgegangen waren. Sie starb noch am selben Abend.

Er sei daraufhin in die Obhut eines Bruders seiner Mutter gekommen, erzählte Sumser. Das war der Pfarrer Knöpfle zu Wasserburg am Bodensee, ein freundlicher Mann, der dem kleinen Augustin das Abc und das Einmaleins beibrachte und noch manches andere, was man so brauchte, um für einen gebildeten Menschen gehalten zu werden. Mit vierzehn wusste er in Geometrie und in Geschichte Bescheid, sprach Französisch und ein wenig Latein, war mit den wichtigsten Lehrsätzen der Theologie vertraut und hatte auf der Kirchenorgel das Musizieren erlernt.

Der Onkel vermittelte ihn zum fürstbischöflichen Seminar nach Merseburg, wo Augustin in den folgenden zwei Jahren seine Kenntnisse vertiefte und sein Wissen erweiterte.

Als man ihm die Nachricht überbrachte, dass sein guter Onkel, der Pfarrer Knöpfle zu Wasserburg, in seinem fünfzigsten Jahr an einem Schlagfluss gestorben sei, hielt Augustin nichts mehr in Merseburg. Dass aus ihm ein geistlicher Herr werden sollte, war gewiss der stille Wunsch des Onkels gewesen, aber nie der seine. Er hatte andere Pläne. Er ging zurück in die Gegend, in der er seine früheste Kindheit verbracht hatte. Mittenwald war seit uralten Zeiten der Ort der Geigenbauer, und einer von ihnen wollte Augustin nun werden. Der angesehene Meister Tiefenbrunner erklärte sich bereit, ihn während der nächsten drei Jahre in die Lehre zu nehmen und ihm Wohnung und Verpflegung zu geben. Dafür zahlte Augustin ihm fünfundzwanzig Gulden Lehrgeld im Voraus, was ihm möglich war, weil die Mutter und der Onkel ihm ein kleines Erbe hinterlassen hatten.

»Das waren glückliche Jahre in Mittenwald«, erzählte Sumser. »Ich lernte mit großer Freude alles über den Geigenbau, und gegen Ende der Lehrzeit begegnete ich dann einer jungen englischen Lady, die zusammen mit ihrer Zofe die Gegend bereiste. Sie besaß ein Instrument, das mir bis dahin gänzlich unbekannt gewesen war, eine mechanische Spieldose.«

Augustin verliebte sich in beide, in die Lady und in ihr Musikgerät. Das brachte ganz zarte silbrige Töne hervor, Klänge, die ihn betörten. Er wusste sofort, dass er in Zukunft keine Geigen mehr bauen wollte, sondern nur noch solche wunderbar klingenden mechanischen Instrumente.

Die Lady reiste bald wieder ab, ließ dem jungen Geigenbauer aber ihre Spieldose als Geschenk zurück. Der baute sie auseinander und wieder zusammen, baute sie nach, baute eine zweite, verfeinerte ihren Klang, probierte verschiedene Holzarten aus, veränderte mehrmals die Form des Kästchens und verbesserte die Mechanik der Walze und hatte es bald zur Meisterschaft im Bau von mechanischen Musikinstrumenten gebracht.

Nun hielt er die Zeit für gekommen, einen Lebenstraum zu verwirklichen, den er mit sich herumtrug, seitdem er als Knabe einmal mit seinem Onkel die Reichsstadt Lindau besucht hatte. In diesem wunderschönen Städtchen am Bodensee, so hatte er damals beschlossen, wollte er eines Tages leben.

Er mietete eine Wohnung in einer der hübschen alten Gassen von Lindau, fand einen geschickten Uhrmacher, der ihm die feinen Federn für die Mechanik der Walze fertigte, und baute ein wunderhübsch klingendes Gerät nach dem anderen. Schon bald hatte sein Ruf sich in der Stadt verbreitet, und es galt unter den wohlhabenden Bürgern als schick, eines seiner mechanischen Instrumente zu besitzen, und so dauerte es nicht lange, bis er selbst ein wohlhabender Bürger geworden war.

Auch im adligen Frauenstift hatte man von seinen Spieldosen gehört. Er führte sie den jungen Damen vor, und die waren erwartungsgemäß begeistert.

»Ich weiß nicht mehr genau, wie viele Musikinstrumente ich damals im Lindauer Stift verkauft habe«, sagte Sumser, »es waren wohl zwei oder drei. Eines jedenfalls kaufte die junge Fürstäbtissin persönlich, eine natürliche Tochter des Kurfürsten von Bayern und der Pfalz, eine gewisse Friederike von Bretzenheim.«

»Unsere Gräfin von Westerholt?«, fragte Schmitting erstaunt.

»Ja«, sagte Sumser. »Sie war damals die blutjunge Fürstäbtissin von Lindau, und später heiratete sie den Grafen Maximilian Friedrich von und zu Westerholt-Gysenberg.«

»Das erklärt in der Tat, wie die Spieldose an die Emscher gekommen ist«, gab Demuth zu. »Aber warum Sie hier sind, Herr Sumser, das weiß ich immer noch nicht.«

»Das sagte ich Ihnen doch schon vor ein paar Tagen. Ich bin während meiner Handlungsreisen zufällig in diesem Posthaus gelandet.«

»Und warum sind Sie jetzt schon seit über einer Woche hier?«

»Da ich nun schon mal in dieser schönen Gegend war, wollte ich mich hier ein wenig umschauen.«

»Herr Sumser, dass das vollkommen unglaubwürdig ist, das wissen Sie doch selbst.« Demuth schüttelte missmutig den Kopf. »Es gibt kaum einen anderen Ort im ganzen Rheinland, an dem es so wenig zu schauen gibt wie hier an der Emscher rings um diese einsam gelegene Poststation. Na gut, das neue Herrenhaus ist ein sehenswertes Gebäude, das gebe ich zu.

Aber nachdem man es einmal umrundet hat, kann man dann auch getrost weiterreisen.«

Sumser zog die Schultern hoch und schwieg.

»Solange ich den wahren Grund für Ihren Aufenthalt hier nicht kenne, bleiben Sie für mich ein Verdächtiger«, sagte Demuth unwirsch. »Ich fordere Sie auf, sich zur Verfügung zu halten und nicht weiterzureisen, bis die Untersuchungen zum Tod von Anna Hasenleder abgeschlossen sind.«

Der Gendarm hatte sich verabschiedet, und Demuth war, immer noch ärgerlich, hinaufgestapft in seine Schlafkammer. Das konnte er nicht gut ertragen, dass dieser Mensch aus Bayern ihn so unverfroren anlog. Er logiere im Posthaus, weil er hoffe, hier Kunden für seine mechanischen Musikinstrumente zu finden, hatte er vor ein paar Tagen behauptet, und jetzt war es gar die Schönheit der Gegend, die ihn angeblich schon seit mehr als einer Woche hier festhielt.

Ein dummer Junge mochte solche Phantastereien als Tatsachen hinnehmen, aber nicht er, der Kriminalrichter Anton Demuth. Dieser Sumser würde schon sehen, was er davon hatte, ihn so dreist zu belügen. Vorläufig jedenfalls würde er hier nicht wegkommen. Den Posthalter hatte Demuth bereits davon in Kenntnis gesetzt, dass es dem Herrn Augustin Sumser aus dem Königreich Bayern bis auf weiteres untersagt sei, sein Logis in der Poststation aufzukündigen und die Weiterreise anzutreten.

Demuth ließ sich aufs Bett fallen. Es war nicht gut, sich so aufzuregen. Das führte zu nichts und schadete vermutlich auch noch der Gesundheit. Er versuchte, den unverschämten Menschen aus seinem Kopf zu vertreiben, indem er seine Gedanken auf allerlei Erbauliches und Erfreuliches richtete. Eine Weile beschäftigte er sich mit der Frage, ob er mit der ständigen Zurückweisung von Klärchen Stüber nicht doch einen Fehler machte. Er rief sich ihre zweideutigen Bemerkungen in Erinnerung, und tatsächlich hätte jede einzelne von ihnen ausgereicht, um Augustin Sumser aus seinem Kopf zu vertreiben, aber um die Wallungen seines Blutes ein wenig zu dämpfen, taugten die Gedanken an Klärchen Stüber nicht. Er dachte an seine Tochter Susanna und ihren morgendlichen Auftritt auf dem Gerichtsflur in Werden. Es hatte ihm nicht gefallen, dass sie ihn für einen hilflosen alten Mann hielt, aber zugleich hatte es ihn beglückt, dass sie sich so liebevoll um ihn sorgte. Seine Enkeltöchter hätten Sehnsucht nach ihm, hatte Susanna gesagt. Bei dem Gedanken an die beiden liebreizenden Mädchen wurde ihm warm ums Herz. Er hörte den Regen auf dem Dach des Posthauses, ein regelmäßiges sanftes Rauschen, und schlief ein.

Als er wieder wach wurde, fühlte er sich erholt und unternehmungslustig und freute sich auf den bevorstehenden Abend mit seinem alten Schulfreund Jacob Troost. Die Kanne auf der Kommode war voll mit frischem Wasser. Er schüttete etwas davon in die Waschschüssel und machte sich frisch. Dann ging er hinunter in die Gaststube.

In der hinteren Ecke saßen zwei Männer und redeten leise miteinander. Dabei tranken sie Bier.

Demuth setzte sich auf den Platz am Fenster. Krumpe kam an seinen Tisch und raunte ihm zu: »Die Herren sind aus Mülheim. Ich glaube, sie haben etwas mit der Schifffahrt auf der Ruhr zu tun, jedenfalls sprechen sie dauernd darüber. Und sie machen Geschäfte mit der Hüttengewerkschaft. Deshalb müssen sie wohl ab und zu nach Sterkrade. Und auf dem Rückweg kehren sie dann jedes Mal hier ein. Es gäbe hier das beste Bier weit und breit, sagen sie immer.«

Demuth sah auf dem Platz vor dem Posthaus weder Pferd noch Kutsche.

»Sie sind zu Fuß?«, fragte er verblüfft.

»Nein, nein«, entgegnete Krumpe. »Der Johann versorgt ihre Tiere im Stall, solange sie hier in der Gaststube sitzen.«

Demuth fragte den Posthalter, ob es noch etwas anderes zu essen gäbe als den Weizenbrei, den er ihm bei seiner Ankunft am Mittag angeboten habe.

»Das nicht«, sagte Krumpe, »aber die Grete hat ein Stück

Speck ausgelassen. Ein paar Löffel davon verwandeln jede Getreidegrütze in ein schmackhaftes Essen.«

Demuth war skeptisch, dennoch bat er um eine Portion. Der Postmeister hatte nicht zu viel versprochen. Margarete Krumpes Weizenbrei mit ausgelassenem Speck war ein durchaus genießbares Essen. Als Demuth seine Schüssel geleert hatte, wollte Krumpe ihm einen Krug Bier bringen.

»Ich warte noch auf den Jacob Troost«, sagte Demuth. »Wenn ich jetzt schon anfange zu trinken, dann kriege ich zu schnell einen Rausch. Ich nehme lieber gleich zusammen mit ihm das erste Bier.«

»Ganz wie Sie wünschen, Herr Kriminalrichter.« Krumpe räumte die Schüssel vom Tisch und trug sie in die Küche.

Demuth musste nicht lange auf den Freund warten. Er kam ohne Eile über den Vorplatz auf das Posthaus zu, einen aufgespannten Regenschirm in der einen, seinen Gehstock in der anderen Hand. Er sah Demuth hinter dem Fenster sitzen und nickte ihm fröhlich zu.

In der Gaststube hängte er seinen Mantel an einen Haken und stellte den offenen Schirm auf die Holzdielen neben dem Kachelofen, in dem auch an diesem frühen Montagabend wieder kein wärmendes Feuer brannte.

»Da sehen wir uns also tatsächlich schon wieder«, sagte Jacob Troost lachend.

Sie schüttelten einander die Hände.

»Wir haben uns viel zu lange viel zu selten gesehen«, stellte Demuth fest, während Troost sich setzte. »Es wäre schön, wenn sich das ändern würde.«

Friedrich Krumpe brachte ihnen zwei Krüge Bier an den Tisch, und Jacob sagte: »An mir soll es nicht liegen.«

Er prostete Anton Demuth zu und fragte ihn: »Du warst zwischenzeitlich in Werden? Hast du deine Tochter und deine Enkelinnen gesehen?«

»Nur die Susanne heute Morgen. Für einen Besuch bei den Mädchen war die Zeit zu kurz. Den will ich aber so bald wie möglich nachholen. Mir fehlt etwas, wenn ich sie lange nicht sehe.«

»Ich hätte auch gern eine Familie gehabt«, sagte Troost und fügte achselzuckend hinzu: »Aber es sollte nicht sein.«

»Was heißt das? Die Mädchen mochten dich doch, viele jedenfalls.«

»Das heißt, dass ich hin und wieder verliebt war, dass aber nie was daraus geworden ist. Entweder wurde die Liebe nicht erwidert, oder der arme Dorfschullehrer war nicht gut genug für die Familie der Angebeteten. Und die, die ich am liebsten hatte, mit der ich schon verlobt war, die ist kurz vor der geplanten Hochzeit am Fieber gestorben.«

»Oje«, sagte Demuth betroffen. »Das tut mir leid.«

»Nun, ich habe ja meine Kinder.« Jacob Troost lächelte. »Für die bin ich der alte Papa Troost, und ich spüre, dass sie mich gernhaben. Darum will ich nicht klagen. Ich habe ein gutes Leben und einen Beruf, den ich immer noch mag. Hätte ich eine Familie gehabt, wäre manches schwieriger gewesen. Die Einkünfte eines Schullehrers sind immer noch dürftig. Ich hätte mich gewiss so manches Mal krummlegen müssen, um Frau und Kinder satt zu kriegen. So hatte ich immer genug, um zu leben, um hin und wieder ein Buch zu kaufen oder hierherzukommen und einen Krug Bier zu trinken.«

»Und eine Frau, die mit dir das Bett teilt, die hast du nie vermisst?«

»Nun ja, wie soll ich es sagen?« Troost schaute ein wenig verlegen an Demuth vorbei. »Da hat sich schon hin und wieder etwas ergeben. Es gab zum Beispiel die Frau, für deren Familie ich nicht gut genug war. Die hatte später einen sehr viel älteren Gatten und ein paar Kinder, die zu mir in die Schule kamen. Und da gab es dann öfter schon mal etwas zu besprechen zwischen dem Lehrer der Kinder und ihrer Mutter, am besten abends im Schulhaus in aller Ruhe.«

»Ach was«, sagte Demuth erstaunt.

Er überlegte kurz, ob er dem Freund von Klärchen Stüber

erzählen sollte, kam aber, während er nach den passenden Worten suchte, zu dem Schluss, dass es eigentlich gar nichts über sie und ihn zu sagen gab.

Die beiden Männer, die am Tisch in der Ecke gesessen hatten, verließen grußlos die Gaststube. Vor dem Posthaus bestiegen sie mit Johanns Hilfe ihre Pferde und ritten in Richtung Emscherbrücke davon.

»Dein Vater hat sich immer gewünscht, dass Dorfschullehrer eines Tages Lehrer sein können, ohne zugleich Küster oder Schankwirt oder Bauer oder Barbier sein zu müssen. Weißt du das noch?«, fragte Troost, als die beiden Reiter aus ihrem Blickfeld verschwunden waren.

»Ich erinnere mich, dass er oft sehr erschöpft war, wenn er mit der Sense das Feld hinterm Schulhaus gemäht hatte oder wenn er spätabends aus dem Stall kam. Dann hat er geschimpft, er sei es leid, ein Bauer zu sein. Er wolle Kinder unterrichten und sonst nichts.«

»Lehrer müssen so gut bezahlt werden, dass sie einen anderen Broterwerb nicht mehr nötig haben, hat er immer gesagt. Vor allem für die Kinder hat er sich das gewünscht. Wenn aus ihnen tüchtige Erwachsene werden sollten, dann brauchten sie die ganze Aufmerksamkeit und Zuwendung eines Lehrers und nicht nur einen kleinen Teil davon.«

»Hat sich denn seit den Zeiten meines Vaters etwas geändert?«, fragte Demuth.

»Ein wenig schon«, entgegnete Jacob Troost. »Bauer sein muss ich nicht mehr. Ein paar Hühner halte ich, und einen Gemüsegarten hab ich am Schulhaus. Der macht zwar ein bisschen Arbeit, aber die tu ich gern. Wenn es jemand im Dorf mit den Behörden oder der Justiz zu tun kriegt, dann setze ich die nötigen Schreiben auf. Anfragen, Einsprüche, Bittschriften, was gerade so anliegt. Dafür sind die Leute mir sehr dankbar. Ich sage ihnen immer, dass sie mir dafür nichts geben sollen, aber sie tun es trotzdem. Vor allem wenn ein Schriftstück zum Erfolg führt, dann kann auch schon mal ein ganzer Sack Kartoffeln dafür herausspringen. Außerdem spiele ich auch noch die Orgel in der Kirche. Das bringt beinahe so viel ein wie das Unterrichten. Und ich tu das alles gern, nichts davon ist so anstrengend wie die Arbeit eines Bauern, und es lässt sich alles gut miteinander vereinbaren.«

»Der Wunsch meines Vaters, dass ein Lehrer von seinem Beruf leben kann, hat sich also noch nicht erfüllt«, resümierte Demuth.

»Das stimmt. Die Zuwendungen der Gemeinde haben sich erhöht, und die Eltern zahlen die paar Pfennige Schulgeld ein wenig zuverlässiger als früher, aber das alles reicht noch längst nicht aus.«

»Macht die derzeitige Missernte dir sehr zu schaffen?«, fragte Demuth den Freund.

Troost schüttelte sofort den Kopf, dachte dann eine Weile nach und antwortete endlich: »Nun ja, im Garten ist nichts gewachsen. Und die Leute, für die ich Schriftstücke aufsetze, können mich nicht mit Naturalien bezahlen, wie sie es sonst tun. Aber ich bekomme mein Geld fürs Unterrichten und fürs Orgelspielen. Und etwas zurücklegen konnte ich mir im Lauf der Jahre auch. Ich kann auf den Märkten ringsum einkaufen. Das habe ich rechtzeitig getan, schon vor Wochen habe ich Bohnen und Linsen und einen Sack Roggen gekauft und eingelagert. Da waren die Preise noch erträglich. Also, im Vergleich zu den Tagelöhnern und zu denen, die von ihrer Landwirtschaft leben, geht es mir gut. Bisher habe ich jedenfalls immer genug zu essen gehabt. Und für ein Bier im Posthaus reicht es auch noch ab und zu.«

»Das freut mich«, sagte Demuth erleichtert. Er winkte dem Postmeister zu und streckte zwei Finger in die Höhe. Friedrich Krumpe stellte kurz darauf zwei volle Krüge auf den Tisch. Demuth prostete dem Freund zu. »Dazu möchte ich dich einladen. Ich hoffe, dagegen hast du nichts.«

»Nein, ganz und gar nicht«, sagte Jacob erfreut.

Als beide getrunken hatten und Demuth sich mit dem Handrücken den Mund abgewischt hatte, fragte er: »Hast du vorhin gesagt, die Sterkrader Bauern würden heute bereitwilliger das Schulgeld bezahlen? Wie ist das möglich? Ich weiß, dass der Vater früher schon immer über die säumigen Zahler geklagt hat.«

»In diesem schrecklichen Jahr ist natürlich alles wieder anders«, entgegnete Troost. »In den Bauernfamilien herrschen Not und Hunger. Viele können das Schulgeld für ihre Kinder zurzeit nicht aufbringen, aber grundsätzlich ist schon einiges besser geworden. Es ist den Volksschulen zugutegekommen, dass die Franzosen eine Weile das Sagen hatten. In den Jahren, in denen wir zum Großherzogtum Berg gehörten, war es hier ein bisschen so wie in Frankreich, wo nach der Revolution die Bildung des einfachen Volkes eine viel größere Rolle spielte als im Königreich Preußen. Auch hier, im Kanton Dinslaken, wurden Schulkommissare eingesetzt, deren Aufgabe es war, die Lehrmethoden zu beobachten und zu verbessern. Das hat die Qualität des Unterrichts durchaus gehoben. Die Behörden des Großherzogtums gingen auch gegen den schleppenden Schulbesuch vor. Wenn die Eltern ihre Kinder zu Hause hielten, weil sie Vieh hüten oder Feldarbeit verrichten sollten oder auch weil sie angeblich keine Kleider für die Schule hatten, dann sollte das nicht mehr hingenommen werden. Wir Lehrer wurden angehalten, Schulversäumnisse zu melden, und die Eltern wurden aufgefordert, ihre Kinder in die Schule zu schicken und das Schulgeld zu entrichten, anderenfalls hätten sie mit harten Strafen zu rechnen. Das hat dazu geführt, dass der Schulbesuch regelmäßiger und die Zahlungsmoral deutlich besser geworden ist.«

»Und das ist so geblieben?«, fragte Demuth skeptisch. »Die Franzosen sind seit drei Jahren weg. Deine Schule steht jetzt in der preußischen Provinz Jülich-Cleve-Berg.«

»Das ist mir nicht entgangen.« Troost lachte fröhlich und fügte nach einer nachdenklichen Pause ernst hinzu: »Die Schulverordnungen des Großherzogtums Berg sind nicht außer Kraft gesetzt worden. Es ist allerdings so, dass die preußischen Behörden kaum kontrollieren, ob sie eingehalten werden.«

Die Tür zur Gaststube wurde aufgestoßen. Augustin Sumser kam herein, lächelte Demuth zu, freundlich wie immer, und ging zu dem Tisch in der hinteren Ecke, an dem die beiden Männer aus Mülheim gesessen hatten.

»Einer deiner Verdächtigen?«, fragte Troost.

»Wie kommst du darauf?«

»Du hast ihn angeschaut, als würdest du ihn gern aufs Schafott schicken.«

»Einer der letzten Verdächtigen, die mir geblieben sind«, sagte Demuth zerknirscht. »Außer ihm gibt es nur noch die Schwestern Gertrude Terhuven und Helena Kleinrogge. Sie haben die Anna gehasst.«

Der Postmeister brachte Sumser einen Krug Bier.

»Die Schwestern kenne ich beide«, sagte Troost. »Die Helena ist die Mutter von der Marie. Das Mädchen sitzt in der Schule neben dem Carl vom Holzfäller Hülsken. Ich glaube, der Junge ist verliebt in sie. Jedenfalls scharwenzelt er immer um sie herum. Die beiden gehören zur Gruppe meiner Großen, die demnächst ihr Abschlusszeugnis bekommen. Der Carl ist vierzehn, die Marie noch nicht ganz.«

»Ich bin den beiden schon begegnet«, sagte Demuth.

»Die Gertrude Terhuven kenne ich, weil ihre Kinder, der Arnold und die Henriette, auch meine Schüler waren«, fuhr Troost fort. »Außerdem sind beide Schwestern fleißige Kirchgängerinnen.«

»Sie behaupten, sie wären am Donnerstagmorgen, als die Anna Hasenleder getötet worden ist, in Sterkrade in der Frühmesse gewesen.«

»Das mag sein«, sagte Troost. »Wenn ich auf meiner Orgelbühne sitze, dann sehe ich nicht, wer alles da unten kniet und betet.«

»Du hast am Donnerstagmorgen die Orgel gespielt?«

»Ja, gewiss. Und der Pfarrer Grimberg selbst hat die Messe gelesen. Donnerstag war das Namensfest Mariä.«

»Ach was«, sagte Demuth und fügte eilig hinzu: »Ich würde ihn gern kennenlernen, den Herrn Pfarrer Grimberg.«

»Ich sage es ihm. Wenn er hört, dass der Sohn vom alten Lehrer Demuth ihn sprechen möchte, wird er gewiss Zeit haben.«

»Er hat meinen Vater noch kennengelernt?«

»Nein, aber er kennt die Geschichten, die über ihn erzählt werden. Wilhelm Grimberg ist ungefähr zu der Zeit nach Sterkrade versetzt worden, als auch ich zurück ins Dorf gekommen bin.«

»Ach ja, das hatte ich beinahe vergessen. Du warst ja zwischenzeitlich mal geflüchtet.«

Jacob Troost nickte zögerlich, so, als erinnere er sich nicht allzu gern.

»Das war tatsächlich eine Flucht. Ich wollte damals nur weg aus Sterkrade. Es war eine Qual, hier Lehrer zu sein. Ständig gab es Streit um die Schule. Sie wurde von der Bauernschaft unterhalten, aber die Äbtissinnen des Klosters mischten sich in alles ein, setzten von den Bauern ausgewählte Lehrer wieder ab und bestimmten eigene Kandidaten. Immer wieder musste sich die Regierung einschalten. Mal wies sie die eine Seite zurecht, mal die andere, aber das Zerwürfnis zwischen den Damen der Abtei und der Bauernschaft wurde immer tiefer. Auch an mir entzündete sich der Streit. Die Bauerngemeinde wollte mich, die Äbtissin hatte einen anderen Favoriten. Da bin ich nach Osterfeld geflüchtet, wo gerade ein Schullehrer gesucht wurde. Und das war gut so. In Sterkrade endeten die Auseinandersetzungen letztlich erst, als das Kloster im Zuge der Säkularisation aufgelöst wurde.«

Demuth erinnerte sich, dass auch sein Vater seinerzeit schon über die anmaßenden Einmischungen der adligen Fräuleins geklagt hatte.

»Bedauern die Leute im Dorf eigentlich, dass die Klosterfrauen nicht mehr da sind?«, fragte er Jacob Troost.

»Die Leute, die ihren Broterwerb in der Abtei hatten, die vermissen die Fräuleins gewiss. Ansonsten kenne ich niemanden, der ihnen nachweint.«

»Was ist eigentlich aus ihnen geworden? Weiß man das?«

»Äußerst wohlhabende Damen sind sie alle geworden«, antwortete Troost bissig. »Bei der Auflösung des Klosters wurde festgelegt, dass die Äbtissin eine jährliche Pension von fünfhundert Talern bekommt und die einfachen Fräuleins dreihundert. Das Geld zahlt die Domänenkasse in Dinslaken ihnen bis zu ihrem Lebensende.«

»Das ist sehr viel Geld. Damit lässt sich auch in schlechten Zeiten gut leben«, sagte Demuth nachdenklich.

Sumser, der anscheinend nur ein Bier zur Nacht hatte trinken wollen, verließ, freundlich grüßend, die Gaststube.

»Sind die Frauen alle in Sterkrade geblieben?«, fragte Demuth.

»Nein, nur eine, Theresia Grimberg, die Schwester unseres Pfarrers. Sie lebt jetzt bei ihrem Bruder im Haushalt, und sie ist eine wirklich gute Seele. Sie tut viel für die Schule, so als wolle sie die früheren Anmaßungen ihrer Äbtissinnen vergessen machen. Sie gibt immer wieder Geld für Material, das wir dringend brauchen, für Bücher zum Lesenlernen, für Griffel und Tafeln. Für die tüchtigsten Schüler haben wir sogar ab und zu Papier und Feder und Tinte. Und vorige Woche habe ich dank Theresias Unterstützung drei Exemplare eines Märchenbuches kaufen können. Meine großen Schüler, die Mädchen und auch die Jungs, sind ganz beeindruckt davon. Sogar die, die bisher wenig Lust am Lesen hatten, versuchen, die Geschichten zu entziffern.«

»Du sprichst von der Märchensammlung der Brüder Grimm?«, fragte Demuth.

»In der Tat. Kennst du sie?«

»Ja, ich lese zurzeit auch darin. Ich habe das Buch in der Kommode der toten Anna Hasenleder gefunden.«

Dienstag, 17. September 1816

Irgendwann am gestrigen Abend hatte Jacob Troost damit begonnen, Mädchennamen aus seiner Erinnerung hervorzukramen. Anton Demuth hatte sich an fast alle dazugehörigen Gesichter erinnert.

»Was? Du erinnerst dich an die Gesichter?«, hatte Jacob ihn amüsiert gefragt. »Die Hilde hatte unglaubliche Brüste, schon mit dreizehn, und die Magda hatte einen Hintern, den ich immer ganz furchtbar gern anfassen wollte. Daran erinnere ich mich viel besser als an Gesichter.«

Sie hatten zusammen gelacht, und es waren ihnen immer neue Namen eingefallen, und dann hatten sie, als es schon ziemlich spät geworden war, noch einmal zwei Krüge Bier bestellt.

Ein paarmal waren sie nach draußen gegangen und hatten sich nebeneinander an einen Busch gestellt. Bei einer solchen Gelegenheit hatte Troost die Vermutung geäußert, dass die Menschen gerade in schwierigen Zeiten dazu neigten, sich in die Vergangenheit zu flüchten, dass die Erinnerung ihnen aber nur vorgaukele, ihre Jugendzeit sei gänzlich unbeschwert und heiter gewesen, dass in Wahrheit diese Welt auch vor einem halben Jahrhundert schon ein Jammertal gewesen sei.

Anton hatte ihm nicht widersprochen.

Irgendwann hatte der Freund dann sehr eindringlich darauf hingewiesen, dass ihm noch ein halbstündiger Fußmarsch durch die Dunkelheit bevorstehe.

Es hatte nicht mehr geregnet. Jacob Troost hatte seinen Schirm im Posthaus gelassen, um eine Hand frei zu haben für die Laterne, die der Posthalter ihm für den Heimweg angeboten hatte. Anton hatte den Freund noch ein Stück in Richtung Sterkrade begleitet. Als beim Blick zurück das dünne Licht hinter den Fenstern des Posthauses nicht mehr zu sehen gewesen war, hatte Jacob ihn zurückgeschickt.

Anton Demuth war sofort zu Bett gegangen und eingeschlummert. In der Nacht war er zweimal aufgewacht, beide Male hatte es ihn zum Topf getrieben, dennoch fühlte er sich am Morgen einigermaßen ausgeschlafen.

Während er sich über der Waschschüssel klares, kühles Wasser durchs Gesicht rieb, sich abtrocknete und anzog, dachte er darüber nach, was er nach dem Frühstück tun sollte. Er wusste noch nicht, wann er mit dem Pfarrer in Sterkrade sprechen konnte. Jacob hatte spät am Abend noch einmal versprochen, er werde Wilhelm Grimberg um ein Treffen bitten.

Bis es so weit war, sollte er vielleicht versuchen, ein weiteres Gespräch mit Dina Becker zu führen. Wenn es irgendwelche ihm verborgen gebliebenen dunklen Punkte in Annas Leben gab, irgendetwas, das zu ihrem gewaltsamen Tod geführt haben könnte, dann würde er das am ehesten mit Hilfe ihrer Nichte entdecken. Sie hatte die Tote am besten gekannt, sie war eine kluge junge Frau, und ihr war daran gelegen, dass der Mörder ihrer Tante überführt wurde.

Außerdem war sie die Person, von der er sich Klarheit über das Schicksal von Annas Sohn erhoffte. Die Geschichte, die er bisher kannte, klang wenig plausibel. Danach hatte der dreiundzwanzigjährige Jan Hasenleder sich erfolgreich versteckt gehalten, als Napoleon im Großherzogtum Berg mal wieder junge Männer für seine Armee rekrutiert hatte. Zu Beginn des Jahres 1813 war das gewesen. Kurz danach war Jan dann angeblich gestorben. Wie ein so junger Kerl, der nicht bei den Soldaten war, zu Tode kommen konnte, das musste Dina Becker ihm erklären.

Doch jetzt wollte er zunächst hinuntergehen, den Sitzplatz am Fenster einnehmen, den er inzwischen schon als seinen betrachtete, sich von Trudi bedienen lassen, eine gute Tasse Kaffee trinken und in Ruhe frühstücken.

Als er die Gaststube betrat, traute er seinen Augen nicht. Sein Tisch war besetzt, und der Kerl, der ihm von dort aus fröhlich entgegenlachte, war Jacob Troost.

»Was tust du denn schon wieder hier?«, fragte Demuth nicht unfreundlich, aber höchst überrascht.

»Ich wollte dir beim Frühstücken zusehen und mit dir einen Bohnenkaffee trinken«, antwortete Troost.

»Musst du denn nicht in die Schule?«

»Jetzt setz dich erst mal hin. Dann erzähl ich dir alles.«

Anton Demuth nahm dem Freund gegenüber Platz. Trudi kam an ihren Tisch. Demuth orderte Brot, Butter, Quittenmarmelade, ein gekochtes Ei und dazu zwei große Tassen Kaffee. Es gäbe keine Eier mehr in der Küche, sagte Trudi. Hermann Krumpe werde heute versuchen, auf dem Markt welche zu kaufen, aber die Hühner hätten gerade auch ihre liebe Not, hätten kaum was zu picken und legten deshalb keine Eier mehr.

Als Trudi wieder in der Küche verschwunden war, wollten die beiden Freunde zunächst einmal voneinander wissen, ob sie gut geschlafen hätten, wie oft nächtlicher Harndrang sie aus dem Bett getrieben habe, ob sie nach jeder Benutzung des Nachttopfes schnell wieder in den Schlaf gefunden hätten und ob sie am Morgen gut erholt aus den Federn gekommen seien.

Alles sei bestens, sie seien frisch und munter, trotz der drei Krüge Bier vom Vorabend, beteuerten beide.

Trudi brachte das Frühstück und stellte zwei große Tassen Kaffee auf den Tisch. Anton Demuth bestrich ein Stück Brot mit Butter, Jacob Troost trank einen Schluck Kaffee und erklärte dann dem Freund, warum er hier im Posthaus war und nicht in Sterkrade in der Schule.

»Also, das war heute Morgen so«, sagte er. »Ich saß schon eine Weile im Schulsaal an meinem Katheder und blätterte in einer Zeitschrift, ein bisschen verschlafen noch. Die Schüler trudelten so nach und nach ein, die braven setzten sich, die wilden tobten herum, es wurde geschwätzt und gelacht. Die Lautstärke nahm ganz allmählich ein nur noch schwer erträgliches Ausmaß an, so dass ich mich entschloss, für Ruhe zu sorgen und mit dem Unterricht zu beginnen. Ich stieg vom

Katheder hinunter, ging durch die Bankreihen und schlug da, wo der Lärm nicht abebbte, mit dem Zeigestock auf die Schulbänke. So war es gerade einigermaßen ruhig im Schulsaal geworden, da öffnete sich die Tür, und Pfarrer Grimberg kam herein. Die Kinder waren augenblicklich mäuschenstill. Ihr Respekt vor dem hochwürdigen Herrn Pfarrer ist enorm groß, obwohl Grimberg kein Unmensch ist und die Mädchen und Jungen ihn gut kennen. Er kommt regelmäßig in die Schule, hört zu und übernimmt gelegentlich selbst für einige Stunden das Unterrichten.«

»Er kontrolliert dich ständig?«, fragte Demuth irritiert. »Ist das nicht äußerst unangenehm?«

»Nein«, sagte Troost.

Anton Demuth sah den Freund zweifelnd an.

»Die Kirche hat zu allen Zeiten ein wachsames Auge auf die Volksschulen gehabt. Das war auch bei deinem Vater schon so«, erklärte Troost. »Heute gibt es im Bistum Köln Schulkommissare, denen die Kontrolle der Volksschulen obliegt. Unser Pfarrer Grimberg ist so ein kirchlicher Kommissar. Er macht Schulvisitationen bis hinunter nach Wesel. Deshalb weiß er auch, was er an mir hat. Ich glaube, er ist sogar ein bisschen stolz auf unsere kleine Schule in Sterkrade. Er erzählt mir immer wieder, dass er während seiner Bereisungen den armseligsten Verhältnissen und ganz furchtbaren Lehrern begegnet. Er weiß, dass unsere Bauernkinder bei mir gut lernen und dass sie zu braven Christenmenschen werden. Hin und wieder schickt er sogar junge Lehrer zu mir, damit sie sich einen guten Schulunterricht ansehen.«

»Hast du vorhin gesagt, dass dein Herr Pfarrer gelegentlich selbst das Unterrichten übernimmt?«

»Ja, ab und zu, wenn er Zeit dazu hat, macht er das ganz gern. Er liest mit den Kindern in der Bibel, lehrt sie den Katechismus oder überprüft ihre Kenntnisse in religiösen Fragen. Zu mir sagt er dann immer, wenn ich schon alles wisse, könne ich gern ein Stündchen spazieren gehen. Ansonsten solle ich mich in die letzte Bank setzen und gut zuhören. Die Kinder haben daran natürlich ihren Spaß.«

»Und was machst du dann?«

»Ich setze mich manchmal in die letzte Bank, meistens gehe ich aber spazieren.«

»Also kannst du jetzt hier sein, weil der Pfarrer Grimberg gerade in Sterkrade bei deinen Kindern ist.«

»So ist es. Und ich hab ihm auch schon erzählt, dass der Herr Kriminalrichter Demuth ihn dringend sprechen muss. Wir haben ausgemacht, dass er jetzt zwei Stunden die Kinder unterrichtet und dass ich dich in dieser Zeit hier abhole. Wenn wir wieder in Sterkrade sind, du und ich, dann schickt der Herr Pfarrer die Kinder nach Hause und nimmt sich gern die Zeit für ein ausführliches Gespräch.«

»Das freut mich«, sagte Demuth.

Er schob das Holzbrett, auf dem Trudi das Frühstück serviert hatte, zur Seite und schaute durchs Fenster hinaus auf den Vorplatz. Die Pfützen waren ein bisschen kleiner geworden. Es regnete seit gestern Abend nicht mehr.

Eine zweispännige Kutsche rollte, von der Emscherbrücke kommend, langsam heran und blieb vor dem Posthaus stehen.

Der Schlag wurde von innen aufgestoßen. Drei Männer stiegen aus, zuerst ein stattlicher junger Mensch, der einen Zylinderhut in der Hand trug und auffallend elegant gekleidet war, dann seine beiden Begleiter, zwei Herren mittleren Alters, die beide eine schmale Ledertasche unter den Arm geklemmt hatten und zerknitterte Anzüge trugen.

Die drei kamen in die Gaststube und setzten sich an den Tisch in der hinteren Ecke, so weit von Demuth und Troost entfernt, dass die beiden nichts von der Unterhaltung der Männer mitbekommen konnten.

Die Kutsche blieb auf dem Vorplatz stehen. Der Kutscher saß mit hochgeschlagenem Mantelkragen und tief ins Gesicht gezogenem Schlapphut vornübergebeugt auf dem Bock. Er schien zu dösen.

Der Postmeister Krumpe eilte zu den Neuankömmlingen und verneigte sich so oft und so tief, als wäre der preußische König höchstselbst gerade bei ihm eingekehrt.

»Weißt du, wer das ist?«, raunte Troost.

»Nein.«

»Das ist der Huyssen.«

»Wer?«

»Heinrich Arnold Huyssen«, sagte Troost leise, aber jede Silbe betonend.

»Der Bürgermeister von Essen?«, fragte Demuth.

Troost nickte. »Und Teilhaber der Hüttengewerkschaft Jacobi, Haniel & Huyssen«, fügte er hinzu.

»Ach was«, sagte Demuth und schaute verstohlen zu dem Tisch in der Ecke hinüber. »Der junge Kerl ist tatsächlich der Huyssen?«, fragte er ungläubig.

»Mich wundert, dass du ihn nicht kennst.«

»Natürlich weiß ich, wer Heinrich Arnold Huyssen ist. Alteingesessene Essener Familie, zwei seiner Schwestern sind mit Franz und Gerhard Haniel verheiratet, er ist zusammen mit den beiden Schwägern und mit Gottlob Jacobi Besitzer von drei Eisenhütten, und 1813 ist er von der preußischen Regierung zum Essener Bürgermeister ernannt worden. Nur gesehen habe ich ihn noch nie. Ich habe ihn mir älter vorgestellt.«

»Er ist siebenunddreißig«, sagte Troost.

»Und die beiden anderen, wer sind die?«

»Sekretäre? Ingenieure? Städtische Bedienstete?«, mutmaßte Troost. »Ich hab keine Ahnung.«

Krumpe hatte zwei Krüge Bier an den Tisch in der Ecke gebracht. Huyssen selbst hatte anscheinend nichts bestellt. Er redete auf seine beiden Begleiter ein. Die hörten zu, blätterten in Papieren, machten Notizen und tranken ab und zu einen Schluck.

»Die sind auf dem Weg nach Sterkrade und haben noch was Wichtiges zu besprechen«, vermutete Troost. »Mit seinen Schwägern hat der Herr Huyssen offenbar ständig irgendwelche Meinungsverschiedenheiten. Besonders Franz Haniel nimmt es ihm angeblich immer noch übel, dass er sich damals in die Hüttengewerkschaft hineingedrängt hat.«

»Hineingedrängt? Sind die nicht alle miteinander verwandt? Auch der Jacobi? Ich dachte, die hätten sich zusammengetan, weil sie das alle vier so gewollt hätten.«

»In Sterkrade erzählt man sich was anderes«, wusste Troost. »Als Jacobi und die Brüder Haniel die Hütten Sankt Antony in Osterfeld und Neu-Essen hier an der Emscher schon in ihrem Besitz hatten, gehörte die Eisenhütte Gute Hoffnung in Sterkrade noch der Witwe Amalie Krupp. Das war eine äußerst ungünstige Konkurrenzsituation. Deshalb wollten die Herren Haniel und Jacobi unbedingt auch die Sterkrader Hütte erwerben. Also baten Franz und Gerhard ihren Schwager Heinrich Huyssen aus Essen, mit der Essenerin Amalie Krupp zu verhandeln. Das tat der dann auch, aber er erwarb die Hütte Gute Hoffnung nicht für seine Schwäger, sondern für sich selbst. Er war zwar bereit, seinen neuen Besitz in die Hüttengewerkschaft einzubringen, aber dafür wollte er gleichberechtigter Teilhaber werden. Vor allem Franz Haniel hat sich damals erpresst gefühlt. Und zwischen ihm und Huyssen kommt es bis heute immer wieder zu Konflikten.«

Die drei Herren blieben nicht lange. Heinrich Arnold Huyssen hörte auf zu reden, lehnte sich zurück und verschränkte die Arme vor der Brust. Seine Begleiter machten sich noch eine Weile eifrig Notizen, klappten endlich ihre Mappen zu und tranken ihre Krüge leer.

»Dann auf in den Kampf!«, sagte Huyssen so laut, dass auch Demuth und Troost es hörten.

Während die Männer das Posthaus verließen, in die Kutsche stiegen und in Richtung Sterkrade davonfuhren, sagte Demuth nachdenklich: »Also auch bei so wohlhabenden Menschen, die mehr haben, als sie brauchen, gibt es Konflikte und Streitigkeiten. Ist das nicht erstaunlich?«

»Nein«, sagte Jacob Troost. »Ich glaube, dass Menschen, die

sehr viel besitzen, immer noch mehr wollen. Und ich glaube, dass das schon zu allen Zeiten so gewesen ist.«

Beide schwiegen eine Weile, bis Demuth die Frage stellte: »Müssen wir uns nicht allmählich auf den Weg machen?«

Troost schaute auf seine Taschenuhr. »Es eilt noch nicht. Aber wenn wir jetzt aufbrechen, dann können wir noch kurz rüber zum Schloss, bevor wir nach Sterkrade marschieren.«

»Was willst du denn im Schloss?«, fragte Demuth erstaunt.

»Ich will nicht hinein. Ich will nur einmal dran vorbeispazieren. Komm einfach mit!«

Ein paar Minuten später schlenderten sie am Hauptportal des Herrenhauses vorbei und bogen in den Pfad ein, der um das Anwesen herumführte.

Vor dem Südflügel blieb Troost stehen und hielt Demuth am Ärmel fest. »Hörst du es? Schade, das Fenster ist heute geschlossen, aber wenn du aufmerksam lauschst, bekommst du trotzdem etwas mit von der wunderbaren Musik.«

»Die Minzi?«, fragte Demuth.

»Ach«, sagte Troost verblüfft. »Du weißt, dass die Tochter des Grafen eine begnadete Pianistin ist?«

»Ich habe ihr noch nie zugehört, aber ich weiß, dass es Menschen gibt, die hier herumschleichen, weil sie ganz fasziniert von ihrem Klavierspiel sind.«

Eine Weile lauschten die beiden zum Schloss hinüber. Was von dort bis in ihre Gehörgänge drang, waren sehr leise, zarte Töne, die sich für Demuth nur dann zu kleinen Melodien zusammenfügten, wenn er ganz angestrengt die Ohren spitzte.

»Schade, sonst hat sie meistens ein Fenster geöffnet«, sagte Troost.

»Treibst du dich öfter hier herum?«

»Ich weiß, dass sie meistens vormittags zu dieser Stunde am Klavier sitzt, und wenn ich die Gelegenheit habe, um diese Zeit spazieren zu gehen, dann wähle ich gerne das Schloss als Ziel. Es ist immer wieder ein großes Vergnügen, der Minzi zuzuhören.«

Wilhelmine Karoline, Tochter des Grafen Maximilian von

Westerholt-Gysenberg, sei eine wahrhaft begnadete Pianistin, schwärmte Jacob Troost. Gerade er, ein musikalischer Dilettant, ein Mann, der es leidlich verstehe, die Kirchenorgel zu traktieren und ihr halbwegs wohlklingende Töne zu entlocken, könne eine große Begabung erkennen. Und eine so große wie die Minzi gäbe es nur ganz selten.

Jacob Troost ging näher ans Schloss heran. Zwischen ein paar Büschen, nur wenige Schritte von dem Fenster entfernt, hinter dem die Musik erklang, hielt er inne. Demuth folgte ihm. Hier, bei diesen Sträuchern, musste auch Augustin Sumser gestanden haben, als er vom Gendarm Schmitting überrascht worden war.

»Hörst du? Jetzt spielt sie Beethoven«, flüsterte Troost aufgeregt.

Eine Weile lauschten die beiden Männer der Musik, dann erzählte Jacob, dass Minzi ihre musikalische Begabung vermutlich geerbt habe. Die Schwester ihres Vaters, die Gräfin Anna Maria Wilhelmine, eine verheiratete Freiin von Elverfeld, sei auch eine virtuose Klavierspielerin. Sie habe in ihrer Jugend Unterricht von Beethoven bekommen und sei auch dessen Geliebte gewesen. Jedenfalls werde das gemunkelt. Und die Minzi, die sei oft bei ihrer Tante und habe in ihrem Hause sogar den großen Ludwig van Beethoven persönlich kennengelernt.

Plötzlich übertönte Pferdegetrappel die leise Musik. Eine Kutsche verließ den Schlosshof, rollte langsam am Südflügel des Herrenhauses vorbei, bog in die Landstraße ein, nahm Fahrt auf, überquerte die Brücke und entfernte sich jenseits der Emscher rasch.

»Habe ich das richtig gesehen? Waren das der Herr Graf und eins seiner Stubenmädchen?«, fragte Troost verblüfft.

Demuth nickte. »Ja. In dem Wagen saßen Maximilian von Westerholt und Dina Becker.«

Anton Demuth und Jacob Troost hatten Sterkrade fast erreicht, sie sahen schon die ersten Häuser vor sich, da kamen ihnen

Marie Kleinrogge und Carl, der Sohn des Holzfällers Hülsken, entgegen.

»Wo kommt ihr denn her? Hat der Herr Pfarrer euch schon nach Hause geschickt?«, fragte Troost sie.

Marie und Carl nickten eifrig.

Es fröstelte Demuth trotz seines langen warmen Mantels, als er die beiden Kinder in ihren ärmlichen Kleidern sah. Sie trugen dasselbe wie vor ein paar Tagen, als er ihnen vor Hülskens Haus begegnet war, kurze Hosen und ein zerschlissenes Hemd der Junge, langes blaues Wollkleid und eine verwaschene braune Schürze das Mädchen. Ihre Holzschuhe, die sie im Wald in den Händen getragen hatten, um schneller laufen zu können, hatten beide an den Füßen.

»Hast du keine Jacke?«, fragte Demuth den Jungen.

Carl schüttelte den Kopf.

Troost schaute auf seine Taschenuhr und wunderte sich. »Eigentlich ist das viel zu früh. Das sieht dem Pfarrer Grimberg doch gar nicht ähnlich.«

»Er hat noch nicht alle nach Hause geschickt, Herr Lehrer«, sagte Marie.

»Nur euch beide?«, fragte Demuth erstaunt.

»Nein, ein paar andere auch noch. Wir haben ein Spiel gemacht.«

»Kind, du sprichst in Rätseln«, sagte Troost.

»Die Gottesmutter hat am 12. September Namenstag. Das wusste ich, weil das ja auch mein Namenstag ist. Also hab ich aufgezeigt, und der Herr Pastor hat mich drangenommen, und deshalb durfte ich nach Hause«, berichtete Marie.

»Also, der Pfarrer hat euch Fragen gestellt, und wer sie richtig beantworten konnte, der durfte sich frühzeitig auf den Heimweg machen«, fasste Troost zusammen.

Das Mädchen und der Junge nickten.

»Und der Carl, was wusste der?«, fragte Demuth.

Marie antwortete: »Der Herr Pfarrer hat gesagt, dass ich nicht allein bis an die Emscher laufen soll. Deshalb hat er als

Nächstes den Carl gefragt, wie die Mutter von der Mutter Maria geheißen hat. Und der Carl wusste, dass das die Anna war.«

»Meine Mutter hieß Anna. Sie hat oft von der heiligen Anna erzählt«, sagte Carl schüchtern.

»Wer so viel weiß, der hat es verdient, dass er nicht so lange in der Schule bleiben muss wie die anderen«, sagte Demuth freundlich.

Carl strahlte, Marie sah den Kriminalrichter misstrauisch an.

»Dann seht mal zu, dass ihr nach Hause kommt, bevor es wieder regnet«, sagte Demuth nach einem Blick zum Himmel.

Als die Kinder außer Hörweite waren, fragte Troost ihn: »Warum bist du eigentlich nicht in die Fußstapfen deines Vaters getreten? Ich glaube, du wärst auch ein guter Lehrer geworden. Du kannst dich in Kinder hineinversetzen.«

»Danke für das Kompliment.« Demuth lachte. »Immerhin bin ich ja mal eine Zeitlang Lehrer gewesen.«

»Du? Lehrer?«

»Als Jurastudent hatte ich eine Stelle als Hauslehrer. Damit habe ich mein Studium finanziert.«

»Ach so, ja natürlich, das weiß ich doch. Hast du nicht die Kinder einer steinreichen Bürgersfamilie unterrichtet?«

»Ja, die drei Söhne eines Kaufmanns in Ruhrort. Er war Schiffseigner, hat Tuche und Töpferwaren transportiert und damit viel Geld verdient.«

»Ich dachte, er wäre durch die Verschiffung von Ruhrkohle vermögend geworden.«

»Er ist damals auch in den Kohletransport eingestiegen, das stimmt. Inzwischen besitzt die Familie eine ganze Flotte von Plattbodenschiffen, die Kohle von der Ruhr nach Holland und Belgien bringen.«

»Hast du bei diesem Kaufmann nicht auch deine Frau kennengelernt?«

»Ja, sie war seine Nichte.«

Während die beiden Männer über den Marktplatz auf das Schulhaus zugingen, sagte Troost: »Mir war immer klar, dass du einmal ein schönes weibliches Wesen aus der Stadt heiraten würdest. Die Sterkrader Bauernmädchen, die waren nichts für dich.«

»Das ist Unsinn«, entgegnete Demuth entschieden. »Du hast doch gestern Abend mitgekriegt, dass ich mich an fast alle Mädchen aus unserer Schulzeit noch erinnere. Da gab es einige, die mir gefielen, und in zwei oder drei war ich sogar verliebt.«

Gerade als sie bei der Schule ankamen, drängten etwa dreißig Kinder heraus. Sie sahen ihren Lehrer, grüßten freundlich und gingen, miteinander plappernd, in kleinen Grüppchen über den Marktplatz davon.

Troost schaute ihnen nach und stellte fest: »Wenn das alle sind, die noch in der Schule waren, dann durfte mehr als die Hälfte der Kinder schon frühzeitig nach Hause. Da wird der Herr Pfarrer gewiss zufrieden sein, dass es bei seinem Fragespiel so viele richtige Antworten gegeben hat.«

»Verlassen die Jungen und Mädchen immer so gesittet die Schule?«, fragte Demuth.

»Nein«, erwiderte Troost lachend. »Das tun sie nur, wenn ihr Lehrer vor der Tür steht.«

Der Sterkrader Pfarrer Wilhelm Grimberg saß am Katheder, der auf einem kniehohen Podest an der Stirnseite des Schulsaales stand. Er las in einem Buch. Als er Demuth und Troost bemerkte, kam er herunter, ging ihnen durch die Schulbänke ein paar Schritte entgegen, nickte Troost freundlich zu und begrüßte Demuth mit einem langen Händedruck.

»Ich freue mich wirklich sehr, Sie kennenzulernen, Herr Justizrat«, sagte er.

»Es ist sehr freundlich von Ihnen, dass Sie so schnell Zeit für mich gefunden haben«, entgegnete Demuth.

»Sie sind ein preußischer Kriminalrichter, der einen Mordfall aufzuklären hat. Sie hätten mich auch vorladen können.«

»Von Menschen, die dazu gezwungen werden, eine Aussage zu machen, bekommt man selten brauchbare Hinweise«, sagte Demuth.

Er war überrascht vom geringen Alter Wilhelm Grimbergs. Ein Sterkrader Pfarrer war in seiner Vorstellung immer ein älterer Herr mit einer sehr hohen Stirn oder sehr weißen Haaren. Dieses Bild hatte sich erst recht in seinem Kopf festgesetzt, seitdem er wusste, dass Grimbergs Schwester Theresia einmal zum Konvent des adligen Frauenklosters gehört hatte und jetzt in seinem Haushalt lebte. Er hatte sich die Geschwister als ältliches Fräulein und gesetzten Herrn vorgestellt. Doch Grimberg war ein ansehnlicher Mann im besten Alter, groß gewachsen, höchstens vierzig Jahre alt, dem ersten Anschein nach ein besonnener Mensch mit einem klugen Kopf.

»Anna Hasenleders Schicksal hat mich tief erschüttert«, sagte er. »Auf eine so schreckliche Weise dem Leben entrissen zu werden, das hatte sie nicht verdient. Das hat kein Mensch verdient.«

»Kannten Sie sie?«, fragte Demuth. »Soviel ich weiß, war sie keine regelmäßige Kirchgängerin.«

Wilhelm Grimberg lachte. »Der Himmel weiß, wann sie zum letzten Mal ein Gotteshaus von innen gesehen hat, die Anna. Aber natürlich kannte ich sie. Wie haben oft miteinander geredet, und sie hat mir immer wieder versichert, ihr Lebensweg führe am Ende zu Gott, genauso wie meiner. Ich kann mir nicht vorstellen, dass es einen Weg zur ewigen Seligkeit gibt, der an unserer heiligen Kirche vorbeiführt, und das habe ich ihr auch gesagt, aber sie ist ihren Überzeugungen stets treu geblieben. Dabei hatte sie ein großes Herz und eine große Achtung vor der Schöpfung Gottes. Ich hoffe, dass der Allmächtige ihr das anrechnet, wenn sie jetzt vor seinem Richterstuhl steht.«

Anton Demuth war erstaunt. So viel Verständnis und Respekt für eine Frau, die sich um die Gebote der Kirche nicht geschert hatte, hatte er vom Sterkrader Pfarrer nicht erwartet.

»Wissen Sie zufällig«, fragte Grimberg ihn, »ob Annas Leichnam noch in Duisburg in der Universität ist?«

»Nein, Herr Pfarrer, das weiß ich nicht. Eigentlich müsste er längst zum Begräbnis freigegeben sein.«

»Das nahm ich auch an«, sagte Grimberg. »Deshalb wundere ich mich, dass Dina Becker, ihre einzige nahe Verwandte, soweit ich weiß, noch nicht wegen einer Beerdigung vorgesprochen hat. Vielleicht denkt sie ja, ich wäre nicht bereit, ihre Tante auf unserem Kirchhof beizusetzen. Aber das würde ich selbstverständlich tun, auch wenn einige Leute ganz sicher darüber ihre Nasen rümpfen würden.«

Die drei Männer standen mitten im Schulsaal zwischen den harten Holzbänken.

Grimberg sah sich um und zuckte mit den Achseln. »Leider kann ich Sie nicht zu mir einladen. Ein paar Damen, die früher hier im Kloster lebten und jetzt ringsum in Holten oder Dinslaken ein Zuhause gefunden haben, die treffen sich ab und zu, um sich gemeinsam an die guten alten Zeiten zu erinnern. Heute ist meine Schwester Theresia die Gastgeberin. Also, das ist immer ein so aufgeregtes Schwadronieren, da ist es schwierig, ein ruhiges Eckchen im Haus zu finden.«

»Wir könnten uns bei mir um den Tisch setzen, wenn Ihnen das nicht zu unbequem ist«, schlug Jacob Troost vor.

»Gerne«, sagte Pfarrer Grimberg, und Demuth nickte.

Die Lehrerwohnung bestand aus einem großen Zimmer, das sich direkt an den Schulsaal anschloss, und einer kleinen Schlafkammer. Das war zwar nur ein Bruchteil des Wohnraumes, den Demuth in seiner großzügigen Stadtwohnung am Werdener Marktplatz zur Verfügung hatte, aber Jacob Troost hatte sich sein kleines Heim behaglich eingerichtet.

Das größte Möbelstück war ein zweiflügliger Schrank aus rötlich schimmernder Buche. Mit der feinen Maserung des Holzes wirkte er trotz seiner erheblichen Ausmaße nicht wuchtig. Die kleine buntbemalte Truhe neben ihm diente als Ablage für allerlei Hausrat, für einen Tontopf, für Öllampe, Salzfässchen und Feuerzange, für Kaffeekanne, Kerzenleuchter und anderen Kram. In einer Ecke des Zimmers stand ein moderner, aus Eisen gegossener Ofen. Besonders gefiel Anton Demuth die gemütliche Leseecke mit dem Bücherschrank, einem mit

Schnitzereien verzierten Prunkstück, in dem an die hundert gebundene Druckwerke und ein Stapel Zeitschriften Platz gefunden hatten, mit dem bequemen Sessel, dessen Bezug auf der Sitzfläche schon ein wenig verschlissen war, und mit dem zierlichen Lesetischchen, auf dem ein Exemplar des Märchenbuchs der Brüder Grimm lag.

Am großen Tisch in der Mitte des Raumes standen zwei Stühle.

»Bitte nehmen Sie Platz!«, forderte Troost seinen Pfarrer auf.

»Und du kannst hier sitzen, dem Herrn Pastor gegenüber«, sagte er zu Anton Demuth.

»Und Sie, wollen Sie sich nicht zu uns setzen?«, fragte Grimberg.

»Wenn es Sie nicht stört«, erwiderte Troost. »Ich habe noch einen Stuhl in der Schlafkammer.«

»Dann hol ihn, bitte!«, sagte Demuth.

Als der Pfarrer, der Richter und der Lehrer gemeinsam um den Tisch saßen, kam Demuth ohne Umschweife zur Sache.

»Ich muss mit Ihnen über zwei Ihrer Pfarrkinder sprechen, über die Schwestern Helena Kleinrogge und Gertrude Terhuven«, sagte er zu Wilhelm Grimberg. »Sie wissen vermutlich, dass die Frauen in ihrem Leben schlimme Dinge erdulden mussten.«

»Ja, das weiß ich.«

»In Gesprächen mit mir haben sie beide zu erkennen gegeben, dass sie vor allem Anna Hasenleder für ihr Elend verantwortlich machen.«

»Auch das weiß ich.« Grimberg seufzte, verschränkte die Arme vor der Brust und fuhr, nach kurzem Nachdenken, fort: »Menschen neigen dazu, alle Verantwortung von sich zu schieben, wenn irgendetwas in ihrem Leben schiefgeht. Mal sind die Umstände schuld an ihrer Misere, Umstände, die sie natürlich keinesfalls selbst zu verantworten haben, mal hat ihnen die böse Nachbarin, die gewiss mit dem Teufel im Bunde steht, alles Elend angehext, und mal ist unser Herrgott selbst der Urheber von Unglück und Leid. Gerade in diesen Tagen der Dunkelheit, des Hungers und der Not wollen meine braven Sterkrader immer wieder von mir wissen, warum unser göttlicher Vater die Sonne vom Himmel geholt hat, warum er uns Menschenkinder so sehr leiden lässt.«

»Die Frage, warum unser Herrgott der Menschheit das antut, stelle ich mir auch immer häufiger«, gestand Troost. »Was sagen Sie denn den braven Leuten, die eine Antwort von Ihnen erwarten, Herr Pfarrer?«

»Ich sage Ihnen, dass Gottes Ratschlüsse unergründlich sind«, entgegnete Grimberg und zuckte mit den Achseln, so als bedauere er es, keine klügere Antwort geben zu können. »Unsere menschliche Einsichtsfähigkeit reicht nicht aus, um zu verstehen, was Gott mit seiner Schöpfung vorhat.«

»Viele brave Christenmenschen halten die Katastrophe für eine Strafe unseres himmlischen Vaters«, sagte Troost.

»Leider ist das in diesen düsteren Tagen so«, bestätigte Grimberg. »Die Menschen haben wieder den zürnenden Gott des Alten Testamentes vor Augen und vergessen, dass er vor allem barmherzig und gütig ist und dass er für uns seinen Sohn am Kreuz geopfert hat.«

»Aber wäre Gottes Zorn denn nicht überaus verständlich?«, fragte Troost. »Hat sich die Menschheit jemals eine größere Respektlosigkeit gegen ihn geleistet als in unserer Zeit, in der Gotteshäuser zu Gefängnissen, Kasernen und Gasthäusern gemacht werden?«

»Es waren Könige und Fürsten, die sich mit Napoleons Segen die Kirchengüter unter den Nagel gerissen haben. Sie sind es, die jetzt altehrwürdige Klöster und Abteien gewinnbringend verkaufen und sie für profane Zwecke nutzen«, entgegnete Grimberg. »Warum sollte Gott dafür die kleinen Leute bestrafen, die jetzt vor allem hungern und leiden?«

Anton Demuth hörte dem Disput geduldig zu, auch wenn er weder die Position des Pfarrers noch die des Lehrers teilte.

Einen Gott, der ins Weltgeschehen eingriff, konnte er sich nicht vorstellen, einen zürnenden ebenso wenig wie einen barmherzigen.

»Wir werden damit leben müssen, dass wir nicht wissen, was Gott mit uns vorhat, lieber Troost«, sagte Wilhelm Grimberg. »Auf manche Fragen ist ein fester Glaube die einzige Antwort.« Demuth hielt die Gelegenheit für günstig, an dieser Stelle die theologische Debatte zu unterbrechen. »Ein Kriminalrichter braucht allerdings handfeste Antworten auf seine Fragen«, sagte er freundlich lächelnd. »Der Glaube reicht da nicht.«

»Verzeihen Sie, Herr Justizrat, dass Ihr Freund und ich ein wenig abgeschweift sind. Sie wollen von mir wissen, ob ich den beiden Schwestern Helena und Gertrude einen Mord zutraue, nicht wahr?«

»Vor allem wüsste ich gern, ob sie überhaupt die Mörderinnen von Anna Hasenleder gewesen sein können«, entgegnete Demuth. »Die beiden Frauen behaupten, in Sterkrade in der Frühmesse gewesen zu sein, als der Mord geschah.«

»Am Donnerstag war das, am Fest Mariä Namen«, sagte Jacob Troost.

»In der Frühmesse?«, wiederholte Grimberg fragend und nickte zugleich. »Ja, ganz sicher waren die Schwestern Donnerstagmorgen in der Kirche. Ich erinnere mich daran, dass ich nach der Messe noch ein paar Worte mit ihnen gewechselt habe.«

Anton Demuth hatte diese Auskunft des Pfarrers eher befürchtet als erhofft. Jetzt musste er auch Helena Kleinrogge und Gertrude Terhuven von der Liste seiner Verdächtigen streichen. Der einzige Name, der noch übrigblieb, war der von Augustin Sumser. Aber konnte dieser Mensch, so seltsam er sich auch benahm, Anna Hasenleders Mörder sein? Der Herr aus Bayern hatte sie allem Anschein nach nicht einmal gekannt.

Es bereitete Anton Demuth gerade nicht das geringste Vergnügen, über den Stand der Ermittlungen nachzudenken. Er tat es trotzdem, bis der Pfarrer seine trüben Gedanken mit einer überraschenden Bemerkung unterbrach.

»Wissen Sie, Herr Kriminalrichter«, sagte Grimberg, »man kann auch für eine Tat verantwortlich sein, ohne selbst eine Hand gehoben zu haben.«

Demuth begriff nicht sofort, worauf der Pfarrer hinauswollte, doch dann erläuterte Wilhelm Grimberg ausführlich, was ihm durch den Kopf ging.

Er sagte, die Schwestern Helena und Gertrude hätten in letzter Zeit so unverhohlen ihren Hass gegenüber Anna Hasenleder zum Ausdruck gebracht, dass es ihn erzürnt habe. Er habe den Frauen immer wieder ins Gewissen geredet, ihnen vorgehalten, dass es eine Sünde sei, einen anderen Menschen so sehr zu hassen. Doch nicht einmal er, ihr Pfarrer und Beichtvater, habe sie von ihren törichten Unterstellungen abbringen können. Zuletzt machten die beiden Schwestern die Anna für nahezu alles Unglück in der Welt verantwortlich. Angeblich hatte sie mit ihren teuflischen Hexereien die Gräfin Friederike ins Jenseits befördert, sie hatte Helenas kleinen Sohn auf dem Gewissen, und sie war es auch, die die Sonne vom Himmel vertrieben hatte.

»Vor allem Helena Kleinrogge hat sich mit solch unsinnigem Gerede hervorgetan«, erinnerte Grimberg sich. »Ich habe sie ermahnt, ich habe ihr vorgehalten, ihre Phantastereien von Hexen und deren Zauberkräften seien nichts anderes als unchristlicher Aberglaube. Doch die Helena hat sich nichts sagen lassen. Mit einer beängstigenden Beredsamkeit hat sie mir erklärt, Anna Hasenleder sei eine Gespielin des Satans, und der Teufel selbst verleihe ihr immer wieder die Kraft, Übles zu tun und allen guten Menschen zu schaden.«

»Solch bösartige Behauptungen können einem schlichten Menschen große Angst machen«, sagte Demuth nachdenklich.

»Vor allem, wenn er der Helena blindlings vertraut«, fügte der Pfarrer hinzu. »Dann könnte eine solche Person auch auf die Idee kommen, die gefährliche Hexe müsse man beseitigen, bevor sie noch Schlimmeres anrichtet.«

»Denken Sie an eine bestimmte Person?«, fragte Demuth.

»Ja, ich denke an Helenas Ehemann, an Paul Kleinrogge«, entgegnete Grimberg. »Er ist ein durch und durch braver Kerl. Aber der Tod seines kleinen Sohnes hat ihm den Boden unter den Füßen weggezogen. Er ist verstört. Ich glaube nicht, dass er noch weiß, was er zu tun und was er zu lassen hat, wenn seine Helena es ihm nicht einflüstert.«

»Ich habe am Samstag versucht, mit ihm zu reden«, sagte Demuth, »aber ich habe nichts aus ihm herausgekriegt. Er spricht nicht mehr.«

»Ich weiß«, sagte Grimberg. »Wenn Sie wollen, begleite ich Sie morgen zu den Kleinrogges. Vielleicht können wir ihn ja gemeinsam zum Sprechen bewegen.«

Im Posthaus war Augustin Sumser nicht. Demuth hatte in der Gaststube nach ihm geschaut, war die Treppe hinaufgestiegen und hatte vergeblich an seine Kammertür geklopft, war wieder hinuntergegangen und hatte in der Küche nach ihm gefragt. Dort wusste niemand, wo er war, und die drei Tendlers, die im Saal neben dem Gastraum an den Kulissen für das Puppenspiel vom Doktor Faust herumbastelten, hatten den Herrn aus Bayern an diesem Dienstag noch gar nicht gesehen.

Von Friedrich Krumpe erfuhr Demuth schließlich, dass Sumser schon vor ein paar Stunden die Poststation verlassen hatte und in Richtung Sterkrade davongegangen war. Nein, eine große Tasche habe er nicht bei sich gehabt, sein Reisegepäck befinde sich zweifellos noch oben in der Kammer.

Demuth war einigermaßen beruhigt. »Dann wird der Herr ja wohl irgendwann im Laufe des Nachmittags wieder hier aufkreuzen«, sagte er zu Krumpe.

»Das wird er gewiss«, versicherte der Posthalter.

Nachdem Krumpe die Frage, ob es noch etwas zu essen gäbe, mit einem einladenden Kopfnicken beantwortet hatte, setzte Demuth sich in der Gaststube an den Tisch neben dem Fenster. Diesmal war die Getreidegrütze, die er in einer Tonschüssel serviert bekam, nicht aus Weizenschrot zubereitet worden, sondern aus Roggen. Glücklicherweise hatte Margarete den aufgekochten Brei gut gesalzen, sonst hätte er nach nichts geschmeckt.

Als die Schüssel leer war, hielt vor der Poststation eine Kutsche. Sie war aus Richtung Süden über die Emscherbrücke gekommen. Demuth nahm an, dass es der Postwagen aus Düsseldorf war.

Hermann Krumpe und Johann kümmerten sich um die Zugpferde. Während sie begannen, die Tiere auszuspannen, kletterte ein Passagier nach dem anderen aus dem Wagen, bis schließlich zwei Damen und vier Herren zusammen mit dem Postillon lachend, sich reckend und streckend, Rücken und Knie beugend neben der Kutsche standen und zum Posthaus herüberschauten.

Die Herrschaften würden vermutlich in Kürze laut palavernd die Gaststube bevölkern. Die Aussicht darauf ließ Demuth hastig von seinem Stuhl aufstehen und den Raum verlassen. Er eilte die Stiege hinauf, ging in seine Kammer, schloss die Tür hinter sich, streifte seine Stiefel von den Füßen und legte sich aufs Bett.

Obwohl er das nicht wollte, schlummerte er kurz darauf ein. Vielleicht waren es noch die drei Krüge Bier vom Vorabend, die ihn so schläfrig machten, vielleicht waren es aber auch all die schweren Gedanken, die er in seinem Kopf mit sich herumtrug.

Irgendwann störte ein lautes Poltern seinen Schlaf. Das Geräusch war ihm unbekannt und verwirrte ihn. Er lauschte eine Weile mit geschlossenen Augen, bis er begriff, dass jemand heftig gegen die Kammertür klopfte.

»Herr Justizrat, sind Sie da?«

Die Stimme jenseits der Tür gehörte Margarete Krumpe.

»Was gibt es?«, rief Demuth.

»Der Herr Graf wünscht, Sie zu sprechen.« Augenblicklich war Anton Demuth hellwach und saß aufrecht im Bett.

»Wer will mich sprechen?«

»Maximilian Friedrich Graf von und zu Westerholt-Gysenberg.« Margarete betonte jede einzelne Silbe.

»Wo ist er?«, fragte Demuth, während er seine Stiefel anzog.

»Er wartet unten. Kann ich ihm sagen, dass Sie sofort herunterkommen werden?«

»Ja, natürlich«, antwortete Demuth durch die geschlossene Kammertür.

Nicht einmal eine Minute später betrat er im Erdgeschoss die Gaststube. Von den Passagieren der Postkutsche war nichts zu sehen. Anscheinend hatte der Wagen nur zum Pferdewechsel angehalten. Graf Maximilian saß am Fenster und schaute hinaus. Seinen Gehrock hatte er geöffnet, Hut und Stock hatte er vor sich auf den Tisch gelegt. Als er den Kriminalrichter sah, erhob er sich.

»Ich hoffe, ich habe Sie nicht bei etwas Wichtigem gestört«, sagte er freundlich.

»Ich hatte mich aufs Bett gelegt, um ein wenig nachzudenken«, entgegnete Demuth.

»Das heißt, dass Sie etwas Zeit für mich haben?«, fragte Maximilian von Westerholt nach.

»Selbstverständlich, Herr Graf.«

»Was halten Sie davon, mit mir eine Runde durch den Schlosspark zu gehen? Der Himmel ist zwar auch heute wieder grau, aber immerhin regnet es nicht«, sagte von Westerholt.

Als die beiden Männer wenig später nebeneinander durch den Park spazierten, beklagte Graf Maximilian die Auswirkungen des katastrophalen Wetters auf Sträucher, Bäume und Blumenbeete. Allerlei Anpflanzungen kümmerten vor sich hin und kämpften ums Überleben. Seit rund acht Jahren sei ein hochangesehener Gartenarchitekt und Hofgärtner aus Düsseldorf, ein gewisser Maximilian Friedrich Weyhe, jetzt schon mit der Gestaltung der Gartenanlagen beschäftigt, aber dieser schreckliche Sommer ohne Sonne, der mache so viele Planungen und Anstrengungen der Vergangenheit zunichte, dass es einem ganz schwer ums Herz werde.

Demuth war der Meinung, dass ein Graf Westerholt, in dessen Nachbarschaft Menschen hungerten, weil ihnen das Getreide und das Gemüse auf den Feldern verdorben war, nicht über seine verkümmerten Blümchen jammern sollte, zog es jedoch vor, diese Auffassung für sich zu behalten.

So spazierten die beiden Männer eine Weile schweigend nebeneinander durch den Park, bis von Westerholt sagte: »Ich nehme an, Sie haben mich heute Morgen gesehen, als ich in der Kutsche davonfuhr.«

Demuth nickte.

»Haben Sie auch erkannt, wer neben mir im Wagen saß?«

»Ich bin mir nicht ganz sicher, aber ich glaube, es war Dina Becker«, sagte Demuth.

»Ich bin mit ihr nach Duisburg gefahren«, erklärte der Graf.

»Die Dina braucht in diesen Tagen meine Unterstützung. Es ist furchtbar für sie, was mit ihrer Tante geschehen ist. Sie wäre nicht dazu in der Lage gewesen, sich um deren Begräbnis zu kümmern. Ich habe das an den vergangenen Tagen getan, und heute haben wir die Anna auf dem Friedhof beigesetzt, auf dem schon ihr Vater und andere Verwandte ihre letzte Ruhe gefunden haben.«

»Ach was«, sagte Demuth verblüfft.

Ohne auf seine Verwunderung einzugehen, fragte von Westerholt ihn: »Wie kommen Sie denn mit Ihren Untersuchungen voran?«

»Langsam, aber stetig«, antwortete Demuth ausweichend. Der Graf musste nicht unbedingt wissen, dass er zurzeit im Dunkeln tappte.

»Es gibt Verdächtige?«

»Ja, die gibt es«, sagte Demuth.

»Ich hab Anna Hasenleder gut gekannt, und ich kenne die Menschen hier an der Emscher«, sagte Graf Maximilian. »Für mich ist niemand so verdächtig in dieser Angelegenheit wie Helena Kleinrogge.«

»Was ist mit ihrer Schwester Gertrude?«, fragte Demuth.

»Ja, auch die Schwiegertochter vom alten Terhuven hat Lügen über die Anna verbreitet, aber niemand hat sie so bösartig verleumdet wie die Helena. Sie hat Dinge behauptet, die ganz ungeheuerlich sind. Ich nehme an, das ist Ihnen bekannt.«

Ohne genau zu wissen, was von Westerholt meinte, nickte Demuth zustimmend.

»Wer einer Nachbarsfrau zutraut«, fuhr Graf Maximilian fort, »dass sie einem Kind eine tödliche Krankheit angehext hat und dass sie in der Todesnacht der Gräfin zusammen mit dem Leibhaftigen ins Schloss geschlichen ist, der muss aber doch diese Frau fürchten wie den Teufel selbst.«

»Das ist vermutlich so«, sagte Demuth.

»Ist es denn nicht wahrscheinlich«, fragte der Graf und blieb neben einer kleinen Gruppe krüppeliger Trauerweiden stehen, »dass ein so angsterfüllter Mensch auf den Gedanken kommt, diese entsetzliche Hexe zu beseitigen?«

»Das ist durchaus naheliegend, Herr von Westerholt. Und die Helena Kleinrogge stand auch lange ganz oben auf der Liste meiner Verdächtigen. Allerdings habe ich heute Vormittag vom Pfarrer Grimberg erfahren, dass sie und Gertrude Terhuven in Sterkrade in der Frühmesse waren, als Anna Hasenleder getötet wurde. Die beiden Schwestern können es nicht gewesen sein.«

Der Graf zog die Augenbrauen zusammen und sah den Kriminalrat zweifelnd an.

»Ist es nicht möglich, dass der Herr Pfarrer sich irrt, dass er die Frauen an einem anderen Tag in der Kirche gesehen hat?«

»Nein«, sagte Demuth. »Wilhelm Grimberg ist sich sicher, dass Helena und Gertrude am Namensfest der Gottesmutter Maria, am 12. September, in der Frühmesse waren. Nach dem Gottesdienst hat er noch vor der Kirche mit ihnen geplaudert.«

Der Graf schüttelte den Kopf und schwieg. Er war ganz offensichtlich enttäuscht.

Während die beiden Männer an entlaubten Bäumen, kümmerlichen Sträuchern und am Boden liegenden Blumen vorbeigingen, fragte Demuth sich, warum der Herr von Westerholt eigentlich das Gespräch mit ihm gesucht hatte. War es seine Absicht gewesen, dem Kriminalrat aus Werden zu erklären, warum er zusammen mit seiner Stubenmagd Dina Becker in einer Kutsche gesessen hatte? Oder hatte er das dringende Bedürfnis verspürt, dem Herrn Untersuchungsrichter Hinweise für seine Ermittlungen zu geben?

Demuth hielt beides für unwahrscheinlich.

Und tatsächlich lag seiner Durchlaucht Maximilian Friedrich von und zu Westerholt-Gysenberg etwas anderes auf dem Herzen. Das wurde klar, als er unvermittelt sagte: »Es hat die Dina vollkommen aus der Fassung gebracht, dass Sie, Herr Justizrat, von ihrer Schwangerschaft wussten.«

»Das ist mir nicht entgangen«, erwiderte Demuth. Wie sehr es ihn erstaunte, dass der Graf auf dieses Thema zu sprechen kam, ließ er sich nicht anmerken.

»Ich werde Sie nicht fragen, woher Sie diese Information hatten. Ich weiß, dass Sie mir als ermittelnder Kriminalrichter darüber keine Auskunft geben können. Und ich will Sie nicht in Verlegenheit bringen.«

»Vielen Dank, Herr Graf«, sagte Demuth unsicher. Er hätte gern gewusst, worauf Maximilian von Westerholt hinauswollte.

»Was der Dina zu schaffen macht, ist nicht nur der offensichtliche Verrat ihres Geheimnisses. Sie hat Angst davor, dass die Menschen sie für eine billige Dirne halten könnten, für eine barmherzige Schwester, die es mit jedem dahergelaufenen Tunichtgut treibt.«

»Solange sie für sich behält, wer der Vater ihres Kindes ist, werden die Leute darüber spekulieren«, sagte Demuth.

»Sie selbst haben die Dina verdächtigt, sich mit Arnold Terhuven, diesem Taugenichts, eingelassen zu haben«, sagte der Graf mit einem vorwurfsvollen Unterton.

»Es gab Gerüchte, die mir zu Ohren gekommen waren«, entgegnete Demuth achselzuckend.

»Es wird nicht mehr lange dauern, dann wird man der Dina ansehen, dass sie ein Kind erwartet. Ich fürchte, dann wird jeder ihr einen anderen Liebhaber andichten, und die Leute werden sie verachten«, sagte von Westerholt.

»So ist es leider schon vielen unverheirateten Frauen ergangen«, stellte Demuth fest.

Der Graf blieb stehen und sah dem Kriminalrichter entschlossen in die Augen. »Der Dina wird das nicht passieren. Ich bin nämlich der Vater ihres ungeborenen Kindes.«

»Ach was«, entfuhr es Anton Demuth.

Maximilian von Westerholt erzählte, dass Dina Becker ihm nach dem Tod der Gräfin Friederike beigestanden und ihm Trost gegeben habe. So sei sie eine vertraute Freundin für ihn geworden, er habe viel Zeit mit ihr verbracht, sie seien sich sehr nahe gewesen, und irgendwann seien sie dann ein Paar geworden.

»Die Dina wird in meinem Hause bleiben, auch wenn sie niedergekommen ist. Und ich werde das Kind, das sie zur Welt bringt, anerkennen. Niemand wird einen Grund haben, schlecht über sie zu reden. Sollte es trotzdem jemand tun, wird er meinen Zorn zu spüren bekommen«, erklärte Maximilian von Westerholt mit Nachdruck.

Anton Demuth sagte dazu nichts.

Der Graf ließ ihn noch wissen, dass Dina Becker und er heute während ihrer Rückfahrt von Duisburg gemeinsam entschieden hätten, dass ihre Schwangerschaft und seine Vaterschaft ab sofort nicht mehr schamhaft verschwiegen werden sollten. Im Schloss Oberhausen stehe ein freudiges Ereignis bevor, und das wolle man der Welt jetzt auch mitteilen.

Demuth fragte sich, ob es vielleicht angemessen wäre, dem Grafen zu gratulieren. Er war sich nicht sicher, entschied sich aber, es nicht zu tun, als von Westerholt stehen blieb und kopfschüttelnd sagte: »Schauen Sie sich die Buchen an. Sie haben schon alle ihre Blätter verloren, als wären wir im tiefsten Winter.«

Im Schlosshof reichte der Graf Demuth freundlich die Hand und bedankte sich bei ihm fürs verständnisvolle Zuhören. »Es war mir schwer erträglich, dass Sie Dina Becker für die Gespielin dieses Lümmels Arnold Terhuven gehalten haben. Den

Verdacht wollte ich gern aus der Welt schaffen«, erklärte Maximilian von Westerholt.

»Das ist Ihnen sehr überzeugend gelungen«, sagte Demuth keck.

Der Graf nahm es ihm nicht übel. Er erklärte freundlich: »Der Dina und mir ist sehr daran gelegen, dass Annas Mörder seiner gerechten Strafe zugeführt wird. Also, lassen Sie es mich wissen, wenn ich Sie bei Ihren Untersuchungen in irgendeiner Weise unterstützen kann.«

»Gerade wäre es sehr hilfreich für mich, wenn Sie mir sagen könnten, wo ich die Dina Becker finde«, entgegnete Demuth. »Ich würde gern noch mal mit ihr über ihre Tante reden.«

»Sie wollte sich ein wenig hinlegen, als wir von der Beerdigung zurückkamen. Wenn sie sich ausgeruht hat, werde ich sie bitten, Sie aufzusuchen.«

Demuth bedankte sich und ging, nach dem Abschied vom Grafen, grübelnd zurück zum Posthaus. Er legte sich wieder in seiner Kammer aufs Bett und versuchte die Fülle seiner Gedanken zu ordnen. Es fiel ihm gerade nicht leicht, Wichtiges von Unwichtigem zu unterscheiden. Vor allem fragte er sich, ob es unter den Neuigkeiten der letzten Stunden welche gab, die ihn bei seinen Ermittlungen weiterbringen konnten. Er war noch weit von einer Antwort auf diese Frage entfernt, als es erneut gegen die Kammertür klopfte.

Es war wieder Margarete Krumpe. Diesmal rief sie: »Herr Demuth, jetzt wartet die Dina unten auf Sie.«

Dina Becker saß in ihrem schwarzen Kleid auf der Bank vor der holzgetäfelten Wand. Als Anton Demuth die Gaststube betrat und sie sah, beeindruckten ihn ihre Anmut, ihre feinen Züge, ihre zierliche Gestalt und ihre große Ähnlichkeit mit Anna Hasenleder so sehr, als sähe er sie gerade zum ersten Mal.

Er setzte sich neben sie. »Danke, dass Sie bereit sind, mit mir zu reden. Am Tag der Beerdigung ist das sicher nicht leicht für Sie.«

»Ich möchte Ihnen helfen, so gut ich kann, Annas Mörder zu finden«, entgegnete Dina.

»Ich würde gern mit Ihnen darüber nachdenken, ob es vielleicht noch irgendetwas im Leben Ihrer Tante gegeben hat, was wir bisher nicht berücksichtigt haben, irgendein Ereignis zum Beispiel, das mit ihrem gewaltsamen Tod in Zusammenhang stehen könnte. Vielleicht hatte sie auch Kontakt geknüpft zu einem Menschen, der nicht von hier war, den sie irgendwo auf dem Markt kennengelernt hatte.«

»Sie hat natürlich mit den Leuten gesprochen, die ihre Kräuter gekauft haben. Und sie hat hin und wieder mit anderen Bauersfrauen oder Markthändlern geredet«, sagte Dina. »Aber es gab keinen Kontakt, der über gelegentliche Treffen auf den Märkten hinausgegangen wäre.«

»Vielleicht gab es eine Beziehung, von der Sie nichts wussten«, wandte Demuth ein.

»Nein, das kann ich mir nicht denken. Die Anna hat mir immer alles erzählt, was sie erlebt hat. Es gab niemanden in ihrem Leben außer den Menschen, von denen Sie bereits wissen. Und es gab auch keinen außergewöhnlichen Vorfall.«

»In Annas Kommode liegt ein kleiner Stapel Briefe, zusammengebunden mit einem blauen Wollfaden. Ich habe sie mir nie angesehen, weil nichts darauf hindeutete, dass sie etwas mit Annas Tod zu tun haben könnten«, sagte Demuth. »Aber inzwischen frage ich mich, ob darin vielleicht doch ein Hinweis auf Annas Mörder versteckt sein könnte. Wissen Sie etwas über diese Briefe?«

Dina Becker nickte. »Sie sind von Annas Sohn Jan. Es könnte sein, dass auch noch einige von Hippolyte Benoit dabei sind.«

»Also werden sie uns keinen Hinweis auf Annas Mörder geben«, vermutete Demuth.

»Nein, ganz sicher nicht.«

»Und Annas Sohn ist wirklich tot?«, fragte Demuth nach.

Dina sah ihn irritiert an. »Wie meinen Sie das?«

»Nun ja, es wäre denkbar, dass die Anna das Gerücht von

seinem Tod verbreitet hat, um seine Einberufung zum Militär zu verhindern.«

»Er ist im März 1813 gestorben.«

»Was ist mit ihm passiert?«

»Als Napoleon nach dem Untergang der Großen Armee in Russland wieder anfing, hier in der Gegend Soldaten auszuheben, haben sich viele junge Männer versteckt oder sind desertiert. Zu ihnen gehörte auch Jan«, erzählte Dina. »Manchen jungen Kerlen reichte es allerdings nicht, sich dem Militärdienst zu entziehen. Bei ihnen hatten sich so viel Wut und Hass angestaut, dass sie sich zusammenrotteten, gegen die französischen Obrigkeiten protestierten und mancherorts regelrechte Aufstände anzettelten.«

»Das weiß ich noch«, sagte Demuth. »In den ersten Monaten des Jahres 1813 gab es an verschiedenen Orten im Großherzogtum Berg Ausschreitungen und Krawalle.«

»Ja, so war das«, sagte Dina, »und der Jan war natürlich dabei. Er hatte sich einer Gruppe von Deserteuren angeschlossen, die in der Gegend von Wuppertal umherzogen, in Behörden eindrangen, Regierungsbeamte attackierten und Akten vernichteten, besonders Personenstandsakten, aus denen hervorging, wo wehrfähige junge Männer lebten. Sie waren mit Knüppeln bewaffnet, und ihre großen Vorbilder waren die Russen, die die Franzosen im Winter zuvor vernichtend geschlagen hatten. Die Leute nannten sie deshalb Knüppelrussen.«

»Ich erinnere mich. In anderen Gegenden hießen sie Speckrussen, weil die Bevölkerung sie mit Sauerkraut und Speck versorgten.«

»Ja, es gab viel Sympathie für die jungen Männer«, bestätigte Dina, »aber die Franzosen ließen sich deren Übergriffe nicht lange gefallen. Truppen aus der Zitadelle Wesel rückten an, schlugen die Aufstände nieder und nahmen die Rebellen fest. Allein in Düsseldorf soll es damals hundert Exekutionen gegeben haben, und einer von denen, die dort im März 1813 hingerichtet wurden, war Jan Hasenleder.«

»Das muss schrecklich für die Anna gewesen sein«, sagte Anton Demuth.

»Ja, das war es«, bestätigte Dina. »Sie hat es nie wirklich verkraftet, aber sie hat ihr Leid niemandem gezeigt. Ich glaube, ich war der einzige Mensch, der wusste, wie sehr sie den Jan vermisst hat.«

Margarete Krumpe hatte ihm versichert, Augustin Sumser sei nicht abgereist. Er sei zwar tagsüber kaum gesehen worden, aber jetzt befände der Herr sich ganz unzweifelhaft in seiner Kammer oben im Posthaus.

Anton Demuth hatte sich im Laufe des Tages immer wieder mal nach Sumser erkundigt, dem letzten Verdächtigen, der noch auf seiner Liste stand, wenn man von Paul Kleinrogge einmal absah. Den hatte Demuth nach dem Gespräch mit Pfarrer Grimberg zwar auch auf die Liste gesetzt, aber er glaubte nicht wirklich, dass dieser stumme Mann, der am Samstag so hilflos und traurig auf seiner Ofenbank gesessen hatte, eines Mordes fähig war. Wilhelm Grimberg sah das anscheinend anders, und Demuth war gespannt auf das Gespräch im Haus der Kleinrogges, zu dem der Pfarrer ihn am nächsten Tag begleiten wollte.

Einstweilen aber hatte er erleichtert zur Kenntnis genommen, dass der Herr aus Bayern sich noch im Hause befand und nicht das Weite gesucht hatte.

Demuth hatte in der Gaststube ein Abendbrot zu sich genommen und sich lange überlegt, was er danach trinken sollte. Ein Kaffee zu dieser Stunde würde ihm in der Nacht den Schlaf rauben, nach einem Krug Bier stand ihm heute nicht der Sinn, und ein Glas Wasser erschien ihm zu fad.

Als Grete ihm einen Tee anbot, vermutete er, dass damit nicht das wunderbare Gebräu aus chinesischen oder japanischen Teeblättern gemeint war, die man in Essen kaufen konnte. Was Margarete Krumpe ihm servierte, war dann auch zweifellos etwas anderes, aber es war ein angenehm duftendes Getränk.

Demuth fragte Grete, ob sie ihm ein wenig Gesellschaft leisten wolle, und sie setzte sich zu ihm an den Tisch.

Selbstverständlich bekämen die Gäste der Poststation am Schloss Oberhausen gewöhnlich den originalen Tee aus China oder Japan vorgesetzt, erklärte sie zu Demuths Überraschung, aber in letzter Zeit seien häufig nur Teeblätter von mäßiger Qualität auf dem Markt gewesen. Es scheine so, als würden aus den asiatischen Ländern oft nur die schlechteren Sorten ausgeführt, während der feine und besonders aromatische Tee in Japan und China selbst verbraucht werde. Hinzu komme, dass deutsche Händler immer häufiger junge Blätter der Eiche und der Esche unter die Teeblätter mischten, wodurch ein Gebräu entstehe, von dem es den Menschen übel werde.

Deshalb verwende sie in letzter Zeit lieber gleich einheimische Pflanzen. Da wisse sie, was sie habe. Der Herr Kriminalrichter etwa trinke gerade einen Tee, der aus jungen Blättern von Blaubeere, Himbeere und Erdbeere aufgebrüht worden sei.

Demuth fand lobende Worte für Duft und Wohlgeschmack des Getränkes und fügte ihnen hinzu, er sei beeindruckt von Gretes umfangreichem Wissen über den Teehandel.

Sie sei seit Jahren für die Beköstigung ihrer Gäste verantwortlich, entgegnete sie, und das bedeute nicht nur, dass sie über die Zubereitung von Speisen und Getränken Bescheid wissen müsse, sondern auch über die Herkunft von Lebensmitteln, über deren Kosten und deren Qualität.

»Dabei ist in letzter Zeit vieles bedeutungslos geworden, was einmal wichtig war«, fügte sie achselzuckend hinzu. »Wenn wir unseren Hermann früher zum Einkaufen geschickt haben, dann haben wir ihm immer mit auf den Weg gegeben, dass die Lebensmittel, die wir brauchten, frisch und nicht zu teuer sein durften. Heutzutage reitet er zum Markt und guckt, ob es überhaupt noch irgendwas gibt, und er bezahlt das, was Bauern und Händler verlangen.«

»Wir leben in schwierigen Zeiten«, sagte Demuth.

»Ein paar kümmerliche Wirsingköpfe und eine Handvoll verschrumpelter Zwiebeln hat der Hermann zuletzt aus Dinslaken mitgebracht, und in Duisburg hat er einen Sack Kartoffeln ergattert, mickrige Kartoffeln, die angeblich über den Rhein aus Holland gekommen waren«, erzählte Margarete. »Einen ganzen Taler hat er dafür bezahlt. In guten Jahren kostet um diese Zeit ein Sack dicker Kartoffeln nicht mal die Hälfte. Und hundert Köpfe Kappes hat der Hermann vorige Woche bei einem Markthändler in Essen bestellt. Der will sie für zwei Taler besorgen, weiß der Himmel, wo. In den letzten Jahren haben sie weniger als einen Taler gekostet, mal sechzehn Groschen, mal zwanzig Groschen. Aber wir brauchen sie, mindestens hundert Köpfe Weißkohl jedes Jahr, um Sauerkraut zu machen. Wenn im Winter unsere Krautfässer leer sind, werden wir unsere Gäste nicht satt kriegen.«

»Schwierige Zeiten, sehr schwierige Zeiten«, sagte Demuth leise, mehr zu sich selbst als zu Grete.

»Unselige Zeiten sind das, ganz unselige Zeiten«, entgegnete sie und fügte nach kurzem Zögern hinzu: »Und zu verdanken haben wir sie der Anna und ihresgleichen.«

Demuth schüttelte missmutig den Kopf.

»Gottlose Menschen wie sie haben mit ihrem sündhaften Lebenswandel unseren Schöpfer maßlos erzürnt.« Margarete bekreuzigte sich.

Demuth schüttelte immer noch den Kopf. Es war ihm unbegreiflich, dass die Frau des Postmeisters, die von so vielem etwas verstand, an diesem Unfug festhielt.

»Die Anna ist tot, und der Weißkohl wird trotzdem nicht billiger«, sagte er bissig.

Margarete bekreuzigte sich noch einmal. »Der Herr des Himmels möge ihr verzeihen und ihr den Frieden schenken«, erwiderte sie. Auf Demuths Spott ging sie nicht ein.

»Gottes Zorn ist nicht die Ursache für das Elend in der Welt. Nicht einmal der fromme Pfarrer Grimberg glaubt das«, sagte er.

»Wer sonst hat die Sonne verdunkelt, wenn nicht unser zürnender himmlischer Vater«, entgegnete Margarete Krumpe eigensinnig.

»Wissenschaftler haben Sonnenflecken entdeckt, die der Grund dafür sein könnten, dass die Erde nicht mehr genug Licht und Wärme bekommt«, erklärte Demuth.

»Und wer hat die Flecken auf die Sonne gemalt, wenn nicht unser Herrgott?«, fragte Grete schnippisch.

Eine Antwort wartete sie nicht ab. Sie stand auf. »Ich muss jetzt zurück in die Küche.«

Demuth sah ihr nach. Wenn Menschen Ansichten haben, die sie nicht ändern wollen, dann kann kein noch so gewichtiges Argument sie umstimmen. Margarete war nicht zur Einsicht zu bringen, durch nichts und niemanden.

Demuth schob sich seinen Kneifer auf die Nase und griff nach dem Märchenbuch der Brüder Grimm, das er aus seiner Kammer mit heruntergebracht hatte. Er blätterte eine Weile darin herum, dann stieß er wieder auf das Märchen von Hänsel und Gretel, das er schon am Sonntagabend in Werden hatte lesen wollen, als er vom Sekretär Rüter gestört worden war.

Jetzt begann er damit, und fand in den ersten Sätzen erstaunlich viel Wirklichkeit und wenig Märchenhaftes.

Ein armer Holzhacker konnte seine beiden Kinder nicht satt bekommen, ein Schicksal, das in diesen Tagen viele Tagelöhner und kleine Bauern mit ihm teilten.

Der Holzfäller des Märchens und seine Frau entschieden sich dafür, die Kinder Hänsel und Gretel im Wald auszusetzen. Die Brüder Grimm ließen offen, ob die Eltern die Kinder in den Tod schicken wollten oder ob sie hofften, gute Menschen würden die Geschwister finden und sie vor dem Hungertod bewahren.

Hänsel und Gretel irrten im Wald umher, bis sie auf ein wundersames Haus stießen: Das war ganz aus Brot gebaut, das Dach war mit Kuchen gedeckt, und die Fenster waren von hellem Zucker. Während die Geschwister sich daran labten, erschien eine kleine, steinalte Frau an der Haustür und bat sie herein. Die Alte verwöhnte sie mit gutem Essen und einem weichen Bett, entpuppte sich aber bald als furchtbar böse Hexe, die mit Vorliebe Kinder kochte und verspeiste. Sie sperrte den Hänsel in einen Käfig, um ihn zu mästen, die Gretel machte sie zu ihrer Dienstmagd.

Als sie den Tag für gekommen hielt, den Jungen zu schlachten und zu verspeisen, ließ sie von der Gretel ein Feuer entzünden und Wasser aufsetzen. Indessen buk sie im Backofen ein Brot, und als sie wissen wollte, ob es schon schön braun geworden war, forderte sie die Gretel auf, in den Ofen zu kriechen und nachzusehen.

Doch das raffinierte Mädchen wusste angeblich nicht, wie es das anstellen sollte, und bat die Alte, es vorzumachen. Die war dumm genug, das zu tun, und Gretel nutzte die Gelegenheit, sie in den Backofen zu stoßen und die Tür zu verschließen, so dass das böse Weib in der Hitze ganz elendig sterben musste. Gretel befreite ihren Bruder, beide Kinder stopften sich die Perlen und die Diamanten der Hexe in die Taschen und fanden den Weg durch den Wald nach Hause.

Demuth las gerade die letzten Sätze des Märchens, als jemand zu ihm sagte: »Herr Kriminalrat, ich muss Sie dringend sprechen.«

Es war Augustin Sumser, der neben dem Tisch stand.

»Nehmen Sie Platz!« Demuth legte das Buch zur Seite.

Sumser setzte sich und kam ohne Umschweife zur Sache: »Ich möchte abreisen, Herr Untersuchungsrichter. Was muss ich tun, damit Sie das zulassen?«

Mit der Frage hatte Demuth nicht gerechnet. Er dachte eine Weile nach, bevor er antwortete: »Sie belügen mich seit Tagen. Das ist der Grund dafür, dass ich Sie verdächtige und nicht zulassen kann, dass Sie sich auf und davon machen ins Königreich Bayern.«

»Ich fürchte, die Wahrheit würde nicht viel ändern.«

»Versuchen Sie es«, entgegnete Demuth.

»Das Problem ist, dass die Wahrheit weniger glaubwürdig ist als jede Lüge.«

»Keine Geschichte kann abwegiger sein als die, die Sie mir seit Tagen erzählen. Ein vernunftbegabter Mensch mietet sich nicht in eine einsam gelegene Poststation ein, um Käufer für seine mechanischen Musikinstrumente zu finden. Und Ihre Behauptung, die beeindruckende Landschaft halte Sie hier in der Gegend fest, ist nicht weniger dumm.«

»Ja, verzeihen Sie. Das sind törichte Erklärungen für meinen Aufenthalt. Mir hätte etwas Besseres einfallen sollen.«

»Also, warum sind Sie hier an der Emscher?«

»Ich wollte sehen, wo meine große Liebe ihr Leben verbracht hat«, antwortete Augustin Sumser.

»Ihre große Liebe?«, fragte Demuth erstaunt nach.

»Die Fürstäbtissin Friederike von Bretzenheim, verheiratete Gräfin von Westerholt«, sagte Sumser mit großer Ernsthaftigkeit.

Trotzdem lachte Demuth laut und schüttelte den Kopf. »Da war Ihre erste Geschichte in der Tat glaubwürdiger.«

»Sie war meine Geliebte, lange bevor sie den Grafen geheiratet hat«, behauptete Sumser. »Bitte lassen Sie mich die ganze Geschichte erzählen. Vielleicht können Sie mir ja dann Glauben schenken.«

Demuth willigte ein. Er protestierte auch nicht, als Sumser den Posthalter bat, zwei Krüge Bier an ihren Tisch zu bringen. Inzwischen stand ihm durchaus wieder der Sinn nach einem frisch gezapften Gerstensaft aus der Schlossbrauerei.

Sumser hatte seine Umhängetasche bei sich. Daraus kramte er zwei in Tüchern eingewickelte Gegenstände hervor und legte sie auf den Tisch.

Als Krumpe die Getränke gebracht hatte, schlug Sumser die Tücher auf. Vor Demuth lagen zwei bedeutsam aussehende Orden.

»Das ist die Verdienstmedaille der Fürsten von Bretzenheim, und die hier ist vom österreichischen Kaiser Franz. Beide

Ehrenzeichen haben etwas mit den Geschehnissen zu tun, von denen ich Ihnen erzählen möchte«, sagte Sumser. Er habe dem Herrn Untersuchungsrichter und dem Gendarmen ja schon gestern einen Teil seiner Lebensgeschichte anvertraut, fuhr er fort. »Dass ich als junger Mann in Lindau Wohnung genommen hatte, dass meine Musikinstrumente alsbald in der Stadt sehr geschätzt wurden und dass ich Gelegenheit bekam, sie im Damenstift vorzuführen, das wissen Sie bereits. Ich ließ allerdings unerwähnt, dass ich mich gleich bei meinem ersten Besuch dort ganz unsterblich in die Fürstäbtissin verliebte und ihr die Spieldose schenkte, die gestern hier wiederaufgetaucht ist. Noch keine zwanzig Jahre war Friederike damals alt, und ich selbst war auch nicht viel älter.«

In den Wochen nach der ersten Begegnung, so erzählte Augustin Sumser, habe er immer wieder Gelegenheiten gesucht, im Stift vorbeizuschauen. Er habe vorgegeben, dort etwas vergessen zu haben, habe eine Spieldose zur Reparatur abgeholt und wieder zurückgebracht. Doch bald seien ihm die Gründe für weitere Besuche ausgegangen, und er sei Tag für Tag leidend durch Lindau spaziert.

Dann bekam er eines Tages einen Brief aus Bregenz, einen erfreulichen Brief, der ihn auf andere Gedanken brachte. Der alte Baron Gravenreuth, Landeshauptmann von Vorarlberg, schrieb, dass Sumser ihm als ungemein geschickter Mechaniker empfohlen worden sei, und bat ihn um einen Besuch in seinem Schloss, wo ein sehr feines Spielwerk zerbrochen sei und repariert werden müsse.

Sumser machte sich alsbald auf den Weg und wurde im fürstlichen Anwesen der Familie Gravenreuth auf einer Anhöhe vor Bregenz überaus freundlich und zuvorkommend empfangen. Der alte Baron selbst begrüßte ihn und führte ihn zu einer Terrasse, wo die Baronin mit einer jungen Dame zusammensaß, bei der es sich, oh Wunder, um Friederike von Bretzenheim handelte. Sie hatte den Baron zu seinem Brief an Augustin Sumser veranlasst.

Er blieb eine Weile in Bregenz, freundete sich mit der Familie Gravenreuth an. Die zeigte sehr viel Verständnis für die beiden Liebenden und gab ihnen reichlich Gelegenheit, in trauter Zweisamkeit einander kennenzulernen. Doch die schöne Zeit ging vorbei. Die junge Fürstäbtissin musste wieder ins Damenstift, und Augustin kehrte am selben Tag wie sie zurück nach Lindau.

»Ich hatte mich schon mit dem Ende abgefunden, aber dann geschah etwas Wunderbares«, erzählte Sumser. »Wir waren noch nicht zwei Tage wieder in der Stadt, da stand die Geliebte plötzlich zu Beginn der Nacht vor meiner Wohnungstür. Sie hatte eine geheime Pforte gefunden, durch die sie das Stift verlassen konnte, und war, mit einem schwarzen Tuch umhüllt, durch die dunklen Gassen zu mir geschlichen. Sie blieb bis zum Morgengrauen. Das wiederholte sich von nun an mehrmals in der Woche. Es folgten ganz wunderbare Monate, die seligsten Nächte meines Lebens. Doch ich war kein Narr, ich wusste, dass diese glückliche Zeit nicht von Dauer sein konnte. Friederike war die Tochter des Kurfürsten Karl Theodor von der Pfalz und von Bayern. Auch wenn sie nicht im Ehebett gezeugt worden war, so war sie doch eine adlige Dame. Und ich war der Gustl, der Sohn eines Wilderers, aus dem zwar ein vielgerühmter Instrumentenmacher geworden war, den man auch in so manchem adligen Hause gerne sah, der aber als Gemahl der Friederike von Bretzenheim niemals in Frage kommen konnte.«

Eine der jungen Stiftsdamen war es dann, die der verbotenen Liebe ein plötzliches Ende bereitete. Sie hatte die nächtlichen Ausflüge der Äbtissin bemerkt, war ihr heimlich gefolgt und hatte sie am Hof ihres Vaters angeschwärzt. Schon am nächsten Tag war Friederike aus Lindau verschwunden. Man hatte sie zurück nach München geholt.

»Ich erfuhr das erst, als ein Herr vor meiner Tür stand, der sich als fürstlicher Kanzleidirektor von Ziwny vorstellte. Er war gekommen, um mir mitzuteilen, dass Friederike abgereist sei und dass der Kurfürst beabsichtige, seine Tochter möglichst bald standesgemäß zu vermählen. Vor allem aber hatte er den Auftrag, mir ein Schweigegeld anzubieten, weil man am bayrischen Hofe unter allen Umständen einen Skandal vermeiden wollte. Ich hatte nie die Absicht gehabt, irgendjemandem irgendetwas über Friederike und mich zu erzählen, und wies das fürstliche Geld zurück. Von Ziwny zeigte sich sehr beeindruckt und verabschiedete sich dankbar und geradezu freundschaftlich von mir.«

Diese Begegnung mit dem Kanzleidirektor sorgte ein paar Jahre später dafür, dass Augustin Sumser in die große Politik hineingezogen wurde. Lindau und das Damenstift hatten im Jahre 1803, wie alle reichsfreien Städte und kirchlichen Herrschaften rechts des Rheins, ihre Eigenständigkeit verloren. Stadt und Stift wurden dem Fürsten Karl August von Bretzenheim zugesprochen, einem Bruder von Friederike. In seinem Auftrag kam der Kanzleidirektor Ziwny wieder nach Lindau. Er suchte Sumser auf und erzählte ihm hinter vorgehaltener Hand, der Fürst sei gar nicht so glücklich über seinen neuen Besitz. Sumser sprach darüber mit dem alten Freund Gravenreuth. Der Baron fuhr daraufhin nach Wien und berichtete dem Kaiser. Der war interessiert, und schon bald kam es zu offiziellen Verhandlungen, an deren Ende Karl August von Bretzenheim die Stadt Lindau an das Kaiserhaus verkaufte. Beide Seiten waren mit dem Geschäft äußerst zufrieden und bedankten sich bei Augustin Sumser für seine inoffizielle Vermittlungstätigkeit mit einem Orden.

»Hier liegen sie vor Ihnen, die Verdienstmedaillen des Hauses Bretzenheim und des österreichischen Kaisers«, sagte Sumser zu Demuth. »Ich habe sie tatsächlich beide an einem Tag erhalten.«

»Und schleppen sie seitdem stets mit sich herum?«, fragte Demuth.

»Nein, keineswegs«, entgegnete Sumser lachend, »ich hatte nur eine Vorahnung, dass sie mir während dieser Reise von Nutzen sein könnten.«

Die Orden hätten ihn nicht über den Verlust seiner Geliebten hinwegtrösten können, sagte er. Das Ende seiner großen Liebe habe er nie ganz verwunden. Jeden Tag habe er an Friederike denken müssen, und irgendwann habe er dann erfahren, dass sie die Gemahlin des Grafen von Westerholt geworden sei und nun im Rheinland lebe.

»Ich habe mich in andere Frauen verliebt«, erzählte Sumser, »aber keine war wie Friederike. Begegnet bin ich ihr nie wieder, und das wollte ich auch nicht. Es hätte mich nur unglücklich gemacht und sie in Verlegenheit gebracht. Doch als ich dann in einer bayrischen Zeitung las, dass sie gestorben war, habe ich gleich den Entschluss gefasst, mir den Ort anzuschauen, an dem sie gelebt hatte. Natürlich sollte niemand den wahren Grund meiner Reise erfahren. Also habe ich mir eine Konzession für den Handel mit mechanischen Musikinstrumenten verschafft und mich auf den Weg gemacht. Jetzt bin ich seit mehr als einer Woche hier und spaziere Tag für Tag an dem schönen Herrenhaus vorbei, in dem Friederike gelebt hat. Ich weiß inzwischen, dass sie ihrem Ehegatten ganz wunderbare Kinder geschenkt hat, denn ich habe sie bei meinen Spaziergängen einige Male beobachten können. Besonders entzückt hat mich die Älteste, die Wilhelmine, die ihrer Mutter ganz ähnlich sieht und die eine großartige Pianistin ist. Ab und zu bekam ich die Gelegenheit, ihrer Musik zu lauschen. Ich bin mir sicher, dass Friederike hier ein schönes Leben hatte. Es tut gut, das zu wissen. Jetzt ist die Zeit für mich gekommen, wieder abzureisen.«

»Ich habe nichts dagegen«, sagte Demuth.

»Sie haben nichts dagegen?«, fragte Sumser verblüfft.

»Nein, ich glaube Ihnen. Die Geschichte, die Sie gerade erzählt haben, ist so absonderlich, die haben Sie nicht erfunden.«

Mittwoch, 18. September 1816

Anton Demuth hatte am Vorabend noch lange mit Augustin Sumser zusammengesessen. Der hatte allerlei zu erzählen gewusst aus seinem bunten Leben. Sogar dem großen Napoleon war er einmal persönlich begegnet, als er den Baron von Gravenreuth bei einer diplomatischen Mission als Sekretär begleitet hatte.

Krumpe hatte ihnen einen zweiten Krug Bier gebracht, und sie hatten nach einer Weile damit begonnen, über Gott und die Welt zu reden, über die große Politik und die kleinen Sorgen des Alltags, über die Juristerei und die Liebe, über die schweren Zeiten, die sie schon überstanden hatten, und über die, die sie gerade erlebten.

Später hatte Sumser vorgeschlagen, noch einen dritten Krug zu bestellen, aber Anton Demuth hatte dankend abgewinkt. Er war müde ins Bett gegangen, und kurz vorm Einschlafen war es ihm ganz absonderlich vorgekommen, dass er mit all seiner Erfahrung und Menschenkenntnis tatsächlich vor ein paar Stunden noch ernsthaft in Erwägung gezogen hatte, dieser Mann von Welt, dieser freundliche Herr Sumser aus Bayern, könne etwas mit dem Tod von Anna Hasenleder zu tun haben.

Jetzt saß Demuth in der Gaststube auf seinem Platz am Fenster und frühstückte. Draußen wurden frische Pferde vor einen Postwagen gespannt, Gepäck wurde verstaut, und zwei Herren bestiegen die Kutsche. Einer von ihnen war Augustin Sumser. Bevor er im Wageninneren verschwand, drehte er sich noch einmal zum Posthaus um, sah Demuth hinter dem Fenster sitzen und schwenkte zum Abschied seinen Hut. Anton Demuth winkte zurück, bis die Pferde sich in Bewegung setzten und der Sechsspänner langsam in Richtung Emscherbrücke davonrollte.

Auch der Postmeister Krumpe sah der Kutsche nach. Er

stand draußen, noch eine ganze Weile, dann schaute er auf seine Taschenuhr, nickte zufrieden und kam langsam zurück ins Haus. Seine Uniformjacke war zugeknöpft und spannte sich auch heute ganz bedenklich über seinem Bauch. Demuth fragte sich, wie es möglich war, dass in diesen schlechten Zeiten, in denen so viele Menschen nicht satt wurden, ein Mann mit einem solchen Fettwanst durch die Gegend lief. Margarete Krumpe hatte gestern Abend noch beklagt, wie schwierig es sei, auf den Märkten ringsum bezahlbare Lebensmittel in ausreichender Menge zu bekommen.

Der Posthalter verschwand für kurze Zeit in seinem Bureau, ging von dort in die Küche und sprach mit seiner Frau. Während Demuth die beiden reden hörte, kam ihm in den Sinn, dass vielleicht nicht Margaretes Kochkunst, sondern das Können des gräflichen Braumeisters die Ursache für Krumpes drallen Bauch war.

Trudi brachte ihm eine zweite Tasse Kaffee. Kurz darauf kam Friedrich Krumpe an seinen Tisch und fragte, ob er sich setzen dürfe. Seine Uniformjacke hatte er aufgeknöpft. Demuth bat ihn, Platz zu nehmen.

»Das war das erste Mal seit langem, dass die Personenpost nach Düsseldorf fahrplanmäßig abgefahren ist«, erklärte Krumpe gutgelaunt. »Die Wegeverhältnisse scheinen allmählich besser zu werden.«

»Den Eindruck habe ich auch«, sagte Demuth. »Als ich vorgestern von Werden hierhergefahren bin, waren die Straßen nicht mehr so schlammig wie vergangene Woche.«

»Die Grete und ich, wir hoffen sehr, dass der Postverkehr bald wieder störungsfrei läuft. Je mehr Wagen hier vorbeikommen, desto mehr Reisende kehren bei uns ein. In letzter Zeit hatten wir viel zu wenige Gäste.«

»Ich bin jetzt seit fast einer Woche hier, und mir scheint es so, als herrsche im Posthaus und drum herum immer ein ganz reger Betrieb«, entgegnete Demuth. »In der Gaststube hab ich jedenfalls selten mal allein gesessen, und bis zur Abreise vom jungen Herrn Heine waren drei der vier Gästezimmer oben belegt. Und heute Abend findet die nächste Aufführung des Marionettentheaters statt, da wird es hier bestimmt wieder richtig voll werden.«

»Das ist alles nicht verkehrt, Herr Justizrat. Aber waren hier schon mal mehr als zwei Tische gleichzeitig besetzt? Ja gut, am Abend nach dem Puppenspiel war das so, aber die Tendlers werden nicht mehr viele Vorstellungen geben, bevor sie weiterziehen. Und der Herr Heine ist weg, und der Herr Sumser hat sich gerade verabschiedet, und Sie werden gewiss auch abreisen, sobald Sie Anna Hasenleders Mörder gefunden haben.«

Demuth nickte und hoffte zugleich, Krumpe werde ihn nicht fragen, wie lange er vermutlich noch brauche, um den Fall aufzuklären.

Den Gefallen tat der Posthalter ihm nicht. Er formulierte die Frage zwar anders, aber er wollte eben doch genau das wissen, was Demuth selbst nicht wusste.

»Wie lange in etwa werden Sie denn voraussichtlich noch unser Gast sein?«

»Ich habe keine Ahnung«, antwortete Demuth, durchaus wissend, dass er gerade so resigniert klang, wie er sich fühlte.

Friedrich Krumpe ging darauf nicht ein. »Die Grete kann es einfach nicht lassen«, sagte er stattdessen. »Ich weiß, dass sie gestern mit Ihnen geredet hat und einmal mehr die Anna für alles Elend in der Welt verantwortlich gemacht hat. Mich ärgert sehr, dass sie diesen Unfug nicht für sich behalten kann. Solange Annas Mörder noch nicht gefasst ist, macht sie sich dadurch doch nur verdächtig.«

»Ich verdächtige sie nicht«, entgegnete Demuth, »aber ich verstehe nicht, dass die Grete so denkt. Sie ist doch keine dumme Person.«

»Nein, das ist sie nicht«, sagte ihr Ehegatte achselzuckend.

Demuth trank von seinem Kaffee. Der Postmeister schaute aus dem Fenster. Seine Frau redete in der Küche mit Trudi.

»Ist es wahr«, fragte Krumpe nach einer Weile, »dass die Anna bereits gestern in Duisburg beigesetzt worden ist?«

»Ja, das stimmt.«

»Das ist schade. Ich hätte sie gern auf ihrem letzten Weg begleitet«, sagte Krumpe und fügte nach kurzem Nachdenken hinzu: »Vermutlich wollte Pfarrer Grimberg sie nicht in Sterkrade bestatten.«

»Doch, das hätte er getan«, entgegnete Demuth. »Anna Hasenleder ist in Duisburg auf dem Friedhof beigesetzt worden, auf dem schon ihr Vater und andere Verwandte ihre letzte Ruhe gefunden haben. Ihre Nichte Dina hat das so gewollt.«

»Wenn ein Mensch diese Welt verlässt, den du lange gekannt hast, dann nimmt er immer etwas mit von dir«, sagte Friedrich Krumpe leise und zögerlich. Nach einer Pause fügte er sehr viel lauter die Frage hinzu: »Halten Sie das für möglich, Herr Justizrat?«

»Nein.«

»Nun ja, die Grete glaubt das. Jedenfalls hat sie das so gesagt, als sie gehört hat, dass die Anna jetzt unter der Erde liegt.«

»Und was ist der Margarete abhandengekommen?«

»Sie meinen, was die Anna von ihr mitgenommen hat ins Jenseits? Das wird sich noch herausstellen. Die Grete sagt, das wisse man oft erst Wochen oder Monate nach dem Tod eines Menschen.«

»Vielleicht sollten Sie den Ansichten Ihrer Frau hin und wieder etwas energischer widersprechen«, schlug Demuth vor.

»Sie haben gut reden«, entgegnete Krumpe und sah wieder zum Fenster hinaus.

»Ach, schauen Sie, wer da kommt«, sagte er kurz darauf, »unser Pfarrer Grimberg aus Sterkrade. Will der zu Ihnen?«

»Ja, wir sind verabredet.«

Krumpe erhob sich hastig, eilte zur Haustür, hielt sie dem Pfarrer auf und führte ihn in die Gaststube. Wilhelm Grimberg setzte sich zu Demuth an den Tisch, trank eine Tasse Kaffee und redete über seine Sterkrader Schäfchen. Sie seien allesamt rechtschaffene Bauersleute, gottesfürchtig und leicht zu lenken, erzählte er. Weniger zugänglich seien sie hin und wieder in schlechten Zeiten, wenn sie nicht genug zu essen hätten oder wenn ihnen die Kinder wegstürben. Dann falle es ihnen schon mal schwer, den Allmächtigen zu loben und zu preisen. In solchen Zeiten, also auch gerade jetzt, neigten manche braven Leute dazu, mit diesem unberechenbaren Gott zu hadern.

Er predige seinen Pfarrkindern immer wieder, dass ihr himmlischer Vater es gut mit ihnen meine. Die Prüfungen, die er ihnen auferlege, seien Meilensteine auf dem Weg zur ewigen Seligkeit. Die meisten seiner Schäfchen gäben sich Mühe, das zu verstehen, aber manche wendeten sich auch enttäuscht oder gar wütend von Gott ab.

»Zu welcher Sorte gehört denn Ihrer Meinung nach Helena Kleinrogge?«, fragte Demuth den Pfarrer.

»Sie macht Gott nicht für ihr Unglück verantwortlich. Also hat sie auch keinen Grund, mit ihm zu hadern.«

»Sie gibt einer Nachbarin die Schuld für alles Schreckliche, das in ihrem Leben passiert ist. Ist das besser, als gegen Gott zu zürnen?«

»Nein, gewiss nicht. Ich denke, dem Allmächtigen missfällt das eine ebenso wie das andere. Deshalb habe ich der Helena ja auch immer wieder ins Gewissen geredet.«

»Weiß sie von unserem geplanten Besuch?«, fragte Demuth.

»Nein. Sie wird überrascht sein, wenn wir beide zusammen vor ihrer Tür stehen. Ich denke, das verbessert unsere Aussichten, dass sie oder ihr Mann etwas ausplaudern, was bisher nicht über ihre Lippen gekommen ist.«

»Wollen wir es hoffen«, sagte Demuth.

Wenige Minuten später gingen der Pfarrer und der Kriminalrichter auf den heruntergekommenen Kotten der Kleinrogges zu.

»Herr des Himmels!«, sagte Wilhelm Grimberg bestürzt

beim Anblick der Fassade mit den verwitterten Fachwerkbalken und dem herausgebrochenen Lehm. »Ich war schon lange nicht mehr hier. So schlimm hatte ich den Zustand des Hauses nicht in Erinnerung.«

Er klopfte gegen die Tür. Helena öffnete und starrte den Pfarrer und den Richter erschrocken an.

»Ist was mit Marie?«, fragte sie aufgeregt.

»Nein, nein, Helena, es ist alles in Ordnung. Wir wollen nur mit Ihnen und Ihrem Mann reden«, sagte Grimberg beschwichtigend.

»Ist das Mädchen in der Schule?«, fragte Helena Kleinrogge.

»Das nehme ich an«, antwortete der Pfarrer.

»Gott sei Dank!« Helena bekreuzigte sich. »Sie haben noch nie unangekündigt vor unserer Tür gestanden, Herr Pastor. Das hat mir einen Schrecken eingejagt.«

Grimberg ging einen Schritt auf sie zu, legte seine Hand auf ihren Arm und sagte schuldbewusst: »Es war nicht unsere Absicht, Ihnen Angst zu machen. Verzeihen Sie bitte!«

Sie nickte und bat die beiden Männer ins Haus.

Demuth hatte die Frau am Samstag zuletzt gesehen. Es kam ihm so vor, als sei sie in den vergangenen vier Tagen noch hagerer und verhärmter geworden, als lägen ihre Augen noch etwas tiefer, als seien die Falten in ihrem Gesicht noch zahlreicher geworden.

In der Küche sagte Grimberg zu ihr. »Sie haben Sorgen, Helena. Das sieht man Ihnen an.«

»Wie sollte ich keine Sorgen haben?«, entgegnete sie und deutete auf die Ofenbank, wo Paul Kleinrogge, wie am Samstag, im Halbdunkel saß und ins Leere starrte.

Der Pfarrer setzte sich neben ihn. Anton Demuth und Helena nahmen auf zwei Stühlen am großen Tisch in der Mitte des Raumes Platz.

»Paul, wie geht es Ihnen?«, fragte Wilhelm Grimberg.

Demuth stellte erstaunt fest, dass Kleinrogge auf die Ansprache reagierte. Über sein Gesicht glitt ein zaghaftes Lächeln. Es war unverkennbar, dass er sich über die Gegenwart Grimbergs freute.

»Warum sind Sie gekommen?«, fragte Helena.

Dabei schaute sie nicht Demuth an, sondern ihren Pfarrer.

»Der Herr Justizrat ist immer noch auf der Suche nach Anna Hasenleders Mörder«, antwortete Grimberg.

»Und was haben Sie damit zu tun?«

»Es könnte sein, dass eines meiner Pfarrkinder der Täter oder die Täterin ist. Mich erschreckt der Gedanke, dass dieser Mensch der irdischen Gerechtigkeit entkommen und jeden Sonntag unerkannt in meiner Kirche knien könnte. Deshalb unterstütze ich den Kriminalrichter.«

»Und warum kommen Sie ausgerechnet zu uns?«

»Das wissen Sie doch, Helena«, entgegnete Grimberg. »Sie haben die Anna für eine böse Frau gehalten, die ganz schreckliche Dinge angerichtet hat. Niemand hier in der Gegend hat Anna Hasenleder so sehr verabscheut wie Sie. Diesen Eindruck hat auch der Herr Justizrat während seiner Untersuchungen gewonnen.«

»So, hat er das?« Helena schaute Demuth kurz an, dann schüttelte sie ärgerlich den Kopf und wandte sich wieder ihrem Pfarrer zu. »Ich verstehe den Herrn nicht. Er war am Freitag hier und hat lange mit mir gesprochen. Ich habe ihm gesagt, dass ich die Anna nicht umgebracht haben kann, weil ich an dem Morgen, an dem sie gestorben ist, zusammen mit meiner Schwester in Sterkrade in der Kirche war.«

»Ja, das weiß der Herr Demuth. Ich habe das natürlich bestätigt, dass Sie am Donnerstag in der Frühmesse waren.«

»Also, was wollen Sie dann?«

»Nun ja«, sagte Grimberg zögerlich. »Es könnte ja sein, dass Sie jemanden zum Mord an Anna Hasenleder angestiftet haben.«

»Angestiftet?«, fragte Helena verstört. Sie schien nicht zu verstehen, was der Pfarrer meinte.

»Es ist schon hin und wieder vorgekommen, dass ein Mann

aus Liebe zu seiner Frau zum Mörder geworden ist«, erklärte Demuth.

»Aber Herr Justizrat, warum sagen Sie so etwas?«, fragte Helena empört. »Haben wir das nicht am Samstag schon besprochen, dass mein Mann nicht dazu fähig wäre, einen Menschen zu töten?«

»Doch, das haben wir.«

»Und nun? Sehen Sie ihn sich doch an. Haben Sie den Eindruck, dass sich an seinem Zustand irgendwas geändert hat?«

Demuth schüttelte den Kopf.

Grimberg legte eine Hand auf die Schulter des verstörten Mannes. »Paul, Sie müssen zurückkommen aus der Dunkelheit, in der Sie sich versteckt haben. Sie haben sich vom Leben abgewandt, weil Ihnen Ihr Kummer unerträglich geworden ist. Das verstehe ich zwar, aber Sie müssen sich zusammenreißen. Die Helena und die Marie, die brauchen Sie. Bitte, Paul, arbeiten Sie wieder, sorgen Sie für Ihre Frau und das Mädchen! Sprechen Sie wieder! Kommen Sie zurück ins Leben!«

Über Pauls Wangen liefen ein paar Tränen. Er wischte sie mit dem Handrücken weg und nickte zaghaft.

Grimberg erhob sich von der Ofenbank. »Wir werden jetzt gehen, aber ich werde in den nächsten Tagen ab und zu vorbeikommen und nach euch sehen.«

Er segnete Paul und Helena. Die beiden bekreuzigten sich.

Während der Pfarrer zur Tür ging, stand Demuth auf.

»Ich wünsche Ihnen alles Gute«, sagte er zu den Kleinrogges. Dann folgte er Wilhelm Grimberg nach draußen.

Die beiden Männer gingen schweigend über den Emscherweg, bis Grimberg nach einer Weile sagte: »Das hatte ich nicht geahnt, dass es so schlimm um Paul Kleinrogge steht. Ich hatte ihn seit der Beerdigung seines kleinen Sohnes nicht mehr gesehen. Es ist erschreckend, was in der Zwischenzeit aus ihm geworden ist. Ich glaube nicht, dass dieser Mann in der Lage wäre, einen Menschen umzubringen.«

»Nein, das wäre er ganz sicher nicht«, sagte Demuth.

In Höhe des Schlossparks kam ihnen ein Mann entgegen, ein sehr alter Mann, der sich, auf einen Stock gestützt, sehr langsam, Schritt für Schritt, vorwärtsbewegte.

Es war Fürchtegott Terhuven. Als er Grimberg und Demuth erkannte, blieb er stehen und lachte.

»Ein Diener Gottes und ein Staatsdiener Seite an Seite«, stellte er erheitert fest. »Haben Sie sich zusammengetan, um die Gauner der Gegend hinter Gitter zu bringen oder um ihnen zu verzeihen und sie zurückzuführen auf den Weg der Tugend?«

»Uneinsichtige Verbrecher schicken wir ins Gefängnis, und reuigen Sündern weisen wir den Weg zu Gott«, antwortete Grimberg freundlich.

»So sollte es sein.« Der Alte nickte dem Pfarrer und dem Kriminalrichter lächelnd zu.

»Ich bin überrascht, Ihnen hier zu begegnen, lieber Herr Terhuven. So weit von Ihrem Haus entfernt habe ich Sie schon sehr lange nicht mehr gesehen«, sagte Grimberg.

»Das liegt vermutlich daran, Hochwürden, dass Sie so selten hier an der Emscher sind. Wenn das Wetter es zulässt und die alten Knochen nicht schon beim Aufstehen schmerzen, dann spaziere ich nämlich ganz gerne schon mal bis zur Landstraße und wieder zurück. Das schaffe ich noch gut, wenn ich mich auf meinen Stock stütze und langsam gehe und wenn ich im Posthaus eine Pause machen und ein Bier trinken kann.«

»Das freut mich für Sie, Herr Terhuven«, sagte Grimberg. »Wie alt sind Sie inzwischen?«

»Das weiß ich nicht so genau, über achtzig auf jeden Fall.«

»Ein wahrhaft biblisches Alter«, stellte Pfarrer Grimberg fest.

Fürchtegott Terhuven wendete sich Anton Demuth zu. »Und Sie, Herr Untersuchungsrichter, Sie suchen jetzt zusammen mit unserem Herrn Pastor nach Annas Mörder?« Er lachte in sich hinein und fuhr fort: »Das wird Ihnen nichts nutzen. Jemanden, den es nicht gibt, finden Sie auch mit geistlichem Beistand nicht.«

»Aber was reden Sie denn da?« Wilhelm Grimberg schüttelte den Kopf.

»Gerade Sie sollten wissen, wovon ich spreche«, entgegnete der Alte dem Pfarrer. »Unser Herrgott selbst holt diejenigen zu sich, die er liebt, die zu gut sind für diese Welt. Er hat die Anna aus diesem irdischen Jammertal erlöst.«

»Aber der Allmächtige hat ihr gewiss nicht mit einem Knüppel gegen den Kopf geschlagen«, wandte Demuth ein.

»Wer weiß, wer weiß?«, sagte der Alte, lächelte Grimberg und Demuth zu und ging langsam, Schritt für Schritt, einen Fuß vorsichtig vor den anderen setzend, seiner Wege.

Auf dem Platz vor der Poststation verabschiedete der Pfarrer sich und machte sich auf den Weg nach Sterkrade.

Anton Demuth ging mürrisch ins Haus. Er wusste nicht, was er als Nächstes tun sollte. Vielleicht fand er ja einen Ansatzpunkt für weitere Ermittlungen, wenn er sich alle Begegnungen, Gespräche und Ereignisse der vergangenen Tage noch einmal durch den Kopf gehen ließ. Er wollte sich auf seinen Platz am Fenster setzen und Trudi fragen, ob man ihm in der Küche noch einen Kaffee aufbrühen könne.

Doch als er die Gaststube betrat, musste er feststellen, dass ausgerechnet sein Tisch wieder einmal besetzt war.

»Ach was«, sagte er erstaunt. Die beiden Männer, die da einander gegenüber Platz genommen hatten, waren der Gendarm Schmitting und der Gerichtssekretär Rüter.

»Wir haben uns zufällig draußen vorm Haus getroffen«, erklärte Hubertus Rüter.

»Ich kam gerade auf dem Vorplatz an, als der Herr Sekretär dort von seinem Pferd stieg«, fügte Schmitting hinzu. »Da habe ich ihn natürlich angesprochen und ihn gefragt, woher er komme und wohin er wolle.«

»Und dann haben Sie festgestellt, dass Sie beide zu mir wollten?«, fragte Demuth, während er sich setzte.

Der Gendarm und der Gerichtssekretär nickten.

»Und was treibt Sie heute hierher?«

»Der Herr von Broich hat mich gebeten, Sie zu unterstützen. Aber es war auch mein Wunsch, hierherzukommen, um zu sehen, wie es Ihnen geht und wie Sie vorankommen«, sagte Rüter.

»Ich wollte mich erkundigen, ob ich Ihnen noch irgendwie behilflich sein kann«, erklärte Schmitting.

»Das ist sehr freundlich von Ihnen«, entgegnete Demuth, »von Ihnen beiden.«

»Wie geht es denn mit den Untersuchungen voran?«, fragte Hubertus Rüter. »Haben Sie inzwischen einen vorrangigen Verdacht?«

»Den hatte ich schon einige Male, aber dann ist mir ein Verdächtiger nach dem anderen verlorengegangen.«

»Und wie soll es jetzt weitergehen?«, fragte der Gendarm.

»Darüber wollte ich gerade nachdenken, als ich hereinkam und Sie beide hier sitzen sah«, antwortete Demuth.

»Am Freitag haben Sie mir etwas über einen rätselhaften Herrn aus Bayern erzählt«, sagte Rüter. »Der logierte hier aus unerklärlichen Gründen und hatte sich durch sein Verhalten verdächtig gemacht, soweit ich mich erinnere. Was ist denn aus dem geworden?«

Trudi kam mit einem Tablett aus der Küche und brachte drei große Tassen Kaffee.

»Wer hat die denn bestellt?«, fragte Schmitting.

»Niemand«, erwiderte Trudi. »Die Frau Krumpe hat Sie hier am Tisch sitzen sehen und gemeint, gegen eine gute Tasse Kaffee hätten Sie gewiss nichts einzuwenden.«

»Das ist überaus freundlich«, sagte Demuth.

»Richten Sie der Frau Krumpe bitte unseren Dank aus!«, rief Schmitting mit seiner dröhnenden Stimme hinter Trudi her.

Als sie in der Küche verschwunden war, fragte Rüter: »Also, Herr Kriminalrat, was ist aus diesem bayrischen Herrn geworden?«

»Das würde mich auch interessieren«, sagte Schmitting.

»Er ist heute Morgen abgereist.«

»Mit Ihrer Erlaubnis?«, fragte der Gendarm.

»Ja, ich hatte keine Einwände«, antwortete Demuth.

»Das verstehe ich nicht. Dieser Augustin Sumser hat sich doch äußerst verdächtig benommen«, sagte Schmitting. »Und Sie selbst, Herr Kriminalrichter, hatten den Eindruck, dass er Sie belogen hat, dass er über den Grund seines Aufenthaltes hier an der Emscher falsche Angaben gemacht hat.«

»Ich habe gestern Abend mit ihm hier an diesem Tisch zusammengesessen«, erklärte Demuth. »Während unseres langen Gespräches hat der Herr Sumser jeden Verdacht, der gegen ihn bestand, ausräumen können.«

Schmitting und Rüter sahen ihn fragend an. Doch Anton Demuth hatte nicht die Absicht, den beiden die Geschichte von Augustin Sumser und der Gräfin zu erzählen.

Der Gendarm machte keinen Hehl daraus, dass er sich über Demuths Verschwiegenheit ärgerte. »Wenn Sie alles glauben, was die Leute Ihnen erzählen, dann wundert es mich nicht, dass am Schluss kein Verdächtiger mehr übrigbleibt«, sagte er pikiert.

»Was Augustin Sumser mir erzählt hat, war plausibel und glaubhaft. Er kannte Anna Hasenleder nicht. Er hat mit ihrem Tod nichts zu tun«, entgegnete Demuth dem Gendarmen.

»Im Kriminalgericht in Werden weiß jeder, dass der Herr Justizrat Demuth über eine ganz hervorragende Menschenkenntnis verfügt«, sagte der junge Rüter. »Es ist nicht davon auszugehen, dass er einen Mörder nicht erkennt und ihn laufen lässt.«

»Und was ist mit Arnold Terhuven?«, eiferte Schmitting sich. »Er ist ein übler Geselle, bekanntermaßen zu allen Schandtaten fähig. Und Sie, Herr Kriminalrat, Sie reden ein paar Minuten mit ihm, und schon sind Sie von seiner Unschuld überzeugt. Haben Sie auch in Erwägung gezogen, dass so ein Kerl vielleicht nur ein guter Geschichtenerzähler ist, der genau weiß, was man einem Untersuchungsrichter auf die Nase binden muss, um jeden Verdacht von sich abzuwenden?«

»Das ziehe ich immer in Erwägung«, sagte Demuth gelassen.
»Und was ist mit diesen dahergelaufenen Puppenspielern?«,
fuhr der Gendarm fort. »Die erzählen Ihnen, dass sie mit der
Hasenleder befreundet waren, und schon gehören sie nicht
mehr zu den Verdächtigen. Ich will Ihnen ja nicht zu nahe-
treten, Herr Kriminalrat, aber sind Sie da nicht viel zu gut-
gläubig?«

Demuth blieb gelassen. »Nicht nur die Tendlers haben mir
erzählt, dass sie und Anna Hasenleder befreundet waren. Die
Anna hat die Familie des Marionettenspielers gemocht, besonders das Mädchen. Das steht fest. Sie hat Josef und Therese und
Liesel Tendler nicht abgelehnt, obwohl sie zum fahrenden Volk
gehören. Solche törichten Vorurteile waren ihr fremd. Sie hat
die drei in ihr Haus eingeladen, der Frau Tendler hat sie beim
Nähen geholfen, und dem Mädchen hat sie ein Schultertuch
geschenkt. Es gab nie einen Grund dafür, den Mechanikus Josef
Tendler oder ein Mitglied seiner Familie zu verdächtigen.«

»Was fahrendes Volk angeht, so sind meine Ansichten keineswegs Vorurteile, sondern das Ergebnis von Erfahrungen,
die ich als preußischer Gendarm mit diesen Menschen gemacht
habe«, sagte Schmitting sehr laut. Danach war es eine Weile still
an dem Tisch, an dem die drei Männer saßen.

Demuth hatte das Gefühl, er müsse etwas Versöhnliches
zu Schmitting sagen, doch bevor er dazu kam, sahen er und
der Gendarm gleichzeitig, dass Wilhelm Grimberg und Jacob
Troost über den Vorplatz auf das Posthaus zugelaufen kamen.

Als sie kurz darauf, beide ziemlich außer Atem, die Gaststube betraten, erhob Demuth sich von seinem Platz, machte
den Gerichtssekretär aus Werden mit dem Pfarrer und dem
Lehrer aus Sterkrade bekannt, wartete ab, bis Rüter und der
Gendarm Schmitting die beiden Neuankömmlinge begrüßt
hatten, schob zwei weitere Stühle an den Tisch, bat Grimberg
und Troost, Platz zu nehmen, und sagte endlich: »Was ist passiert, Herr Pfarrer? Es ist noch keine halbe Stunde her, dass wir
uns voneinander verabschiedet haben? Was gibt es, Jacob?«

»Zunächst einmal das hier«, antwortete Troost, zog eine Zeitschrift aus seiner Manteltasche und warf sie auf den Tisch. »Das ist ein Journal aus dem Brandenburgischen, schon rund zwei Monate alt. Das hat vor einigen Wochen mal ein Reisender hier im Posthaus liegengelassen. Ich habe es damals mit nach Hause genommen und ein paar Artikel darin gelesen«, erklärte Troost, während er durch die Zeitung blätterte. »Hier. Hier ist der Bericht.« Er schob das aufgeschlagene Heft zu Demuth hinüber.

»Kannst du uns nicht sagen, worum es geht, oder uns das Wichtigste vorlesen, damit wir alle Bescheid wissen?«, fragte Demuth den Freund.

Jacob Troost zog die Zeitschrift wieder zu sich.

»Also, das hier, das ist die Schilderung eines Kriminalfalles, der im Kreis Stargard in der Provinz Westpreußen für Aufsehen gesorgt hat«, erklärte der Lehrer den vier Männern, die ihm gespannt zuhörten.

»›Die Mörderinnen einer Hexe‹, so lautet die Überschrift des Artikels. Darin heißt es, dass in dieser Gegend des Königreiches Preußen der Glaube an Hexen noch sehr verbreitet sei. Auch eine gewisse Marianna Prabucka stand in ihrem Dorf im Verdacht, eine Hexe zu sein. Näheres über ihr Wesen erfahren wir nicht, wir können hier nur lesen, sie sei verheiratet gewesen, vierundzwanzig Jahre alt und wohlgenährt, und es habe sie sehr verdrossen, dass man sie für eine Hexe hielt.«

Troost schaute in die Runde. Keiner sagte etwas, alle sahen ihn nur erwartungsvoll an. Also fuhr er fort. Die nächste Passage des Artikels las er wörtlich vor:

»Am Morgen des 22. Juli 1815 fand man die Marianna Prabucka kurz nach Sonnenaufgang erhängt in ihrem Kuhstall auf. Ein Dienstjunge hatte sie entdeckt. Der Ehemann, der hinzukam, schnitt den Leichnam los, aber alle Bemühungen, sie ins Leben zurückzurufen, waren fruchtlos. Es wurde eine gerichtliche Obduktion vorgenommen, der zufolge die Verstorbene sich selbst erhängt hatte. Weil jedoch keine Gründe für einen Selbstmord vorlagen, weil vielmehr alle Zeugen übereinstimmend aussagten, Marianna Prabucka habe nie eine Neigung zum Trübsinn erkennen lassen und sie habe mit ihrem Ehemann zufrieden gelebt, wurde eine zweite Obduktion durchgeführt, dieses Mal in Danzig. Dort erkannte man Druckverletzungen am Hals der Toten, die nicht durch das Erhängen entstanden waren, sondern durch fremde Gewalt.«

Troost hörte an dieser Stelle auf, vorzulesen. »Ich kürze das hier mal ab.« Er fuhr mit dem Zeigefinder über die Zeitungsseite und fasste die nächsten Abschnitte in wenigen Sätzen zusammen.

Es gerieten schnell zwei Frauen in Verdacht. Die beiden Schwestern hatten die Marianna Prabucka wiederholt bezichtigt, eine Hexe und ein böses Weib zu sein. Von der fünfundfünfzigjährigen Eva K., der Schwiegermutter der getöteten Marianna, wusste jeder im Dorf, dass sie ihre Schwiegertochter gehasst hatte. Eva K. und ihre jüngere Schwester Victoria B. hatten behauptet, Marianna Prabucka verursache mit ihren zauberischen Kräften Krankheiten von Mensch und Vieh. Doch die Schwestern waren am Morgen des 22. Juli nachweislich nicht in der Nähe des Tatortes. So wurden dann zwei junge Frauen verdächtigt, die in der Nachbarschaft der beiden Schwestern gelebt und viel mit ihnen verkehrt hatten.

Troost las vor: »Das waren die Catharina Z., neunzehn Jahre alt, die nie zur Schule gegangen war, und die Josephine J., die fünfundzwanzigjährige Tochter von Bettlern, die auch keine Erziehung genossen und ebenso dumm und unwissend war wie ihre Freundin Catharina.«

Die beiden jungen Frauen gestanden die Tat. Sie hatten am frühen Morgen Marianna beim Melken in ihrem Stall überfallen, sie bis zur Bewusstlosigkeit gewürgt und den leblosen Körper dann gemeinsam aufgehängt.

Beide gaben an, eine große Angst vor den Hexereien der Marianna Prabucka gehabt zu haben. Catharina Z. hatte an Geschwüren gelitten, und Josephine J. hatte ein schwächliches und häufig darniederliegendes Kind. Sie waren überzeugt davon, dass Marianna diese Krankheiten verursacht hatte. Auf den Mordplan seien sie jedoch von allein nicht gekommen. Dazu hätten die beiden Schwestern Eva K. und Victoria B. sie angestiftet.

Jacob Troost las den nächsten Abschnitt des Artikels wieder vor:

»Die beiden jungen Mörderinnen behaupteten, die Schwestern hätten ihnen immer wieder zugeredet, die Hexe müsse aus der Welt geschafft werden, damit sie keinen Schaden mehr anrichten könne. Eva K. und Victoria B. hätten sie aufgefordert, die Marianna beim Krebsfangen ins Wasser zu stoßen und zu ersäufen oder sie aufzuhängen oder auch, weil sie sehr kitzlig gewesen sei, sie zu Tode zu kitzeln. Sie sollten sie auf irgendeine Art und Weise ums Leben bringen und sie in jedem Falle nachher aufhängen, um den Eindruck zu erwecken, die Marianna Prabucka habe sich selbst das Leben genommen.«

Jacob Troost schaute von der Zeitung auf. Er sah nacheinander seinen Freund Anton Demuth, seinen Pfarrer, den Gendarm Schmitting und den jungen Gerichtssekretär an. Keiner von ihnen sagte etwas. Alle schauten schweigend vor sich hin.

»Die Schwestern waren übrigens geständig«, berichtete Troost weiter. »Nach anfänglichem Leugnen gaben sie zu, die beiden jungen Frauen aufgewiegelt zu haben. Dafür wurden Eva K. und Victoria B. vom Gericht für jeweils fünf Jahre ins Zuchthaus geschickt.«

»Und die beiden Mörderinnen sind zum Tode verurteilt worden, nehme ich an«, sagte Hubertus Rüter.

»Zunächst schon«, erklärte Troost, während er noch einmal in die Zeitung schaute. »Das zuständige Kammergericht verhängte die Todesstrafe für Catharina und Josephine. Aufgrund der geringen Verstandeskräfte der beiden jungen Dinger und aufgrund ihres Glaubens, die Marianna sei eine bösartige Hexe gewesen, hat der Appellationsrichter aber entschieden, die beiden seien nur beschränkt zurechnungsfähig. Das Todesurteil wurde deshalb in eine fünfundzwanzigjährige Zuchthausstrafe umgewandelt.«

Der Erste, der zu der Kriminalgeschichte aus dem fernen Westpreußen einen Kommentar abgab, war der Gendarm Schmitting. »Ich sehe ja durchaus einige Parallelen zu unserem Fall, aber ich vermag daraus keine Schlussfolgerungen zu ziehen, die uns weiterhelfen könnten.«

»In der Geschichte gibt es zwei Schwestern, die den Tod einer vermeintlichen Hexe wollen und ihr Ziel erreichen, ohne selbst zu morden«, stellte der Gerichtssekretär Rüter fest. »Das scheint mir das Besondere an diesem Kriminalfall zu sein.«

Demuth nickte nachdenklich. »Zwei verdächtige Schwestern haben wir auch, und auf die Idee, dass sie andere Personen zur Ermordung von Anna Hasenleder angestiftet haben könnten, sind wir auch schon gekommen«, erklärte er dem Gerichtssekretär. »Pfarrer Grimberg hatte vermutet, Helena Kleinrogge könnte ihren Mann zu der Tat gedrängt haben.«

»Na und?«, fragte Hubertus Rüter.

»Paul Kleinrogge ist so krank, dass er als möglicher Täter nicht in Frage kommt«, antwortete Demuth.

»Im Kreis Stargard haben zwei ungebildete und unerfahrene Weibsbilder die Tat begangen, zwei ängstliche und leicht beeinflussbare junge Menschen«, stellte Grimberg fest. Er wandte sich an Troost und fügte hinzu: »Vielleicht sollten Sie den Herren jetzt mitteilen, aus welchem Grunde Sie den Zeitungsbericht vorgelesen haben.«

»Ich hatte den Artikel schon fast vergessen, erst gestern Abend kam er mir wieder in den Sinn. Da fiel mir plötzlich auf, dass es darin ähnlich zugeht wie in einer Erzählung der Brüder Grimm«, erklärte Troost. »Sowohl in dem Fall in Westpreußen als auch im Märchen von Hänsel und Gretel töten zwei junge Menschen eine Frau, von der sie bedroht werden oder sich bedroht fühlen. Die Geschichte aus dem Märchenbuch habe ich kurz vor Anna Hasenleders Tod meinen großen Schülern vorgelesen. Wir haben anschließend lange darüber gestritten, ob die Gretel sich versündigt habe, als sie die böse Alte, die ihren Bruder schlachten wollte, in einen Backofen stieß. Zu den Kindern, die sehr entschieden die Meinung vertraten, es sei recht und billig, eine Hexe ins Jenseits zu befördern, um sich selbst und andere Menschen vor Schaden zu bewahren, gehörten Marie Kleinrogge und Carl Hülsken.«

»Hänsel und Gretel? Carl und Marie?« Anton Demuth sah seinen Freund Jacob entgeistert an.

»Wollen Sie etwa andeuten, Herr Lehrer, dass der Carl und die Marie die Mörder von Anna Hasenleder sein könnten?«, fragte Schmitting ungläubig.

»Es spricht einiges dafür«, entgegnete Troost. »Die beiden waren davon überzeugt, dass die Frau aus dem Haus nebenan eine Hexe war. Sie bekamen von Helena immer wieder zu hören, die Anna sei ganz furchtbar böse, sie habe die Marie krank gemacht und ihren kleinen Bruder getötet, sie habe die Gräfin Westerholt auf dem Gewissen, sie habe Maries Vater Paul verhext und auch für viele andere schreckliche Vorkommnisse in der Welt sei die Anna verantwortlich. Das hat der Carl gewiss genauso mitbekommen wie die Marie. Er geht ja bei den Kleinrogges ein und aus und folgt dem Mädchen auf Schritt und Tritt. Ich glaube zwar nicht, dass Helena Kleinrogge ihre Tochter oder den Jungen zum Mord anstiften wollte, aber sie hat, ob sie es nun wollte oder nicht, die Kinder dazu gebracht, die Anna zu fürchten und zu hassen wie den Leibhaftigen selbst.«

»Und dann hören die beiden in der Schule die Geschichte von einem Hänsel und einer Gretel, die stark und mutig genug sind, so eine böse Hexe zu beseitigen«, sagte Demuth und verbarg entsetzt sein Gesicht hinter seinen Händen.

»Der Carl ist ein kräftiger Junge. Er könnte eine schmächtige Frau wie Anna Hasenleder zweifellos mit einem einzigen Stockschlag niederstrecken«, stellte Schmitting fest.

»Und noch etwas müssen Sie wissen.« Jacob Troost sah betreten in die Runde. »Carl und Marie waren am vorigen Donnerstag nicht in der Schule. Sie haben mir später erzählt, dem Carl wäre es an dem Morgen nicht gut gegangen und die Marie hätte sich um ihn gekümmert. Deshalb hätten sie nicht nach Sterkrade kommen können.«

»Wo sind die beiden jetzt?«, fragte Schmitting.

»Ich denke, dass sie nach der Schule nach Hause gegangen sind. Sie müssten hier sein, entweder im Haus vom Hülsken oder bei den Kleinrogges«, antwortete Troost.

Schmitting erhob sich von seinem Stuhl. »Spricht etwas dagegen, Herr Kriminalrat, dass ich die beiden suche und hierherbringe?«, fragte er.

Demuth schüttelte schweigend den Kopf.

»Ich begleite Sie«, sagte Wilhelm Grimberg.

Während der Pfarrer und der Gendarm unterwegs waren, blieben Demuth, Troost und Rüter still um den Tisch sitzen. Jeder von ihnen schaute bedrückt vor sich hin und hing seinen Gedanken nach. Anton Demuth wäre gern erleichtert darüber gewesen, dass dieser äußerst verwickelte Mordfall jetzt anscheinend doch kurz vor der Aufklärung stand, aber es gelang ihm nicht. Der Gedanke, dass zwei Kinder Anna Hasenleder getötet haben könnten, zerriss ihm das Herz. Doch je länger er nachdachte, desto klarer wurde ihm, dass es so gewesen sein musste.

Es war noch keine halbe Stunde vergangen, da betraten Grimberg und Schmitting wieder die Gaststube, begleitet von Marie und Carl. Der Pfarrer und der Gendarm hatten die Kinder im Haus des Holzfällers Hülsken gefunden. Sie waren den beiden Männern widerspruchslos gefolgt.

Als der Kriminalrichter Demuth sie fragte, ob sie wüssten, warum man sie geholt habe, nickte Carl. Marie schüttelte den Kopf.

Es spräche vieles dafür, dass sie beide gemeinsam die Bauersfrau Anna Hasenleder zu Tode gebracht hätten, erklärte Demuth ihnen.

Der Junge und das Mädchen sahen schweigend zu Boden.

»Ihr wusstet, dass die Anna jeden Morgen an ihrem Steg

Wasser holt. Ihr habt ihr aufgelauert, und als sie gerade ihren vollen Eimer aus der Emscher zog, habt ihr euch an sie herangeschlichen und ihr mit einem Ast auf den Kopf geschlagen«, sagte Demuth.

Die beiden Kinder sahen immer noch zu Boden.

»Guckt mich mal an!«, forderte Demuth sie auf.

Als ihm beide in die Augen schauten, fragte Demuth sie: »Wer von euch hatte den Knüppel in der Hand?«

»Das war ich«, sagte Carl.

»Wir brauchten uns nicht anzuschleichen, die Hexe kannte uns ja. Sie hat sich nichts dabei gedacht, als wir zu ihr auf den Steg gekommen sind«, erklärte Marie.

»Hat sie irgendwas zu euch gesagt?«

»Ja. ›Guten Morgen, Kinder‹, hat sie gesagt«, antwortete Marie.

»Und dann?«

»Als wir bei ihr waren, hat der Carl ihr einen Schlag versetzt. Sie taumelte. Da hab ich sie ins Wasser gestoßen. Und dann sind wir weggelaufen.«

»Und warum habt ihr das getan?«, fragte Pfarrer Grimberg.

»Die alte Hexe sollte nicht noch mehr Unheil anrichten«, sagte Carl, und Marie nickte.

Anton Demuth stand zusammen mit Friedrich und Margarete Krumpe und mit seinem Freund Jacob Troost auf dem Platz vor dem Posthaus. Seine lederne Reisetasche hielt er in der Hand.

»Was wird denn jetzt aus der Marie und dem Carl?«, fragte der Posthalter.

»Der Gendarm und der Pfarrer bringen sie gerade nach Sterkrade. Grimberg und seine Schwester werden die beiden erst mal in ihre Obhut nehmen, bis ein Aufenthaltsort für sie gefunden ist.«

»Du meinst, sie werden nicht zu ihren Eltern zurückkehren?«, fragte Troost.

»Nein, das kann ich mir nicht vorstellen«, sagte Demuth.

»Haben Sie das denn nicht zu entscheiden, was mit dem Carl und der Marie geschehen wird?«, fragte Margarete Krumpe ihn.

»Nein, ich habe als Untersuchungsrichter am Inquisitorialgericht die Aufgabe, Verbrechen aufzuklären und die Täter zu überführen«, erklärte Demuth. »Jetzt werde ich das Ergebnis meiner Ermittlungen in allen Einzelheiten schriftlich niederlegen. Der Akt geht nach Cleve zum Kriminalsenat des Oberlandesgerichts. Die Richter dort fällen das Urteil über Carl und Marie, und sie legen auch das Strafmaß fest.«

»Es kann also sein, dass die beiden zum Tode verurteilt werden?«, fragte Margarete Krumpe ängstlich.

Demuth stellte seine Reisetasche ab.

»Nein«, antwortete er entschieden. »Carl und Marie sind Kinder. Die werden nicht zum Tode verurteilt.«

»Zu welchem Urteil könnte das Gericht kommen? Was denkst du?«, fragte Troost.

»Es gibt Einrichtungen, in denen jugendliche Straftäter untergebracht und erzogen werden. In der ehemaligen Abtei Brauweiler bei Köln gibt es zum Beispiel so eine Anstalt. Ich denke, dass die beiden da die nächsten Jahre ihres Lebens verbringen werden.«

Johann kam von den Ställen herüber. Er führte den jungen Rappen, den er wieder vor das zweirädrige Cabriolet gespannt hatte, auf den Platz vorm Posthaus.

Anton Demuth bedankte sich beim Pferdeknecht und stellte seine Tasche in den Fußraum des Wagens.

»Ach, da fällt mir noch etwas ein.« Er öffnete die Reisetasche und zog ein Buch heraus. »Würden Sie das bitte der Dina Becker geben. Es ist ihr Eigentum, sie hat es mir geliehen.« Demuth drückte Margarete Krumpe das Märchenbuch in die Hand.

»Kinder- und Hausmärchen von Jacob und Wilhelm Grimm.« Jacob Troost las den Titel des Buches laut und schüttelte den Kopf. »Wenn ich gewusst hätte, was Märchen anrichten können, hätte ich sie nicht mit meinen Schülern gelesen.«

»Jetzt mach bitte nicht Hänsel und Gretel für den Mord an Anna Hasenleder verantwortlich«, sagte Demuth. »Die Schuld an solch unsinnigen Verbrechen tragen Menschen wie Helena Kleinrogge mit ihrer Abneigung gegen alles, was ihnen fremd ist, mit ihrer Vorliebe für simple Antworten und mit den schlichten Erklärungen für alles, was sie nicht verstehen. Sie bringen Unschuldige in Verruf und schüren Angst und Hass.«

Margarete Krumpe fühlte sich offenbar nicht angesprochen. Sie sagte freundlich: »Es war sehr schön, Sie nach all den Jahren noch mal zu sehen. Mein Mann und ich, wir würden uns freuen, wenn Sie gelegentlich wieder unser Gast wären.«

»Dazu könnte es schon bald kommen«, sagte Demuth. »Der Jacob und ich, wir haben uns vorgenommen, dass wir uns in Zukunft öfter sehen werden. Und wir sind uns einig, dass die Poststation ein guter Treffpunkt wäre. Auch wenn es mal spät würde, käme der Jacob noch gut nach Hause, und ich könnte oben in einer der Kammern logieren. Ich habe hier in den vergangenen Nächten wirklich gut geschlafen, und das Bier hat mir geschmeckt und der Kaffee zum Frühstück auch.«

»Das freut uns sehr«, sagte Margarete.

Ihr Mann nickte zustimmend. Als er begann, seine Uniform zuzuknöpfen, bestieg Demuth den kleinen Wagen. Er setzte sich, und Johann gab ihm die Zügel in die Hand.

»Dann hast du heute wohl noch einen anstrengenden Tag vor dir«, sagte Troost.

»Warum denkst du das?«, fragte Demuth.

»Du wirst eine Weile unterwegs sein, und dann hast du noch einen langen Bericht zu schreiben, und dein Herr Justizdirektor will doch gewiss auch in aller Ausführlichkeit informiert werden.«

Demuth schaute auf seine Taschenuhr.

»Der Justizsekretär Rüter ist ein guter Reiter, er ist vielleicht schon im Kriminalgericht. Wenn ich Glück habe, dann hat er dem Herrn von Broich schon alles berichtet, wenn ich in Werden ankomme. Und mit meinem Bericht für den Kriminalsenat fange ich heute gewiss nicht mehr an.«

»Dann wünsche ich Ihnen eine gute Fahrt«, sagte Friedrich Krumpe.

Demuth bedankte sich und wollte gerade losfahren, als er sah, dass sich Josef Tendler auf dem Emscherweg näherte. Kurz bevor der Mechanikus die kleine Gruppe am Posthaus erreicht hatte, rief Demuth ihm zu: »Ich wünsche Ihnen für heute Abend eine schöne Vorstellung und viele Zuschauer!«

»Werden Sie denn nicht unser Gast sein?«, fragte Tendler enttäuscht.

»Nein, ich muss zurück nach Werden.«

»Das ist schade, wirklich schade. Unser ›Doktor Faustus‹ hätte Ihnen gut gefallen.«

»Ja, das glaube ich auch.« Demuth ließ die Zügel locker und schnalzte mit der Zunge. Der junge Rappe setzte sich in Bewegung, und das Cabriolet rollte langsam am Schloss vorbei zur Emscherbrücke.

Die historischen Hintergründe des Romans

Das Jahr 1816 ist als das »Jahr ohne Sommer« in die Geschichte eingegangen. Im Westen und Süden Europas und im Nordosten Amerikas kam es zu einer Klimakatastrophe mit fatalen Auswirkungen. Es war so kalt und nass, dass das Getreide nicht wuchs und die Kartoffeln im Boden verfaulten. Was noch auf den Feldern gedieh, wurde durch Schneefälle und Hagelstürme bis in den Sommer hinein und durch Dauerregen ruiniert. Lebensmittel wurden knapp und teuer. Die ärmere Bevölkerung war massiv von Hunger bedroht. Das Leid der Menschen wird in zahlreichen Zeitzeugnissen beschrieben. In der preußischen Provinz Jülich-Cleve Berg war die Eifel besonders hart betroffen, aber auch an Rhein, Ruhr und Emscher war die Not groß.

Im Amtsblatt der Bezirksregierung Cleve vom 16. Oktober 1816 rief der »Central-Hülfsverein zu Cleve« dazu auf, die Notleidenden zu unterstützen, und stellte fest, dass der Bauernstand durch die vernichtete Korn- und Heuernte und durch das aus Mangel an Fütterung verlorengegangene Vieh außerordentlich gelitten habe, dass aber noch schlimmer die Tagelöhner betroffen seien, die aus ihren kleinen Hausgärten nichts ernten konnten.

Im Sterkrader Nachbardorf Osterfeld schrieb der Pfarrer in die Chronik: »Die Not stieg so weit, dass die Menschen sich den jungen Klee abschnitten und ihn als Gemüse kochten« (Wilhelm Seipp, Oberhausener Heimatbuch, 1964, Seite 170). Der schlimmsten Missernte des 19. Jahrhunderts folgte eine Hungersnot, die erst Ende 1817 überwunden wurde (Chronik des Ruhrgebiets, Dortmund 1987, Seite 82).

Als Ursache des Schreckens wird heute der Vulkan Tambora auf der indonesischen Insel Sumbawa angesehen. Bei seinem Ausbruch im April 1815 war mit ungeheurer Wucht eine Aschewolke gigantischen Ausmaßes in die Atmosphäre geschleudert worden, die sich über die gesamte Nordhalbkugel ausdehnte und lange Zeit den Himmel verdunkelte. Doch es dauerte fast ein Jahrhundert, bis Wetterforscher herausfanden, was die Klimakatastrophe ausgelöst hatte. Die Menschen, die ihr 1816 ausgeliefert waren, wussten das nicht. Sie hatten Hunger, und sie hatten Angst.

Vor diesem Hintergrund nehmen die im Roman geschilderten fiktiven Ereignisse ihren Lauf.

Die Gegend um das Schloss Oberhausen und die Poststation am Nordufer der Emscher gehörte 1816 zu Sterkrade und damit seit einigen Jahren wieder zum Königreich Preußen. 1806 war das rechtsrheinische Gebiet des Herzogtums Cleve unter Napoleons Einfluss geraten und dem Großherzogtum Berg zugeschlagen worden, einem französischen Satellitenstaat. Sterkrade war als Teil der Munizipalität Holten in den Kanton Dinslaken und das Departement Rhein eingegliedert worden.

Nach der Niederlage der napoleonischen Armee in der Völkerschlacht bei Leipzig (Oktober 1813) folgte die rasche Auflösung des Großherzogtums, es wurde durch Preußen in Besitz genommen. Auf Beschluss des Wiener Kongresses (1814–1815) fiel es dauerhaft dem preußischen Staat zu. Sterkrade lag jetzt in der Bürgermeisterei Holten im Kreis Dinslaken im Regierungsbezirk Cleve in der Provinz Jülich-Cleve-Berg.

Im September 1816 befanden sich Verwaltung und Justiz noch im Umbruch. Die offizielle Arbeitsaufnahme von Provinz und Kreis war erst im April des Jahres erfolgt. Beiden stand nur eine kurze Lebensdauer bevor. Die Provinz Jülich-Cleve-Berg wurde im Juni 1822 zu einem Teil der preußischen Rheinprovinz, der Kreis Dinslaken wurde im September 1823 aufgelöst und größtenteils in den neuen Kreis Duisburg eingegliedert.

Während in weiten Teilen der rheinischen Provinzen weiterhin französisches Recht galt, wurde im rechtsrheinischen Gebiet des Regierungsbezirkes Cleve und im Kreis Essen 1815 wieder die altpreußische Gerichtsverfassung eingeführt (Die

Gerichtsverfassung und das gerichtliche Verfahren in den königlich preußischen Rheinprovinzen, Berlin 1820).

Das Inquisitorialgericht in Werden war im März 1815 eingerichtet und neben dem Zuchthaus in den Mauern der ehemaligen Werdener Abtei untergebracht worden.

»Die Inquisitoriate, deren bei allen Oberlandesgerichten vorhanden, und die aus einem Direktor und mehreren Kriminalräten zusammengesetzt sind, führen die Kriminal-Untersuchungen in allen Kriminalfällen ... Sie reichen die Akten an den Kriminal-Senat des betreffenden Oberlandesgerichts ein.« (Der preußische Sekretär, Ein Handbuch zur Kenntniß der Preußischen Staatsverfassung und Staatsverwaltung, Erste Abtheilung, Seite 417, Berlin 1823).

Die im Roman beschriebene Hinrichtung hätte so stattfinden können. Bei der letzten öffentlichen Enthauptung auf dem Marktplatz in Werden im Juli 1823 kamen laut zeitgenössischen Berichten etwa fünfzehntausend Menschen in der kleinen Stadt zusammen, um dem Spektakel zuzuschauen (Udo Bürger, Rheinische Unterwelt, Köln 2013, Seite 32).

Die Geschehnisse um Anna Hasenleders gewaltsamen Tod sind erfunden. Die beschriebenen politischen und gesellschaftlichen Hintergründe des Kriminalfalles sind historisch belegt.

Der Klimakatastrophe vorausgegangen war eine Zeit der Kriege. Soldaten waren kreuz und quer durch Europa gezogen, um mit Napoleon oder gegen ihn zu kämpfen. Als die vom Ausbruch des Tambora verursachten Unwetter 1816 die Ernte vernichteten, konnte niemand auf Vorräte zurückgreifen, denn sie waren verbraucht oder erst gar nicht angelegt worden. »Alle brauchbaren jungen Männer von zwanzig bis vierzig Jahren mussten den Fahnen folgen, [...] dem Feldbaue wurden in Europa über anderthalb Millionen Männer in der besten Kraft entzogen.« (Über die Getraid-Theuerung in den Jahren 1816 und 1817, von Lic. Franz Haecker, Nürnberg 1818, Seite 29).

Seit Bestehen des Großherzogtums Berg wurden junge Männer zum Militärdienst eingezogen, um in Napoleons Grande Armee zu kämpfen. Rund fünftausend von ihnen marschierten 1812 mit dem Kaiser der Franzosen nach Russland, keine dreihundert kamen zurück. Als danach erneut zweitausendfünfhundert Soldaten rekrutiert werden sollten, kam es zu den gewalttätigen Protesten der sogenannten Knüppelrussen, die im Roman beschrieben werden.

Seit 1808 betrieben Gottlob Jacobi, die Brüder Gerhard und Franz Haniel und Heinrich Huyssen die drei Eisenhütten Gute Hoffnung, Sankt Antony und Neu-Essen gemeinsam (Vertrag von 1810). Die »Hüttengewerkschaft und Handlung Jacobi, Haniel und Huyssen« sollte sich zum GHH-Konzern mit zeitweise mehr als siebzigtausend Werksangehörigen entwickeln. In den Anfangsjahren gab es allerdings für die einheimische Bevölkerung nur wenige Arbeitsmöglichkeiten. Fachkräfte wurden dort angeworben, wo das Hüttenwesen schon verbreitet war. Das nicht qualifizierte Bauernvolk der Umgebung konnte nur durch einfache Tätigkeiten wie Fuhrdienste oder Erzschürfen etwas verdienen (Burkhard Zeppenfeld, Das Werden der Industriestadt Oberhausen, in: Oberhausen, eine Stadtgeschichte im Ruhrgebiet, Band 2, Münster 2012).

Der Bau des Schlosses Oberhausen war 1816 noch nicht vollendet, die Familie des Grafen von Westerholt lebte aber schon dort.

Das benachbarte Wirts- und Posthaus war 1792 neu gebaut worden, weil das alte Wirtshaus für die Anforderungen des zunehmenden Verkehrs über die Emscherbrücke nicht mehr ausgereicht hatte. Pächter waren seit Generationen Mitglieder der Familie Krumpe. 1809 wurde im Wirtshaus auf Betreiben des Grafen Westerholt eine Postexpedition eingerichtet. Das Wirtshaus, das nun auch Posthaus war, bekam 1810 einen Anbau, »damit Krumpe seine Privatwirtschaft als Gastwirt und Posthalter betreiben könne«, wie es in einem Vertrag zwischen dem Grafen und seinem Pächter heißt. Friedrich Krumpe war 1809 als Postmeister in den Dienst des Großherzogtums Berg eingetreten, 1813 übernahm ihn die Postverwaltung Thurn und Taxis, 1815 kam er in preußischen Dienst. Nach seinem Tod im Jahre 1820 übernahm sein Sohn Johann Hermann sein Amt (Klaus Bielecki, Postamt Oberhausen 1, ein Stück Oberhausener Geschichte, in: Abenteuer Industriestadt Oberhausen, Oberhausen 2001).

Maximilian Friedrich Graf von Westerholt-Gysenberg ließ ab 1804 auf dem Gelände des alten Wirtshauses nach den Plänen des Hofbaumeisters August Reinking ein klassizistisches Herrenhaus bauen, das bis etwa 1820 ausgestaltet und fertiggestellt wurde. Den Park konzipierte der Gartenarchitekt und Düsseldorfer Hofgärtner Maximilian Friedrich Weyhe.

Im Roman sind hinter dem Schlosspark, nahe der Emscher, drei Kotten gelegen. In der Realität gab es die vermutlich nicht, erst etwas weiter westlich sind auf einer Landkarte von 1805 des preußischen Kartographen Carl Ludwig von Le Coq einige Häuser verzeichnet.

Im neuen Herrenhaus wohnte im Herbst 1816 der Graf von Westerholt mit seinen Kindern. Seine Gattin, die Gräfin Friederike Caroline Josephine von Bretzenheim (9. Dezember 1771–2. März 1816), war wenige Monate zuvor bei der Geburt des achten gemeinsamen Kindes gestorben. Sie war eine uneheliche Tochter des Kurfürsten Karl Theodor von der Pfalz und von Bayern und der Schauspielerin Josepha Seyffert. Als zehnjähriges Mädchen wurde Friederike von ihrem Vater zur Fürstäbtissin von Lindau ernannt. Vierundzwanzigjährig heiratete sie 1796 den Grafen von Westerholt.

Maximilian Friedrich Graf von und zu Westerholt und Gysenberg wurde am 3. Januar 1772 im Schloss Berge (Gelsenkirchen) geboren. 1801 machten er und Friederike Oberhausen zu ihrem Familiensitz. Maximilian Friedrich wurde 1806 Oberstallmeister von Joachim Murat, dem Schwager Napoleons und Großherzog von Berg. Aus diesem Hofamt und aus dem Vermögen von Friederike stammten die Geldmittel für den Neubau des Schlosses. Die im Roman beschriebene Liebesaffäre des Grafen mit dem Stubenmädchen Dina Becker ist keine Erfindung. 1821 wurde Bernhardine Elisabeth (Bertha) geboren, eine uneheliche Tochter des Grafen und seiner Hausangestellten Dina Becker. Maximilian Friedrich von Westerholt starb am 19. April 1854.

Eine Rolle im Roman spielt Wilhelmine Karoline, genannt Minzi, die älteste Tochter von Maximilian Friedrich und Friederike, geboren am 1. Januar 1801. Wilhelmine übernahm nach dem Tod ihrer Mutter die Verantwortung für den gräflichen Haushalt. Sie hatte den Ruf, eine herausragende Pianistin zu sein. Durch eine Schwester ihres Vaters hatte sie Kontakt zu Beethoven. Sie verbrachte ihr Leben im Schloss Oberhausen und starb dort am 30. September 1858.

(Die Informationen über die gräfliche Familie sind entnommen der »Siedlungsgeschichte Alt-Oberhausens« von Wilhelm Wolf, in: Heimatbuch 75 Jahre Oberhausen, Oberhausen 1937, dem Artikel »Die Emscherburg Overhaus«, bearbeitet von Fritz Gehne, in: Oberhausener Heimatbuch, Oberhausen 1964, und der Internet-Enzyklopädie Wikipedia.)

Als der Kriminalrat Anton Demuth von Werden zur Emscher fährt, ist sein Verkehrsmittel ein Cabriolet. So nannte man damals »ein leichtes Fuhrwerk, das nur zwei Räder hat, und nur mit einem Pferde in einer Gabel bespannet wird« (Zeitgenössischer Lexikon-Eintrag). Die Fahrstrecke betrug etwa 1,5 Meilen. Die preußische Meile entsprach 7,53 Kilometern. Zwei weitere erwähnte Maßeinheiten sind die Rute (3,77 Meter) und die Elle (66,7 Zentimeter).

Zu den historischen Persönlichkeiten, die im Roman in Erscheinung treten, gehört der Dichter Heinrich Heine. Er war im September 1816 noch ein sehr junger Mann von nicht ganz neunzehn Jahren. Sein Vorname war Harry, den Namen Heinrich wählte er erst 1825, als er sich evangelisch taufen ließ.

Verbürgt ist, dass Heine sich 1816 auf den Weg zu seinem Onkel Salomon Heine nach Hamburg gemacht hat, um bei ihm, einem sehr erfolgreichen Geschäftsmann, seine kaufmännische

Ausbildung fortzusetzen. Wenn er mit der Postkutsche gereist ist, dann ist es wahrscheinlich, dass er zunächst auf der Linie Düsseldorf–Münster unterwegs war, die über die Emscherbrücke am Schloss Oberhausen führte. Dort hätte er auf die Post Richtung Berlin umsteigen können.

Heines erzwungener mehrtägiger Aufenthalt in der Poststation ist zwar Fiktion, aber im Jahr 1816 geschah es immer wieder, dass Kutschen auf den vom Dauerregen aufgeweichten Straßen liegenblieben und dass Strecken für die schweren Wagen der Personenpost unbefahrbar waren.

Bei den im Roman zitierten Versen handelt es sich um zwei sehr frühe Gedichte von Heinrich Heine. Die Episode von der Kinderfrau Zippel, von der Gocherin und deren Nichte Josepha, die er dem Kriminalrichter Demuth erzählt, findet sich so in seinen »Memoiren«.

Neben Demuth und Heine logiert im Posthaus Augustin Sumser, ein Hersteller von mechanischen Musikinstrumenten. Er ist eine literarische Figur. Erfunden hat sie der Schriftsteller Horst Wolfram Geißler (1893–1983). »Der liebe Augustin, die Geschichte eines leichten Lebens« erschien erstmals 1921 und erfuhr seither zahlreiche Übersetzungen und Neuauflagen. Die Lebensumstände des Herrn aus Bayern, die im Roman beschrieben werden, sind dem Werk von Geißler (Ausgabe Hanser, 2012) entnommen. Auch Augustins Liebesbeziehung zu Friederike von Bretzenheim, der jungen Fürstäbtissin des Lindauer Damenstiftes, hat sich Horst Wolfram Geißler vor mehr als hundert Jahren ausgedacht. Sein Augustin ist allerdings nie an die Emscher gereist.

Den Obduktionsbericht im Roman erstellt Daniel Erhard Günther. Er wurde geboren am 11. Juni 1752 in Solingen und war seit 1778 ordentlicher Professor in Duisburg. Dort blieb er auch, als die Universität 1818 aufgehoben wurde. Er praktizierte weiter in der Stadt, wo er am 11. August 1834 starb. Im Wintersemester 1816/17 hielt er eine Vorlesung über »Die Anatomie des menschlichen Körpers« (Geschichte der Universität Duisburg, Dr. Walter Ring, Duisburg 1920, und: Vorlesungsverzeichnis der Universität Duisburg, in: Amts-Blatt der königlichen Regierung zu Cleve, 1816).

Die Romanfigur des Hippolyte Benoit ist angelehnt an die Geschichte von Pierre Hippolyte Paillot, einem Gerbermeister aus der französischen Stadt Condé, der 1794 aus Frankreich floh, ins Ruhrgebiet kam und seine Erlebnisse in einem Tagebuch festhielt (Pierre-Hippolyte-L. Paillot, Zuflucht Rhein/Ruhr, Tagebuch eines Emigranten, Essen 1988).

Während Anton Demuth mit Jacob Troost in der Gaststube des Posthauses beim Frühstück sitzt, taucht unerwartet Heinrich Arnold Huyssen (4. Juli 1779–6. Oktober 1870) mit zwei Begleitern auf.

Er war Mitinhaber der Hüttengewerkschaft und seit November 1813 von den Preußen ernannter Bürgermeister der Stadt Essen. Nach Differenzen mit der Aufsichtsbehörde legte er das Amt 1818 nieder. 1853 machten seine Zuwendungen die Eröffnung des ersten evangelischen Krankenhauses in Essen möglich. Das Huyssenstift ist noch heute eine für die Stadt bedeutende Klinik.

Theodor Wilhelm Grimberg, von 1805 bis 1837 Pfarrer in Sterkrade, war seit 1811 als bischöflicher Kommissar für die Schulaufsicht von Duisburg bis Wesel zuständig (Hans Robertz, Bilder aus der Geschichte Sterkrades, in: Heimatbuch 75 Jahre Oberhausen, 1937). Über seine Haltung zum Hexenglauben und zu theologischen Fragen ist nichts bekannt. Was Grimberg im Roman darüber denkt und äußert, ist erfunden.

Theodor Storm hat in der Geschichte von »Pole Poppenspäler« (Erstveröffentlichung 1874) die Familie Tendler beschrieben, die mit ihren Marionetten durchs Land zieht. Storms Novelle ist Grundlage für die Darstellung des Alltags der Familie Tendler im Roman.

Die Auswahl der Puppenspiele, die die Tendlers im Posthaus aufführen, entspricht den Stücken, die im »Pole Poppenspäler« erwähnt sind. Storm hat ausführlich die Aufführung des

Marionettenspiels vom Pfalzgrafen Siegfried und der heiligen Genoveva geschildert. Die Beschreibung des Stücks im Roman ist eng an Storms Schilderung angelehnt, einige Passagen sind wörtlich seinem Text entnommen.

Puppenspieler gehörten zu Beginn des 19. Jahrhunderts zum »fahrenden Volk« und waren Außenseiter der Gesellschaft. Im Juni 1816 erließ die Regierung in Cleve die Anweisung, »auch die konzessionierten Marionettenspieler unter strenger polizeilicher Kontrolle zu halten, und denjenigen welche durch unmoralische, zweideutige und schmutzige Darstellungen schädlich werden, ohne weiteres die Konzession und den Gewerbeschein abnehmen zu lassen«.

Die Schilderung eines Mordes an einer vermeintlichen Hexe in Westpreußen im letzten Kapitel des Romans ist eine Nacherzählung von: »Die Mörderinnen einer Hexe« in: Der neue Pitaval, Eine Sammlung der interessantesten Criminalgeschichten aller Länder aus älterer und neuerer Zeit, zweiter Theil, herausgegeben von Criminaldirektor Dr. J. E. Hitzig und Dr. W. Häring, Leipzig 1842.

Peter Kersken
TOD AN DER RUHR
Broschur, 320 Seiten
ISBN 978-3-89705-581-0

»Dem Autor Peter Kersken gelingt mit seinem historischen Roman ›Tod an der Ruhr‹ all das, was man für eine spannende Kriminalgeschichte benötigt.« WAZ

»Ein historischer Kriminalroman, der einerseits ein solides Sittenbild des Sterkrader Fleckens jener Zeit zwischen Kirche und Hütte zeichnet, andererseits aber die nötigen Freiheiten lässt, die Handlung mit einer ordentlichen Portion Spannung zu versehen.« NRZ

www.emons-verlag.de

Peter Kersken
IM SCHATTEN DER ZECHE
Broschur, 320 Seiten
ISBN 978-3-89705-714-2

»Umfangreiche Recherche so lebendig darzubieten, zeugt von großem literarischen Können.« WAZ

»»Im Schatten der Zeche‹ macht Ruhrgebietsgeschichte regelrecht greifbar und erzählt gleichzeitig einen spannenden Krimi mit Tiefgang.« WDR 4

www.emons-verlag.de

Peter Kersken
ZECHENSTERBEN
Broschur, 288 Seiten
ISBN 978-3-89705-866-8

»Kerskens Krimis sind wie ein historisches Erzählprojekt zum Ruhr-
gebiet, und die Region ist seine eigentliche Hauptfigur.«
WDR 5, Westblick

www.emons-verlag.de

Peter Kersken
DIE SUCHE NACH DEM GOLDENEN TOD
Broschur, 320 Seiten
ISBN 978-3-95451-158-7

*»Die Suche nach dem goldenen Tod‹ ist kein schnell peitschen-
des Actionabenteuer im historischen Gewand, sondern eher ein
ruhiger und dabei sehr stimmungsvoller Reisebericht aus einer
fernen Zeit. Entworfen wird ein historisches Gemälde, ruhig und
gut recherchiert, das wunderbar in diese Zeit voller Widersprüche
entführt.«* Karfunkel

www.emons-verlag.de

Peter Kersken
KOHLE, KARNICKEL UND EIN KOFFER VOLLER GELD
Broschur, 256 Seiten
ISBN 978-3-7408-0006-2

Juli 1952. Die Förderräder drehen sich wieder, die Schlote rauchen. Der junge Journalist Hermann Leschinski ist in diesem heißen Sommer jeden Tag mit seinem Moped im Kohlenpott unterwegs. Als er von den sechzigtausend Mark erfährt, die angeblich in einem Pappkoffer am Ruhrufer gefunden wurden, vermutet er ein Verbrechen hinter der Geschichte. Doch erst ein Mord im Essener Gruga-Park und sein Besuch in einer Duisburger Zechensiedlung bringen ihn auf die richtige Fährte ...

www.emons-verlag.de